FSC
www.fsc.org
MIX
Papier aus ver-
antwortungsvollen
Quellen
Paper from
responsible sources
FSC® C105338

Markus D. Mühleisen

Der Morgen ohne Tag

Umschlagbild
Markus D. Mühleisen

Impressum
Copyright © 2024 bei Markus D. Mühleisen
1. Auflage
Ausgabe 09/2024
Bibliografische Information der Deutschen Nationalbibliothek:
Die Deutsche Nationalbibliothek verzeichnet diese Publikation in
der Deutschen Nationalbibliografie; detaillierte bibliografische
Daten sind im Internet über http://dnb.dnb.de abrufbar.
Verlag: BoD • Books on Demand GmbH, In de Tarpen 42, 22848
Norderstedt
Druck: Libri Plureos GmbH, Friedensallee 273, 22763 Hamburg
ISBN: 978-3-7597-3386-3

Der Morgen ohne Tag

Roman

von

Markus D. Mühleisen

Deutsche Erstausgabe

im September 2024

Inhalt

0   Vorwort

Es gibt viele Dinge, die uns vielleicht erzählt wurden, als wir noch Kinder waren. Eine oft gegebenes Versprechen ist, dass die Dunkelheit der Nacht mit absoluter Sicherheit durch die aufgehende Sonne am nächsten Morgen vertrieben wird.

Was aber, wenn dies nicht geschieht? Wenn die Sonne nicht aufgeht und uns die Dunkelheit der Nacht weiter gefangen hält?

Als mir dieser Gedanke als Idee für ein Buch kam, war ich zuerst selbst über mich erschrocken. Spricht der Gedanke an eine fortdauernde Dunkelheit doch eine der Urängste in uns Menschen an. Und doch hat mich dieser Gedanke dafür begeistert, eine Geschichte darüber zu erzählen.

Im Grunde meines Herzens bin ich ein Optimist. Mein Glaube an die souveräne Handlungsfähigkeit des Einzelnen ist ein sicheres Fundament dafür, dass sich vermeintlich ausweglose Situationen durch das Zusammenwirken positiver Fähigkeiten doch auflösen lassen. Manchmal ist dafür das Handeln großer Strukturen wie eines Staates oder sogar des Militärs nötig. Manchmal ist es die hartnäckige Arbeit von einzelnen Menschen oder kleineren Gruppen, die ein gutes Ende ermöglichen. Ich bin davon überzeugt, dass dieses Zusammenwirken in der Welt von heute noch unerlässlicher ist als in früheren Zeiten. Das liegt auch daran, dass die Welt durch die Technik so undurchschaubar und vernetzt worden ist, dass es für den Einzelnen unmöglich erscheint oder ist, alleine etwas bewirken zu können.

Zum Glück ist dieser Roman eine rein fiktive Geschichte und, wie bei solchen Geschichten nun einmal üblich, sind jegliche Ähnlichkeiten der Charaktere dieses Buches mit echten Menschen rein zufällig und keinesfalls beabsichtigt.

Es gibt es eine US Space Force mit eigener Internetprä-
senz. Aber die Active Group der US Space Force ist eine
Fiktion, die ich mir ausgedacht habe.

Nun, mit den Technologien, die ich in diesem Roman
beschrieben habe, verhält es sich etwas vielfältiger. Heute
sind sämtliche dieser Technologien entweder schon
existent oder gerade in Entwicklung. Inwieweit diese
Entwicklungen bereits verwertbare Ergebnisse erbracht
haben, ist mir selbstredend nicht bekannt. Doch nach
meinem Verständnis ist die Entwicklung der beschriebenen
Technologien zur Anwendungsreife prinzipiell möglich,
in einigen Fällen sogar bereits Realität geworden. Wir
sollten uns vielleicht viel öfter bewusster machen, was um
uns herum bereits alles existiert. Denn so sehr ich mich
für Technologie und Entwicklung begeistere, die Risiken
der geschaffenen Möglichkeiten sind zum Teil wirklich
erschreckend. Man denke nur beispielhaft an sich selbst
organisierende und replizierende Nanomaschinen.

Ich möchte mich ausdrücklich bei allen Menschen aus
militärischen Organisationen entschuldigen. Eventuell
falsche oder missbräuchliche Nutzung von Bezeichnern,
Auszeichnungen und Dienstgraden sind auf keinen Fall
böse Absicht, sondern schlicht meiner Unwissenheit und
vielleicht eine etwas zu farbenfrohe Fantasie geschuldet.

Was wäre ich ohne die vielen Helfer, die mich bei meinen
Buchprojekten unterstützen?

Rolf hat versucht, mir meine gröbsten Fehler zum Thema
Fliegerei auszureden. Für die wahrlich herkulische Arbeit
des Korrekturlesens danke ich meiner guten Fee, ohne ihre
Unterstützung wäre dieses Buch so niemals entstanden.
Meine Familie hat mit nachsichtigem Augenrollen meine
Abwesenheit hingenommen, wenn ich an diesem Buch
geschrieben habe.

Ich verneige mich in Dankbarkeit vor all meinen Unter-
stützern!

Nach diesen vielfältigen Vorbemerkungen wünsche ich Ihnen, meinen Leserinnen und Lesern, viel Spaß und hoffentlich sehr spannende Momente mit meiner Geschichte über den

Morgen ohne Tag

1 Etwas endet und jemand verschwindet

François Beauford versucht sich durch das Getümmel im Héraut de Clichy zu schieben. Wie üblich hat sich in der Bar ein kleines, aber lautstark diskutierendes Grüppchen zum Feierabend versammelt. Das Héraut de Clichy ist wenig bekannt. Es verirren sich hierher keine Promis, keine Stars und Sternchen. Früher einmal, in der Belle Epoque, hat man diesen Teil von Paris als dessen wahres Zentrum gesehen. Damals haben sich auch die Finanzwelt, also die Banken, und die Presse in diesem Bereich konzentriert. Heute ist das 9tme Arrondissement noch für die Galerie Lafayette oder Printemps, die großen Kaufhäuser, bekannt. Wenigstens die Presse hat dem Viertel die Stange gehalten, so ist die Redaktion der La Tribune, eine der führenden Medienplattformen für Wirtschaft und Finanzen, vor Ort geblieben.

Würde jemand die Besucher heute Abend danach fragen, so würden sich die Gäste im Héraut de Clichy als Freunde bezeichnen. So nickt François den Gästen, die er mit freundschaftlichem Druck zur Seite schiebt, um sich zur Theke vorzuarbeiten, grinsend zu. Es werden kurze, flapsige Floskeln der Begrüßung ausgetauscht, die jedoch neben der lauten Musik eines kleinen Rock&Pop-Lokalsenders fast nicht zu verstehen sind.

Endlich hat François die Theke erreicht. Manuel, der glatzköpfige Barkeeper werkelt wie immer in ruhiger Gelassenheit hinter dem Tresen und versorgt seine Gäste mit den ersehnten Getränken. Bezahlt wird beim Gehen, denn wer hierherkommt, hat nicht vor zu betrügen, das steht außer Frage. Manuel stellt zwei frisch gezapfte Gläser Bier auf den Tresen, die sofort von gierigen Händen geschnappt und ins Getümmel davongetragen werden. Als er François erblickt, erhellt kurz ein Lächeln sein Gesicht, dass seine beiden goldenen Schneidezähne blitzend zur Schau stellt.

Schon ist der Moment vorbei und Manuel trägt wieder seinen stoischen Gesichtsausdruck, dabei nickt er François kurz zu. Diese wortlose Kommunikation wird von François ebenfalls mit einem kurzen Nicken erwidert, begleitet von einem leicht angehoben, rechten Mundwinkel, seiner ganz eigenen Art ein lässiges Grinsen zu zeigen. Einer der Gäste legt ihm die Hand auf die Schulter und François wendet sich um. Seraphine Solier, eine der wenigen weiblichen Gäste heute Abend im Héraut de Clichy blickt ihn ernst an, dann stellt sie sich auf die Zehenspitzen, damit sie ihm laut ins linke Ohr sprechen kann, anders ist die laute Musik nicht zu übertönen: »Bonsoir, François, hast du es schon gehört?«

Irritiert blickt er die inzwischen schon leicht angegraute, ehemalige brünette Rechtsanwältin an. Er beugt sich zu ihr hinüber, damit er ihr ebenfalls laut ins Ohr sprechen kann: »Salut Seraphine, was soll ich denn gehört haben?«

Ernst schaut sie ihm ins Gesicht, dann weist sie mit ausgestrecktem Zeigefinger auf den kleinen Flachbild-schirm in der Ecke. Es läuft stumm geschaltet die Nach-richtensendung einer international arbeitenden Plattform für Nachrichten aus dem Finanz- und Wirtschaftsbereich. Zuerst versteht François nicht, was sie ihm zeigen will, denn gerade wird eine Landschaftsaufnahme als Füller zwischen zwei Sendungen gezeigt. Dann bemerkt er den Text auf dem Laufband unten am Bildschirm:

Intersol Technologies seeks creditor protec-tion through Chapter 11

François ist die Feierabendlaune schlagartig verdorben. Mit ernster Miene verfolgt er die weiteren Texteinblendun-gen auf dem Laufband.

Geraldo Gonzales disappeared and is being sought worldwide

Frustriert schüttelt François den Kopf und meint entsetzt: »Merde.«

Er wendet sich der Theke zu. Dort hat Manuel gerade seinen geliebten Pastis in einem schmalen, hohen Glas auf einer kleinen, weißen Serviette mit dem Logo einer Brauerei abgesetzt. François greift sich das Glas und stürzt den Inhalt, ganz im Gegensatz zu seinem sonst üblichen Verhalten, in einem Zug herunter. Manuel sieht das und quittiert dieses für François ungewöhnliche Verhalten mit hochgezogenen Augenbrauen. Mit einem Ruck setzt François das Glas wieder auf der kleinen, weißen Serviette ab und nickt dem Barkeeper ernst zu. Dieser zuckt die Schultern, schnappt sich das leere Glas, um es möglichst schnell durch ein Gefülltes zu ersetzen.

François' Blick fällt auf eine Pinwand mit Postkarten, die neben dem Regal mit den Getränkeflaschen aufgehängt sind. Eine Skyline von New York ist zu sehen. Grimmig erinnert er sich daran, dass er nach Monaten der Vorbereitung eigentlich am nächsten Wochenende in New York sein wollte, um den gerade als verschwunden gemeldeten Geraldo Gonzales zu interviewen. Obwohl dieser nicht in den einschlägigen Listen geführt ist, so ist doch jedem in der Finanzwelt klar: Gonzales wird als der reichste und vor allem einflussreichste Mensch auf diesem Globus betrachtet. Mehr als zwei Jahre Recherche, Kontakte knüpfen und betteln auf unzähligen dieser immer gleichen, öden Veranstaltungen der Hochfinanz und der Tech-Branche waren nötig. Dann endlich bekam François einen Zugang zu Geraldo Gonzales, hinter vorgehaltener Hand nennt ihn jeder Big GG. Geplant war ein mehrtägiges Interview mit Besuch der Forschungsstätten von Intersol Technologies, dem Herzstück des Firmenimperiums von Big GG.

Plötzlich spürt er das Vibrieren des Mobiltelefons in seiner Tasche. Beim Lärm der Musik kann er es natürlich nicht hören. Gerade läuft ein alter Rolling Stones Song, Paint it Black. Wie passend, denkt sich François. Er nimmt das Gerät heraus und blickt auf das Display. War ja klar … sein Redakteur versucht ihn zu erreichen. François stürzt seinen zweiten Pastis hinunter und arbeitet sich durch das Gewühl zurück zur Eingangstür. Als er endlich auf den Gehsteig treten kann und die Türe sich hinter ihm geschlossen hat, spürt er die Ruhe um sich herum. Lediglich die in einer Großstadt wie Paris üblichen Geräusche sind zu hören: Feierabendverkehr und Menschen, die sich unterhalten. Versonnen blickt François die Straße entlang. Früher haben sich die Menschen einfach getroffen und miteinander geredet. Heute reden sie immer noch miteinander, aber es gehört nun zum guten Ton, dass dies mit einem Mobiltelefon geschieht. Entweder hält man dieses direkt ans Ohr oder ganz lässig mittels einem dieser Kopfhörer, die inzwischen klein und nahezu unsichtbar ins Ohr geschoben werden können. François ist einer der Ohrhalter. Er zieht sein Mobiltelefon hervor. Der Redakteur hat aufgelegt, aber ihm eine Sprachnachricht hinterlassen. Dazu drei Nachrichten auf der beliebten Social-Media-Plattform. Das ist ungewöhnlich für Jonba Kraszninsky, den digital bequemen Redaktionsleiter des Ressorts Technologie bei La Tribune. Seufzend ruft François ihn zurück. Dabei hält er sein Mobiltelefon ans Ohr. Als Investigativjournalist legt er großen Wert auf Vertraulichkeit, daher handelt es sich dabei nicht um eines der Produkte der großen Player. Er verwendet ein Gerät mit Linux als Betriebssystem. Da dieser Widerstand gegen die etablierten Marktriesen mit sehr viel Engagement bei der Auswahl, Inbetriebnahme und Wartung bestraft wird, hat er das Telefon selbst aufgesetzt. Jonba meldet sich nach dem ersten Klingeln: »Was zum Teufel ist da los, François, hä?«

»Auch dir einen schönen Abend, Jonba.«

»Vergiss den schönen Abend. Dein Big GG ist verschwunden und pleite, also nix mit schönem Abend!«

François seufzt. Wie üblich in solchen Situationen bricht das afrikanische Temperament bei seinem Freund durch. François kennt das schon, also hört er die nächsten Minuten geduldig zu, wie Jonba Kraszninsky Dampf ablässt. An den entscheidenden Stellen wirft François eine gemurmelte Zustimmung oder ein ablehnendes Brummen ein. Damit stellt er sicher, dass sich Jonba wahrgenommen fühlt. Der Sohn einer Nigerianerin, mit einem Vater, der lange Jahre in der polnischen Armee, bei deren Spezialkräftekommando gedient hat, verfügt er über eine unglaubliche körperliche Präsenz. Er ist riesig, über zwei Meter groß, mit nachtschwarzer Haut und von Natur aus mit einem sehr muskulösen, athletischen Körper gesegnet. Ursprünglich war er in der Auswahl als Zehnkämpfer für die letzten Olympischen Spiele, aber seine afrikanisch-polnische Familiengeschichte hat den Verantwortlichen des französischen olympischen Komitees, obwohl nach außen hin auf Vielfalt und Integration pochend, dann doch zweifeln lassen. So wurde sein Olympiaticket an einen blassen Franzosen aus den Vogesen vergeben, der dann, wie erwartet, statt einer Medaille nur hintere Platzierungen erreichen konnte. François ist Jonba in dieser schweren Zeit beigestanden. Er hatte damals als blutjunger Journalist bei La Tribune angefangen und durfte Hintergrundberichte im Sportteil verfassen. So hat er zusammen mit Jonba die Machenschaften und Verflechtungen im französischen Olympiakomitee aufgedeckt. Der Artikel hat einigen Funktionären den Job gekostet. Jonba und François jedoch ihre Festanstellung bei La Tribune beschert. Als echter Familienmensch hat sich Jonba für eine Karriere im Innendienst entschieden, wohingegen François, ein eingefleischter Junggeselle, dem Ungebundenheit und Freiheit wichtiger ist als der sichere Hafen einer Partnerschaft, der investigativen Seite des Journalismus treu geblieben ist.

»François, bist du noch dran?«

Der Angesprochene taucht aus seinen Erinnerungen auf und räuspert sich, bevor er antwortet: »Klar, ich habe nur gerade nachgedacht.«

Ein kehliges Lachen kommt von der anderen Seite: »Natürlich. Ich kotze mich hier aus und du sinnierst über alte Zeiten.«

François macht einen ertappten Gesichtsausdruck, dann muss er grinsen, als er antwortet: »Erwischt. Aber ich muss nach New York.«

Ein leises Rauschen ist zu hören, sonst nichts. Jonba zögert mit einer Antwort. Als er dann wieder das Wort ergreift, ist seine Stimme zurückhaltend und vorsichtig: »Warum?«

Unbewusst wiegt François den Kopf und meint: »Da stimmt etwas nicht.«

Ein tiefes Seufzen vom anderen Ende ist die Antwort: »War doch klar. Immer stimmt irgendwo irgendetwas nicht. He, der Typ ist weg, warum dann nach New York fliegen?«

»Ja, klar. Aber die Frage ist doch: warum ist er weg?«

Wieder dauert es einen Moment, bevor Jonba antwortet: »In Ordnung. Du hast zwei Wochen. Mehr nicht, hörst du? Zwei Wochen. Länger kann ich das intern nicht durchsetzen.«

Dankbar lächelnd nickt François beim Antworten: »Danke, Jonba. Ich melde mich.«

»Pass auf dich auf, hörst du? Ich habe ein saublödes Gefühl bei der Sache.«

»Mach' ich doch immer.«

»Einen Scheiß machst du. Aber dieses Mal hörst du auf mich, in Ordnung? Pass auf!«

François erschrickt über die Sorge, die unüberhörbar aus der Stimme seines Freundes herauszuhören ist. So fällt seine Antwort ebenfalls ernst aus: »In Ordnung, versprochen. Wie gesagt, ich melde mich. Ciao, Jonba.«

»Au revoir und bon voyage, François.«

Dann ist das Telefonat zu Ende. François nimmt das Telefon vom Ohr, tippt kurz zum Beenden des Gesprächs auf das Display und blickt noch einen Moment nachdenklich auf sein Mobiltelefon.

»Wo bist du denn da schon wieder hineingeraten?«

Als er sich zu der rauchigen Frauenstimme umwendet, blickt ihn Seraphine Solier ernst an. Sie trägt wie immer ihr Business-Kostüm und lehnt lässig an der Hauswand, die Beine leicht überschlagen, eine Zigarette in der rechten Hand direkt vor ihrem grellrot geschminkten Mund und hält dabei mit der linken Hand den rechten Ellenbogen unterstützt. François bewundert wieder einmal, wie diese Frau trotz ihrer alles anderen als schlanken Figur einen solch lässig attraktiven Eindruck machen kann. Ihrem ernsten Gesichtsausdruck entnimmt er, dass sie sich wirklich um ihn sorgt.

»Ach, eigentlich bin ich bis jetzt nicht einmal dabei, dass ich in etwas hineingeraten könnte. Du hast mir die Nachricht doch gezeigt.«

Fragend hebt Seraphine die Augenbrauen an: »Der Technologiefuzzi? Was hast du denn mit dem zu schaffen?«

François holt tief Luft, hält diese kurz an und leert dann in einem tiefen Seufzer seine Lungen wieder: »Na ja, mir kam da etwas komisch vor und dann habe ich etwas nachgebohrt.«

Sie nickt verstehend, die Augenbrauen immer noch angehoben: »Natürlich hat dich das, was du da gefunden hast, nicht davon abgebracht der Sache weiter nachzugehen.«

Mit einem entwaffnenden Grinsen lächelt er sie an, dabei zuckt er lässig mit den Schultern und hebt beide Handflächen etwas an: »He, Seraphine, du kennst mich doch!« Sie nickt ihn grimmig an: »Natürlich, François. Ich kenne dich nur zu gut. Deshalb mache ich mir ja Sorgen. Dieser Gonzales ist zehn Hausnummern zu groß für dich. Das ist dir schon klar? Der reichste Mann auf dem Planeten und Herr über zigtausende Arbeitsplätze und hunderte Firmen.«

Nun schaut er ihr mit vollkommen ernster Miene ins

Gesicht: »Und gerade anscheinend auf der Flucht vor irgendetwas.«

»Das weißt du doch nicht. Die Meldung war lediglich, dass er verschwunden ist.«

François schüttelt energisch den Kopf: »Nicht Big GG. Der verschwindet nicht. Bisher hat er jedes Mal, wenn eines seiner Unternehmen in Schwierigkeiten war, aggressiv die Öffentlichkeit gesucht.«

Seraphine Solier schaut ihn nachdenklich an, hat sie doch in den vergangenen Jahren gelernt, dass François mit seinen Vermutungen fast immer richtig gelegen ist, dennoch sagt sie ernst: »Mag sein. Aber das ist eine Nummer zu groß für dich.«

In diesem Moment sieht sie, wie ein Funkeln in den Augen ihres Freundes aufglimmt. Sie kennt ihn gut genug, als dass sie hoffen kann, dass das Feuer, das diese Geschichte in ihm entfacht hat, schnell oder einfach zu löschen wäre. Geschlagen nickt sie: »Ich sehe schon, wohin das läuft. Aber eines musst du mir versprechen François.«

Mit leicht schief gehaltenem Kopf blickt er ihr in die Augen: »Was?«

Sie holt tief Luft, bevor sie seinen Blick direkt und offen erwidert, dann fährt sie fort: »Du hältst mich auf dem Laufenden und du sicherst deine Information wie üblich. Hörst du?«

Noch einige Sekunden halten die beiden den intensiven Blickkontakt aufrecht. Dann nickt François ruckartig, als er antwortet: »Versprochen.«

Ihre Antwort ist ein leises, aber nachdrückliches Flüstern, dass über den Verkehrslärm hinweg fast nicht zu hören ist: »Danke.«

Dann strafft sie und stößt sich von der Hauswand ab, an der sie bisher gelehnt hat. Nach einem letzten Zug schnippt sie die Zigarette weg und macht sich auf den Weg zurück ins Héraut de Clichy. Einige Schritte geht sie, bevor sie sich ein letztes Mal zu ihm umwendet: »Wie geht es jetzt weiter?«

Mit einem für ihn ungewöhnlich nachdenklichen Ton antwortet er: »Am Samstag fliege ich nach New York. Dort setze ich an mit meiner Recherche.«

Sie nickt verstehend. Sie verabschiedet sich erneut und mit einem Grinsen, das sie ihm über die Schulter hinweg zuwirft, meint sie: »Schnapp' ihn dir! Ich gönne mir nun noch einen Schlummertrunk und bezahle deinen Deckel. Au revoir, François.«

Dann steht er alleine auf dem Gehsteig. Wieder blickt er nachdenklich die Straße hinab, der Verkehr ist inzwischen etwas weniger geworden. Für die Pariser ist jetzt Feierabend angesagt. Für François dagegen beginnt die Arbeit erst. Wie um sich selbst Mut zu machen, nickt er energisch, dann macht er sich auf den Weg nach Hause.

2   Phaethon erwacht

Flug XFH381 gleitet ruhig dahin. Seit dem Start in Paris vom internationalen Flughafen Charles-de-Gaulle am Samstagmorgen um 05:03 Uhr verlief der Flug gänzlich unauffällig. Jetzt, nach etwas mehr als vier Stunden Flugzeit, hat der Airbus A330neo ziemlich genau die Hälfte der insgesamt 5.834 km zurückgelegt. An Bord ist noch die Pariser Zeit gültig und so ist es nun 09:08 Uhr und damit Zeit für das Frühstück.

François gähnt. Die Kabinenbeleuchtung wurde schon vor einiger Zeit von Nacht auf Tag umgestellt, aber draußen ist es noch dunkle Nacht. Die letzten Tage waren angefüllt mit weiteren Recherchen zu Intersol Technologies. Er hat dazu praktisch durchgearbeitet und inzwischen jedes Zeitgefühl verloren. Der Gott der Flugpassagiere war ihm hold, als er heute früh am Morgen am Flughafen Charles-de-Gaulle für seinen Flug nach New York eingecheckt hat, kam er völlig unerwartet in den Genuss eines kostenlosen Upgrades. So fliegt er in der noblen Executive-Class der Airline. Froh und glücklich über dieses unerwartete Geschenk hat er nicht weiter nachgefragt. Da sitzt er nun in einem wunderbaren Sessel, den er gleich nach dem Start in ein nahezu perfektes Bett verwandeln konnte. Jetzt versucht er, dieses Wunderwerk an fliegendem Sitzmöbel mit einem der vielen Bedienelemente wieder zurück in einen Sessel zu verwandeln. Noch will ihm das nicht gelingen, da spricht ihn eine freundliche Frauenstimme an: »Kann ich Ihnen helfen?«

François blickt zu der Frau auf, sie hat einen nüchternen Gesichtsausdruck, aber das Lächeln ist warm und freundlich. Er runzelt die Stirn: »Ja, bitte!«

Die Frau greift routiniert zum Handbedienterminal des Wundersessels und ruft dort auf dem Touchbildschirm ein Menü auf, wählt die Position "aufrecht sitzen" und schon bewegt sich der Sessel sanft. Über das Geräusch der

Triebwerke sind die Elektromotoren der Sesselverstellung nicht zu hören, aber François kann die leichten, fast nicht bemerkbaren Vibrationen gerade noch wahrnehmen: »Bitte schön.« Der Blick der Frau bleibt noch auf ihm ruhen. »Vielen Dank. Ich bin offenbar zu dumm, um einen Sitz zu bedienen. Dafür benötige ich tatsächlich die Unterstützung der Flugbegleitung.«

Jetzt lacht die Frau leise, ein angenehmes Lachen, das François aufhorchen lässt. Er blickt sie zum ersten Mal bewusst an. Ihr Alter schätzt er auf Mitte dreißig. Sie hat hellbraunes Haar und sehr wache, intelligent blickende dunkelbraune Augen.

»Nun, in der Executive-Class werden Sie nur vom Toppersonal bedient. Ich bin Fiona Köhler, Ihre Pilotin auf diesem Flug.«

Das ist einer der seltenen Momente, in denen François peinlich berührt ist: »Bitte entschuldigen Sie. Ich wollte Sie nicht degradieren, also natürlich sind auch Flugbeglei-ter wichtig, aber Sie wissen schon ...«, mit einem Seufzer beendet er den verunglückten Versuch. Kurz schließt er die Augen. Als er sie wieder öffnet, lächelt ihn Fiona Köhler immer noch an. Soeben haben sich wundervolle Grübchen auf ihren Wangen gebildet. François versucht die Situation mit einem Lächeln seinerseits zu retten: »Also noch mal von vorn: Vielen Dank und entschuldigen Sie bitte, dass ich Sie der Kabinen-Crew zugeordnet habe.«

Fiona Köhler hält diesen etwas verdattert wirkenden Franzosen für sehr sympathisch. Und als ob sie ein kleines Teufelchen reiten würde, blickt sie ihn nun mit gespieltem Ernst an: »Mhm, und wie gedenken Sie, diesen Fauxpas wiedergutzumachen?«
Jetzt leuchten seine Augen auf. Ganz der galante Franzose antwortet er mit warmer Stimme: »Nun, ich könnte Sie auf einen Drink einladen, wenn und falls Sie diesen Vogel sicher in New York landen können!«

Diese schlagfertige Antwort lässt sie hell auflachen. Nun ist ihr Gesichtsausdruck nicht mehr formal und professionell, sondern fröhlich und unbeschwert. Sie nickt ihm zu: »Dann wollen wir mal schauen, ob ich das hinbekomme. Und dann sehen wir, ob Sie ihren Teil dieses Deals einhalten wollen und können.«

Jetzt lacht auch François kurz auf: »Ich will und ich kann.« Dann streckt er ihr die rechte Hand zum Gruß hin: »François Beauford, ich freue mich sehr, Sie kennenzulernen.«

Sie ergreift seine Hand und schüttelt sie kurz. Es ist eine sehr angenehme Berührung für beide Seiten. Dann wird ihr Blick wieder ernst: »So, dann gehe ich mal und mache meine Pilotensachen, Sie wissen schon, steuern und landen und so!«

Er grinst sie an und zeigt nach vorn zur geschlossenen Türe des Cockpits: »Ich glaube, dazu müssen Sie da lang.«

Wieder blitzt der Schalk in ihren Augen auf: »Ach herrje, vielen Dank. Hier drin verläuft man sich ja so leicht.« Ein letztes Augenzwinkern und Fiona Köhler wendet sich zum Gehen. Sie denkt sich, dass dieser Tag, so angenehm er gerade begonnen hat, gefälligst auch so weiterzugehen hat.

Nach wenigen Schritten hat sie das Cockpit erreicht. An der Türe tippt sie den Zugangscode ein und die Türe wird entriegelt, sodass sie es betreten kann. Ihr First Officer, der Co-Pilot, sitzt konzentriert auf der rechten Seite. Er blickt kurz über die Schulter zu ihr und nickt ihr zu. Fiona Köhler schließt die Cockpittüre sorgfältig. In früheren Zeiten war diese oft den ganzen Flug über geöffnet, aber seit den immer häufiger vorkommenden Flugzeugentführungen bleibt die Türe zum Cockpit meist verschlossen. Sie setzt sich auf den linken Sitz, den Sitz des Piloten. Kurz überfliegt sie die Anzeigen und prüft die Eintragung im Bordcomputer. Alles ist genau so, wie sie es erwartet hat. Ihr First Officer ist zwar blutjung und hat seinen

Flugschein erst seit Kurzem, aber die Ausbildung heutzutage trimmt die Pilotenschüler knallhart auf die Einhaltung der Abläufe und Prozesse. Kurz referiert er ihr Kurs und Flughöhe und meldet: keine besonderen Vorkommnisse. Dann widmet er sich wieder der Kursplanung, schließlich hat sie ihm angekündigt, dass er den Vogel heute in New York landen darf.

Fiona Köhler muss an den Fluggast denken, den Franzosen. Als François Beauford hat er sich vorgestellt. Sie beschließt, sich von ihm tatsächlich auf einen Drink einladen zu lassen, schließlich endet heute ihre Rotation in New York und sie hat ganze fünf Tage dort zur freien Verfügung. Nicht gänzlich zur freien Verfügung, wie sie sich eingesteht. Als zweite Chefpilotin der Fluglinie muss sie sich morgen wohl noch an ihren Computer setzen und einiges an Schriftkram erledigen. Aber danach kann sie die Stadt, die niemals schläft, genießen. Genau das hat sie auch vor. Innerlich grinst sie bei dem Gedanken daran, dass sie diesem François mit treu warmem Augenaufschlag gesteht, dass sie den jungen First Officer die Landung hat durchführen lassen. Sie ist sich sicher, dass dieses Date, denn genau genommen ist es das, ein wunderbarer Abend wird.

Nun blickt sie hinaus über den Atlantik. Sie runzelt die Stirn und wirft einen Blick auf ihre mechanische Armbanduhr. Für sie ist dieses wunderbare Stück Technik, obwohl sündhaft, teuer und sehr pflegeintensiv, eine Art Anker, der ihr Halt in dieser von digitalen Datenströmen immer stärker geprägten Welt bietet. Es ist 09:08 Uhr, ihre Uhr geht noch nach Pariser Zeit, also der mitteleuropäischen Zeit. In New York wird sie auf die dort seit dem neunten März geltenden Sommerzeit umgestellt. Dann greift sie sich den Flugplan, der nach wie vor auf einem Klemmbrett in Papierform im Cockpit vorgehalten wird. Nicht alle Fluggesellschaften handhaben das so, aber sie ist sich mit dem Chefpiloten der Airline einig, dass ein

Papier im Cockpit im Zweifelsfall immer verfügbar und vor allem lesbar ist. Für elektronische Daten gilt das nicht zwangsläufig. Jetzt vertieft sich ihr Stirnrunzeln. Über dem Atlantik herrscht tiefe Nacht. Nochmals rechnet sie im Geiste nach, wann der Sonnenaufgang sein sollte. Wie sie schon vorher instinktiv erwartet hat, wäre der Zeitpunkt genau jetzt. Ihr Unbehagen vertieft sich. Dann wendet sie sich nach rechts dem First Officer zu: »Wann erwarten wir den Sonnenaufgang?«

Er blickt von seiner Kursplanung auf, blinzelt kurz und schlägt zwei Seiten auf seinem Klemmbrett zurück. Mit dem Finger findet er die gesuchte Stelle: »Sonnenaufgang auf halber Wegstrecke ist 08:08 Uhr UTC, also nach Pariser Zeit 09:08 Uhr.«

Sie nickt unheilschwanger: »Checken Sie die Uhrzeit.«

Wieder blinzelt er sie kurz an, dann blickt er auf seine Armbanduhr und ruft danach die Uhrzeit aus dem Bordcomputer ab: »Wir haben 09:11 Uhr MEZ.«

Er nickt ihr kurz zu, dann widmet er sich wieder seiner Kursplanung. Die Situation ist ernst, ja geradezu absurd: »Schauen Sie hinaus!«

Jetzt blickt der junge Pilot irritiert auf. Dann geht sein Blick hinaus aus dem Cockpitfenster. Es ist eine dunkle, mondlose Nacht. Fiona Köhler kann sehen, wie es in ihm arbeitet. Dann keucht er erschrocken und schaut wieder zu seiner Pilotin nach links: »Kein Sonnenaufgang zu sehen!«

Hektisch prüft er in seinen Unterlagen die Zeiten und Daten, rechnet nach und keucht dann erneut: »Ich muss etwas falsch machen. Aber ich finde den Fehler nicht!«

Verzweifelt schaut er wieder zu Fiona und will ihr sein Klemmbrett reichen, wie ein Schüler, der seine Lehrerin um Hilfe bei einer schweren Mathematikaufgabe bittet. Sie schüttelt nur traurig den Kopf: »Nein, Sie haben keinen Fehler gemacht oder wir beide haben den gleichen Fehler gemacht.«

Er schüttelt verneinend, in Ablehnung der Erkenntnis
des Offenbaren, den Kopf: »Wir müssen aber etwas falsch
gemacht haben. Die Sonne geht immer auf! Jeden Tag geht
sie auf, wie ein Uhrwerk. Das ist so!«

Fiona Köhler blickt erneut zum Cockpitfenster hinaus. Es
ist nach wie vor schwarze, dunkle Nacht. Sie atmet tief ein
und aus. Und dann macht sie etwas, das nur sehr wenige
Menschen beherrschen. Sie akzeptiert die Situation erst
einmal, wie sie ist. Damit öffnet sie sich die Möglichkeit,
wieder das Zepter der Handlung in die Hand zu bekommen. Ihr Blick wird grimmig und hart. Dann wendet sie
sich wieder ihrem First Officer zu: »Nein. Heute geht die
Sonne offenbar nicht auf.«

Sie wartet kurz, ob ihr Co-Pilot darauf reagiert. Aber er
starrt sie mit zunehmend verzweifelt werdendem Blick
einfach weiter an.

Übergangslos konfiguriert sie das rechts neben den
Schubhebeln liegende Funkgerät. Kurz blickt sie ihren
First Officer an, der immer noch schreckensstarr neben
ihr sitzt. Um ihn aus seiner Erstarrung zu lösen, gibt sie
ihm eine Aufgabe: »Sie bestimmen Position und Höhe mit
allen verfügbaren Methoden. Dann gleichen Sie diese mit
unserem Flugplan ab.«

Der junge Pilot zuckt zusammen und nickt dann eifrig.
Fiona Köhler ist froh, dass er zumindest vorerst seinen
Schreck überwunden hat. Ihr sitzt die Erkenntnis, dass die
Sonne heute offenbar nicht aufgegangen ist, noch in den
Knochen. Aber wie es ihre Art ist, beginnt sie zu handeln.
Als Erstes versucht sie die Flugleitung auf dem amerikani-
schen Kontinent zu erreichen.

3 Aufstieg der Obskurität

Er muss nochmals eingenickt sein. François Beauford versucht, sich zu strecken. Wie üblich hat er sich zur eigenen Sicherheit mit dem Beckengurt am Sitz angeschnallt, was ein Strecken deutlich erschwert. Aber leidvolle Erlebnisse bei Flügen in Fernost während der Taifunsaison haben ihn gelehrt, dass ein Flugzeug von jetzt auf gleich in Turbulenzen geraten kann und ein geschlossener Sicherheitsgurt einen als Passagier vor kleinen oder gar größeren Blessuren bewahren kann. Auf diesem Flug XFH38 gleiten sie vollkommen ruhig und turbulenzfrei durch die dunklen Lüfte über dem Atlantik. Das Triebwerksgeräusch, das in der Kabine zu hören ist, ist gleichmäßig und zeugt von einem ruhigen, planmäßig verlaufenden Flug. Seufzend öffnet François Beauford seinen Gurt und steht auf. Er blinzelt und gähnt hinter vorgehaltener Hand. Dabei fällt ihm das anregende Gespräch mit der Pilotin wieder ein und ein warmes Lächeln stiehlt sich auf sein Gesicht. Er nimmt sich vor, diese Frau tatsächlich zu einem Drink einzuladen, sei es auch nur, um dem Jetlag keine allzu große Angriffsfläche zu bieten. Dann schüttelt er den Kopf: Nein, das stimmt nicht. Er gesteht sich ein, dass er sich sehr darauf freut, diese Fiona Köhler näher kennenzulernen. Wieder versucht er sich zu strecken, dazu steht er auf. Nach einem verhaltenen Gähnen blickt er hinaus. Draußen ist es nach wie vor dunkel. Kurz runzelt François Beauford die Stirn. Eigentlich ging er davon aus, dass sie inzwischen den Sonnenaufgang sehen müssten. Dann zuckt er mit den Schultern und blickt sich um. Vom Eingangsbereich vorn beim Cockpit strömt ein herrlicher Geruch nach Kaffee zu ihm herüber. Kurzentschlossen macht er sich auf den Weg und spricht den Flugbegleiter an, der dort die Ausgabe des Frühstücks vorbereitet: »Bitte entschuldigen Sie: Könnte ich eine Tasse Kaffee haben?«

Der Flugbegleiter blickt ihn amüsiert an: »Ah, wir sind

doch erst auf halber Strecke und draußen ist es noch dunkel! Für Jetlag ist das noch etwas früh, oder nicht?«

Obwohl der Flugbegleiter wie alle an Bord Englisch gesprochen hat, kann François genau heraushören, dass der junge Mann entweder Franzose oder Belgier ist. Verschwörerisch zwinkert er ihm zu, als er sich zu ihm vorbeugt und flüstert: »Un café est essentiel à la vie!«

Der Angesprochene lacht kurz auf und nickt zur Bestätigung: »Absolument, Monsieur, Absolument!« Dann geht sein Blick suchend in der kleinen Bordküche umher und schließlich hält François Beauford eine dampfende Tasse Kaffee in den Händen: »Merci beaucoup! Tu m'as sauvé!«

Der Flugbegleiter nickt ihm verschwörerisch zu: »C'est un plaisir.«

Dann schnappt er sich eine der Kunststoffkästen, die er mit Servietten und anderen Dingen befüllt hat und macht sich auf den Weg in die Kabine. Er nickt François Beauford noch einmal freundlich grinsend zu, dann ist François alleine. Er genießt mit geschlossenen Augen den ersten Schluck seines Kaffees.

Hinter ihm hört er ein Piepsen und daraufhin das schabende Geräusch einer Türentriegelung. François Beauford öffnet die Augen und macht einen Schritt zur Seite. Die Cockpittüre wird aufgestoßen und ein junger Mann in weißem Hemd steht vor ihm, die Schulterklappen haben sehr neue Abzeichen, die zwei silberne Streifen zeigen. Ohne François anzuschauen, stürmt er an ihm vorbei nach hinten in die Kabine. Die Tür zum Cockpit ist beim Aufschwingen mit deutlich hörbarem, schnappenden Geräusch in eine Verriegelung eingerastet, die die Türe offen hält. Verdutzt blickt François dem Mann nach, dann wandert sein Blick ins Cockpit. Auf der linken Seite sitzt Fiona Köhler. Gerade hat sie eine Eingabe auf einem Gerät in der Mittelkonsole rechts von ihr beendet, als sie aufblickt. Ihr Blick ist ernst. Als sie François sieht, verschwindet ihr

Stirnrunzeln kurz, dann erscheint es erneut. Das Licht der dunkel gedimmten Cockpitbeleuchtung zusammen mit dem Lichtschein der Instrumente erleuchtet ihr Gesicht. Ohne es wirklich erklären zu können, empfindet François diesen Anblick als verheißungsvoll abenteuerlich. Er ruft sich sofort innerlich zur Ordnung: »Soll ich die Türe wieder schließen oder kommt Ihr Kollege gleich wieder zurück?«

Die Pilotin schaut ihm kurz in die Augen, dann gibt sie sich einen Ruck. Ihre Antwort verblüfft François Beauford etwas: »Er wird wohl noch einen Moment benötigen.«

Nochmals fixieren die dunkelbraunen Augen ihn genau, dann hat Fiona Köhler sich entschieden: »Kommen Sie doch herein und machen Sie die Tür zu.«

Unsicher geworden hebt er die Augenbrauen, aber die Pilotin nickt ihm aufmunternd zu. Dann wendet er sich der Tür zu. Nach kurzem Suchen hat er die Verriegelung gefunden und er betritt das Cockpit und schließt die Türe hinter sich.

»Sie können sich auf den Jumpseat setzen.« Mit dem Kinn weist Fiona Köhler auf den dritten Sitz, der im Cockpit auf der rechten Seite hinter dem Platz des Co-Piloten eingebaut ist.
»Danke schön.« Als er sich gesetzt hat, geht sein Blick zum Cockpitfenster und hinaus in die Dunkelheit. Hier vorn ist es deutlich lauter als in der Kabine. »Ich war offen gesagt noch nie in einem Cockpit.«

Fiona Köhler nickt. Sie kennt die Reaktion von Passagieren, die ins Allerheiligste an Bord gebeten werden, nur zu gut. Sie wendet sich wieder den Instrumenten zu und tippt erneut auf die kleinen Tasten eines der Geräte in der Mittelkonsole. Dann blickt sie auf und mustert ihn. Den Kopfhörer hat sie zwar aufgesetzt, aber auf der rechten Seite so weit zurückgeschoben, dass sie ihn hören kann. François versucht sich einen Überblick zu verschaffen. Er runzelt die Stirn und schaut dann verwirrt zu Fiona Köhler: »Ich hätte erwartet, dass es inzwischen hell ist.«

Immer noch hält sie Blickkontakt mit ihm. Dann wendet sie sich wieder um und schaut ebenfalls hinaus: »Ich auch. Aber heute geht die Sonne nicht auf.«

Zuerst lacht François auf in der Annahme, dass die Pilotin sich einen Spaß mit ihm erlaubt. Aber er kann an ihrer Haltung erkennen, dass sie es todernst meint. Er will mit einem flapsigen Kommentar antworten, aber dann besinnt er sich anders: »Die Sonne geht also nicht auf. Ist das eine Annahme oder wissen Sie das genau?«

Noch einmal geht ihr aufmerksamer Blick von links nach rechts hinaus ins Dunkel, dann wendet sie sich erneut um: »Das ist das, was wir beobachten.« Gerade als er nachfragen will, fährt sie fort: »Ganz Europa liegt nach wie vor im Dunkeln.«

Mit einer Handbewegung weist sie auf eines der Geräte in der Mittelkonsole: »Sie können sich nicht vorstellen, was dort los ist. Die Flugleitung ist mit Anfragen überlastet. Der Funkverkehr ist, gelinde gesagt, dramatisch.«

François Beauford schaut die Pilotin erschrocken an. Sie erwidert seinen Blick ruhig, aber mit erkennbarer Sorge. Ohne es bewusst anzustreben, vergleicht er ihre abgeklärte Reaktion mit der geradezu panischen Flucht ihres Co-Piloten aus dem Cockpit. Diese Frau ist krisenfest und resilient. Kurz schließt er die Augen. Als er sie wieder öffnet, geht sein Blick erneut hinaus in das Dunkel über dem Atlantik. Er möchte sich vor Fiona Köhler keine Blöße geben, so atmet er bewusst tief ein und aus, bevor er antwortet: »Das ist völlig absurd. Aber viel wichtiger: sind wir in Gefahr?«

Jetzt schüttelt sie den Kopf, offenbar hat sie sich in diesem Franzosen nicht getäuscht. Ihre Antwort kommt nüchtern und professionell: »Flug XFH38 ist nicht in Gefahr. Dieses Flugzeug kann im Dunkeln genauso gut fliegen wie im Hellen. Wir sind planmäßig auf Kurs und erreichen New York in etwas mehr als vier Stunden. Dort werden wir landen, Nachtlandungen sind kein Problem, das ist Business as usual für uns.« Er nickt, dankbar für ihre nüchterne Einschätzung: »Aber was passiert mit der Welt? Was passiert, wenn die Sonne nicht mehr aufgeht?« Langsam bewegt sie ihren Kopf auf und ab, abwägend, sorgenvoll: »Das ist natürlich eine ganz andere Sache. Aber es ist nichts, worum wir uns bis zur Landung kümmern müssen.« Unvermittelt geht sein Blick zur Cockpittüre.

Jetzt lacht Fiona Köhler fatalistisch auf: »Und mein First Officer, mein Co-Pilot, wird das nun Stück für Stück verstehen müssen, aber der schafft das schon.«

Ihr Blick geht wieder nach vorn, François Beauford bemerkt, wie sie routiniert alle Instrumentenanzeigen überfliegt und die Umgebung draußen kontrolliert. Dann geht ihre Hand zum Kopfhörer, sie schiebt die rechte Ohrmuschel über ihr Ohr und hantiert an der Mittelkonsole.

François verharrt und beobachtet in Gedanken, wie die Pilotin professionell mit einer Gegenstelle im Funkkontakt steht. Der Dialog kommt zu einem Ende und Fiona Köhler  nickt zufrieden. Während dieser kurzen Zeit versucht er sich, mit der Situation anzufreunden. Die Sonne ist nicht aufgegangen. Finsternis herrscht auf der Welt. Ärgerlich schüttelt er den Kopf. Nein, keinesfalls will er sich davon in eine Verzweiflung treiben lassen. Für Verzweiflung ist es noch viel zu früh. Er hat viel zu wenige Informationen, als dass das sinnvoll wäre. Auch wenn das Thema Dunkelheit auf hinterhältige Art seine Urängste anspricht.

»Bitte entschuldigen Sie. Die Flugleitung wollte uns umleiten, aber ich habe denen klargemacht, dass wir dann nur noch mit der Notreserve an Treibstoff unterwegs wären. Wir landen also in New York wie geplant.«

François Beauford nickt leicht, weniger aus Verständnis

für die Abläufe als zum Zeichen seiner Aufmerksamkeit.
Fiona Köhler grinst müde, als sie antwortet: »Das ist das
übliche. NYC ist immer voll, da hofft ständig einer darauf,
dass er den Slot eines anderen bekommt, der verspätet ist
oder ausfällt. Aber alles gut: wir landen in New York.«
Er lächelt und versucht humorvoll zu antworten: »Und
dann werden wir uns im Dunkeln mit unseren Mobiltele-
fonen als Taschenlampen einen Ort suchen, an dem eine
entspannte Unterhaltung möglich ist.«
Ihre Antwort kommt im ernsten Ton: »Das machen wir.
Hoffen wir, dass die Akkus durchhalten.«

François Beauford will gerade antworten, als ein
Summton hinter ihm ertönt. Die Pilotin hantiert an ihren
Instrumenten und die Cockpittüre wird nach außen aufgezogen. Ein inzwischen etwas weniger hektisch blickender
Co-Pilot steht in der Türöffnung. Fiona Köhler schiebt sich
den Kopfhörer über die Ohren, als sie mit betont lauter
Stimme weiterspricht: »So, ich hoffe, Ihnen hat Ihr Besuch
hier vorn im Cockpit gefallen! Wenn Sie nun wieder Platz
nehmen würden, wir müssen unseren Anflug auf New York
vorbereiten.«

François versteht die Botschaft und verneigt sich leicht:
»Vielen Dank für die Gelegenheit. Ich bin wirklich
fasziniert, welch anspruchsvolle Aufgabe Sie als Piloten
haben!«

Er nickt ihr mit einem Augenzwinkern zu, der Co-Pilot
hinter ihm kann das nicht sehen. Sie wendet sich mit
stoischer Miene um. François Beauford wendet sich zum
Gehen, der Co-Pilot macht zwei Schritte zurück, um
ihn durch die Cockpittüre passieren zu lassen. Auch der
Co-Pilot bekommt ein ehrfürchtiges Nicken von François
Beauford zum Abschied, natürlich in diesem Fall ohne
Augenzwinkern.

Als er sich gerade wieder an seinen Platz setzt, wird
das Frühstück serviert. Die Mitarbeiter der Kabinencrew
lächeln professionell freundlich, aber François Beauford

erhascht immer wieder einen Moment, wo das Kabinen-
personal mit sorgenvoller Miene nach draußen späht. Als
ob sie die Hoffnung haben, dass sich die Sonne doch noch
zeigen würde. Jedes Mal werden sie enttäuscht.

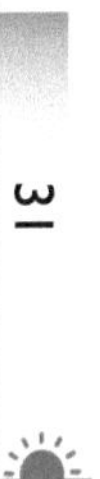

4 Nachtlandung

Die Stimmung an Bord ist gedrückt. Inzwischen ist jedem klar geworden, dass die Welt im Dunkeln bleibt. Es ist der sehr professionell agierenden Kabinen-Crew nach der wunderbar überlegt und kompetent formulierten Durchsage der Pilotin gelungen, dass es die Menschen beruhigt wurden und es zu keinen größeren Dramen oder Konflikten gekommen ist. Jetzt sitzen alle angeschnallt auf ihren Plätzen und lauschen den üblichen Geräuschen eines Verkehrsflugzeuges. François hat vorhin einen wunderbaren Blick auf das nächtliche New York durch sein Kabinenfenster erhaschen können. Nein, das ist nicht das nächtliche New York, korrigiert er sich in Gedanken selbst. Es ist das normale New York, das wie die ganze übrige Welt gerade im Dunkeln liegt. Je länger er darüber nachdenkt, desto unwirklicher und gleichzeitig Furcht einflößender erscheint ihm diese Situation. In den vergangenen Stunden hat er sich selbst dazu gebracht, nicht ständig über die Welt im Dunkeln nachzugrübeln. Denn, so hat er sich immer wieder selbst ermahnt, an diesem Umstand kann er derzeit nichts, aber auch gar nichts ändern. Trotzdem lauert die Sorge und Furcht wie ein gehässiges Wesen hinter jedem Schutzwall, den er in seinem Geist gegen die Verzweiflung über die Dunkelheit aufgebaut hat. So hat er die letzten Stunden mit dem Studium aller seiner Unterlagen verbracht, die er über Geraldo Gonzales zusammengetragen hat. Sein Laptop verwendet eine freie Linux-Distribution, und seine Festplatte hat er komplett verschlüsselt. Die Schlüsselchiffre muss er jedes Mal, wenn er sich an seinem Laptop als Benutzer anmeldet, neu erdenken. Dazu geht er im Kopf methodisch nach der Anleitung vor, die ihm sein Freund aus Studienzeiten genau erläutert hat, bis er den Passcode mit seinen 16 Stellen erarbeitet hat. Anfangs war das sehr mühselig, aber inzwischen beherrscht er dieses Verfahren perfekt

und, wie er festgestellt hat, sowohl im halb wachen als
auch im leicht betrunkenen Zustand. Nach menschlichem
Ermessen dürfte es auch einem der drei Buchstabendienste
der Welt unmöglich sein, die Daten im Massenspeicher
seines Laptops zu entschlüsseln. Für den Fall, dass ihm das
Gerät weggenommen oder zerstört würde, hat er an einem
sicheren Speicherort im Internet die verschlüsselte Version
seiner Daten abgelegt. Dieses Vorgehen birgt natürlich ein
gewisses Risiko in sich, aber François Beauford ist sich
darüber völlig im Klaren. Milde lächelt er, wenn er daran
denkt, was passiert, wenn der Laptop einfach eingeschaltet
wird. Das Betriebssystem wird gestartet und am Ende
erscheint ein aufgeräumter Desktop ohne Passwortschutz.
An dieser Stelle sind lediglich einige Ordner mit Urlaubs-
bildern und PDF-Dateien seiner alten Artikel zu finden.
Das E-Mail-Programm zeigt die üblichen Maileingänge
eines Privatmanns. Den Mailaccount hat er vorsätzlich bei
einem der großen, amerikanischen Anbieter eingerichtet.
Von diesem Anbieter ist bekannt, dass er unter der Hand
die Daten seiner Kunden gerne intern und extern weiter-
reicht. Selbstverständlich, unter strikter Wahrung der
Firmenpolitik, die einen Datenmissbrauch auszuschließen,
vorgibt.

  Dieser Geraldo Gonzales, GG wie ihn seine Freunde
und seine Feinde nennen, ist eine sehr schillernde Person.
In der Öffentlichkeit tritt der Multimilliardär als Self-
mademan auf. François ist sich jedoch sicher, dass GG
von sehr finanzkräftigen Strukturen mit Kapitalmitteln
versorgt wird. Er muss hervorragende Verbindungen zum
internationalen militärisch, wirtschaftlichen Komplex
haben. Anders ist es François Beauford nicht erklärbar, wie
GG sein Firmenimperium immer in die vorderste Front
für Hochtechnologieprojekte bringen kann. Allerdings
scheint er sich mit seinem "Project Deep Space" verhoben
zu haben. In den vergangenen sieben Monaten wurden
kurz hintereinander 15 Sonden gestartet. Alle hatten die

Aufgabe, den Asteroidengürtel zwischen Mars und Jupiter näher zu untersuchen. Die große Vision von GG ist die Ausbeutung der dort auf den Asteroiden schlummernden Ressourcen an Metallen, seltenen Erzen und Gasen. Diese Vision hat das Ziel, der Menschheit den Weg ins Sonnensystem zu ebnen und gewissermaßen nebenbei die Aufgabe zu haben, GG unfassbar reich werden zu lassen. Nachdenklich ruft François Beauford das Video der letzten Pressekonferenz von GG auf. Wie üblich trägt er eine schwarze Hose mit fein bestickten Streifen an der Seite. Sein weißes Leinenhemd ist mit ähnlichen Verzierungen versehen, das schwarze Haar mit Gel glatt nach hinten gekämmt. Im Nacken wird sein langes Haar von einer ledernen Haarspange mit Holzstift zusammengehalten. François Beauford hat seinen Kopfhörer aufgesetzt, so kann er den Ton der Aufzeichnung genau hören. Er kennt die Aufzeichnung, daher konzentriert er sich weniger auf den Inhalt als auf die Person. Ganz anders als üblicherweise, wenn er auf eine Bühne kommt oder zu einem Rednerpult geht, ist es still. Keine Musik läuft, niemand jubelt im Saal.

Der Spot der Beleuchtung folgt ihm von dem Moment an, wo er die Bühne betritt. Ernst blickt er sein Publikum an, dann wendet er sich dem Rednerpult zu und legt die wenigen Schritte dorthin zurück. GG ist ein charismatischer Mensch. Jemand hat einmal gesagt, dass er sogar die Wetteransage für einen verregneten Urlaubstag als hysterisch gefeierte Ansprache gestalten kann. Aber nicht in diesem Moment. Still blickt er kurz zu Boden, dann ergreift er das Wort. Seine Stimme ist leise, das so charakteristische, leichte Knarzen lässt seine Worte rustikal klingen: »Meine Damen und Herren, meine Freunde. Ich stehe heute hier, um Ihnen etwas sehr Betrübliches mitzuteilen.« Er holt tief Luft und blickt kurz in die Runde. Dann fährt GG fort: »Die letzten Wochen waren unendlich schwer. Nicht nur für mich, sondern für alle in der Intersol

Technologies Familie.«

Wieder eine Pause: »Aber wenn etwas gesagt werden muss, dann muss es gesagt werden. Es ist meine Pflicht, meine Obliegenheit, Ihnen, meine Freunde, das Folgende zu berichten.« GG holt nochmals Luft, dann strafft er sich sichtbar, bevor er fortfährt. Er scheint die nächsten Worte von einem Notizzettel abzulesen: »Wir sind gescheitert. Alle 1.400 Explorationssonden haben die Kommunikation mit unseren Bodenstationen eingestellt. Es ist eine Tragödie.«

Mit einem schmerzvollen Gesichtsausdruck blickt er erneut zu seinem Publikum auf.: »Es ist vorbei. Jeder Versuch, die Verbindung wiederherzustellen, ist ohne Resultat geblieben. Es tut mir sehr leid, meine Freunde. All unsere Hoffnung, unsere Begeisterung, unser Wissen haben wir in diese Mission, nein, in diese Vision investiert. Genauso wie wir all unsere Ressourcen und unsere finanziellen Mittel eingesetzt haben. Nun müssen wir, muss ich eingestehen, wir sind gescheitert.«

Trotz des lauter werdenden Kabinengeräusches jetzt kurz vor der Landung hat François Beauford den Eindruck, dass man nach den letzten Worten eine Stecknadel im Saal der Pressekonferenz hätte fallen hören können. GG nickt nachdenklich, dann fährt er fort: »Nun werden wir besprechen und klären müssen, wie es weitergeht. Ob es überhaupt weitergeht.«

Wieder ein fatalistisches Nicken, dann spricht der große GG die letzten öffentlichen Worte: »Ich danke Ihnen für all Ihre Kraft und Ihr Vertrauen. Ich verspreche Ihnen, Sie hören erneut von mir.«

François hält die Wiedergabe durch Klick auf das Pausensymbol an. Da ist sie, die entscheidende Stelle. Einen winzigen Moment lang verschwindet die Pose des geschlagenen Menschen, der sein Scheitern offenbart. Für einen Sekundenbruchteil ist dort ein Wesen zu sehen, dessen

kalter Blick Furchtbares erahnen lässt.

Plötzlich spürt François eine Hand auf seiner Schulter. Es ist die Flugbegleiterin, die ihn bittet, den Laptop auszuschalten und das Tischchen vor ihm für die Landung hochzuklappen. Er nickt ihr freundlich zu. Schließlich spürt er, wie das Flugzeug mit einer letzten Linkskurve in den Endanflug einschwenkt. Das Geräusch der Landeklappenhydraulik ist zu hören.

Dieser kurze Moment, in dem dieser Multimilliardär sein wahres Wesen gezeigt hat, ist der Grund für seine Reise nach New York. Er spürt förmlich, dass hinter diesem Scheitern viel mehr steckt als der vermeintliche Zusammenbruch eines Technologiegiganten. Deshalb will er sich in New York mit einem gut informierten Insider treffen, der sich auf die Analyse der Bilanzen von Großkonzernen spezialisiert hat. Jetzt ist wieder das Geräusch einer arbeitenden Hydraulik zu hören, harte Schläge folgen. Das Fahrwerk ist ausgefahren, eingerastet und so hat sich auch das Geräusch deutlich geändert. François Beauford spürt, wie das Flugzeug etwas rollt, also über die Längsachse hin und her wackelt. Eigentlich hat er angenommen, dass Fiona Köhler ohne diese Korrekturen beim Landeanflug auskommt. Mit einem milden Lächeln nimmt er sich vor, sie darauf mit ironisch, hintergründigem Ton heute Abend anzusprechen. Jetzt sieht er draußen, wie die Beleuchtungen am Boden immer näher kommen. Ansonsten ist es komplett dunkel. Dann wird es übergangslos hell, die Landebahnbeleuchtung taucht den Airbus in grelles Scheinwerferlicht. Zuerst setzt das Hauptfahrwerk auf, dann kippt die Nase des Flugzeuges nach vorn und das Bugfahrwerk berührt den Boden. Die eigentliche Landung war perfekt, soweit er das als Passagier beurteilen kann. Mit dem Aufsetzen hat sich das Triebwerksgeräusch geändert, wie François weiß, ist der Umkehrschub nun zum Abbremsen aktiv. Das Flugzeug verzögert stark und schon hat es das Ende der Landebahn erreicht und biegt scharf nach links auf einen Rollweg ab. Er ist in New York wohlbehalten gelandet. Sein Blick geht hinaus durch das Kabinenfenster. Hinter der Beleuchtung des Flughafens lauert die Dunkelheit.

5   Stromschnellen im Chaos

François Beauford blickt sich erschöpft um. Er hat nun über fünf Stunden gebraucht, bis er die Einwanderungskontrolle passiert hat. Er kann sich noch glücklich schätzen. Gerade war eine Durchsage zu hören, die das Schließen der Schalter angekündigt hat. Bei der Gepäckausgabe herrschte, gelinde gesagt, Chaos, aber das Glück war ihm hold, ein frustrierter Passagier hat wohl seinen Trolley vom Gepäckband gezerrt, dann erkannt, dass es nicht sein Trolley ist und ihn einfach mitten zwischen den Gepäckbändern stehen lassen. Als François Beauford seinen Trolley erspäht hatte, ist er energisch darauf zugestrebt und wollte durch die Zollkontrolle. Zwei aufmerksame Sicherheitsbeamte haben das jedoch beobachtet und in ihm einen Kofferdieb vermutet. Zu seinem Glück war in seinem Kulturbeutel ein Medikament, das die Apotheke mit einem Etikett mit seinem Namen beklebt hatte. Denn so konnte er die Eigentümerschaft an dem Gepäckstück nachweisen und nach viel Argumentieren durfte er endlich eine Stunde später die Zollkontrolle passieren. So froh er vor Sekunden noch war, dass er dieses Martyrium der Einreise in die USA endlich erfolgreich hinter sich gebracht hat, so verzweifelt ist er nun. Vor dem Flughafen herrscht ein Verkehrsgewühl, wie François Beauford es noch nie gesehen hat. Das will etwas heißen, schließlich wohnt er seit Jahrzehnten in Paris, sozusagen der Mutterstadt aller Verkehrsstaus. Nachdenklich blickt er auf das Durcheinander, das durch die Glasscheiben und Drehtüren draußen zu sehen ist. Immer noch ist es dunkel. Natürlich hat sich dieses Problem in der Zwischenzeit nicht in Luft aufgelöst. Und François spürt, dass diese Dunkelheit die chaotische Situation hier und wahrscheinlich überall auf der Welt geradezu provoziert. Die Menschen haben Angst und sind deshalb aggressiv. Durch die Scheiben kann er beobachten, wie eine junge Frau die Koffer eines älteren

Ehepaars aus dem Kofferraum eines Taxis zerrt und achtlos auf die Straße wirft. François schüttelt enttäuscht den Kopf. Da spricht ihn eine Frauenstimme von der Seite an: »Man sollte meinen, dass die Menschen in schwierigen Situationen enger zusammenrücken. Aber genau das Gegenteil geschieht.«

Er wendet sich der Stimme zu und seit Stunden kann er zum ersten Mal wieder lächeln. Neben ihm steht Fiona Köhler, die Pilotin von Flug XFH38, noch in Uniform, ihren handlichen Trolley hat sie an der Hand. Sie blickt mit sorgenvoll gerunzelter Stirn nach vorn und beobachtet das chaotische Treiben auf dem Gehsteig vor dem Flughafen durch die Glasfront. Auch François schaut nun wieder dorthin: »Sie werden zusammenrücken, aber jetzt ist bislang noch nicht die Zeit dazu. Noch glaubt jeder, dass das vorübergeht.«

Ihr Kopf ruckt zu ihm herum: »Und Sie? Sie glauben das nicht?«

Er zuckt mit den Schultern, »Ich weiß es ganz einfach nicht. Aber ich hoffe es natürlich. Eine Existenz in Dunkelheit spricht die Urängste der Menschen an.« Dann wendet er sich wieder ihr zu: »Aber ich hätte eine Frage an die Pilotin!« Sie grinst und hebt das Kinn fragend: »Na dann fragen Sie mal?«

Er versucht einen neutralen Gesichtsausdruck aufzusetzen, aber ein Rest seines schelmischen Lächelns bleibt doch zu sehen: »Welchen Kurs muss ich einschlagen, damit ich zu Fuß in die Stadt komme? Denn dort draußen sehe ich keine Chance, an ein Transportmittel zu kommen.« Sie nickt verstehend: »Nun, in die Stadt kommen Sie mit Kurs 000. Sie müssen nur nach Norden gehen.«

Er nickt verstehend, strafft die Schultern und greift zu seinem Trolley. Sie kann die nüchterne Miene nicht lange aufrecht halten und kichert. François Beauford stellt überrascht fest, dass ihm dieses Kichern ausgezeichnet gefällt:

»Oder Sie fahren mit uns. Deshalb habe ich Sie überhaupt angesprochen. Wir sind auch gerade erst mit der Flugnachbereitung fertig geworden und haben einen Shuttle in die Stadt.«

Erleichtert atmet er aus und nickt ihr dankbar zu: »Das ist die wirklich beste Nachricht seit Stunden. Vielen Dank!«

Nun blickt sie ihn wieder ernst an: »Aber es gibt eine Bedingung.« Er rollt gespielt mit den Augen: »Ah, wusste ich es doch. Immer gibt es eine Bedingung. Nun, Madame, was muss ich tun?«

Sie nickt lächelnd, als sie antwortet. Dabei zeigen sich wieder die Lachfältchen in ihren Augenwinkel: »Einen Drink. Sie haben mir einen Drink versprochen.«

François lacht auf, dann verbeugt er sich graziös: »Es ist mir eine Ehre, Madame. Einen Drink für eine Mitfahrt. Ein fairer Tausch.«
Dann wird sein Gesicht wieder ernst: »Ich kann Ihnen gar nicht sagen, wie sehr ich diesem Chaos endlich entkommen möchte.«

Wenige Minuten später sitzt er in einem Kleinbus, außer ihm sind nur noch zwei weitere Männer, Flugpersonal vermutlich einer indischen Fluggesellschaft im Bus. Er sitzt neben Fiona Köhler. Der Kleinbus fährt los und quält sich durch den Verkehr am Flughafen. Beide beobachten mit zunehmender Sorge, wie die Menschen da draußen mit der Dunkelheit umgehen.
Es dauert über eineinhalb Stunden, bis sie endlich beim Hotel von Fiona Köhler angekommen sind. Nachdem das Shuttle die anderen Fahrgäste bereits vor einiger Zeit abgesetzt hatte, konnten François Beauford und die Pilotin sich entspannter unterhalten. New York ist hell erleuchtet wie üblich bei Nacht. Aber die Stimmung der Stadt ist nicht die des Abends oder der Nacht. Es ist das summende Getriebe des Tages mit der optischen Wirkung der Nacht. François Beauford stellt fest, dass er diese seltsame Kombination

als Widerspruch empfindet. Als er Fiona Köhler darauf anspricht, wendet sie den Blick vom Seitenfenster ihm zu und nickt nachdenklich: »Da haben Sie recht. Es ist kein guter Kontrast.«

Wieder wandert ihr Blick zurück auf die Straßen von New York hinter der etwas schmierigen Scheibe des Shuttlebus. Sie sitzt auf der linken Seite, François Beauford daneben. Langsam spürt er eine bleierne Müdigkeit. Die letzten Stunden haben ihn mental viel Kraft gekostet, das spürt er jetzt. Er schließt kurz die Augen. Einfach, nur als Hauch, kann er das Parfüm von Fiona Köhler wahrnehmen. Das lässt seinen Geist abdriften. Er stellt sich vor, wie sie beide entspannt bei einem Abendessen unter freiem Himmel sitzen und übers Wasser der untergehenden Sonne zuschauen.

»Warum lächeln Sie?« Erschrocken öffnet er die Augen und als er ihren forschenden Blick auf sich spürt, setzt er unbewusst die Miene eines vom Lehrer beim Träumen ertappten Schülers auf. Als sie dieses Mienenspiel sieht, kichert die Pilotin leise: »Diesen Gesichtsausdruck muss ich mir merken. So sieht es also aus, wenn Sie etwas ausgefressen haben, nicht wahr?«

Betrübt zuckt er mit den Schultern: »Eigentlich habe ich mir nur etwas sehr Angenehmes vorgestellt. Ganz anders als das hier!«

Dabei macht er mit der rechten Hand eine unbestimmte Bewegung, die die gesamte Umgebung des Shuttlebus umfasst.

Neugierig fragt sie nach: »Möchten Sie mir erzählen, worum es bei dieser angenehmen Vorstellung ging?«

Er holt tief Luft und will schon verneinend den Kopf schütteln. Dann besinnt François Beauford sich eines Besseren: »Ach was soll's. Ich habe mir gerade vorgestellt, wie wir beide entspannt zu Abend essen und dabei dem Sonnenuntergang am Wasser zuschauen.«

Ihr Blick wird sehr ernst. Dann nickt sie ihm zu: »Das ist wirklich eine angenehme Vorstellung.«
Gerade will er ihr antworten, da meldet sich der Fahrer des Shuttlebus und teilt ihnen mit, dass sie das Hotel erreicht haben, in dem Fiona Köhler untergebracht ist. Sie greift sich ihre Handtasche und beide stehen auf. Der Fahrer zieht die Schiebetüre auf der rechten Seite auf

Aus dem Kofferraum holt er den Trolley der Pilotin. François Beauford und Fiona Köhler stehen sich etwas unsicher gegenüber. Dann streckt sie ihm keck die Hand zum Abschied entgegen. Er schüttelt sie automatisch, seine Augen bleiben dabei unentwegt an ihren hängen: »Vielen Dank, Herr Beauford.« Er lächelt ihr zu: »Ich habe zu danken. Und ich heiße François.«

Sie kichert zur Antwort: »Ein sehr französischer Name, wie ich finde.«

»Der französischste Name überhaupt.« Dann müssen beide kurz lachen. Noch immer schütteln sie sich die Hände. Keiner der beiden möchte zuerst loslassen.

»Fiona. Das ist sicher nicht der deutscheste Namen wie ich meine.«

François Beauford lacht amüsiert auf: »Sicher nicht. Aber wunderschön.«

Nach einem letzten Blick lässt sie seine Hand los, dreht sich um und bedankt sich mit einem Nicken beim Busfahrer. Der tippt kurz mit dem Zeigefinger der rechten Hand an eine imaginäre Schildmütze und wendet sich dann ab, um wieder seinen Platz hinter dem Lenkrad einzunehmen. Fiona Köhler geht einige Schritte, als sich François Beauford aus seiner Erstarrung löst: »Wie kann ich Sie erreichen? Sie haben noch einen Drink bei mir gut!« Sie wendet sich im Laufen um und ruft ihm zu: »Linke Tasche im Jackett!«

Ihre nächsten Schritte führen sie durch die Drehtüre ihres Hotels, dann ist sie verschwunden. François Beauford schaut ihr verwundert nach. Dann greift er suchend in die linke Tasche seines Jacketts. Er spürt Papier und fischt es heraus. Es ist ihre Visitenkarte: Fiona Köhler, Vice Chief Pilot. Ihre Mobiltelefonnummer hat sie von Hand auf die Rückseite geschrieben. Er lächelt, dieses Mal nicht aufgrund einer Fantasie. Der Fahrer tippt kurz die Hupe an, was François Beauford dazu bringt, zügig einzusteigen und hinter sich die Schiebetüre zu schließen. Das mühsam erleuchtete New York im Dunkel dieses Tages bleibt dahinter zurück.

6   Durch die Angst hindurch

François Beauford tritt durch die Drehtüre und holt erst
einmal tief Luft. Draußen hat es begonnen zu regnen und
so hat er die letzten zwei Blocks bis hierher im Laufschritt
zurückgelegt. Er trägt ein dunkles Stoffjackett, das er nun
vorsichtig auszieht. Dann versucht er, es etwas auszuschüt-
teln. Ganz durchnässt ist es nicht, aber doch so feucht,
dass er es nicht sofort wieder anzieht. Er blickt sich in der
Lobby um. Vorhin hat er kurz entschlossen Fiona Köhler
eine Nachricht gesandt, in der er seine Einladung auf einen
Drink wiederholt hat. Zu seiner Verblüffung hat sie sofort
zugesagt. Anschließend haben sie kurz telefoniert und
vereinbart, dass er sie an ihrem Hotel abholen würde, um
in einem kleinen Restaurant, das sie kennt, gemeinsam zu
Mittag zu essen. In guter Stimmung hat François Beauford
erst einmal eine Dusche genommen und dann seinen ersten
Kontakt in New York erreicht. Nach längerem Hin und Her
vereinbarten sie ein mögliches Treffen für heute Nach-
mittag.

François Beauford blinzelt, als er sich im hell erleuchteten Foyer des Hotels umschaut. Draußen ist es schwarze,
dunkle Nacht, obwohl ein Blick auf die Uhr, inzwischen
hat er seine Armbanduhr auf New Yorker Zeit eingestellt,
kurz vor Mittag zeigt. Unbewusst schüttelt er ob dieser
Abstrusität den Kopf. Im Foyer herrscht reger Betrieb, was
zu dieser Uhrzeit eigentlich nicht weiter verwunderlich ist.
Es sind einzelne Sitzgruppen mit bequemen Sesseln und
kleinen Sofas arrangiert. Alles in den Farben des Konzerns
gehalten, zu dem dieses Hotel gehört. Er schaut sich nachdenklich um, kann jedoch niemanden erkennen, der Fiona
Köhler nur annähernd ähnlich sieht.

»Kann ich ihnen helfen?« Irritiert wendet sich François
Beauford um und schaut dann in das verschmitzt grinsende
Gesicht der Pilotin. Lächelnd antwortet er ihr: »Ja, tatsäch-
lich. Ich suche eine wunderschöne Frau, die sich mit mir

hier verabredet hat.«

Ihr Grinsen wird breiter und dann kichert sie kurz: »So, so, eine wunderschöne Frau suchen Sie. Das sind hohe Ansprüche, die Sie da haben.«

Er steigt auf den neckenden Ton ihrer Antwort ein: »Aber natürlich! Wo kämen wir denn hin, wenn wir ohne Ansprüche oder Visionen durch die Welt gehen würden.« Jetzt wird ihr Blick ernster, als sie antwortet: »Vielleicht kommen wir ja so heraus aus dieser Dunkelheit, mit einer Vision, an die wir glauben können.« Spontan reicht er ihr die Hand und sie ergreift diese. Es ist eine angenehme Berührung, fast schon intim. François Beauford schaut der Pilotin in die Augen: »Vielleicht hilft es uns schon, wenn wir einfach weiter an unserer Vision arbeiten. So müssen wir nicht ständig über die Welt nachdenken.«

Sie nickt ihm kommentarlos zu. Schließlich beenden beide ihr Händeschütteln zur Begrüßung. Er meint für einen kurzen Moment ein Bedauern in ihrem Blick zu erkennen. Um die Stimmung etwas aufzuhellen, ergreift er die Initiative: »Wo ist denn ihr Geheimtipp von einem Restaurant?«

»Das ist nicht weit von hier. Folgen Sie mir einfach.« Er schüttelt erneut sein Stoffjackett aus und zieht es an: »Dann los, ich bin in Ihren Händen!«

Lächelnd nickt sie ihm zu und gemeinsam verlassen sie das Foyer. Auf dem Gehsteig herrscht reger Betrieb. Ständig müssen sie jemandem ausweichen, der ent-gegenkommt. So ist eine Unterhaltung nicht möglich und François Beauford folgt der Pilotin einfach. Während des Laufens wirft er immer wieder Blicke auf die Gesichter der Menschen, die ihm entgegenkommen. Mürrische, traurige und sorgenvolle Gesichter überwiegen. Er erkennt, dass da noch etwas anderes in den Gesichtern zu sehen ist. Als sie an einer Ampel warten müssen, kann er die Gesich-ter der Menschen in Ruhe beobachten. Dann wird ihm klar, was er bei den Menschen um ihn herum bemerkt hat: »Die Menschen haben Angst.«

Fiona Köhler schaut kurz zu ihm herüber, dann geht ihr Blick wieder nach vorn, sie fixiert die Ampelanzeige auf der anderen Straßenseite, während sie antwortet: »Natürlich haben sie Angst. Ich habe auch Angst. Es ist Mittag und wir laufen im Dunkeln herum. Das macht natürlich Angst.«

Noch bevor er ihr antworten kann, schaltet die Ampel auf Grün und die Menschen strömen über die Straße. Zum Glück hat es, inzwischen aufgehört zu regnen. Schließlich erreichen die beiden einen Eingang. Eine halbrunde Markise aus ehemals weißem Kunststoff spannt sich darüber. François Beauford blickt nach oben. Die Schrift auf der Markise ist auch in der Dunkelheit gut zu lesen, in roten Lettern steht da: Il Giardini di Stromboli

Beim Eintreten kommentiert er den Namen des Restaurants nachdenklich: »Die Gärten des Stromboli. Ich dachte, die Insel ist eher karg.«
Sie dreht im Gehen den Kopf zu ihm und antwortet: »Natürlich. Darum der Name.«

Nachdenklich runzelt er die Stirn. Das Restaurant ist eingerichtet wie nahezu jedes italienische Restaurant auf der Welt. Dunkle Tische und Stühle, weiße Tischdecken und an den Wänden Bildern des weit entfernten Italiens. Er blickt sich um, kann aber keine Bilder erkennen, die einen Vulkan zeigen. Das Restaurant ist gut besucht, der Raum summt vor Geschäftigkeit und Unterhaltungen. Sein Gedankengang wird unterbrochen, als ein sehr schlanker, groß gewachsener Kellner in traditionell schwarzer Hose und Weste samt weißem Hemd auf Fiona Köhler zueilt: »Ciao, Madame Fiona, come stai?«

Sie antwortet in guten italienisch mit einem Lächeln: »Ciao, Alfredo, io mi sento benissimo e tu come stai?«

Nickend antwortet der Kellner: »Bene, bene, un tavolo

per entrambi?«

»Sì, sarebbe meraviglioso!«

Der Kellner wendet sich um und geleitet François Beauford zusammen mit Fiona Köhler nach hinten. Dort steht in einer schön dekorierten Nische ein Tisch, der so abseits vom hektischen Betrieb ist.

Der Kellner rückt Fiona den Stuhl zurecht, als sie sich setzt und François Beauford nimmt ihr gegenüber Platz. Dann eilt der Kellner davon, um ihnen die Speisekarten zu holen. François Beauford schaut sich um: »Das ist wirklich ein schönes Restaurant. Woher kenne sie es?«

Fiona lächelt ihm zu: »Eine Empfehlung.«

Er spürt, dass mehr dahintersteckt, fragt aber nicht weiter nach. Dann runzelt er die Stirn bei seiner nächsten Bemerkung: »Sie sprechen fließend italienisch.«

Sie nickt einfach: »Nun, Nonna Sophia hat darauf bestanden, dass ich die weltweit schönste Sprache erlerne. Sonst hätte ich in den Ferien nicht zu ihr kommen dürfen, aber ich wollte unbedingt dorthin.«

Er nickt verständnisvoll: »Ah, Familie, ich verstehe.«

Der Kellner kehrt zurück und beide wählen ihre Gerichte  und Getränke. Nachdem die Bestellungen aufgegeben sind, schaut François Beauford kurz auf seine Hände, die er gefaltet vor sich auf dem Tisch liegen hat. Gerade als er aufblickt und zu sprechen beginnen will, wird es dunkel. Noch bevor er die Situation erfasst hat, hat Fiona Köhler ihr Mobiltelefon gezückt und die Taschenlampe aktiviert. Sie legt das Gerät so auf den Tisch, dass sie beide das Gesicht des anderen sehen können: »Ein Stromausfall in New York. Wie romantisch.«

Ihr Kommentar hat einen ironischen Unterton. Im Restaurant ist es plötzlich sehr laut geworden, die Menschen sind von dieser zusätzlichen Schwierigkeit völlig überfordert. Das Servicepersonal hat nach dem ersten Schreck wieder zurück zur Professionalität gefunden. Flugs werden Kerzen auf den Tischen verteilt und angezündet. Auch auf ihrem Tisch stellt der Kellner eine Kerze. Fiona Köhler nimmt ihr Mobiltelefon wieder zur Hand und schaltet mit einem Tippen auf dem Bildschirm die Taschenlampe aus. François Beauford schaut ihr nachdenklich zu. Dann kommentiert er die Szene: »Bewundernswert, wie schnell Sie reagiert haben. Ich hatte erst realisiert, dass der Strom ausgefallen ist, da haben Sie schon die Taschenlampe an Ihrem Mobiltelefon eingeschaltet.«

Sie wiegt den Kopf, als sie antwortet: »Das macht der Job. Als Pilot beobachte ich meine Situation ständig und handle sofort, wenn es nötig ist. Beim Fliegen sind zwar viele der Situationen vorher durchdacht und im Simulator geübt, aber dennoch muss ich konstant die Situation beobachten und zielorientiert reagieren.«

»Aber das Einschätzen und Entscheiden kann man nicht trainieren.«

»Doch natürlich. Anfangs ist es jedoch schwer, die Situation zu nehmen, wie sie ist. Wenn man zu viel über die Ursachen nachdenkt, dann verliert man wertvolle Zeit.«

Er sinniert darüber nach, was sie gesagt hat, da werden schon die Getränke serviert. Beide haben sich für Mineralwasser entschieden, um dem Jetlag nicht noch mehr Raum zu geben. Fiona wendet sich an den Kellner, dieses Mal auf Englisch: »Was ist der Grund für den Stromausfall?« Er antwortet mit einem südländischen Schulterzucken: »Ach, die Stromversorgung in New York ist eine Katastrophe. Sicher ist das Kraftwerk in Ravenswood wieder mal ausgefallen.«

Dann eilt er davon. François blickt ihm mit nachdenklichem Gesichtsausdruck hinterher und konstatiert: »Das wird die Angst der Menschen nicht kleiner werden lassen.« Sie nickt, dann erhebt sie ihr Wasserglas: »Dann wollen wenigstens wir für etwas Freude sorgen, einverstanden?«

François Beauford nickt mit Unverständnis im Blick.

»Ich heiße Fiona.«

Jetzt macht sich ein Lächeln breit auf seinem Gesicht. Er erhebt ebenfalls sein Wasserglas und stößt mit ihr an: »Sehr angenehm. Mein Name ist François!«

Sie schauen sich tief in die Augen. Es ist ihr Moment an diesem seltsamen Tag. Gerade als sie einen Schluck trinken, geht das Licht wieder an. Fiona lacht auf: »Na also, geht doch!«

Er lächelt sie an: »Was so ein wenig Zuversicht bewirken kann!«

Sie nickt nachdenklich zur Antwort. Ihr Blick schweift durch das Restaurant. Die Menschen bemühen sich, so weit wie möglich Normalität auszustrahlen. Aber sie kann sehen, wie immer wieder der Blick eines Gastes zu den Schaufensterscheiben ganz vorn huscht, nur um im nächsten Moment angstvoll zurückzukehren, im Versuch, die Dunkelheit da draußen zu ignorieren.

»Eines verstehe ich nicht.« Auf seine Frage hin wendet sich Fiona Köhler sich wieder ihm zu: »Was verstehst du nicht?«

Das 'Du' kommt ihr gänzlich selbstverständlich über die Lippen. Er goutiert dies mit einem frohen Lächeln, das seine Augen erhellt.

»Na ja, wenn bei uns die Sonne nicht aufgegangen ist, dann muss sie woanders auf der Welt plötzlich ausgegangen sein. Irgendwo ist doch immer Tag, nicht wahr?«

Verblüfft blickt sie ihn an: »Natürlich, du hast recht! Moment …«

Flink packt sie ihr Mobiltelefon und tippt mit schnellen, sehr flüssigen Bewegungen etwas ein. Nach kurzer Zeit ist ein warmer Benachrichtigungston zu hören, offenbar sind die ersten Antworten eingegangen. Sie liest diese konzentriert durch. Dann blickt sie ernst auf: »Ein Bekannter in

Manila hat mir eben geschrieben. Dort sah es wohl aus, als würde die Sonne langsam verblassen. Wie bei einer Sonnenfinsternis.«

François Beauford lacht auf: »Oha, dann hat sich ja vielleicht der Mond aus seiner Umlaufbahn weg gemogelt und uns diesen Streich gespielt!«

Sie schaut ihn ausdruckslos an, dann beginnt sie erneut zu tippen. Die Menschen, die Fiona Köhler anschreibt, sind offenbar sehr reaktionsschnell. Sofort gehen die Antworten ein. Sie liest diese konzentriert durch und tippt dann wieder kurz. François Beauford vermutet, dass sie sich für die Informationen bedankt. Nun blickt sie wieder auf: »Nein, soweit ich das ermitteln kann, sind sowohl Mond als auch die Sonne dort, wo wir sie erwarten. Und SOHO zeigt auch keinerlei Auffälligkeiten in der Photosphäre der Sonne.«

Er runzelt fragend die Stirn. Sie beantwortet seine unausgesprochene Frage: »SOHO – die Heliosphären-observation von ESA und NASA kreist um den L1-Punkt zwischen Erde und Sonne, soweit ich weiß.«

Immer noch wirkt sein Blick irritiert: »Was ist ein L1-Punkt?«

Sie nickt nachdenklich, als sie antwortet: »Das ist ein Punkt, an dem sich die Anziehungskräfte zweier Himmels-körper gerade ausgleichen. Lagrange-Punkt genannt. Himmelsmechanik, Drei-Körper-Problem und so.«

Er nickt und versucht nicht allzu sehr von ihrem Wissen fasziniert zu sein: »Das wissen Piloten alles?«

Sie lächelt ihn wieder an. Er stellt insgeheim fest, dass er sich bereits sehr an dieses Lächeln gewöhnt hat: »Nein, normalerweise nicht. Nur kleine Mädchen, die unbedingt Astronaut werden wollen und deshalb alles verschlungen haben, was es über den Weltraum und die unendlichen Weiten da draußen zu lesen gibt!« Dabei macht sie eine anmutige Bewegung mit ihrer rechten Hand, die den ganzen Himmel über ihnen einbezieht.

»Das Zitat kenne ich – Star Wars!« Jetzt muss sie lachen: »Nein, Star Trek. Captain Kirk und Spock und die Enterprise.«

Er nickt verstehend: »Dann war das andere, das mit den Rittern im Weltraum?« Sie stimmt ihm mit einem vorgetäuscht ernsten Nicken zu: »Genau. Die Jedis. Die mit der Macht und so.«

Er macht ein betrübtes Gesicht: »Oh je, das ist so gar nicht meine Welt. In der Schule damals sind alle Jungs mit diesen Lichtstäben herumgerannt. Und die Mädchen haben sich als Prinzessin Hera verkleidet.« Er schüttelt wieder den Kopf: »Gar nicht meine Welt.«

»Leia. Es war die Prinzessin Leia.«

Ein irritierter Blick antwortet ihr. Dann lässt seine Miene die Erkenntnis erahnen, die er eben gewonnen hat. Sie fährt in dozierendem Ton fort: »Und das waren keine Lichtstäbe, sondern Lichtschwerter, eine edle Waffe, die nur ein wahrer Jedi-Ritter beherrschen konnte.«

Sein Kopfschütteln lässt sie kichern: »Also, ich fasse zusammen. François Beauford, Franzose. Keine Ahnung von Science-Fiction und nun im New York der Dunkelheit gestrandet.«

Charmant hebt er sein Glas und grinst sie an: »Aber nur so konnte ich dich kennenlernen, nicht wahr? Fiona Köhler, Pilotin, fast Astronautin, mit profunder Kenntnis über Science Fiction und sonst noch alles Mögliche!«

Auch sie erhebt das Glas: »Auf die Seltsamkeiten dieser Welt.«

Er nickt ihr zu und beide nehmen einen Schluck, dabei halten sie in froher Einmut den Blickkontakt aufrecht. Als sie ihr Glas abstellt, wird das Essen gebracht.

Nach dem ersten Bissen führt sie das Gespräch fort: »Also gut, nun weißt du, wer und was ich bin. Aber ich weiß nicht, wer du bist!«

Er blickt auf und lächelt sie charmant an: »Oh, bitte verzeih. Ich bin Journalist. Investigativjournalist, um es genau zu sagen.

Sie verzieht kurz die Miene, was er mit einem verständnisvollen Nicken wahrnimmt: »Ich weiß. Journalisten haben heutzutage den gleich guten Ruf wie Banker oder Mafiosi.«

Nachdenklich blickt sie ihn an: »Nein. Er ist eher schlechter. Die letzten Jahre haben uns doch gezeigt, dass ihr vorgebt, unabhängig zu berichten. Dabei habt ihr doch nur geschrieben, was die Regierungen von euch verlangt haben.«

Er nickt betrübt: »Genau so war und ist es. Die Wenigen, die das nicht wollten, wurden zu freien Journalisten.«

Sie beobachtet ihn aus den Augenwinkeln während sie isst. Dann schiebt sie auf dem Teller die Reste ihres Essens auf die Gabel und verspeist den Bissen nachdenklich kauend: »Und du bist ein freier Journalist?«

Er wiegt den Kopf: »Meistens bin ich das. Manchmal verkaufe ich eine Geschichte schon, bevor ich diese komplett fertig habe.«

Verwundert schaut sie ihn an: »Aha. Und warum?«

Mit einem betrübten Gesicht gesteht er ihr: »Recherche ist teuer. Und auch ein freier Journalist muss essen, die Miete zahlen und manchmal, also wirklich ganz selten, nur in absolut größter Not, dann opfert er sein letztes Geld einer besonderen Sache.«

Misstrauisch schaut sie ihm ins Gesicht: »Was sind das für Sachen, für die der edle Journalist so sein letztes Geld einsetzt? Wein?«

Er nickt und versucht dabei sehr nachdenklich und

reflektiert zu wirken: »Das natürlich auch, aber ich meine
etwas anderes.« Auffordernd hebt Fiona Köhler kurz
das Kinn an. Er schaut ihr mit todernstem Gesicht in die
Augen: »Manchmal, also nur in diesen magisch seltenen
Fällen, lädt der Journalist eine Frau zu einem Drink ein.
Eine wunderschöne, intelligente und gebildete Frau. Und
dann, wenn er besonders viel Glück hat und die Sterne
günstig stehen, ja dann wird daraus ein wunderbares Essen
in einem italienischen Restaurant in New York.«

Jetzt legt François Beauford vorsichtig sein Besteck auf
den leergegessenen Teller und lehnt sich in seinem Stuhl
zurück. Dabei breitet er beide Arme aus, als wolle er die
ganze Welt umarmen. Sein breites Grinsen fixiert den
Blick von Fiona Köhler.

Zum ersten Mal, seit er sie kennengelernt hat, wirkt sie
so, als ob sie nicht wüsste, wie sie reagieren soll. Fast
betreten blickt sie ihn an. Er meint sogar eine leichte Röte
an ihrem Hals zu erkennen. Dann erscheint ein Funkeln
in ihren Augen und ihre Mundwinkel heben sich zu einem
spitzbübischen Lächeln an: »Nun, dann sind diesem Journalisten die Sterne hold – vielen Dank für die Einladung
und das Kompliment.«

Sein Lächeln weicht einem Stirnrunzeln, gerade will er
ihr antworten, als der weiche Klingelton ihres Mobiltelefons den Eingang einer weiteren Nachricht ankündigt.
Nach einem letzten Augenzwinkern nimmt Fiona Köhler
es zur Hand und liest die Nachricht. Ihr froher Gesichtsausdruck weicht einem nachdenklichen Stirnrunzeln. Sie
holt tief Luft und schaut auf.

»Was ist passiert?« Ihre Antwort lässt ihre Enttäuschung
erahnen. »Meine Fluglinie. Ich muss zurück ins Hotel.«
Fragend hält François Beauford den Kopf schief, er wartet
einfach ab. Eine zweite Nachricht geht ein. Dann meldet
sich auch sein Telefon mit einem schräg klingenden
Piepton. Er nimmt sich in diesem Moment erneut vor, dass
er diesem Geräusch den Garaus machen muss und durch

etwas angenehm Klingendes ersetzt. »Ich muss tatsächlich los.« Sie blickt ihn traurig an. Immer noch wartet er auf eine Erklärung, geduldig und ohne Ärger im Blick. Fiona Köhler seufzt: »Die amerikanische Luftaufsicht will vielleicht den Luftraum sperren, bis die 'Krise' beendet ist.« Das Wort Krise setzt sie durch Gesten mit den Zeigefingern und Mittelfingern beider Hände in symbolische Anführungszeichen. Er schüttelt den Kopf: »Das ist keine Krise. Die Sonne geht nicht auf. Das ist eine Katastrophe, wenn das so bleibt.« Jetzt, da er es selbst nüchtern ausgesprochen hat, wird ihm kalt bei diesem Gedanken.

»Genau so ist es. Aber wenn sie es beim Namen nennen, dann müssen sie auch danach handeln. So können sie herumeiern und hoffen, dass sich das Problem in Luft auflöst. Damit das keiner merkt, spielt man einfach ein eindrucksvolles Szenario durch, also wie die Sperrung des Luftraumes. Natürlich wissen alle, dass das ein vollkommen nutzloses Vorgehen ist, aber es wirkt so wunderbar aktiv und kontrolliert.«

Er schaut sie noch einen Moment an: »Du magst Bürokraten nicht besonders, habe ich recht?«

Energisch schüttelt sie den Kopf: »Nein. Das ist nicht richtig. Ich verabscheue sie sogar. Menschen, die wirklich Verantwortung tragen, denken nach, bevor sie handeln. Dann geht es nicht darum, den eigenen Hintern zu schützen. Es geht darum, die richtige Entscheidung zu treffen.«

Jetzt muss er lächeln: »Du bist also intelligent und energisch. Eine wunderbare Kombination.«

Zuerst möchte sie aufbrausen, dann lässt sie die Luft aus ihren Lungen entweichen: »Touchée. Es ist ein wunder Punkt bei mir.« Noch einmal holt sie tief Luft, dann steht sie auf. Auch er erhebt sich. Sie greift nach ihrer Handtasche und wendet sich dann François Beauford zu: »Bitte entschuldige. Wir setzen dieses wunderbare Gespräch fort. Aber jetzt muss ich los.«

Er nickt verständnisvoll und streckt ihr zum Abschied die Hand entgegen. Kurz kehrt der spitzbübische Ausdruck auf ihr Gesicht zurück, sie beugt sich vor und haucht ihm einen Kuss auf die Wange. Ein letztes Augenzwinkern, dann wendet sie sich um und im nächsten Augenblick ist sie bereits auf die Straße hinaus gehuscht.

François Beauford steht noch mit erhobener Hand da und blickt ihr nach. Dann schüttelt er den Kopf, wie um wieder zu klarem Bewusstsein zu kommen. Er blickt auf seine Hand und lässt den Arm sinken. Mit der anderen Hand berührt er seine Wange. Ein breites Grinsen macht sich auf seinem Gesicht breit, als er sich wieder setzt. Dann erinnert er sich an die eben eingegangene Nachricht. Er greift zu seinem Mobiltelefon und ruft das Menü für die Textnachrichten ab.

Sein Kontakt hat sich endlich gemeldet und ist nun tatsächlich zu einem Treffen bereit. Erschrocken stellt François Beauford fest, dass es nur noch knapp vierzig Minuten bis zum in der Textnachricht angegebenen Termin sind. Und sein Kontakt ist nicht dafür bekannt, nachsichtig mit Verspätungen umzugehen. Eilig winkt er den Kellner herbei und begleicht mit der Kreditkarte, die ihm Jonba für seine Recherchen im Auftrag von La Tribune gegeben hat, die Rechnung.

Dann eilt er hinaus auf die Straße. Er hat Glück, gerade steigt vor dem Restaurant ein Fahrgast aus einem Taxi. Mutig entert er die Rückbank und nennt dem Fahrer sein Ziel.

François will sich in Gedanken während der Fahrt auf das Treffen mit seinem Kontakt vorbereiten. Aber immer wieder schweifen seine Gedanken zurück zu Fiona Köhler. Schließlich schüttelt er den Kopf und ermahnt sich selbst. Jetzt sind andere Dinge im Fokus. Er spürt geradezu, dass er einer großen Sache nachjagt. Sein Instinkt hat ihn noch nie getäuscht. Die leise Sorge, dass diese Sache sich als zu groß, ja zu gefährlich für einen einfachen, freien

Investigativjournalisten erweisen könnte, drängt er in den Hintergrund.

Draußen vor der Seitenscheibe hupt das Taxi und lärmt der Berufsverkehr wie zu dieser Tageszeit üblich in New York. Nur, dass es nicht Tag ist. Es ist eine stockdunkle Nacht.

7   In medias res

François Beauford steht auf dem Gehsteig. Gerade ist er aus dem Taxi gestiegen. Die Fahrt hat fast 35 Minuten gedauert. Während der Fahrt hat ihm der sehr freundliche Taxifahrer aus seiner Heimat berichtet. Er ist Afghane und seine Familie lebt in der Nähe von Kundus. Die Leute dort sind völlig verängstigt. Man glaubt dort, dass Allah die Menschen für ihre gottlose Lebensweise mit der Dunkelheit bestraft. Der Taxifahrer selbst, Khalid nannte er sich, war da eher gespaltener Ansicht. Für ihn ist die Dunkelheit die Strafe für die gottlosen Menschen, während die gläubigen Wesen durch das finstere Tal in eine bessere Welt kommen würden.

François Beauford hat aufmerksam zugehört. Dabei ist ihm wieder einmal bewusst geworden, wie ähnlich sich doch die Erzählungen der großen Religionen anhören. Wie jedes Mal, wenn er diesem Gedankenpfad folgt, glaubt er, dass diese Ähnlichkeit weder zufällig noch herbei gedacht ist. Vielmehr ist es seiner Meinung nach ein Ausdruck der gemeinsamen Spiritualität der Menschen über alle Glaubensgrenzen hinweg.

Er blickt sich um. Dies muss eines der besseren Viertel in Downtown New York sein. Nirgends ist Schmutz oder Unrat auf dem Gehsteig zu sehen. Er blickt die Straße hinab und dann in die Gegenrichtung hinauf. Das leichte Gefälle lässt ihn die Stadt erahnen, die dort in Dunkelheit weilt. Zwar erleuchten die Straßenlaternen die Szenerie. Es sind jedoch keine der grellbunten Werbetafeln mit ihrer strahlenden Leuchtkraft zu finden. So wirkt die Szenerie auf ihn eher wie die eines mitternächtlichen Straßenzugs einer beliebigen Großstadt. Die Häuser sind schmal und vor jedem ist ein Treppenaufgang mit Geländer. Er prüft die Adresse noch einmal, dann erklimmt er die Treppen zum Hauseingang. Eine Holztüre aus dunkel schwarz gebeiztem Holz mit mittelalterlichen Eisennieten als

Beschlag erwartet ihn am oberen Treppenabsatz. Suchend blickt er sich nach einer Türklingel um, kann jedoch keine erkennen. Sein Blick geht nach oben, er vermutet die übliche Videokamera zur Überwachung des Treppenabsatzes, aber er kann keine finden. Irritiert schaut er auf seine Armbanduhr. Er ist genau zum angegebenen Zeitpunkt an der richtigen Adresse. Stirnrunzelnd wendet er sich um. Von hier oben hat er einen etwas besseren Überblick über die Straße. Plötzlich ertönt hinter ihm das typische Schnarren einer elektrischen Türentriegelung. Schnell wendet er sich um und drückt versuchsweise gegen die Holztüre. Diese schwingt leicht und vollkommen lautlos auf. François Beauford zuckt mit den Schultern und tritt ein. Hinter der Türe ist ein langer, schmaler Flur. Der Boden ist mit fein gemustertem Mosaik in hellen Beige- und Brauntönen gestaltet. Die Wände sind holzgetäfelt mit der gleichen Holzart wie die Haustüre. Der Gang wirkt schmal, ist aber tatsächlich fast zwei Meter breit. Es ist die Länge des Ganges, die den schmalen Eindruck entstehen lässt. François Beauford blickt zur Decke. hier endet die dunkle Holzvertäfelung der Wand an einer einfachen, weißen Stukkkante, die Decke ist weiß gehalten. In regelmäßigen Abständen sind fein verzierte Glasleuchten montiert, die den Gang in ein warmes, schummriges Licht tauchen.

»Hallo, ist jemand zu Hause?« François Beauford will nicht unhöflich erscheinen. Ihm wurde bedeutet, dass sein Kontakt sehr auf gute Manieren achtet. Kurz hält er den Kopf schief und lauscht auf eine Antwort. Aber es ist nichts zu hören, tatsächlich ist es im Gang still. Er zuckt die Schultern und geht vorsichtig weiter. Am Ende des Ganges ist eine Glastüre. Der Holzrahmen ist ebenfalls in dunklem Schwarz ausgeführt. Die Füllung der Türe wie auch die der Elemente auf beiden Seiten und über der Türe sind aus einem grünlich schimmernden Milchglas. Ein seltsamer Kontrast zwischen technischer Moderne und dunklem Holz. Als François die Türe erreicht, schwingt

diese wie von Geisterhand vor ihm auf. Er überquert
die Türschwelle und geht einige Schritte. Vor ihm liegt
ein Treppenaufgang, der sich weich nach rechts oben
schwingt. Der Raum, offenbar die eigentliche Eingangshalle, hat einen Boden, dessen Mosaik dem des Ganges
ähnelt. Die Wirkung ist aber edler und hochwertiger als
im Gang, durch den er gekommen ist. Hinter ihm hört
er, wie die Türe leise ins Schloss fällt. Dann sind leise
Verriegelungsgeräusche zu hören. Das Licht im Gang
wird ausgeschaltet und so bilden die Glaselemente um die
Tür nun eine dunkelgrün schimmernde Fläche. Es wirkt
fast wie die Oberfläche eines Bergsees, kurz vor einem
Gewitter. Diese Assoziation kommt François Beauford
unwillkürlich zu Bewusstsein. Er holt tief Luft und
wendet sich der Eingangshalle zu. Die Holztreppe, aus
dem gleichen, nachtschwarzen Holz gefertigt, kontrastiert
elegant mit dem Mosaikboden und den fein schimmernden
Seidentapeten. Die Eingangshalle ist hoch. Er vermutet,
dass diese über mindestens drei Stockwerke geht. Und sie
ist groß und viel breiter, als es die Hausfassade von der
Straße her vermuten lässt. Weit oben an der weißen Decke
hängt ein monumentaler Kristallleuchter, der den Raum in
ein warmweißes Licht taucht. Jetzt nimmt er leise Musik
wahr. Swing, wie er erfreut bemerkt. Es müssen sehr alte
Aufnahmen sein. Zusammen mit dem eleganten Raum erzeugt die leise Musik das Gefühl einer warmen Erinnerung
an eine bessere Zeit der Belle Époque. François Beauford
muss grinsen, wenn er die Musik richtig erkannt hat, dort
ist eine der seltenen Live-Aufnahmen von Lionel Hampton
zu hören und damit gute zwanzig Jahre jünger als die Belle
Époque. Er blickt sich erneut um. Dieser Raum strahlt
Würde, Reichtum und Geschmack aus. Für eine einfache
Eingangshalle ist das sehr besonders. Erneut zuckt er mit
den Schultern und geht langsam die Treppe hinauf.

Mit jedem Schritt wird die Musik lauter. Dann kommt das
Stück zu seinem Ende und es ist leiser Applaus zu hören.

Gespannt spitzt François Beauford die Ohren und wartet
darauf, was als Nächstes gespielt wird. Als die Stimme
einer Sängerin ertönt, erkennt er sofort dieses klare, etwas
rauchige Timbre von Ella Fitzgerald. Ein Zeitsprung, das
ist ihm klar. Trotzdem passt das Stück wunderbar zum
Vorhergegangen. hier versteht offenbar jemand sehr viel
von der Musik der 30er Jahre und den Jahren danach, die
den Übergang vom Swing zum Jazz einläuten. Unbewusst
nickt er vor sich hin, sicher ist in diesem Repertoire auch
etwas von Oscar Peterson oder Ray Brown zu finden.
Schließlich hat er den ersten Treppenabsatz erreicht. Da
stehen ein bequem aussehendes Sofa nebst zweier Beistelltischen. Auffällig ist, dass beide Tischchen über und
über mit aufgeschlagenen Büchern belegt sind, auf denen
weitere Dokumente und Schriftstücke abgelegt wurden.

»Kommen Sie doch herein, mein Guter!« Es ist die Stimme eines älteren Mannes, die François Beauford gehört
hat. Er kann es an dem leisen Krächzen hören. Links von
ihm steht eine elegante Doppeltüre mit Glaselementen weit
offen, daher kam die Stimme und kommt auch die Musik.
Er wendet sich dorthin und betritt einen riesigen Raum.
Wüsste er es nicht besser, würde er vermuten, dass er sich
in einer der großen Bibliotheken befindet. Der Raum ist
mindestens sechzig Meter tief und an die zwanzig Meter
breit. Unwillkürlich blickt François Beauford nach oben,
über drei Etagen reihen sich Bücherregale an den Wänden
auf. Dieser bombastische Eindruck wird ergänzt durch
eine große Anzahl von Lesetischen, die ebenfalls, gleich
den Beistelltischen auf dem Treppenabsatz, allesamt mit
geöffneten Büchern übersät sind. Dazu liegt eine schier unglaubliche Menge weißer Papiere herum, offenbar Ausdrucke von Computerdaten. François Beauford benötigt einige
Minuten, um diese Fülle an Büchern, Dokumenten und
Eindrücken zu verarbeiten. Dann bemerkt er erschrocken
den älteren Mann, der ihn mit mildem Lächeln aufmerksam beobachtet. Eine hagere Gestalt steht mit militärischer

Haltung vor ihm, die Arme auf dem Rücken verschränkt.
Verblüfft erkennt François Beauford, dass dieser Mann der
Inbegriff eines Albinos ist. Helle, weiße, fast durchschei-
nende Haut und blendend weiße, lange Haare umrahmen
ein hageres Gesicht. Wässrig blaue Augen beobachten
den Besucher. Die leichten Fältchen lassen erkennen, dass
dieser Mann gerne lacht, auch wenn er gerade einen eher
nüchternen Ausdruck zeigt. François Beauford spürt die
präsente Intelligenz hinter diesen Augen, als er auf den
Mann zugeht und ihm die Hand zum Gruß entgegenstreckt.

»François Beauford, ich hoffe, ich bin hier richtig.«

Kurz zögert der ältere Mann, dann ergreift er die Hand
des Investigativjournalisten. Ein fester Händedruck gefolgt
von einem kurzen Nicken: »Aber natürlich. Albus John
Francis Smythe-Jorgenson. Ich freue mich, Sie kennenzulernen.«

Noch einen Moment mustern diese wässrig blauen Augen
François Beauford. Dann ist das Urteil gefällt. Mit einem
zufriedenen Nicken wendet sich der ältere Mann um und
geht in den Raum hinein: »Setzen wir uns. Meine alten
Knochen sind dieser Tage nicht sehr davon begeistert, die
Zeit im Stehen zu verbringen.«

Jetzt erkennt François Beauford eine kleine Sitzgruppe.
Lederbezogene Stühle stehen um einen etwas erhöhten
Couchtisch. Das hellbraune Leder ist gepflegt, erscheint
aber alt und gebraucht. Durch die Chesterfieldknöpfung
wirken die Stühle hart gepolstert, als François Beauford
sich auf ein Handzeichen hinsetzt, spürt er eine angenehme
Unterstützung, die wunderbar bequemes Sitzen erlaubt. Er
schlägt die Beine übereinander und faltet die Hände über
den Knien. Aufmerksam blickt er seinen Gastgeber an.

»Nun, ich bin kein Freund der höflichen Vorrede, Small
Talk nennt man das dieser Tage wohl. Daher erlaube ich
mir, auf den Punkt zu kommen. Stellen Sie sich bitte vor.«

Obwohl François Beauford mit einer solchen Gesprächseröffnung nicht gerechnet hat, holt er kurz Luft und beginnt: »François Beauford, wie gesagt. Vielen Dank, dass Sie mich empfangen haben.«

Ein nur andeutungsweise erkennbares Stirnrunzeln seines Gegenübers lässt François Beauford innehalten. Dann beschließt er, direkt auf den Punkt zu kommen: »Eine Freundin hat mir Sie als Kontakt genannt. Ich möchte die Hintergründe zu Geraldo Gonzales Intersol Konzern untersuchen. Irgendetwas kam mir seltsam vor.«

Das Gesicht seines Gegenübers hellt sich auf. François Beauford seufzt: »Leider haben sich die Ereignisse in den letzten Tagen zu diesem Thema überschlagen. Und trotzdem …«, jetzt wird sein Ton trotziger, als er fortfährt, »… glaube ich, dass unbedingt jemand genauer hinschauen sollte.«

Kurz verweilen die wässrig blauen Augen von Albus John Francis Smythe-Jorgenson auf ihm. Dann ergreift er mit klarer Stimme das Wort: »Die Ereignisse überschlagen sich derzeit in mehreren Themenkomplexen, wie Sie sicher wissen.« Der alte Mann lässt die Aussage im Raum stehen und beobachtet sein Gegenüber scharf.

François Beauford weiß nicht genau, worauf sein Gesprächspartner hinaus will. Er schließt kurz die Augen und beschließt einfach, seiner Intuition zu folgen, als er antwortet: »Vielleicht findet man bei etwas näherer Betrachtung durchaus Zusammenhänge dieser scheinbar nicht zusammenhängenden Vorgänge.«

Mit einem fröhlichen Laut klatscht sein Gegenüber in die Hände: »Ha, Seraphine hat recht. Wieder einmal. Hervorragend. Das freut mich!«

Irritiert blickt ihn François Beauford an: »Sie kennen Seraphine Solier?«

Ein leises, wehmütiges Lachen antwortet ihm. Dann beugt sich der alte Mann vor: »Was glauben Sie, mein Bester, warum Sie in diesem Sessel sitzen? Sie sind weder berühmt noch reich genug, um sich auf diesem Wege meine Aufmerksamkeit zu verdienen. Aber wenn Seraphine mich um etwas bittet, helfe ich gerne. Auf seltsam angenehme Weise habe ich das Gefühl, dass sich Ihr Ansinnen als ein recht beschaulicher Zeitvertreib entwickeln könnte.«

François Beauford schluckt eine schlagfertige Erwiderung hinunter. Kurz blickt er zu Boden. Er spürt, dass dieser Moment bedeutungsvoll ist. Schließlich hebt er den Blick und nickt verstehend, als er antwortet: »In Ordnung. Also ist meine Recherche durch Seraphin's Fürsprache interessant genug, dass Sie sich die Sache bereits einmal angesehen haben. Was haben Sie herausgefunden?«

Gespannt wartet François Beauford auf die Reaktion des alten Mannes. Innerlich schätzt er die Chancen fifty-fifty ein, entweder hochkant aus diesem seltsamen Gebäude hinausgeworfen oder aber von seinem Gegenüber als adäquat akzeptiert zu werden.

Der alte Mann erhebt sich und weist an: »Folgen Sie mir.«

Auch François Beauford erhebt sich und folgt dem Mann weiter nach hinten. Auf einem der Lesetische sind unzählige Ausdrucke von Tabellen abgelegt. Es ist ein wirres Durcheinander von Zahlen und Grafiken. Der alte Mann tritt hinter den Tisch und blickt seinen Gast auffordernd an: »Wissen Sie, was das ist?«

François Beauford tritt näher an den Tisch und greift nach einem der Ausdrucke. Es ist ein dickerer Stapel Papier, viele Seiten, die oben links mit einer Heftklammer zusammen getackert sind. Kurz überfliegt er die Seiten. Dann holt er erstaunt Luft. Sein Blick geht zu seinem Gastgeber: »Das ist die Zusammenfassung der konsolidierten Gesamtbilanz der Finanzholding von Geraldo Gonzales.«

Lächelnd nickt der alte Mann: »Sehr gut, mein Bester. Sie haben ihre Hausaufgaben erledigt.«

François studiert die Ausdrucke weiter. Dann blättert er

schneller vor, wieder zurück und schließlich schaut er sein Gegenüber verblüfft an: »Die Zahlen müssen falsch sein. Die veröffentlichten Werte sind komplett anders. Ist das eine alte Bilanz?«

Kichernd schüttelt der alte Mann den Kopf: »Ich habe Sie jetzt lange genug zappeln lassen. Was Sie da in den Händen halten, ist die aktuelle Bilanz. Völlig unredigiert und mit den wirklichen Werten.«

Noch einmal blickt François Beauford auf die Tabellen, dann schüttelt er den Kopf: »Nach diesen Zahlen müsste Intersol Technologies schon seit drei Jahren bankrott sein.«

Er blickt verwirrt zu seinem Gastgeber und wartet auf eine Erklärung. Nach einem Moment ergreift dieser wieder das Wort: »Für die Welt da draußen hat Geraldo Gonzales, oder GG, wie wir ihn unter uns doch wohl nennen dürfen, den Schein eines florierenden Hightech-Unternehmens aufgebaut. Ein unglaublich hell leuchtendes, potemkin-sches Dorf.«

François nickt. Er kennt diesen Begriff, der von dem Feldmarschall geprägt wurde, der Katharina die Große über die Entwicklung von Neurussland getäuscht hat. Leere Fassaden mit nichts dahinter.

»Aber die Börsenaufsicht und all die Wirtschaftsprüfer hätten doch schon lange Wind davon bekommen müssen.«

Der alte Mann nickt weise: »Hätten sie. Aber niemand hat den Gesamtüberblick. Für sich genommen sind die ganzen Unternehmen, Konzernteile und Unterholdings äußerst erfolgreich.«

Zweifelnd schüttelt François Beauford den Kopf: »Und ich soll glauben, dass niemand den Braten gerochen hat?« Der Blick seines Gastgebers wird ernst: »Aber natürlich hat jemand den Braten gerochen. Viele sogar haben das.« Irritiert wartet der Investigativjournalist ab, dass der alte Mann fortfährt.

»Mein Bester, es ist doch ganz einfach. Wenn jemand,

der tatsächlich über ausreichend Bedeutsamkeit oder sogar Macht verfügt, dass seine Meinung Gewicht hat, wenn also so jemand zu GG geht und ihm erklärt, dass er den Betrug erkannt hat, dann gibt es drei Möglichkeiten.« Der alte Mann verschränkt wieder die Arme hinter dem Rücken und marschiert weiter in den Raum hinein, dabei doziert er mit klarer Stimme: »Erstens: Der Entdecker wird gekauft oder bestochen oder, und das ist noch viel einfacher, er wird am Erfolg des Betruges beteiligt.«

Kurz blickt er über die Schulter und vergewissert sich, dass ihm sein Gast folgt. Dann fährt er fort: »Zweitens. GG weiß etwas über den Entdecker, etwas Belastendes, Schmuddeliges, Vernichtendes. Nicht irgendeine Affäre oder irgendwelche sexuelle Eskapaden. Etwas, das diesen Entdecker in der Welt der Wichtigen und Mächtigen, sollten sie davon Wind bekommen, so diskreditieren würde, dass dieser Entdecker von eben jenen Wichtigen und Mächtigen, sagen wir, einmal beseitigt würde.«

Dann hat er den nächsten Lesetisch erreicht. Dort liegen Diagramme und Schaubilder. Ein Blick darauf zeigt François Beauford, dass darauf das Firmengeflecht von GG grafisch auf vielen aneinandergelegten Seiten auf-geschlüsselt ist.

»Dann gibt es ja immer wieder so etwas wie bedauerliche Unfälle oder Erkrankungen.« Scharf blickt der Investiga-tivjournalist auf.

»Jetzt schauen sie mich nicht so böse an, auf diesen Ebenen wird mit äußerst harten Bandagen gespielt.«

François Beauford fixiert seinen Gastgeber mit starrem Blick. Dann atmet er tief ein und aus: »In Ordnung.«

Sein Blick schweift durch den riesigen Raum. Das ist eher eine Bibliothek oder besser ein Refugium des Wissens als ein Wohnzimmer oder Studierzimmer. Sein Blick kehrt zurück zu dem alten Mann: »Hier gibt es unglaublich viele Bücher.«

Der Mann nickt und Beauford fährt fort: »Sie haben unglaublich viele Akten über GG und Intersol Technology.« Wieder nickt der Mann. Er beobachtet seinen Gast dabei sehr aufmerksam.

»Ich sehe nicht einen einzigen Computer hier.«

Jetzt lächelt Albus John Francis Smythe-Jorgenson hintersinnig und meint: »Nun, mein Bester, da haben Sie wohl recht. Ich arbeite bei meinen Studien grundsätzlich mit Papier. Diese digitalen Daten sind mir zu wenig …«, er scheint nach der richtigen Formulierung zu suchen, dann erhellt sich seine Miene, als er weiter spricht, »… zu wenig greifbar. Ich möchte das, was ich lese und verarbeite, in die Hand nehmen können.«

Erneut blickt sich François Beauford um. Dann lächelt er den alten Mann an: »Und so ganz nebenbei ist es damit auch gänzlich unmöglich, dass sie elektronisch ausgespäht werden.«

Erneut klatscht der Mann in die Hände: »Sehr gut, mein Bester, sehr gut. Seraphine hat mir nicht zu viel versprochen.«

»Wenn ich fragen darf, woher kennen Sie Seraphine?«

Das Gesicht des alten Mannes wird ausdruckslos: »Natürlich dürfen sie fragen. Aber diese Frage möchte ich nicht beantworten. Bislang nicht. Vielleicht eines Tages, wenn wir uns besser kennen.«

Verstehend nickt François Beauford: »In Ordnung. Allerdings habe ich den Eindruck, dass Sie mich bereits hervorragend kennen.«

Der Mann schaut nachdenklich und verzieht etwas die Mundwinkel zu einem selbstironischen Ausdruck: »Natürlich ist dem so. Sonst wären Sie nicht hier.«

Die beiden Männer blicken sich an. Dann lächeln sie sich an, zum Zeichen des gegenseitigen Respekts: »Dann habe ich nur noch zwei Fragen, bevor wir fortfahren. Und bei diesen Fragen bestehe ich auf Antworten mit Inhalt, so leid es mir tut. Aber auch ich habe meine Prinzipien.«

Wortlos macht der Mann mit der rechten Hand eine Geste, die François Beauford zum Fortfahren auffordert. Die Handfläche zeigt dabei nach oben. Der Investigativjournalist denkt kurz nach, dann geht er einige Schritte und betrachtet dabei die Dokumente auf den Lesetischen.

»Da ich erst vor wenigen Tagen mit Seraphine über meinen Plan, nach New York zu fliegen, gesprochen habe, hatten sie nicht sehr viel Zeit zur Vorbereitung.« Der Mann hebt fragend die Augenbrauen, François Beauford wendet sich wieder um und blickt ihm direkt in die Augen: »Wie konnten Sie in dieser kurzen Zeit diese Unmengen an Daten zusammentragen? Vieles davon ist sicher geheim oder zumindest streng vertraulich?«

Ein Lächeln erleuchtet das Gesicht des Mannes: »Ah, das ist einfach. Ich bin alt und kenne so manchen Menschen. Dem einen oder anderen habe ich schon bei einem schwierigen Thema unterstützt und so kann ich hier und dort auf einen Gefallen bauen.« In bescheidener Art blickt er dann zu Boden, als er fortfährt. »Sie glauben gar nicht, wie einfach man an Informationen kommt, wenn man bereit ist, diese üppig zu bezahlen.«

François hat seinen Gastgeber genau beobachtet: »Sie müssen sehr reich sein.«

Der Mann nickt und antwortet mit nüchterner Stimme: »Ich bin sehr reich.«

François Beauford nimmt das zur Kenntnis. Das ganze Gebäude und vor allem dieser unglaubliche Raum strahlen Wohlstand aus. Nicht die Art Wohlstand der neureichen Emporkömmlinge. Das ist die Welt des alten Geldes.

»Mir ist ihre Familie – Smythe-Jorgenson – bisher niemals aufgefallen. Habe ich da etwas verpasst?«

Ein leises Lachen antwortet ihm: »Oh, da wäre ich aber auch zutiefst verärgert, wenn Sie schon einmal von mir oder meiner Familie gehört hätten. Wir bleiben, sagen wir

einmal, gerne im Hintergrund.«

François nimmt das regungslos auf. Dann antwortet er leise: »Also altes Geld.«

Der Mann schüttelt den Kopf: »Natürlich. Aber es geht nicht um Geld.«

»Worum geht es dann?«

»Bedeutsamkeit. Geld ist einfach anzuhäufen. Sie müssen nur intelligent oder zumindest skrupellos genug sein, dann ist ein großes Vermögen machbar.«

François Beauford denkt darüber nach, bevor er antwortet: »Aber Bedeutsamkeit lässt sich nur über die Zeit hinweg aufbauen.«
»Bedauerlicherweise ja. Und genau da liegt auch das Problem. Die Zeit. Es braucht ein sehr fokussiertes Selbstverständnis, um über lange Zeitspannen hinweg die Bedeutsamkeit zu hegen und zu pflegen. Ruhm, Öffentlichkeit und Berühmtheit sind sehr verführerisch. Es braucht wirklich starke Charaktere, die diese einfachen Wege meiden.«

Wieder blickt sich François Beauford in dem Raum um und wieder kehrt sein Blick zu seinem Gastgeber zurück: »Wie lange?«

Zum ersten Mal scheint der alte Mann mit einer Antwort zu hadern. Er zögert, während sein Blick im Raum umhergeht. Dann strafft sich seine Gestalt, ein sichtbares Zeichen dafür, dass er sich zu einer ehrlichen Antwort durchgerungen hat: »Jahrhunderte. Viele Jahrhunderte.«

Die leise Antwort des alten Mannes lässt François Beauford frösteln. Dann spürt er, wie sein Inneres aufbegehrt und er stellt seine zweite Frage in nachdrücklichem Ton: »Nun, Sie haben eben die drei Möglichkeiten genannt, wie jemand, wie GG, schlechte Nachrichten über seine Unternehmungen unterdrücken kann. Sie haben mir all diese Dinge gezeigt. Da fragt man sich, welche der beiden ersten Möglichkeiten bei ihnen angewandt wurden, damit Sie diese Dinge nicht verbreiten.«

Jetzt lacht der alte Mann auf. Es ist kein fröhliches Lachen, eher ein Laut der Resignation: »Nun, mein Bester, ich war vorher nicht ganz ehrlich zu Ihnen oder besser gesagt, ich habe Ihnen die vierte Möglichkeit nicht aufgezählt.«

Alarmiert richtet sich François Beauford auf. Der alte Mann bemerkt dies sehr wohl und schüttelt leicht den Kopf: »Keine Sorge, mein Bester. Ich habe nicht vor, Sie beseitigen zu lassen. Und falls doch, würden Sie davon erst etwas mitbekommen, wenn es bereits zu spät ist.«

Er macht einen tiefen Atemzug. Dann geht er zurück zur Sitzgruppe. François Beauford folgt ihm wachsam. Dort angekommen, lässt sich der alte Mann seufzend in seinen Sessel sinken. Der Investigativjournalist bleibt stehen und beobachtet den alten Mann wachsam.

»Es ist ganz einfach und wenn sie darüber nachdenken, auch naheliegend.« Er blickt seinen Besucher müde an: »Die vierte Option ist, dass derjenige, der diese Dinge erfährt, viel einflussreicher und mächtiger ist, als insbesondere unser GG. So kann dieser nur hoffen, dass in diesem Falle ich das erlangte Wissen nicht gegen ihn einsetzen werde. Also vermeidet er einfach tunlichst jede Form der Konfrontation.«

François schüttelt den Kopf: »Er weiß es und ignoriert es einfach?«

Ein angedeutetes Nicken begleitet die Antwort. François Beauford hat das Gefühl, dass er in zu kurzer Zeit zu viel Neues erfahren hat. Wortlos wendet er sich um und geht zurück zu dem Lesetisch mit den Ausdrucken der Finanzdaten. eher wahllos greift er einzelne Papiere und liest sie durch, legt sie wieder beiseite, um dann ein anderes Schriftstück zu studieren. Dabei bemerkt er nicht, wie die Zeit vergeht. Der alte Mann hat ihn anfangs amüsiert beobachtet, dann ist er aufgestanden und hat den Raum

verlassen. François Beauford arbeitet sich Stück für Stück durch die Daten.

Intersol Technology hat alles verfügbare Kapital in das Asteroiden-Sonden-Projekt investiert. Jeder verfügbare Dollar ist in die beteiligten Unternehmen geflossen. Die Intersol Launcher Group, die die Raketen gebaut hat, um die Sonden in die Umlaufbahn zu bringen, machte dabei einen eher geringen Anteil aus. Der Löwenanteil ging an Intersol Solar Systems. Er erinnert sich daran, dass er etwas dazu vorher auf den Darstellungen der Konzernstruktur bemerkt hat. Er behält das Dokument, das er gerade betrachtet hat, in der Hand und geht zum anderen Lesetisch. Dort sucht er nach der Grafik, an die er sich erinnert. Als er sie gefunden hat, vergleicht er die Einträge mit dem Dokument in seiner Hand. Stirnrunzelnd blättert er darin, als er wieder leise Jazzmusik hört. Der Raum wird förmlich vom elegant gespielten Akustikbass durchwoben.

»Ah, sie haben es schon bemerkt. Sehr lobenswert. Seraphine hat mir gesagt, dass Sie schnell sind.« François Beauford blickt auf, der alte Mann steht lächelnd vor ihm. Erschrocken stellt der Investigativjournalist fest, dass er die Zeit vergessen hat. Ein Blick auf seine Uhr sagt ihm, dass er seit mehr als eineinhalb Stunden in die Dokumente vertieft war: »Bitte entschuldigen Sie, Mr. Smythe-Jorgenson, ich habe völlig die Zeit vergessen. Ich wollte keinesfalls unhöflich sein.«

Immer noch lächelt ihn der alte Mann an, dann schüttelt er nachsichtig den Kopf: »Nein, mein Bester, da gibt es nichts zu entschuldigen. Genau dafür habe ich diese Dinge zusammengetragen.«
Eine fahrige Handbewegung umfasst den Raum im Ganzen und die Lesetische im Besonderen: »Aber ich habe eine Bedingung, wenn Sie weiter schmökern wollen.«

François Beauford legt das Dokument aus der Hand und strafft die Schultern, gespannt wartet er darauf, was nun kommt.

»Ich bestehe darauf, dass Sie mich Albus nennen. Dieser unglaublich aufdringlich wichtige Familiennamen ist nur für Menschen, die ich in ihre Schranken weisen möchte.«

Zum ersten Mal, seit François Beauford diesen Raum betreten hat, muss er fröhlich grinsen: »Gerne, Albus. Aber Sie müssen mich dann auch François nennen.«

Gespielt nimmt sein Gastgeber Haltung an, als er antwortet: »Certainment!«

Die beiden so unterschiedlichen Männer grinsen sich verschwörerisch an, wie zwei Jungen, die auf dem Schulhof einen Streich aushecken.

»Nun, mein lieber François, frage ich mich, was dich so fasziniert hat.«

Der Angesprochene wendet sich wieder dem Lesetisch zu und schlägt in dem Dokument der Finanzdaten eine Seite auf.

»Hier ist aufgeführt, dass Intersol Solar Systems den Löwenanteil der verfügbaren Finanzmittel für die Sondenentwicklung erhalten hat.«

Dann sucht er ein anderes Dokument, schlägt es auf und zeigt mit dem linken Zeigefinger auf eine Zeile.

»Aus einem unbekannten Grund scheinen die das Geld nicht selbst verwendet zu haben. Ich bin zwar kein Buchprüfer, aber das erscheint mir sehr seltsam.«

Nun nimmt er ein weiteres Dokument zur Hand: »Und dieses Unternehmen, Nanostrucure For Future, ein ausgesprochen dämlicher Name, wenn du mich fragst, ist scheinbar der Hauptauftragsnehmer von Intersol Solar Systems. Das verstehe ich nicht.«

Sein Gastgeber nickt anerkennend: »Du bist kein Buchprüfer, sagst du? Die Instinkte dafür hast du aber ganz sicher. Lass uns etwas essen, dann erzähle ich dir ein wenig davon, was ich bisher herausgefunden habe.«

Jetzt erst bemerkt François Beauford, dass es inzwischen wunderbar nach Essen riecht. Sein Gastgeber nickt ihm zu: »Ich hoffe, du magst französische Küche.«
François Beauford lacht begeistert auf: »Die Hausmannskost auf alle Fälle. Für Sterneküche konnte ich mich allerdings noch nie begeistern.«

»Nun, dann hoffe ich mal, dass ein schönes Ratatouille nicht als Sterneküche zählt.«

Kichernd antwortet François Beauford, als er seinem Gastgeber folgt: »Nur in Animationsfilmen. Für mich ist das perfekt.«

Als sie den Raum verlassen, blickt sich François Beauford um. Jetzt wird ihm klar, was diesem Raum fehlt. Nirgendwo ist ein Fenster zu sehen. Fatalistisch denkt er bei sich, dass so auch die Dunkelheit nicht in diesen Raum einsickern kann. hier ist es egal, ob die Sonne aufgegangen ist oder nicht.

Ganz im Gegenteil zum Rest der Welt.

8   Das Drei-Körper-Problem

Fiona Köhler rollt mit den Augen. Seit vier Stunden sitzt sie nun in dieser gänzlich inhaltslosen Besprechung. Von drei Kontinenten sind die führenden Mitarbeiter von X-Fly-High per Video zugeschaltet. Und seit geschlagenen vier Stunden diskutiert man im Kreis herum. Zuerst dachte sie, es würden konkrete Probleme und Maßnahmen zur Adressierung dieser Probleme besprochen. Aber mit jeder Minute, die sie auf diesem zugegebenermaßen sehr bequemen Bürostuhl an diesem riesigen Konferenztisch verbringt, wird ihre Geduld geringer. Tatsächlich ist die Sonne nicht aufgegangen und der gesamte Planet liegt im Dunkeln. Okay, das ist beängstigend. Jedoch hat dieser Umstand Null Komma Null Auswirkungen auf den kommerziellen Luftverkehr. In Zeiten der Instrumentennavigation und Radarsysteme ist ein Flug bei Nacht so normal wie bei Tag. Es gibt also aus sicherheitstechnischer Erwägung oder Pilotensicht keinen Grund, etwas an den bestehenden Flugplänen zu ändern. Auch die Versorgungsinfrastruktur der Flughäfen ist vollkommen unabhängig vom Sonnenaufgang. Nur die Menschen und natürlich die gesamte Tier- und Pflanzenwelt des Planeten wird ernsthaft in Schwierigkeiten kommen, wenn diese Dunkelheit anhält. Aber in der ganzen Zeit der Diskussion hat niemand auch nur den Hauch einer Idee gehabt, wie dem Grundproblem des nicht stattfindenden Sonnenaufgangs begegnet werden sollte. Ihr kommt es so vor, als ob die Menschen sich viel mehr alle Mühe geben, andere Probleme zu finden, die sie dann vielleicht lösen können. Das eigentliche Problem wird peinlich verschwiegen. Sie greift zu ihrem Mobiltelefon und schaut, ob sie neue Nachrichten erhalten hat. Und tatsächlich hat sich ihr Kontakt bei der NASA gemeldet und ihr vorgeschlagen, zu telefonieren. Fiona Köhler greift die Gelegenheit beim Schopf, steht auf, wirft einen Blick in die Runde und entschuldigt sich:

»Sorry, da muss ich ran gehen – Telefon.«

Sie hält ihr Mobiltelefon demonstrativ hoch, wendet sich um und geht erhobenen Hauptes und einem etwas gehässigen Grinsen hinaus. Vor dem Konferenzraum des Hotels ist eine Lobby und weiter hinten sind Getränke bereitgestellt. Fröhlich sucht sie sich ein Mineralwasser aus, dann entdeckt sie einen Kaffeeautomaten. Nach etwas Drücken auf dem Touchpanel, begleitet von den obligatorischen Piepstönen dieser Geräte, hält sie einen kleinen Pappbecher mit einem gut riechenden Espresso in der Hand. Sie schnappt sich ihre Wasserflasche und blickt sich suchend in der Lobby um. Ganz hinten erblickt sie einen Stehtisch, den sie sofort zielstrebig ansteuert. Dort angekommen nimmt sie zuerst einen großen Schluck Wasser, dann leert sie den Espresso zur Hälfte. Jetzt geht es ihr besser. Zufrieden fischt sie ihr Mobiltelefon heraus und sucht den Kontakt von Nikolay Denisov heraus.

Sie wählt die Nummer und hält ihr Mobiltelefon erwartungsvoll ans Ohr. Nach dem sechsten Klingeln meldet sich jemand: »Sluschaju!«

Fiona kichert: »Also wirklich, Nikolay, wann lernst du endlich, dich wie alle anderen Menschen im Land der vorgetäuschten Höflichkeit am Telefon zu melden?«

»Ah, Fiona, wie geht es meinem Vögelchen? Hast du mich vermisst?«

Sie grinst fröhlich, als sie seine rauchige Stimme hört. Nikolay ist ein alter Schwerenöter. Aber er ist auch der anerkannt beste Missionsplaner für interplanetare Kursmanöver. Sie erinnert sich gerne an ihre Zeit als Gaststudentin in Berkley, wo sie ihn während seiner Vorlesung so lange mit Fragen traktiert hat, bis er ihr Privatunterricht angeboten hat. Die in dieser Zeit entstandene Freundschaft beruht auf aufrechter Wertschätzung füreinander. Obwohl er deutlich älter ist, betrachtet sie ihn eher als großen Bruder denn als väterlichen Freund. Ihre Antwort ist entsprechend frech und fröhlich: »Ach Nikolay, du weißt doch. In jeder freien Minute träume ich nur von dir.«

Seine Antwort kommt mit der rauchigen Stimme, die dieser passionierte Nichtraucher und Antialkoholiker unerklärlicherweise hat. Zusammen mit dem nach Jahrzehnten immer noch hörbaren russischen Akzent: »Pah, das glaube ich dir keinen Moment. Aber lieb, dass du es trotzdem sagst. Hast du meine Nachricht gelesen?«

Fiona Köhler nickt unbewusst, als sie antwortet: »Natürlich. Was wolltest du mir erzählen, Nikolay?«

»Na ja, wie du dir denken kannst, drehen hier alle durch. Es ist auch eine sehr seltsame Nummer, wenn die Sonne nicht aufgeht. Aber weißt du, was das Seltsamste ist?«

Eben will sie antworten, aber Nikolay Denisov spricht, ohne auf ihre Antwort zu warten, einfach weiter.

»Der Sonne geht es gut. SOHO macht weiter schöne Bilder von der Fotosphäre und dort ist alles beim Alten.«

Nachdenklich holt Fiona Köhler Luft, in der Leitung ist das übliche Rauschen zu hören: »Das ist seltsam. Also, wenn die Sonne normal ist und leuchtet, warum liegt die gesamte Erde dann im Dunkeln?«

»Nun, mein Vögelchen, denk nach. So schwer kann das sogar für eine einfache Luftkutscherin wie du es bist, doch nicht sein.«

Mit dieser Bezeichnung versucht er, sie schon seit Jahren aufzuziehen. Fiona Köhler hat sich angewöhnt, diese einfach zu überhören: »Nun, wenn wir im Dunkeln sind, aber die Sonne normal scheint, dann wird das Sonnenlicht von der Erde ferngehalten.«

»Bravo. Und kannst du auch das Problem dabei erkennen?«

Fiona Köhler runzelt wieder nachdenklich die Stirn: »Das muss ein riesiges Objekt sein.«

»Da. Gigantisch. Und damit auch sehr schwer.«

Sie versucht diesen Hinweis in ihre Gedanken einzubauen: »Damit dieses Objekt die Erde gleichbleibend von der Sonne abschirmen kann, muss es auf einer kontrollierten Position zwischen Erde und Sonne sein.«

»Bravo, Fiona. Und was ist nun das Problem?«

Jetzt versteht die Pilotin, worauf Nikolay hinauswill: »Der Lagrange-Punkt L1 wird von SOHO umkreist. Und L1 ist der einzige Punkt, an dem man ein großes, schweres Objekt sauber ohne großen Energieaufwand in Position halten kann.«

»Da, so ist es. Und wir haben alle Bordsysteme von SOHO geprüft. Um L1 kreisen nur wir, sonst ist da nichts.«

Fiona Köhler spürt ein Frösteln. Noch bevor sie diese unbestimmte Sorge ergründen kann, spricht Nikolay weiter: »Nun scheint es zu allem Überfluss noch Probleme mit der Fernsteuerung von SOHO zu geben.«

»Ihr empfangt keine Bilder mehr? Dann ist SOHO vielleicht zerstört!«

»Njiet. Bilder kommen wie üblich, das funktioniert wie ein Uhrwerk, obwohl die empfangene Sendeenergie inzwischen viel geringer ist. Aber die Steuersignale von der Erde scheinen SOHO nicht zu erreichen oder zu mindestens nur so schwach, dass nichts richtig funktioniert.«

Fiona Köhler schließt kurz die Augen. Dann nickt sie verstehend vor sich hin, bevor sie antwortet: »Klar. Elektromagnetische Schwingung.«

»Ah – Bravo. Ich wusste schon damals, dass mein Vögelchen ein helles Köpfchen hat.«

»Ach, Nikolay, lass das bitte. Das Thema ist doch viel zu ernst für deine Alberei.«

»Na, na, Fiona. Das Leben ist doch immer ernst und etwas Herumalbern wird uns eher dabei helfen, dieses Problem zu lösen, als wenn wir ständig Trübsal blasen.

Aber du hast recht. Dieses Etwas, das die Sonnenstrahlung von der Erde fernhält, hält auch die Funksignale zu SOHO zurück.«

Sie nickt, etwas an dem, was Nikolay eben gesagt hat, hat einen Gedanken entstehen lassen: »Moment, Nikolay, lass mich kurz nachdenken.«

Er kennt sie gut genug, dass er einen Moment den Mund hält. In der Leitung ist derweil nur das übliche Rauschen zu hören. Dann kann sie ihren Gedanken endlich fassen: »Das Drei-Körper-Problem! Das hat mich beschäftigt.«

»Ok, aber wir haben SOHO am Lagrange-Punkt 1. Der L2 hinter der Erde, L3 hinter der Sonne hilft in diesem Fall wenig und L4 und L5 eben sowenig, weil sie sich nicht auf der direkten Verbindungslinie zwischen Erde und Sonne befinden.«

Fiona Köhler ist sich sicher, dass ihr Gedanke wichtig ist. Aber sie wird vom leisen Klingelton ihres Mobiltelefons gestört, der den Eingang einer Nachricht meldet: »Moment, Nikolay, ich bekomme gerade eine Nachricht.«

»Ok, aber ich muss dann los. Wie zuvor erwähnt, hier sind alle am Durchdrehen.«

Sie überfliegt die Textnachricht. Die Besprechung ihrer Fluglinie endete ohne weitere Maßnahmenbeschlüsse. Man will sich bald wieder treffen. Abschätzig schüttelt sie den Kopf ob dieser hilflosen Managementattitüde. Dann konzentriert sie sich wieder auf das Telefonat: »Ok, Nikolay. Wir haben es mit einem Drei-Körper-Problem zu tun. Sonne, Erde und etwas Drittem. Und dieses Etwas bleibt konstant auf der Verbindungslinie zwischen Sonne und Erde.«

»Pah, Fiona. Wenn dieses Etwas nicht um einen Lagrange-Punkt kreist, dann benötigt das Halten der Position Unmengen an Energie! Schließlich ist die Bahn der Erde um die Sonne eine Ellipse, also muss dieses Etwas sich ebenfalls auf einer Ellipse bewegen.«

Fiona Köhler nickt, dann fährt sie fort: »Die Energie ist natürlich abhängig von der Masse, die das Objekt hat.«

Jetzt ist ein kehliges Lachen von Nikolay zu hören. Dann meint Fiona, dass sie eine Änderung der Akustik in der Verbindung wahrnimmt. Eine Art Hall ist zu hören, auch das Rauschen im Hintergrund hat sich verändert. Nikolay bricht sein Lachen abrupt ab: »So, mein Vögelchen. Ich muss jetzt los. Aber vergiss nicht, nur leichte Vögelchen können weit fliegen.«

Schlagartig wird Fiona Köhler klar, dass Nikolay das Gespräch beenden will, weil weitere Zuhörer in der Leitung sind. Erschrocken über diesen Umstand holt sie kurz Luft, dann antwortet sie schlagfertig: »Alles klar, Nikolay. Ich achte auf meine Ernährung oder du musst ein anders Vögelchen finden, ein Leichteres eben.«

»Da, Fiona. Ich muss los.« Und schon hat der Exilrusse das Gespräch beendet. Sie blickt noch einen Moment nachdenklich auf ihr Mobiltelefon. Die Dinge werden immer seltsamer, findet sie. Sie benötigt unbedingt jemanden, mit dem sie ihre Gedanken austauschen kann. Jemand, der integer ist, jemand, dem sie vertrauen kann. Dann spürt sie eine innere Wärme aufsteigen. Noch bevor sie zu viel darüber nachdenken kann, schreibt sie François Beauford eine Nachricht. Vielleicht möchte er ja zusammen mit ihr zu Abend essen.

Gerade als sie die Nachricht abgesandt hat, kommt auch schon die Antwort. Ein kurzes, französisches "Bien sure" gefolgt von einer Adresse.

Zuerst ist Fiona Köhler leicht irritiert, dann beschließt sie, die Situation zu nehmen, wie sie ist und macht sich auf den Weg. Als sie aus dem Hotel hinaustritt, herrscht nach wie vor Dunkelheit. Eine Dunkelheit, die inzwischen nicht nur die Welt, sondern auch die Herzen der Menschen erfasst hat. Sogar der livrierte Türsteher kann nur mühsam lächeln, als er ihr die Türe aufhält. Fiona Köhler schüttelt den Kopf. Sie möchte sich nicht von dieser Dunkelheit entmutigen lassen. Energisch tritt sie an den Rand des Bürgersteigs und winkt ein Taxi herbei. Die hellen Scheinwerfer eines Yellow Cab erleuchten kurz den Gehsteig. Fiona Köhler nimmt dieses kurze Leuchten als Symbol dafür, dass die Erde aus diesem Dunkel entkommen kann.

9 Intellectus mundi

Völlig verzweifelt lehnt sich François Beauford zurück. Er schließt kurz die Augen und atmet tief durch. Dann schiebt er den Holzstuhl zurück und steht auf. Er streckt sich kurz und blickt sich um. Diese Bibliothek ist wirklich einzigartig. Hier im Rose Main Reading Room der New York Public Library herrschen helle Holz- und Beigetöne vor. Der Raum ist nur schwach besucht. François Beauford denkt sich, dass die Menschen gerade andere Sorgen haben als einen Bibliotheksbesuch. Obwohl er immer mehr den Eindruck hat, dass die Auflösung dieser unsäglichen Dunkelheit eher durch Nachdenken und -forschen möglich sein wird als durch hektisches Handeln, das lediglich Aktivität vortäuschen soll, als einen tatsächlich Nutzen bringenden Beitrag zur Lösung zu liefern.

Sein Besuch bei Albus John Francis Smythe-Jorgenson kommt ihm erneut in den Sinn. Dieser Mann ist so faszinierend wie mysteriös. François ist sich sicher, dass ihn Albus, er nennt ihn auch im Geiste mutig beim Vornahmen, als Person komplett durchleuchten ließ. Sicher lässt dieser Mensch niemanden in seine Nähe, über den er nicht genau Bescheid weiß. Der kleine Imbiss, den ihm Albus serviert hat, war genau richtig gewesen. François hatte überhaupt nicht bemerkt, wie ihn dieses Nachdenken und Verbinden von Informationsfragmenten angestrengt hat. Während dieses Imbiss verlief ihre Unterhaltung auf leichten Pfaden. Es wurden zuerst eher allgemeine Themen angeschnitten. François weiß, ob seiner Schwäche, solche Gespräche zu führen, aber Albus ist offenbar ein Meister in solchen Dingen. Erst am Ende hat sich ihre Unterhaltung wieder dem eigentlichen Themenkomplex zugewandt. François schüttelt den Kopf. Nachdem er alleine im großen Lesesaal der öffentlichen Bücherei von New York sitzt, wird ihm erst bewusst, dass Albus im Grunde fast identisch denkt wie er selbst. Auch dieser will sich nicht in die

Karten schauen lassen und deshalb misstraut er jeglicher
digitalen Aufzeichnung. François hat dieses Problem
für sich darüber gelöst, dass er auf die Verwendung von
IT-Werkzeugen der großen Player verzichtet. Sowohl sein
Telefon als auch sein Laptop sind einfache Standardaus-
führungen und werden mit von ihm selbst installierten und
gewarteten, freien Betriebssystemen betrieben. Überdies
speichert er all seine Daten in verschlüsselter Form. Natürlich ist ihm bewusst, dass für einen der großen, staatlichen
Akteure – die berüchtigten Drei-Buchstaben-Dienste – es
sicher möglich ist, seine Verschlüsselung zu knacken.
Aber der Aufwand ist auch für diese Strukturen mit ihren
immensen Ressourcen riesengroß. Nüchtern betrachtet, ist
es für solche Institutionen sicher einfacher, ihn als Person
dazu zu bringen, die gewünschten Informationen herauszu-
rücken. Ärgerlich schüttelt er den Kopf über seine kruden
Gedankengänge. Plötzlich kommt ihm wieder der sorgenvolle Blick von Seraphine Solier in den Kopf, den sie
ihm vor einigen Tagen abends vor dem Héraut de Clichy
auf dem Gehsteig zugeworfen hat. Jetzt, wo er weiß, mit
welch mächtigen Menschen sie in Kontakt steht, wird ihm
klar, dass er ihre Warnung nicht so einfach in den Wind
schlagen sollte. Kurzentschlossen zieht er sein Mobiltelefon heraus, denn er will ihr eine Textnachricht senden. Im
Eingang ist eine Nachricht von Fiona Köhler. Er lächelt,
als er sie liest. Ohne weiteres Nachdenken schickt er ihr
die Adresse der New York Public Library und lädt sie
hierher ein. Kaum hat er auf Senden gedrückt, kommt auch
schon ihre Bestätigung mit einer geschätzten Ankunftszeit.
Grinsend nimmt er zur Kenntnis, dass diese Frau nicht
lange fackelt. Ein Wesenszug, der ihm ausgezeichnet
gefällt. Dann tippt er die Nachricht an Seraphine Solier.
Er bedankt sich für ihre Unterstützung und Fürsprache bei
Albus und meldet ihr, dass mit ihm alles okay ist. Trotz der
Zeitverschiebung antwortet sie sofort: >Sei vorsichtig. Das
ist größer, als du denkst.<

François runzelt die Stirn. Diese Warnung hat sie bereits
in Paris ausgesprochen. Sein Blick geht auf die aufgeschlagenen Bücher vor ihm auf dem Lesetisch. Er hat den
jungen, schlaksigen Bibliotheksangestellten am Empfang
um einige Bücher gebeten, die ihm die Sonne und die
Himmelsmechanik erklären. Schließlich ist das aktuelle
Problem, dass die Sonne nicht aufgeht und das sollte sie
doch tun, falls die Bewegungen der Himmelskörper, wie
sie allgemein als richtig angesehen wird, auch korrekt
verstanden sind. Also dachte er sich, dass er sich in seiner
Recherche mit diesem Thema zuerst beschäftigen sollte.
Nun muss er sich jedoch eingestehen, dass er sich damit
etwas übernommen hat. Von all den Büchern, die ihm
der junge Mann gebracht hat, ist lediglich ein Buch, das
sicher eher für neugierige Jugendliche als für bildungs-
hungrige Erwachsene oder gar wissenschaftlich arbeitende
Menschen gedacht ist, im Ansatz verständlich. Die anderen
Bücher lassen ihn ratlos zurück. Er blickt sich noch einmal
im Leseraum um, inzwischen ist außer ihm nur eine kleine,
ältere Frau an einem der Lesetische ganz hinten anwesend.
Er hat somit all dieses auf Papier gebannte Wissen fast für
sich alleine. Seufzend setzt er sich wieder hin und nimmt
erneut das Jugendbuch zur Hand in der Hoffnung, beim
zweiten Durchgang etwas mehr Verständnis zu entwickeln.
Nachdenklich blättert er durch die Seiten, als eine amüsiert
klingende Stimme ihn leise von hinten anspricht: »Aha, da
ist jemand auf der Suche nach Verständnis über die Welt!«

Natürlich erkennt er die Stimme sofort. Er bemüht sich
um einen ernsten Gesichtsausdruck, als er sich zu der Frau
umwendet: »So ist es. Aber ich muss doch sagen, dass
die Suche sehr beschwerlich ist. Eine Aufgabe, die mich
wirklich fordert.«

Fiona Köhler grinst ihn an und schnappt sich den Stuhl
neben ihm. Sie blättert durch das Jugendbuch und schnalzt
mit der Zunge. Ein Geräusch, das als kritische Äußerung
zu werten ist, wie er sich denkt. Er schaut sie im Profil an.

Ihr dunkelbraunes, fast schwarzes Haar gepaart mit ihrem eher mediterran wirkenden Teint lässt vermuten, dass ein Teil ihrer Vorfahren aus dem italienischen Süden stammt. Ihre wachen Augen huschen flink über die Zeilen der Buchseiten. Nun bilden sich wieder die Lachfältchen in ihren Augenwinkeln. Er spürt, wie sie sich amüsiert. Dann wendet sie ihr Gesicht ihm zu: »Hat der Suchende denn schon die ersten Brotkrumen gefunden?«

Er schüttelt den Kopf und holt dabei tief Luft: »Leider nein. Offenbar scheint meine Ausbildung zum Journalisten mich nicht ausreichend auf diese Themenkomplexe vorbereitet zu haben.«

Zuerst nickt sie verstehend, dann kichert sie leise: »So etwas, aber auch. Darf ich meine Hilfe anbieten?«

Er verneigt sich mit gespielter Höflichkeit im Sitzen: »Das wäre sehr willkommen und wunderbar, werte Dame.«

Sie nimmt das mit neutralem Gesichtsausdruck zur Kenntnis. Dann steht sie auf: »Aber nicht hier.«

Auf seinen fragenden Blick hin weist sie auf das Schild in der Mitte des Lesetisches, das die Benutzer zur Ruhe auffordert. Seufzend nickt er und erhebt sich ebenfalls. Er greift nach seiner Stofftasche, in der er seinen Laptop transportiert, nimmt sein Jackett von der Lehne des Stuhles neben ihm und lächelt Fiona Köhler dann an: »Ich bin bereit.«

Sie grinst ihn kurz keck an, dann wendet sie sich um und strebt dem Ausgang zu. Als sie am Empfangstresen vorbeikommen, blickt der schlaksige, junge Mann auf und François Beauford bleibt kurz stehen. Er bedankt sich bei ihm für die Bücher, der junge Mann nickt und erklärt, dass er diese später wieder wegbringen würde.

Schließlich sind sie wieder auf dem Bürgersteig vor dem Gebäude, hinter ihnen ragt das Stephen A. Schwarzmann Building mit seinen eindrucksvoll beleuchteten Doppelsäulen im Dunkel auf.

Fiona Köhler ist bereits weitergegangen und blickt über die Schulter. Eine kurze Kopfbewegung fordert ihn zum Folgen auf. Mit schnellen Schritten schließt er zu ihr auf: »Wo gehen wir denn hin?«

»Ich habe ein bisschen Hunger und wir müssen uns ungestört unterhalten.«

Neugierig folgt er ihr, als sie an der nächsten Kreuzung rechts abbiegt und schließlich nach einem misstrauischen Blick auf die im Schaufenster eines Diners aufgehängte Speisekarte diesen forsch betritt. Inzwischen hat es wieder zu nieseln begonnen und François Beauford ist eigentlich ganz froh, wenn er dieser unangenehmen Feuchte entkommt. Auch wenn ihm dieses Diner als fulminanter Kontrast zum italienischen Restaurant von heute Mittag vorkommt.

Das Diner ist nahezu menschenleer. Wie in solchen Orten der Gastlichkeit üblich sind auch hier Fernseher aufgehängt, auf denen die aktuellen Nachrichten und Sportsendungen laufen. Der Ton einer Nachrichtensendung ist zu hören. Eine unsichere Journalistin blickt im Scheinwerferlicht der Kamera umher und schildert die Zustände vom Venice Beach in Kalifornien. Wo sonst unzählige Menschen ihrer Begeisterung für Sonne, Strand und Meer frönen, herrscht im Moment Leere. Die Journalistin berichtet von einer Flut von Abreisen der Gäste aus dieser Region. Schon werden die ersten Stimmen laut, dass die aktuellen Zustände zu großen, wirtschaftlichen Problemen führen könnten. Wie üblich in amerikanischen Nachrichtenformaten wird das Thema dann nicht vertieft, sondern zurück ins Studio geschaltet. Dort sitzen die beiden Nachrichtensprecher, ein Mann und eine Frau, die mit mühsam gespielter Fröhlichkeit den nächsten Programmpunkt anmoderieren. François Beauford wird sich bewusst, dass die Menschen diese Dunkelheit nicht mehr lange ertragen, ohne dass der dünne Firnis der Zivilisation verschwindet

und die durch diese Finsternis provozierten Urängste
aufbrechen.

Fiona Köhler hat sich an einen größeren Tisch gesetzt
und er gesellt sich zu ihr. Sie studiert die Speisekarte und
als die Bedienung kommt, eine kräftig gebaute Frau in
einem gelben Kleid mit weißer Schürze, bestellt sie ein üp-
piges Mahl für sich. Er nimmt lediglich einen Salat. Beide
bestellen dazu Eistee. Als die Bedienung ihre Bestellung
aufgenommen hat und zurück zum Tresen marschiert,
muss François grinsen, als er ihr nachblickt. Versonnen
versucht er sich daran zu erinnern, wo er solch ein Bild
schon einmal gesehen hat, als Fiona sagt: »Breakfast in
America – Supertramp.«

Erstaunt blickt er sie an. Er erinnert sich sofort an das
Plattencover dieser Band, das eine Servierkraft in genau
solch einem Kleid zeigt: »Ich bin verblüfft. Du bist viel zu
jung für diese Art Musik.«
Sie nickt ihm verstehend zu: »Du auch.«

Dann müssen beide lachen. Schließlich fragt sie ihn
neugierig: »Also, was hat dich so beschäftigt, dass du eine
Bibliothek aufsuchen musstest.«

Kurz denkt er nach, dann erzählt er ihr von seinem Besuch bei Albus und was er dort erfahren hat. Sie hört ihm
aufmerksam zu. Dann nickt sie: »Sehr gut. Du warst schon
auf der richtigen Fährte.«

Dann denkt sie kurz nach, bevor sie fortfährt: »Hast du
schon einmal etwas vom Drei-Körper-Problem gehört?«

Verblüfft schüttelt er den Kopf: »Nein. Was ist das?«

Sie blickt sich um, greift sich eine der Servietten und
faltet sie auf. Dann holt sie aus ihrer Handtasche einen
Stift hervor. Sie schaut ihn ernst an und beginnt zu erklären: »Also, nehmen wir einmal an, das ist die Sonne.«
Sie malt einen großen Kreis in der Mitte der Serviette. Er
nickt verstehend. Dann malt sie einen kleineren Kreis am
Rand der Serviette auf. Er versteht, worauf sie hinaus will:

»Dann ist der kleine Kreis die Erde!«

Erfreut nickt sie ihm zu: »Genau. Nun ist es so, dass sowohl Sonne als auch die Erde den Raum krümmen – Einstein und so, du weißt schon. Also beide, Erde und Sonne, haben eine Massenanziehung.«

Er nickt, soweit kann er ihr problemlos folgen. Sie zieht eine gerade Verbindungslinie zwischen Erde und Sonne auf der Serviette.

»Wenn beide eine Anziehungskraft haben, dann gibt es einen Punkt, an dem sich die Anziehung der beiden Körper gerade ausgleicht. Und der liegt hier!« Sie macht ein Kreuz auf der Linie, ziemlich nahe bei der Erde: »Weil die Sonne unglaublich viel größer als die Erde ist, sie wiegt fast dreihundert und vierzigtausend Mal so viel wie die Erde, liegt dieser Punkt sehr dicht bei der Erde.«

Ohne es zu bemerken, nickt er verstehend. Jetzt grinst sie ihn an.

»Ok, diesen Punkt nennt man Lagrange-Punkt, benannt nach dem Mathematiker, der ihn entdeckt hat. Genau gesagt ist es der erste Punkt, also L1.«

Sie zeichnet ein großes L gefolgt von einer Eins neben das Kreuz: »Tatsächlich gibt es noch vier weitere Lagrange-Punkte, aber nur L2 und L3 liegt theoretisch eben auf der Verbindung Erde – Sonne, allerdings hinter der Sonne von der Erde aus gesehen genauer gesagt hinter der Erde, von der Sonne aus gesehen.«

François Beauford spürt, dass sie auf etwas Bestimmtes hinaus will und folgt ihr aufmerksam. Jetzt blickt sie ihn wieder ernst an: »Weißt du, was Licht ist?«

Er nickt zögerlich, Erinnerungen an den Physikunterricht in der Schule werden wach: »Schwingungen. Elektrische Schwingungen.«

Sie lächelt ihn an: »Fast richtig. Elektromagnetische Schwingungen. Genauso wie Funkwellen, Radarstrahlen,

Mikrowellen- oder sogar Wärmestrahlung.«

Fragend hält er den Kopf schief. Bevor sie antworten kann, wird das Essen serviert. Hungrig nimmt Fiona Köhler ihre ersten Bissen, dann blickt sie wieder auf: »Also, Lagrange-Punkt eins. Nun ist es tatsächlich so, dass man ein Objekt um diesen Punkt kreisen lassen kann, als ob der Lagrange-Punkt ein Planet oder Mond wäre.«

Jetzt erhellt sich seine Miene: »Ich erinnere mich! Dieses Teleskop, das man hinter dem Mond in Stellung gebracht hat, macht das auch.«

Sie nickt anerkennend: »Genau. Das James-Webb-Teleskop kreist um L2 von Erde und Mond. Und um den L1 zwischen Erde und Sonne kreist das Sonnenteleskop SOHO.«

François Beauford erinnert sich, dass er einen Bericht über diese Mission gelesen hat. Es handelt sich, wie er damals gelesen hat, über eine gemeinsame Mission zwischen Europa und den USA.

»Diese Dinger kreisen um diese Lagrange-Punkte. Warum erzählst du mir das?«

Sie wiegt den Kopf: »Na ja, ich habe vorhin mit einem der Missionsleiter von SOHO gesprochen.«

Überrascht schaut sie ihn an: »Hallo, auch ich habe so meine Kontakte, nicht nur der große Investigativjournalist!«

Er nickt geschlagen: »Touchée. Sorry. Also, was hat dir dieser Missionsleiter erzählt?«

Sie ordnet kurz ihre Gedanken. Dann schildert sie ihm das Gespräch mit Nikolay Denisov. Gerade als sie ans Ende ihrer Schilderung kommt, schiebt sie sich den letzten Bissen ihres Essens in den Mund. François Beauford bewundert ihre Fähigkeit, gleichzeitig reden und essen zu können. Dann denkt er über das Gehörte nach.

»Also, wenn ich das richtig verstanden habe, schirmt uns

auf der Erde etwas von der Sonne ab. Die leuchtet ganz normal. Und diese Abschirmung behindert nicht nur das Licht der Sonne auf dem Weg zur Erde, sondern auch die Funksignale der Kommandostationen auf der Erde an die SOHO-Sonde.«

Sie nickt bestätigend: »Genau. Elektromagnetische Schwingungen scheinen nicht mehr ungehindert von der Sonne zur Erde und umgekehrt zu gelangen.«

Er blickt zur Schaufensterscheibe des Diners hinaus. Inzwischen regnet es richtig. Dicke Tropfen fallen auf die Straße und den Bürgersteig.

»Also hat jemand einen Sonnenschirm aufgespannt.«

Sie lacht ironisch auf: »Ja, klar. Der muss jedoch riesig sein. Und wenn er riesig ist, dann ist er auch sehr schwer, hat also eine riesige Masse. Weil L1 von SOHO belegt ist, kann dieser Sonnenschirm nicht ohne Antrieb auf der Verbindungslinie zwischen Erde und Sonne bleiben, sondern muss durchgehend bewegt werden.«

Er schüttelt unverständig den Kopf: »Ich dachte, in der Schwerelosigkeit gibt man einmal Gas und dann bleibt die Geschwindigkeit erhalten?«

Sie nickt zustimmend: »Das stimmt auch. Aber die Erde umkreist die Sonne. Eigentlich ist es so, dass sie die Sonne umlipst, es ist eine elliptische Bahn. Du weißt schon: Galileo und so. Also muss sich dieser Sonnenschirm auch auf einer elliptischen Bahn bewegen. Und dazu muss er wiederholt die gerade Bahn ändern, beschleunigt werden. Also bildlich gesprochen ständig Gas geben.«

Sein Blick wird nachdenklich. Er versucht das Ganze erneut zu durchdenken: »Ok, wenn ich das richtig verstehe, dann benötigt er dafür eine große Menge an Energie.« Ein frohes Nicken antwortet ihm: »Genau. Wenn dieser riesig große und damit riesig schwere Sonnenschirm ständig beschleunigt werden muss, dann reicht kein Raketenantrieb der Welt dafür aus, geschweige denn, dass

man ein Raumschiff bauen könnte, das genügend Treibstoff mitnehmen kann. Das geht einfach nicht.«
Er blickt wieder hinaus. Dann murmelt er leise vor sich hin: »Also kein riesiger Sonnenschirm.«

Sie folgt seinem Blick: »Oder ein superleichter Sonnenschirm, aber auch den gibt es nicht.«

Kurz schweigen beide. Dann erzählt Fiona Köhler wieder von ihrem Telefonat mit Nikolay Denisov: »Aber eines war komisch, als ich mit Nikolay telefoniert habe.«

Fragend hebt er die Augenbrauen und nickt ihr auffordernd zu. Sie zuckt mit den Schultern, dann erzählt sie weiter: »Die Telefonverbindung hat sich plötzlich verändert.«

Alarmiert richtet er sich auf. Leise fragt er nach: »Inwiefern verändert? Was meinst du damit?«

Verwundert über seine Reaktion erzählt sie weiter: »Anfangs war da nur das übliche Rauschen.«

Wieder nickt er ihr aufmunternd zu und sie fährt fort: »Aber am Ende war da plötzlich kaum noch Rauschen. Dafür hatte ich den Eindruck, dass ein leichter Hall zu hören ist. Nikolay hat dann auch ganz plötzlich die Diskussion abgewürgt und sich verabschiedet.«

Erschrocken schaut er sie an. Seine Augen suchen ihre und sein Blick fixiert sie nachdrücklich: »Kann ich bitte dein Mobiltelefon haben?«

Irritiert vom plötzlichen Wechsel seiner Stimmung greift sie in ihre Handtasche und holt ihr Telefon hervor. François erkennt es als die neueste Version eines der größten IT-Konzerne. Dann wandert sein Blick zu ihrem Handgelenk. Dort sucht er nach einer der heutzutage üblichen Smartwatches. Fiona Köhler folgt seinem Blick und grinst ihn dann entschuldigend an: »Das ist eine mechanische Uhr. Einer meiner Marotten.«

Er nickt ihr lediglich zu, als sie ihm sein Telefon gibt.

François Beauford steht auf und geht zum Tresen. Dort spricht er mit der Bedienung und bezahlt die Rechnung in bar. Mit dem Rückgeld zusammen gibt sie ihm noch einen großen Abriss Alufolie, in dem normalerweise die Essensreste für den Transport nach Hause eingewickelt werden. François kehrt zum Tisch zurück, faltet vorsichtig die Serviette mit ihrer Zeichnung zusammen und steckt sie sich in die Tasche seines Jacketts. Dann nimmt er ihr Mobiltelefon und wickelt es in mehrere Lagen der Alufolie. Zufrieden mit seiner Arbeit blickt er auf und nickt ihr ernst zu: »Wir sollten jetzt gehen.«

Sie schüttelt den Kopf und fragt genervt: »Was in aller Welt soll das werden?«

Er versucht eine Erklärung. Sie spürt, wie er nach den richtigen Worten sucht. Dann hellt sich seine Miene auf und er stößt erleichtert hervor: »Elektromagnetische Schwingungen.«

Zuerst ist ihr nicht klar, was er meint, dann erhellt sich ihre Miene verstehend. Nur um sofort danach zu einem sehr sorgenvollen Gesichtsausdruck zu wechseln: »Ist das dein Ernst?«

Er nickt nachdrücklich: »Das ist meine Welt. Wir sollten jetzt dringend gehen, bitte.«

Sie schaut ihn kurz an, dann erheben sich beide und verlassen zügig das Diner. Draußen erwartet sie die von Straßenlampen mühsam erhellte Finsternis von New York und der Regen.

10   Im tiefen Dunkel

Es ist kalt und dunkel auf dieser Seite. Allerdings ist das System genau für diese Bedingungen entworfen, gebaut, getestet und für tauglich befunden worden.

Natürlich ist es nicht alleine. Die Aufgabe wäre viel zu groß für nur ein System. Bei einem technischen Problem, einem Ausfall womöglich sogar, wäre die Mission verloren. Deshalb gibt es viele von ihnen. Ursprünglich waren sie eintausendvierhundert. Aber wie immer bei dieser Art technischen Wagnis gelingt etwas nicht genau so, wie geplant. So sind schon ganz am Anfang zwei Systeme ausgefallen. Eines konnte zwar wieder in Funktion gebracht werden, schließlich waren die Systeme auch gerade für diese Art von Störungen geplant und entworfen worden. Gemeinsam verfügen sie über genügend Reserven, Redundanz, damit das große Ziel der Mission weiter möglich bleibt. Ein System war jedoch nicht mehr zu retten. Die Verbleibenden haben es mühsam mit sich geschleppt und etwas vor der Gruppe in Richtung des normalerweise blau funkelnden Planeten positioniert. Sollte von dort etwas zu ihnen eilen, werden die Vierzehnhundert dieses eine, defekte System opfern, um einen möglichen Angreifer auszuschalten.

Aber dieses System ist in Ordnung. Alles funktioniert perfekt. Die riesige, schwarze Wand, die es aufspannt, ist eine wahrlich gigantische Scheibe mit der Form einer Honigwabe. Das ergibt einen wirksamen Durchmesser von knapp dreihundertfünfzig Kilometern. Die Scheibe hält es geschützt von der Sonnenstrahlung. Dort drüben auf der hellen Seite wäre es viel zu heiß für das System. Deshalb kann diese helle Seite auch den Grad ihrer Reflexion der von der Sonne kommenden Strahlung einstellen, sodass die Wärme, die durch die Absorption der restlichen, nicht reflektierten Strahlung entsteht, kontrollierbar ist. Aber natürlich nutzt es diese Wärme, die Sonnenstrahlung, zur

Energiegewinnung. Schließlich besteht das System in seinem Kern größtenteils aus Energiespeicher und Antriebssystemen. Lediglich die riesigen Tanks, die meisten gefüllt mit Xenon, dem Reaktionsgas der starken Ionentriebwerke, die das System auf Kurs halten, machen neben den Energiespeichern einen wesentlichen Teil der Masse aus. Die zentrale Kontrolleinheit, die das System und die Kommunikationseinrichtungen an Bord kontrollierte, fällt dagegen fast nicht ins Gewicht. Dann meldet die dunkle Seite, dass Photonen detektiert wurden. Die riesige Fläche funktioniert auf ihrer dunklen Seite als gigantischer Detektor für Laserlicht. Sofort werden die eingegangenen Lichtimpulse genau, wie die nun in schneller Abfolge eingehenden Signale, gespeichert und dann umgehend analysiert. Das System erkennt, dass die Nachricht verschlüsselt ist. Natürlich verfügt es über umfangreiche Möglichkeiten, die Signalfolge zu entschlüsseln. Und es verfügt über sichere Methoden für die Erkennung eines zulässigen Absenders. Wäre die Kontrolleinheit in der Lage, ein Bewusstsein zu bilden, dann hätte es jetzt Zufriedenheit empfunden. Ihre Kommandostation hat dem System eine neue Aufgabe gestellt. Zur Sicherheit stimmt sich das System mit den anderen Systemen ab. Dazu sendet es gezielte Laserimpulse an die ihm bekannten Positionen dieser anderen Systeme. Umgehend erfolgt die Bestätigung. Alle haben die Nachricht erhalten. Das System ändert nun den gespeicherten Ablauf, wie es in der Nachricht angewiesen wurde. Bis zum Zeitpunkt, der in der Nachricht als Startzeitpunkt festgelegt ist, kehrt das System wieder zu seinem Bereitschaftsmodus zurück. Es lauert weiterhin bereit im tiefen Dunkel.

11 Ortsveränderung

Fiona Köhler läuft hinter François Beauford her. Dieser eilt mit großen Schritten den Gehsteig entlang. Beide haben in dieser Art Eilmarsch bereits drei Blocks zurückgelegt. Sie runzelt die Stirn. Obwohl ihre Kondition hervorragend ist, erscheint ihr dieser Eilmarsch eher wie eine ziellose Flucht als ein Streben zu einem geplanten Ziel, so fordert sie ihn auf: »François, warte!«

Sie ist knapp drei Meter hinter ihm, aber er hat sie gehört. Sofort wendet er sich um, dann verzieht er entschuldigend die Mundwinkel: »Bitte verzeih. Ich wollte so schnell wie möglich weg von da, wo wir waren.« Er blickt sich um. Weiter vorn ist eine Markise vor einem geschlossenen Ladenlokal ausgefahren. Dort wendet er sich hin und Fiona Köhler folgt ihm, auch sie würde gerne aus diesem Regen kommen. Jetzt stehen sie gemeinsam unter der Markise und François Beauford blickt sich aufmerksam um, gerade so, als ob er etwas Bestimmtes suchen würde. Dabei geht sein Blick nicht nur die Straße hinauf und hinunter. Sie bemerkt verwundert, dass er auch die Fassaden der Gebäude auf der anderen Straßenseite aufmerksam mustert. Die Straße ist gänzlich ruhig, keine Fahrzeuge sind unterwegs, auch die Bürgersteige sind menschenleer. Sie holt tief Luft, dann fasst sie ihn am Ärmel seines Jacketts: »Bis hierher bin ich mitgekommen, ohne Fragen zu stellen. Aber nun wird es Zeit, dass du mir erzählst, was los ist.«

Ihr Ton ist ruhig, aber sehr bestimmt. Wieder stellt François Beauford fest, dass diese Frau in der Lage ist, mit ungewöhnlichen Situationen klarzukommen. Er nickt zustimmend und will gerade zu einer Antwort ansetzen, als sein Mobiltelefon sich meldet. Wieder das archaische Pfeifkonzert, auch diesen Nachrichtenton hat er bislang nicht gegen eine angenehmere Version getauscht. Er fischt das Mobiltelefon, ein etwas klobiges Gerät im Vergleich mit modernen Smartphones, wie Fiona Köhler eines hat

und das gerade in mehrere Lagen Alufolie eingepackt in seiner anderen Jacketttasche steckt. Er blickt auf das Display und schaut sie dann alarmiert an. Mit einem Druck auf eine Taste nimmt er das Gespräch an. Er hat den Lautsprecher eingeschaltet, damit die Pilotin mithören kann. Mit dem Blick nach oben, dieses Mal die Fassaden der Gebäude auf dieser Straßenseite absuchend, meldet er sich: »Jonba, alter Freund, wie geht es dir?«

Es ist zu hören, dass der Anrufer gerade zu sprechen angesetzt hat, als sich François Beauford gemeldet hat. Nach einer kurzen, kaum bemerkbaren Pause meldet er sich dann doch.

»François, mein Lieber. Mir geht es gut. Wie ist das Wetter bei dir?«

Stirnrunzelnd blickt François Beauford auf das Mobiltelefon in seiner Hand, als er antwortet: »Dunkel und etwas regnerisch. Wie sieht es bei dir aus?«

»Hier war vorher einiges los. Starkregen würde ich sagen. Und an bestimmten Stellen hat es sogar ordentlich gehagelt!«

Mit grimmiger Erkenntnis nickt François Beauford, als er das hört. Dann antwortet er: »Na dann schau mal zu, dass du im Trockenen bleibst.«

»Das ist der Plan. Aber allzu lange wird mir das wohl nicht gelingen. Du weißt schon, wenn es mal richtig regnet, werden alle nass. Schau wenigstens du, dass du dich ins Trockene begibst, hörst du? Das schützt deine Gesundheit, würde ich sagen.«

Nachdenklich nickend antwortet François Beauford: »Ich tue mein Bestes. Hat der Hagel denn aufgehört?«

»Vorerst, zum Glück gab es keine Schäden. Aber ich glaube, das nächste Mal kommen wir nicht so glimpflich davon.«

»Alles klar, Jonba, danke für die Wettermeldung. Wir hören uns.«

»In Ordnung, François. Ich soll dir Grüße von Seraphine ausrichten! Du sollst dich an das erinnern, was sie dir gesagt hat!«

»Mache ich Jonba, mache ich. Au revoir, Jonba.«

»Au revoir« Dann ist das Gespräch beendet. Aber François Beauford schaltet das Telefon nicht aus. Nun ist nichts mehr zu hören. Angespannt lauscht er jedoch weiter, als sich das Geräusch aus dem Lautsprecher plötzlich ändert. Jetzt ist ein feines Rauschen zu vernehmen, wie es üblicherweise am Ende einer Telefonverbindung zu hören ist. Zufrieden nickt er, dann schaltet er sein Telefon aus. Aber anstatt es wieder in sein Jackett zu stecken, dreht er es um, entriegelt den Akku und trennt ihn vom Gerät. Zufrieden steckt er die beiden Teile in sein Jackett. Dann blickt er Fiona Köhler an.

Sie hat die Szene aufmerksam beobachtet. Dann nickt sie verstehend: »Das war ein Freund?«

Er nickt ihr zu und setzt indessen zu der Erklärung an, die durch den Anruf vorhin unterbrochen wurde: »Genau. Jonba ist ein alter Freund und mein zuständiger Redakteur bei La Tribune. Er bezahlt meine Recherche zu GG. Ich habe ihm einen großen Artikel mit Enthüllungen dafür versprochen. Das mit dem Regen bedeutet, dass ihm seine Vorgesetzten mächtig Druck machen.«

Nachdenklich schaut sie ihm ins Gesicht: »Und er glaubt dir?«

François Beauford nickt und lacht dabei ironisch auf: »Tatsächlich tut er das. Er weiß schließlich, dass ich im Normalfall auch eine gute Story liefere. Aber sicher hat ihn überzeugt, dass meine Wohnung von der Polizei durchsucht wurde.«

Sie blickt ihn erschrocken an: »Der Hagel. Das ist unser Code für Hausdurchsuchung. Übliches Problem für einen Investigativjournalisten, der auf der richtigen Fährte ist.«

Er wartet darauf, dass sie weiter fragt. Nach einem

Moment fährt sie auch fort: »Und diese Seraphine ist auch eine Kollegin von dir?«

Kopfschüttelnd antwortet er ihr: »Nein. Sie ist eine alte Freundin. Durch sie konnte ich Verbindung zu meinem Kontakt aufnehmen, den ich heute Mittag getroffen habe. Sie hat mich ausdrücklich vor dieser Recherche gewarnt. Ihrer Meinung nach ist das Ganze eine Nummer zu groß für mich.«

Sie denkt kurz nach, bevor sie nachfragt: »Kennt sie dich gut?«

»Ich muss sagen, manchmal sogar zu gut. Gelegentlich benimmt sie sich tatsächlich wie eine große Schwester, die auf ihren wilden, kleinen Bruder aufpassen will.«

»Aber es gelingt ihr nicht einwandfrei, richtig? Schließlich stehen wir hier im Regen, du hast dein Mobiltelefon auseinandergebaut und meines in Alufolie eingewickelt. Ich würde einmal sagen, dass das nicht der übliche Umgang ist, den zwei Menschen pflegen, die sich gerade erst kennengelernt haben oder was meinst du?«

Er bewegt den Kopf nachdenklich auf und ab. Wieder geht sein Blick über die Straße. Dann kehrt er zurück zu ihr: »Du hast natürlich recht und ich entschuldige mich aufrichtig, aber ich habe eine Frage.«

Auffordernd hebt sie das Kinn, sodass er fortfährt: »Am Ende des Telefonats, das Geräusch. War das genauso wie bei dir und deinem Freund bei SOHO?«
Irritiert runzelt sie die Stirn: »Meinst du, ob es sich das am Ende meines Telefonats mit Nikolay genau so angehört hat?«

»Genau. Bitte denk nach. Es ist wichtig.«

Sie schließt kurz die Augen und ruft sich den Moment des Gesprächsendes in Erinnerung. Dann nickt sie bestätigend: »Ja, das war ungefähr gleich. Zuerst nichts oder vielleicht das normale Rauschen. Dann, einige Sekunden später, vielleicht kam dieser komische Hall.«

»Merde.«

Obwohl Fiona Köhler nur wenige Worte Französisch spricht, diesen Ausdruck kennt sie und so fragt sie alarmiert nach: »Was bedeutet das?«

Er zögert, offenbar denkt er darüber nach, wie er ihr die Sache erklären soll. Dann beschließt er, es genau so zu formulieren, wie die Dinge seiner Meinung nach sind: »Wir werden von irgendjemandem mit Zugriff auf mächtige Ressourcen überwacht.«

Fiona Köhler stößt einen belustigten Laut aus: »Ich werde überwacht? Warum soll sich denn jemand für mich interessieren? Ich bin lediglich Pilotin, die in New York ihre verdienten Pausentage zwischen der Rotation verbringt.«

Wieder bewegt François Beauford den Kopf in nachdenklichem Nicken langsam auf und ab: »Ich fürchte, du hast dich mit den falschen Leuten eingelassen.«

Kopfschüttelnd blickt sie ihn an: »Mit wem denn, um Gottes Willen?«

Wieder schleicht sich das entschuldigende Grinsen auf sein Gesicht. Trotz der ihrer Meinung nach vollkommen abstrusen Situation stellt sie fest, dass ihr dieses Grinsen auf unverständliche Weise gefällt: »Na ja, mit mir natürlich.«

Sie will gerade Luft holen und energisch widersprechen. Dann denkt sie noch einen Moment nach. Schließlich antwortet sie in fatalistischem Ton: »GG.«

Froh über ihre reflektierte Reaktion stimmt er ihr zu: »GG, genau. Vielmehr meine Recherchen zu Intersol Technology.«

Vorsichtig fasst er sie an der Schulter. Er holt tief Luft, dann fährt er in leisem, nachdenklichem Ton fort: »Du solltest jetzt zurück in dein Hotel gehen und du solltest dich so weit wie möglich von mir fernhalten.«

Verblüfft schaut sie ihm ins Gesicht. Dann ändert sich

ihr Ausdruck. Er erkennt, dass sie wütend wird. Völlig verblüfft von ihrer Reaktion, lässt er ihre Schulter los. Sie funkelt ihn an, dann antwortet sie ihm mit messerscharfer Stimme: »François Beauford, wenn du glaubst, man kann mich mit etwas Hall und dem Abhören von Telefonaten davon abbringen, genau das zu tun, was ich für richtig halte, dann hast du dich geschnitten. Einen Teufel werde ich tun. Du sagst mir sofort, wie es weitergeht. Denn ansonsten werde ich bestimmen, was wir machen. Also wähle und wähle weise!«

Zuerst ist er absolut geschockt von diesem völlig unerwarteten Ausbruch. Dann beginnt er zu grinsen: »Holla, meine Walküre. Aber sage später nicht, ich hätte dich nicht gewarnt!«

Ein böses Funkeln ihrer Augen lässt ihn umgehend fortfahren: »Wir müssen aus dem Regen raus und wir müssen zu deinem Freund, dem SOHO-Kerl.«

Ihr Gesichtsausdruck wird weicher. Nachdenklich blickt sie zu Boden. Dann schaut sie ihn wieder an und fragt: »Hast du Bargeld dabei?«

Er nickt bestätigend: »Bargeld, Ausweis und meinen Laptop. Das alles nehme ich immer überall mit.« Dabei klopft er auf die Umhängetasche an seiner Seite. Noch einen Moment fixiert sie ihn streng: »Ich halte es genau so. Bist du dir sicher, dass an dieser GG-Sache etwas dran ist?«

Mit nachdrücklichem Nicken bestätigt er das: »Natürlich. Alleine die Dokumente, die ich heute Mittag gesehen habe, zeigen mir, dass bei GG und Intersol etwas mächtig faul ist.«

Ihr Blick huscht zu seiner Laptoptasche: »Du hast das alles dabei?«

Sein Blick wird vorsichtiger. Dann holt er Luft und antwortet ehrlich: »Ich habe alles gescannt, die wichtigsten Originale dabei und die Scans in meiner besonders ge-

sicherten Cloud gespeichert.« Dabei klopft er erneut auf
seine Laptoptasche. Einen Moment noch fixiert sie ihn
abschätzend, dann grinst sie ihm spitzbübisch an: »Na
dann, Mr. Investigativjournalist, machen wir uns auf die
Reise.«

Sie hakt sich bei ihm unter und er folgt ihr unbewusst den
Gehsteig entlang: »Wo genau gehen wir jetzt hin?«

Sie meint nachdenklich: »Nun, zuerst benötigen wir ein
Taxi. Eines mit einem chinesischen Fahrer wäre optimal.«

»Warum muss es denn ausgerechnet ein Chinese sein?«

»Wir müssen nach Chinatown. Da ich zwar weiß, zu wem
ich will, aber nicht weiß, wo diese Person wohnt, benötigen wir jemanden, der für uns dolmetscht.«

Diese Erklärung klingt für ihn zwar einigermaßen sinnvoll. Trotzdem fragt er verwirrt nach: »Wie geht es dann
weiter?«

Er schaut sie an und sieht dann, wie sich kleine Lachfältchen in ihren Augenwinkeln bilden: »Dann werden wir
hoffentlich herausfinden, dass ich nicht nur die großen
Vögel beherrsche.«

François Beauford schaut sie verständnislos an. Doch
dann dämmert ihm die Erkenntnis. Er will zu einer Erwiderung ansetzen, besinnt sich jedoch sofort eines Besseren.
Wenn sich diese Frau etwas in den Kopf gesetzt hat, dann
zieht sie das auch durch. Er stellt fest, dass er damit jetzt
gerade wunderbar zufrieden ist.

Gemeinsam gehen sie die Straße entlang, weiter vorn
werden die Lichter heller. Dort scheint die Finsternis
weniger Macht zu haben.

François schießt die Türe des Taxis und blickt sich auf dem Bürgersteig um. Die Taxifahrt hat ihn in eine andere Welt katapultiert. Er ist umgeben von Lärm, Lichtern und unglaublich vielen Menschen. Ein Gewirr an Sprachen und Geräuschen heischt nach seiner Aufmerksamkeit. Er versucht, die Szenerie zu überblicken. Aber für seine mitteleuropäisch geprägten Sinne wirkt diese Umgebung wie ein einziges, undurchschaubares Durcheinander. Da spürt er, wie jemand an seinem Ärmel zupft. Erschrocken geht seine linke Hand zu seiner Umhängetasche, beruhigender Weise hängt diese nach, wie vor unversehrt, an seiner linken Schulter. Er blickt Fiona Köhler fassungslos an: »Wie in aller Welt wollen wir hier irgendjemanden finden?«

Sie zuckt die Schultern: »Eigentlich ist es doch ganz einfach. Du sprichst kein Mandarin, denke ich mir?!?«

Er schüttelt nachdrücklich den Kopf zur Antwort. Sie grinst ihn an: »Ich bestenfalls einige Brocken. Nicht einmal genug, um in einer Bar ein Bier zu bestellen.«

François Beauford spürt, wie langsam Ärger in ihm aufkeimt, als er mit einer leicht nickenden Kopfbewegung Fiona Köhler zum Weitersprechen anspornt: »Ergo: Wir benötigen einen Dolmetscher. Und, tataaa, da ist er!«

Mit großer Geste ihres linken Armes weist sie nach links und etwas nach unten. Dort steht ein Junge mit asiatischen Gesichtszügen und kurzem, schwarzem Haar. Er trägt ein schmuddeliges T-Shirt, das in besseren Tagen sicher blau gefärbt war. Nun ist es völlig ausgebleicht. Zusammen mit der alten Jeans und den abgetragenen Turnschuhen macht er ein wenig vertrauenswürdigen Eindruck.

»Darf ich vorstellen, das ist Jack.«

Der Junge verzieht das Gesicht zu einem Grinsen, das mindestens zwei Zahnlücken erkennen lässt: »Hallo,

Mister. Sie suchen jemanden? Ich finde jemanden! Keiner findet jemanden besser als Jack. Sie werden schon sehen!«

Dann streckt er ihm auffordernd die Hand entgegen, die Handfläche nach oben gerichtet: »20 Dollar jetzt, nochmals 20, wenn wir ihren Freund gefunden haben.« Verblüfft wendet François Beauford seinen Blick zu Fiona Köhler, die die Szene mit amüsiertem Gesichtsausdruck verfolgt. Dann fasst er sich und schaut dem kleinen Mann ernst ins Gesicht: »Nein, mein Lieber. 20 Dollar, wenn wir da sind. Keinen Cent siehst du vorher von mir.«

Der Junge hält den Kopf schief, offenbar ist dieser Mann doch nicht das leichte Opfer, für das er ihn zuerst gehalten hat: »Ok, Chef. 10 Dollar jetzt und 20 Dollar, wenn wir deinen Freund gefunden haben.«

Energisch schüttelt François Beauford den Kopf. Er hat genügend Erfahrung mit Feilschen im algerischen Raum während einer seiner Recherchen zu Betrügereien im Rahmen der französischen Wirtschaftsförderung gesammelt, als dass er dem Vorschlag einfach zustimmt: »Keine Chance.«

Demonstrativ wendet er sich ab und blickt suchend die Straße hinunter. Der Junge fürchtet offenbar, seine Kunden zu verlieren und trippelt flink wieder in das Gesichtsfeld von François Beauford: »Letztes Angebot, Meister. Fünf jetzt und fünfzehn, wenn wir da sind.«

Entrüstet rollt François Beauford mit den Augen und fixiert seinen kleinen Verhandlungspartner dann wieder ernst. Er spürt, dass ihm dieser kleine 'Möchte-gern-Geschäftsmann' etwas sympathisch ist. Aus einem Impuls heraus nickt er kurz: »Aber es muss schnell gehen, ich habe nicht den ganzen Tag Zeit.«

Wieder streckt ihm der kleine Jack die Hand entgegen und blickt François ernst an: »Ich bin der Schnellste. Also, was ist? Deal?«

Knurrend sucht François Beauford in seiner Hosentasche

und fördert eine Fünf-Dollar-Note zutage. Diese legt er betont sorgfältig auf die Hand des Jungen. Mit atemberaubender Geschwindigkeit schnappt dieser sich den Geldschein und lässt ihn in seiner Hosentasche verschwinden. Dann streckt er dem Investigativjournalisten die Hand hin. François Beauford muss lächeln und schlägt ein: »Deal. Also, wen suchen wir?«

Die letzte Frage geht an Fiona Köhler, die das Ganze nach wie vor mit einem Grinsen beobachtet hat. Jetzt wendet sie sich an ihren jungen Führer: »Wir suchen Chi Cleo Shang.«

Der Blick des Jungen wird ernst. Dann antwortet er in grimmigem Ton: »Die kenne ich nicht.«

Ungefragt greift er in die Tasche seiner alten Jeans, holt den Geldschein hervor, den er eben dort so flink hatte verschwinden lassen und streckt ihn François Beauford entgegen: »Sorry. Ihr Geld zurück. Ich kann Ihnen nicht helfen.«

Völlig irritiert blickt der Investigativjournalist von dem Jungen zu Fiona Köhler. Diese geht in die Knie, fasst den Jungen an der Schulter und dreht ihn vorsichtig zu sich her, sodass sie ihm genau in die Augen schauen kann: »Hör zu. Chi Cleo Shang ist eine alte Freundin von mir. Ich benötige ihre Hilfe. Also was meinst du, kennst du sie vielleicht doch?«

Der Junge blickt sie abweisend an: »Das kann jeder sagen. Woher soll ich wissen, dass das stimmt?

Fiona Köhler nickt weise. Dann lächelt sie den Jungen an: »Nun, weil nicht jeder weiß, dass sie eine Prothese am linken Unterschenkel trägt. Es war ein Unfall mit einem Flugzeug.«

François Beauford kann sehen, wie es im Gesicht des Jungen arbeitet. Dann nickt er und stimmt verhalten zu: »In Ordnung. Aber ich bekomme jetzt die fünfzehn Dollar. Wenn Chi Cleo Shang euch nämlich nicht sehen will, ist das nicht meine Schuld.«

Fiona Köhler lächelt ihn an. Dann geht ihr Blick zu François Beauford. Mit einer Kopfbewegung fordert sie ihn auf, dem Jungen das Geld zu geben. Seufzend kommt er dem nach. Der Junge nimmt das Geld entgegen. Noch einmal mustert er seine beiden Kunden scharf. Schließlich nickt er ihnen zu: »Folgt mir.«

Fiona Köhler und François Beauford versuchen in der nächsten, halben Stunde mit dem kleinen Kerl Schritt zu halten. Das gelingt ihnen nur mit Mühe. Er führt sie vorbei an unzähligen Ladengeschäften mit Auslagen auf dem Gehsteig, an Garküchen und das alles unter ständigem Wechsel der Straßenseiten. Mehrfach führt er sie in Läden hinein, nur um diese dann sofort auf der Rückseite wieder zu verlassen. Schließlich stehen sie in einer ruhigen Gasse vor einem Laden mit schön gearbeiteter Holzfassade. Die Schaufenster sind sauber geputzt, in der Auslage kann François Beauford allerlei Pülverchen und Kräuter sehen. Ihr kleiner Führer dreht sich um, mustert seine Kunden noch einmal, dann klopft er energisch an die Türe. Jetzt erst bemerkt François Beauford, dass diese geschlossen ist und der Laden selbst einen dunklen, verlassenen Eindruck macht. Die Türe wird geöffnet und eine misstrauisch blickende Asiatin steht in der Türöffnung. Sie wirkt für eine Asiatin ungewöhnlich groß und muskulös. Als die Asiatin Fiona Köhler erkennt, wird ihr Gesichtsausdruck weich und ein Lächeln erhellt ihre Miene: »Fiona Köhler. Dich habe ich überhaupt nicht erwartet.«

Dann ruckt ihr Blick zu François Beauford. Ihn mustern die schwarzen Augen scharf und eindringlich. Ohne den Blick von ihm zu nehmen, geht ihre Frage an Fiona Köhler: »Gehört er zu dir?«

Diese kichert leise, als sie antwortet: »Ich will es hoffen. Aber die Würfel sind noch nicht endgültig gefallen.«

Ein wachsames Wiegen des Kopfes folgt, dann tritt

die Asiatin, François Beauford hält sie für eine Frau mit chinesischen Wurzeln, beiseite: »Also dann, Fiona und fast Freund von Fiona, seid willkommen.«

Die Pilotin wirft ihrer Begleitung einen schelmischen Blick zu, dann verschwindet sie durch die Tür ins Innere des Ladens.

Wortlos folgt ihr François Beauford. Er blickt sich kurz um. Der Junge steht noch da und mustert ihn nachdenklich. Aus einem Impuls heraus nickt ihm François Beauford zu und sagt schlicht: »Danke.«

Ein Zahnlückenlächeln antwortet ihm, dann flitzt der Junge davon. François Beauford betritt den Laden. Es erwartet ihn warmes Licht und der Geruch nach fremden, sehr wohlriechenden Kräutern. Als die Türe hinter ihm ins Schloss fällt, spürt er, dass dieser Raum eine sehr positive und entspannte Stimmung hat. Nicht zu vergleichen mit der hektischen Welt von Chinatown da draußen. Oder gar der Dunkelheit, die die Welt umfasst hat.

Sie erreichen einen großen Raum. An der hinteren Wand steht ein langer Arbeitstisch, auf dem allerlei Gläser, Dosen, Flaschen und sonstige Behältnisse stehen. François Beauford kann auch mehrere Mörser erkennen. Würden auf kleinen Bunsenbrennern in Glaskolben geheimnisvoll aussehende Flüssigkeiten vor sich hin köcheln, dann könnte man glauben, im Labor eines Alchimisten zu sein. Aber es gibt keine Bunsenbrenner und keine Glaskolben mit Flüssigkeiten. Dafür stehen überall hohe Gläser, mit allen möglichen Kräutern. Auf der anderen Seite ist eine bequeme Sitzgruppe. Dorthin führt ihre Gastgeberin sie: »Setzt euch. Kann ich euch einen Tee anbieten?«

Gerade will François Beauford höflich ablehnen, als Fiona Köhler die Hand hebt und für sie beide antwortet: »Das wäre wunderbar, vielen Dank.«

Die große Frau nickt und verschwindet durch eine weitere Türe. Dann sind Küchengeräusche zu hören.

Seinen fragenden Blick beantwortet Fiona Köhler mit
einer Mimik, die ihn wohl dazu auffordern soll, den Mund
zu halten und einfach mitzuspielen. Ergeben zuckt er die
Schulter und lehnt sich dann zurück. Die Sitzgruppe ist
tatsächlich sehr bequem und er schließt kurz die Augen.
Die Anspannung der letzten Stunden ist nun zu spüren, sie
sitzt in seinen Knochen. Gerade überlegt er, ob er Jonba
eine Nachricht zukommen lassen sollte, dann fällt ihm
Seraphine Solier wieder ein. Sicher wäre es besser, zuerst
sie zu kontaktieren.

Lautes Tassenklappern lässt ihn die Augen wieder öffnen.
Die Chinesin, inzwischen ist sich François Beauford
sicher, dass es sich um eine Frau aus China oder zumindest
mit engen, chinesischen Vorfahren handelt, blickt ihn
nachdenklich an. Dabei schenkt sie ihm und Fiona mit
anmutigen Bewegungen Tee in fein gearbeitete Tassen ein.
Fiona bedankt sich, nimmt ihre Tasse und führt sie vorsichtig zum Mund. Genießerisch atmet sie das Aroma ein,
als ob sie dieses in der Vergangenheit schon erlebt hat und
lange Zeit darauf verzichten musste.

François Beauford tut es ihr gleich. Der Tee duftet
tatsächlich wunderbar. Schwarztee, eine verführerische
Zitrusnote liegt im Duft, darunter liegt noch etwas mehr,
eine weitere Note, eher irden und herb. Vorsichtig kostet
er den Tee. Er schmeckt perfekt. Anders kann er in Gedanken den Geschmack nicht beschreiben. Genießerisch
nimmt er einen zweiten Schluck, dann schaut er auf. Seine
Gastgeberin hat ihn die ganze Zeit über scharf beobachtet.
Er lächelt ihr dankbar zu. Sie nimmt das unausgesprochene
Lob mit einem nüchternen Nicken zur Kenntnis. Dann
wendet sie sich an Fiona: »So sehr ich mich freue, dich
zu sehen, Fiona, wäre ich doch äußerst daran interessiert
zu erfahren, was dich zu mir in die Tiefen von Chinatown
verschlagen hat.«

Fiona Köhler antwortet mit einem schiefen Grinsen:
»Zuerst die Kurzfassung?«

»Bitte.«

Die Pilotin überlegt kurz, dann setzt sie zu erzählen an: »Bin im Urlaub hier in New York, zehn Tage, übliche Rotation. Das ist François Beauofort, Investigativjournalist. Er recherchiert an einer Story, es geht um Geraldo Gonzales, Intersol Technology – du kennst die sicher. Da ist etwas faul, François kann es dir verständlicher erklären. Wir haben uns auf dem Flug hierher getroffen und waren dann essen. Nun ist diese Story wohl sehr viel heißer als erwartet. Er hat mein Telefon in Alufolie gewickelt und seines auseinandergebaut. Vermutlich werden wir von irgendjemandem oder etwas Mächtigem abgehört. Wir müssen nach Huntsville, Space Center. Dort treffe ich einen alten Freund. Nikolay, vielleicht erinnerst du dich an ihn.«

Die Chinesin hat stumm und aufmerksam zugehört. Jetzt nickt sie kurz: »SOHO. Er ist Leiter der Planungsgruppe für Manöver.«

Fiona Köhler nickt einfach: »Genau. François hat da so einen Riecher und ich will ihn bei der Recherche unterstützen. Ach ja, seine Wohnung zu Hause in Paris …«, ihr Blick geht fragend zu François, der bestätigend nickt, »… wurde von der Polizei durchsucht. Jetzt wollen wir möglichst unerkannt nach Huntsville.«

Die Chinesin nickt verstehend. François ist fasziniert davon, wie kompakt Fiona Köhler die Ereignisse der letzten Stunden zusammenfassen kann. Dann setzt sie noch etwas hinzu: »Nicht zu vergessen, Eines noch. Die Sonne ist nicht aufgegangen.«

Wieder nickt die Chinesin. Dann blickt sie neugierig zu François: »Was genau lässt deinen Riecher anschlagen? Dieser Gonzales ist doch scheinbar verschwunden, nachdem sein Projekt mit den Explorationssonden für den Asteroidengürtel so richtig daneben gegangen ist.«

Verwundert blickt er sie an. Die Chinesin ist erstaunlich

gut informiert. Sie bemerkt seine Verwunderung und fährt mit einem leichten Augenzwinkern fort: »Ich wollte früher selbst zur NASA. Dieses hat es verhindert.« Dabei klopft sie auf die Unterschenkelprothese am linken Bein. Verwundert fragt er nach: »Aber das sollte doch kein Problem für einen NASA-Job sein.«

»Kein Problem für einen Bürojob. Der Showstopper für einen Job als Astronautin.«

Er möchte gerade nachfragen, da winkt sie gelassen ab: »Das können wir andermal besprechen. Heute ist wichtig, warum ihr hier seid und damit landen wir offensichtlich wieder bei deinem Riecher.«

François nimmt gelassen hin, dass sie ihn duzt. Diese Frau scheint keinen Wert auf Höflichkeiten zu legen. Dann antwortet er ihr: »Ich habe mir die Finanzstruktur von GG – also Gonzales – angeschaut. Da stimmt so einiges nicht. Eigentlich ist der Konzern seit Jahren bankrott. Trotzdem wurden unvermindert riesige Geldmengen in das Sondenprojekt gesteckt.«
Die Chinesin blickt ihn neugierig fragend an: »Aber?«

»Nun, dort sind die Gelder nicht verwendet worden. Ein großer Teil zumindest ist weiter gegangen zu allen möglichen Firmen. IT-Unternehmen und vor allem Materialforschungsunternehmen. Es wurde gleichzeitig eine zweite Infrastruktur für die Tiefraumkommunikation aufgebaut. Seltsamerweise sind laut den Unterlagen, die ich gefunden habe, nur spezielle Laser zum Einsatz gekommen, keine Funksysteme. Zumindest sagen das die Bilanzen, die der Börsenaufsicht vorliegen.«

Zum ersten Mal erlebt Fiona Köhler den Investigativjournalisten in seinem Element. Dabei macht er einen sehr sicheren Eindruck. Er wählt seine Worte sorgfältig und sie ist fest davon überzeugt, dass er für seine Angaben auch wasserdichte Belege in der Hinterhand hat. Die Chinesin denkt kurz nach. Dann stimmt sie ihm leise zu: »Das ist

wirklich seltsam. Sehr seltsam.«

Ihr Blick geht dann zu Fiona: »Und jetzt willst du meine King Air für einen Ausflug nach Huntsville haben, richtig?«

Fiona nickt: »Genau. Ich fliege auch selbst.«

Die Chinesin nickt nachdenklich. Dann greift sie in ihre Hosentasche und holt ein Mobiltelefon hervor. Sie wählt aus dem Kopf eine Nummer, dann erfolgt ein schneller, harter Dialog auf Chinesisch. Zumindest glaubt François Beauford, dass es chinesisch ist. Sorgenvoll schaut er zu Fiona Köhler, die jedoch mit der rechten Hand beruhigende Zeichen gibt. Dann ist das Gespräch zu Ende.

»In Ordnung. Du fliegst für mich einige Geschäftsleute von hier nach Texas, von dort könnt ihr die King Air dann für den Weiterflug nach Huntsville haben. Für den Flug nach Texas habe ich einen First Officer für dich, den Flug nach Huntsville musst du alleine ohne Co-Pilot machen.«

Fiona Köhler nickt dankbar: »Perfekt. Ich brauche noch zwei Dinge.«

Die Chinesin nickt bestätigend und zählt auf: »Kleidung zum Wechseln für euch beide und einen Piloten, der für die beiden Flüge eingetragen wird und nicht Fiona Köhler heißt.«

Die Pilotin grinst die Chinesin an: »Danke. Du bist ein Schatz, Cleo. Ich hoffe, ich kann mich einmal revanchieren.«

Die Chinesin nickt und lächelt milde: »Das hoffe ich auch. Nun ist Eile angesagt. Der Flug nach Texas soll schon in eineinhalb Stunden abheben.«

Die Chinesin erhebt sich und reicht François Beauford die Hand und bemerkt: »Ich glaube auch, dass da etwas faul ist. Meldet euch, wenn ich helfen kann. Mir gefällt dieser GG schon lange nicht und das Ganze schadet der Raumfahrt. So etwas mag ich nicht.«

François Beauford schüttelt ihr die Hand. Er hat einen harten, kräftigen Handschlag von der großen, muskulösen Frau erwartet. Aber sie gibt ihm fest, jedoch sehr gefühlvoll, fast feminin die Hand.

Dann wendet sie sich Fiona Köhler zu. Die beiden Frauen umarmen sich einen langen Moment lang. Dann hält die Chinesin die Pilotin an den Schultern fest und blickt ihr ernst in die Augen: »Seid vorsichtig. Das hört sich alles mehr als seltsam an. Ich bin fest davon überzeugt, dass ihr jemanden, der sehr mächtig ist, auf euch aufmerksam gemacht habt. Das ist selten gut. Also sei vorsichtig. Versprich mir das.«

Fiona Köhler nimmt gespielte Haltung an. Dann antwortet sie ihrer Freundin: »Chi Cleo Shang, ich verspreche dir, vorsichtig zu sein.«

François Beauford ist verblüfft über den ernsten Ton, den sie anschlägt. Dann lächelt die Pilotin keck, mit schief gehaltenem Kopf: »Soweit ich kann, natürlich.«

Die Chinesin nickt mit einem fröhlichen Lächeln im Gesicht: »Natürlich. Alles andere hätte mich doch verwundert.«

Dann geht alles rasant. Eine knappe Viertelstunde später sitzen die Pilotin und der Investigativjournalist in einer Limousine, die sie zum Flughafen bringt.

François Beauford schaut zur Seitenscheibe hinaus. Draußen gleitet das dunkle New York an ihm vorbei. Er versucht, seine Gedanken zu ordnen. Dann wendet er sich Fiona Köhler zu: »Woher zum Teufel kennst du diese Frau?«

Sie blickt von den Unterlagen auf, die sie beim Einsteigen erhalten hat. Offensichtlich sind es Flugpläne oder sonstige Dokumente, die von einem Piloten normalerweise benötigt werden: »Cleo? Das ist eine lange Geschichte.« Sein Blick ist ausdruckslos. Dann fährt sie fort: »Nicht jetzt und nicht hier, bitte. Ich muss das lesen, schließlich

soll ich nachher solch ein Metallding in die Luft bringen.«
Er nickt verständlich: »Und dann auch wieder nach unten,
wenn möglich, am Stück.«

Grinsend antwortet sie: »Ich gebe mir Mühe.«

Dann widmet sie sich wieder dem Studium der Dokumente. François Beauford blickt hinaus. Ein regennasses,
dunkles New York ist da draußen. Das Flackern der Straßenlampen, wenn sie passiert werden, macht die Szenerie
noch unheimlicher. Ihm wird bewusst, dass nach wie vor
die Dunkelheit seine und die ganze Welt im Griff hält.

13 Phaeton soll schlafen

Die Aussicht aus dem Fenster ist auf den ersten Blick wenig spektakulär. Eine weiße Welt ist dort draußen zu sehen. Vereinzelt stäubt ein Wirbel auf, gleich einem Sandteufel in der Wüste. Tatsächlich ist da dort draußen eine Wüste. Über viele, viele Kilometer hin in alle Richtungen erstreckt sich diese weiße Welt. Das Plateau, auf dem diese Station gebaut wurde, liegt im ewigen Eis der Antarktis. Hierher verirrt sich niemand zufällig. Selbst Fluglinien meiden diese Region. Sicher ist es nur sehr eingeweihten Menschen bewusst, dass über dieses Eisplateau niemals einer der Beobachtungssatelliten, von denen inzwischen von nahezu jeder Nation der Erde einer oder gleich mehrere in den Orbit gebracht worden sind, überflogen wurde. Wenn man diesen Ort beschreiben möchte, so könnte man ihn am besten als eine Behausung im Nirgendwo benennen. Diese Wohnstation ist riesig. Nur ein Teil davon ist über der Eisfläche, so wie dieser Raum. Der Bau der Station hat Unmengen an Geldern und Ressourcen verbraucht. Ein großer Teil der Gelder wurde dabei dafür verwendet, dass dieser Ort und diese Station so gut wie irgend möglich aus allen Aufzeichnungen, Datennetzen und Registern entfernt wurden.

Der Mann mit den langen Haaren, die mit einer ledernen Haarspange mit Holzstift in seinem Nacken zusammengehalten werden, steht vor dem Aussichtsfenster. Aus technischer Sicht ist ein Fenster dieser Größe völliger Unsinn. Allein die thermische Isolierung hat die Ingenieure vor eine schier unlösbare Aufgabe gestellt. Aber wie der Mann schon sehr früh in seinem Leben gelernt hat, sind nahezu alle Probleme unter Einsatz von genügend Geld lösbar.

So kann er also in entspannter Haltung vor dem Fenster stehen, die Hände hinter dem Rücken verschränkt. Sein Blick geht in die Weite, seine Gedanken jedoch betrachten seine aktuelle Situation von allen Seiten. Diese Fähigkeit zur abstrakten Beurteilung hat es dem Mann schon viele Male ermöglicht, Lösungen zu finden, wo es doch für all seine teuren und meist auch hoch qualifizierten Berater keine Lösung zu geben schien.

Aber jetzt gerade gelten seine Überlegungen nicht der Lösung einer vermeintlich unlösbaren Situation. Jetzt gerade durchdenkt er ein weiteres Mal seinen großen Plan. Dieses Unterfangen, für das er alles, was ihm zur Verfügung stand, zum Einsatz gebracht hat. Jeden Cent hat er für die Umsetzung dieses Planes verwendet, jeden Gefallen und jede Möglichkeit zur Einflussnahme bei denen, die ihm keinen Gefallen erweisen wollten. Der Mann blickt ohne Reue auf die Opfer, die die Umsetzung seines Planes bisher gefordert haben. Unzählige Menschen, Firmen und politische Gruppen standen dem Plan im Wege und diese Hindernisse wurden alle aus der Welt geschafft.

Diese Opfer sind dem Mann unbedeutend. Denn nach seiner Wertung hat er das größte aller Opfer gebracht. Er hat seinen mühsam über Jahrzehnte hinweg aufgebauten Ruf und seine Reputation dem Plan geopfert. Dann hat er, gewissermaßen als ultimative Opfergabe an den Geist des Erfolges seines Planes, dafür gesorgt, dass er für die Welt da draußen verschwunden ist. Selbstverständlich hat er das Bad in der Aufmerksamkeit der Welt immer unendlich genossen, auch wenn ihm die Menschen, die ihn bewunderten und zujubelten, eigentlich vollkommen egal waren. Er genoss die Anbetung. Ein mildes Lächeln schleicht sich in seine Miene. Selbstverständlich wird dieser Verzicht auf Anbetung nicht von Dauer sein. Ganz im Gegenteil. Als einer der wirklich angenehmen Nebeneffekte, die beim Gelingen seines großen Vorhabens zu erwarten sind, werden nicht nur seine Bewunderer ihm zujubeln. Vielmehr wird die ganze Welt ihm huldigen, ob nun freiwillig oder nicht.

Das Geräusch einer sich öffnenden Türe lässt ihn aus seinen Überlegungen in die wirkliche Welt zurückkehren.

Ohne dass er sich umwendet, fragt er mit seiner ruhigen, leicht rauen Stimme nach dem Grund der Störung: »Was gibt es?«

Die ruhige, abgeklärte Stimme einer jungen Frau antwortet ihm: »Ich habe den aktuellen Statusbericht. Die Planungsgruppen benötigen die Erlaubnis, mit der nächsten Phase beginnen zu können.«

Er wendet sich halb um. Die Frau, die da vor ihm steht, blickt ihn aus großen, blauen Augen an. Obwohl ihre Miene Nüchternheit zeigt, ist ihr anzumerken, wie sehr sie den Mann bewundert, sogar begehrt.

Indessen wendet er sich ihr ganz zu und nickt der Frau huldvoll zu: »Wunderbar, Xenia. Ich höre.«

Sofort beginnt sie strukturiert und klar mit ihrem Bericht. Selbstverständlich erfährt der Mann nichts, was er nicht schon weiß. So kann er dieses weibliche Wesen nebenher in Ruhe mustern. Wie angewiesen trägt sie ein enges, weißes Businesskostüm. Ihr Körper weist die Maße eines Models auf. Selbstverständlich war diese Physiognomie nur ein Teil der Voraussetzungen, um die Position als seine Assistentin zu erhalten. Sie hat sich freiwillig einer aufwendigen und zugegebenermaßen sehr experimentellen Form der Bewusstseinsanpassung unterzogen. Böse Zungen würden dies als Gehirnwäsche bezeichnet haben. Für den Mann war es jedoch von Anfang an klar, dass eine Person, die ihm und seinem Plan so nahekommt, selbstverständlich völlig unter seiner Kontrolle stehen muss. So ist diese Frau ihm absolut hörig, sowohl im Rahmen ihrer Aufgaben als Sekretärin als auch in sämtlichen anderen Belangen. Die Erinnerung daran lässt ihn lächeln. Sein Gegenüber interpretiert das als Lob und versucht noch klarer und eindeutiger zu formulieren. Dabei hält sie sich selbstverständlich absolut gerade, aufrecht und präsentiert sich im möglichst besten Licht. Schließlich kommt sie zum Ende und blickt den Mann mit erwartungsvoller Bewunderung an. Er beschließt, ihr heute eine Freude zu machen:

»Das hast du ausgezeichnet zusammengefasst, Xenia.«

Ihr Gesicht rötet sich leicht bei diesem Lob. Nun hängt sie noch mehr an seinen Lippen. Sie würde in diesem Moment alles für den Mann tun. Er genießt diese Anbetung noch kurz, dann wendet er sich wieder dem Panoramafenster zu. Mit leiser Stimme gibt er seine Anweisungen: »Die Planungsgruppen dürfen mit der nächsten Phase fortfahren.«

Er kann hören, wie Xenia sich umwendet und den Raum verlassen will. Eine Bestätigung seiner Anweisung ist unnötig, für diese Frau sind seine Worte absolut gültig und seine Anweisungen werden selbstverständlich sofort umgesetzt.

Dann, kurz bevor sie den Raum verlassen hat, stellt er noch eine Frage: »Was ist mit diesem Journalisten und seiner Pilotin?«

Erschrocken erstarrt Xenia und wendet sich dann sofort wieder dem Mann zu: »Die müssten noch in New York sein. Sämtliche Gesichtserkennungen an allen Flughäfen, Bahnhöfen, Bussen, Hotels, U-Bahnen und wo es möglich ist auch in Taxis, die Fahrer haben ihre Bilder. Sie sind als Prioritätsziele gekennzeichnet. Ihre Telefone werden abgehört, die Hotels werden 24/7 überwacht.«

Der Mann blickt auf die Eisfläche. Dann nickt er und wendet sich um: »Selbstverständlich. Das ist das übliche Prozedere für potenzielle Störer meines Planes.«

Vorsichtig blickt ihn Xenia an. In ihrem Blick ist die Furcht zu erkennen, dass sie dem Mann nicht genügt, mit dem, was sie tut.

»Nun, ich habe meine Frage unklar gestellt. Mein Fehler. Was ich eigentlich wissen will: wo halten sich diese beiden gerade auf?«

Seine Stimme ist noch leiser geworden und Xenia kennt den Mann gut genug, dass sie weiß, wie dringend es für ihn ist, die gestellte Frage beantwortet zu bekommen.

Sofort hebt sie den linken Arm mit dem Tablet, den sie immerzu bereitgehalten hat. Nach einigem Tippen auf der berührungssensitiven Bildschirmfläche blickt sie verängstigt auf: »Aktuell ist von keinem der beiden Zielpersonen der genaue Standort bekannt. Nur dass sie noch in New York sind, wird mit 98%iger Wahrscheinlichkeit als gesichert angenommen.«

Der Mann hält lediglich den Kopf schief, sein Lächeln ist jedoch verschwunden. Sofort bemüht sich Xenia, ihren Patzer wieder auszugleichen: »Ich werde den Aufenthaltsort der Zielpersonen umgehend feststellen und Ihnen berichten.«

Der Mann nickt. Jetzt fixiert er die Frau scharf: »Wie lange noch, bis Phaeton schläft?«

Froh über diese einfache Frage antwortet die Frau mit servilem Ton in der Stimme: »Noch drei Stunden und 34 Minuten.«

Er nickt ihr zu, inzwischen wieder mit einem leichten Lächeln: »Das wäre dann alles, Xenia. Ich erwarte deinen Bericht.«

Ergeben verbeugt sich die Frau: »Selbstverständlich, Mr. Gonzales.«

Dann verlässt sie leise den Raum. Geraldo Gonzales hat dieses Werkzeug bereits wieder aus seinen Gedanken verbannt. Erneut durchdenkt er die vielen Details seines großen Planes. Alle Elemente sollen genau so funktionieren, wie er es geplant hat. Schließlich will er der Herr dieses Planeten werden.

14   Licht

François Beauford gleitet langsam vom Schlaf in den unbestimmten Dämmerzustand des Aufwachens. Noch hält er die Augen geschlossen. Eigentlich ist er viel zu erschöpft, um jetzt schon aufzuwachen. Zuviel ist passiert in den letzten Tagen, seit er im Héraut de Clichy vom Verschwinden des großen Geraldo Gonzales gehört hat. Noch ist er im Halbschlaf, das sorgenvolle Gesicht von Seraphine Solier erscheint ihm. Dann wechselt sein Traum zu jemand anderem. Er erkennt Albus John Francis Smythe-Jorgenson, der ihm mit ernstem Blick, aber durchaus wohlwollend zunickt. Dann erscheint ihm das kecke Grinsen von Fiona Köhler. Er empfindet dies als warmen Kontrast zu all den anderen Emotionen. Sie schaut ihn kurz ernst und fast zornig an, wie damals in der dunklen Straße in New York. Übergangslos wird François Beauford wach. Er versucht sich zu orientieren. Links von ihm scheint die Sonne zum Fenster herein. Blinzelnd blickt er über die Tragfläche, das sonore Brummen der Motoren ist zu hören. Durch die flimmernden Scheiben der Propeller spielt das Sonnenlicht mit seiner Wahrnehmung. Ruckartig will François Beauford aufstehen, aber der Sicherheitsgurt hält ihn zurück. Ärgerlich nestelt er daran herum, bis er schließlich aufstehen kann. Die Kabine ist niedrig, wie er sich erinnert ist dies einer dieser Business-Jets, die bei pseudo wichtigen Menschen so beliebt sind. Kurz muss er gähnen, dann schaut er sich in der Kabine um. Sie ist völlig leer. Er ist alleine. Sein Blick geht nach vorne, dort ist die Türe zum Cockpit offen. Man sieht die Sonne hell durch die Cockpitfenster scheinen. Er arbeitet sich nach vorne, dabei stützt er sich mit den Händen rechts und links an den Kopflehnen der Sitze ab. Als er das Cockpit betritt, dreht sich der Kopf des Piloten zu ihm. 'Der Pilotin' korrigiert er sich selbst im Geist. Fiona Köhler trägt eine Uniformbluse, die obligatorische Piloten-Sonnenbrille und lächelnd begrüßt sie ihn: »Guten Morgen, Schlafmütze!«

Mit einem schiefen Grinsen setzt er sich auf den rechten Sitz. Er lächelt sie an und nickt: »scheinbar treffen wir in uns in letzter Zeit öfter an solchen Orten.«

Sie grinst, dann geht ihr Blick kurz professionell in die Runde, schließlich schaut sie ihm wieder fröhlich ins Gesicht: »Das sind die Tage, an denen man die Arbeitsplätze seiner Freunde besichtigen kann.«

Kurz runzelt er die Stirn, der Begriff Freunde scheint ihm für sein Verhältnis zu der Pilotin doch etwas unvollständig. Dann geht er auf ihren leichten Ton ein: »Alles klar. Nach drei Besuchen hier vorne kann ich dieses Ding landen.«

Sie blickt ihn an. Allerdings kann er ihre Augen hinter den Gläsern der Sonnenbrille nur erahnen. Dann nimmt sie demonstrativ die Hände vom Steuerrad, und fährt ihren Pilotensitz etwas nach hinten: »Genau. Dann mal los!«

Sein Erschrecken lässt sie ihre ernste Miene nicht lange aufrecht erhalten. Elegant schiebt sie ihren Pilotensitz wieder etwas nach vorne und tätschelt ihn behutsam auf die Schulter: »Keine Sorge. Gerade fliegt der Autopilot.«

Erleichtert lässt er die Luft aus den Lungen strömen und funkelt sie an: »Mach das nie wieder mit mir, hörst du? Ich bin gerade erst aufgewacht und hatte noch nicht einmal einen Kaffee!«

Sie grinst verständnisvoll: »Alles klar, fliegen erst nach dem ersten Kaffee. Das habe ich notiert.«

Noch bevor er antworten kann wird sie ernst: »Aber Kaffee ist ein gutes Stichwort. Kannst du mal in der Kombüse nachschauen, ob es noch etwas davon gibt? Eigentlich hat die Cabincrew mir versprochen, dass sie uns für den Weiterflug etwas Kaffee und ein paar Sandwichs vorbereitet.«

Froh, endlich etwas Sinnvolles zu tun zu haben, steht er auf: »Aye, mon Capitan!«

Sie nickt ihm zu, dann konzentriert sie sich wieder auf die Instrumente.

Er geht nach hinten. Die kleine Kombüse ist gleich hinter dem Cockpit. Dort findet er alles, was sie ihm beschrieben hat. Er sucht etwas herum, dann erspäht er auch ein Tablett. Dieses befüllt er mit zwei Kaffeebechern, den Sandwichs aus dem Kühlbehälter und schließlich findet er noch Kaffeeweißer und Zucker. Stolz auf seine hauswirtschaftlichen Fähigkeiten balanciert er schließlich das Tablett zurück ins Cockpit. Fiona Köhler spricht gerade am Funk, der Dialog läuft höflich und absolut professionell ab. Dann blickt sie sich kurz zu ihm um: »Setzt dich und schnall dich bitte an. Ich habe endlich die Freigabe zum direkten Anflug auf das Airfield beim Marshall Flight Center bekommen. Das war schwieriger, als ich dachte. Zum Glück hat Nikolay Kontakte beim Redstone Army Airfield. Wir landen in ungefähr fünfundzwanzig Minuten. Also noch genügend Zeit für Kaffee und Sandwich!«

Dann greift sie zum Steuer, schaltet etwas am Instrumentenpanel vor ihr um und lässt dann das Flugzeug in einer weichen Linkskurve auf den neuen Kurs gleiten. Mit Sorgfalt prüft sie die Instrumente, wieder greift sie zum Instrumentenpanel, um schließlich wieder per Funk ihre Kursänderung durchzugeben. Dann schiebt sich Fiona Köhler mit einem abschließenden Kontrollblick den Kopfhörer in den Nacken. Sie schaut ihn an und streckt die rechte Hand aus.

Er hält fragend zwei Tütchen in die Höhe, die Pilotin schüttelt jedoch den Kopf: »Schwarz. Ich trinke meinen Kaffee schwarz. Mal ehrlich, diese Kaffeeweißer sind doch nur furchtbar.«

Er reicht ihr den Becher, dabei schauen sich beide zum ersten Mal, seit er zu ihr ins Cockpit gekommen ist wirklich an. Sie nickt ihm zu.

»Die Sonne ist aufgegangen.«

»Habe ich bemerkt. Das wurde auch Zeit.«

»Hoffentlich ist dieser Spuk damit vorbei.«

Beide blicken sich tief in die Augen. Dann antworten sie fast zeitgleich: »Ist er nicht.«

»Ganz sicher nicht.«

Jetzt muss François Beauford lachen. Der Ernst der Situation ist gebrochen. Schließlich vertilgen beide die letzten Reste der Sandwichs und Fiona Köhler lehrt ihren Kaffeebecher. Sie haben dieses seltsame Frühstück gemeinsam und fast schweigend eingenommen. In Gedanken hat der Investigativjournalist in die Morgensonne geblinzelt und Fiona Köhler dabei beobachtet, wie sie dieses Flugzeug steuert. Er bewundert ihre ruhige, professionelle Art. Ihm wird bewusst, dass er sich hier in ihrer Nähe vollkommen sicher fühlt. Ein seltsamer Gedanke. Dann wendet sie sich ihm wieder zu: »Wir beginnen gleich mit dem Endlandfug. Bitte verstaue das alles hinten in der Kombüse. Wenn du magst, kannst du dir dann die Landung von hier anschauen.«

Als er sich schließlich wieder auf dem Platz rechts neben ihr anschnallt, ist die Pilotin bereits mit dem finalen Endanflug beschäftigt. Ganz weit vor ihnen, kann François Beauford bereits etwas ausmachen. Als Sie seinen Blick bemerkt, klärt sie ihn auf: »Das ist die Landebahn. In Nord-Süd-Ausrichtungen. Wir kommen von Süden, also eine direkter Anflug.«

Er nickt. Die nächsten Minuten vergehen. Er ist verwundert, wie viele Dinge ein Pilot bei einer Landung zu tun hat. Es gibt einiges an Funksprüchen und Fiona Köhler ändert ständig die Einstellungen an den Steuerinstrumenten. Kurz blickt sie ihn an und grinst dabei: »Jetzt wird es ernst!«

Dann ist ihre Konzentration schon wieder nach vorne gerichtet. François Beauford kann sehen, wie das Landefeld vor ihnen immer deutlicher zu erkennen ist. Er wundert sich jedoch darüber, in welch steilem Winkel sie anfliegen: »Sind wir nicht zu steil?«

Sie schüttelt den Kopf, er meint von der Seite ihr spitzbübisches Grinsen zu sehen: »Hoffen wir mal, dass ich das noch kann, nicht wahr?«

Schon wird ein weiterer Funkspruch fällig. Dann geht alles sehr schnell. Ein großer Hebel wird umgelegt und das Geräusch des Flugzeugs ändert sich. Das ist das ausgefahrene Fahrwerk, wie er erkennt. Sorgfältig hält Fiona Köhler die rechte Hand auf den Schubreglern in der Mitte. Kurz verändert sie noch eine Einstellung, dann rast die Landebahn auf sie zu. Im letzten Moment zieht die Pilotin etwas am Steuerhorn, dann ist das typische Pfeifen der aufsetzenden Reifen des Hauptfahrwerkes zu hören. Und schon kippt die Nase nach vorne. Kaum hat das Bugfahrwerk aufgesetzt, arbeitet Fiona Köhler mit beiden Beinen auf den Pedalen. Mit der rechten Hand hat sie die Schubregler ganz nach vorne geschoben und einen weiteren Hebel umgelegt. Das Triebwerksgeräusch ändert sich und François Beauford spürt, wie er in seinen Sicherheitsgurt gepresst wird. Eigentlich hat er nicht erwartet, dass sie an einem Stück am Boden ankommt. Aber schon biegt der Jet ab von der Landebahn und rollt auf einen der Nebenwege weiter.

»Meine Damen und Herren, willkommen auf dem Redstone Army Airfield im schönen Alabama. Die Lufttemperatur beträgt 42 Grad Celsius und der Himmel ist fast wolkenfrei. Wir freuen uns, dass sie mit Air Köhler geflogen sind und hoffen sehr, dass sie den Flug genießen konnten. Bitte empfehlen Sie uns bei Gelegenheit weiter und achten Sie beim Verlassen des Flugzeuges darauf, auch alle ihre Gepäckstücke mitzunehmen. Vielen Dank.«

François Beauford hat diese Ansprache zuerst mit offenem Mund und dann mit zunehmender Belustigung aufgenommen.

Nun löst er seinen Gurt und tastet demonstrativ seinen Körper ab: »Wir leben noch! Dem Himmel sei Dank!«

Fiona Köhler hat inzwischen die Parkposition erreicht. Vor ihnen zeigt ein Soldat in Uniform mit auffälligen Keulen, die er über Kreuz hält nun langsam nach unten.

Das Flugzeug hält an und Fiona greift wieder zum Instrumentenpanel. Die Triebwerke gehen aus. Schließlich wendet sie sich ihm zu, dabei schiebt sie die Pilotenbrille nach oben und fragt fordernd: »So, so, dem Himmel sei Dank? Wie wäre es mit: Fiona sei Dank?«

Er nickt betroffen: »Du hast recht. Klasse Landung. Habe ich so noch nie erlebt.«

Sie nimmt das Lob wortlos zur Kenntnis. Dann runzelt sie die Stirn. Mit dem Kinn weist sie nach rechts. Draußen fahren drei Jeeps vor, aus denen eine Gruppe Soldaten absitzt und sofort das Flugzeug umringt.

François Beauford blickt sie besorgt an: »Ich dachte, dein Freund hat uns angemeldet?«

Fiona Köhler nickt nachdenklich. Dann sehen die beiden, wie ein großer, schlacksiger Zivilist aus dem letzten Jeep aussteigt. Er blickt zum Cockpit hoch und winkt ihnen zu. Zufrieden löst Fiona Köhler ihre Gurte und steht auf: »Na also. Nikolay ist da. Also los!«

Schon hat sie das Cockpit verlassen. Jetzt, da die Motoren aus sind, gibt es auch keine Klimatisierung mehr und die Luft im Cockpit wird langsam warm. François Beauford schaut aus dem Cockpitfenster hinaus zur Sonne, die dort gleißend hell strahlt. Niemals hätte er sich vorstellen können, dass ihn dieser Anblick innerlich so beruhigt. Dann rappelt er sich auf. Er will unbedingt dieser Sache auf den Grund gehen. Denn er spürt sehr genau, dass diese Geschichte noch lange nicht zu Ende ist. eher war das ein Vorspiel auf die Ereignisse, die da noch kommen können.

15 Wachsamer Schlaf

Das System ist im Ruhemodus. Nur alle zwei Sekunden tauscht es sich mit den anderen der eintausendvierhundert Einheiten per Laserimpuls aus. Da die Steuereinheiten mit Prozessoren ausgestattet sind, die Milliarden Operationen pro Sekunde abarbeiten können, ist diese Zeitspanne von zwei Sekunden für das System eine kleine Ewigkeit. Wäre es sich seiner Situation bewusst, würde ganz sicher Ungeduld entstehen. Aber soweit ist das System nicht entwickelt. Es wartet einfach auf weitere Anweisungen. Für den Notfall sollten also über eine längere Zeit keine Anweisungen eingehen oder falls das System ein Notfallsignal empfängt, wird ein in allen Systemen gespeicherter Alternativplan aktiviert. Ist dieser einmal aktiv, kann er nur noch durch ein besonders verschlüsseltes Signal gestoppt werden. Ohne dieses Signal würden die Systeme dem gespeicherten Plan einfach so lange folgen, bis sie entweder verbraucht, funktionsgestört oder gänzlich zerstört würden. Gerade wartet das System wie seine dreizehn Brüder einfach auf die nächste Anweisung.

Die großen Schirmbereiche haben sich zurückgebildet, als der Befehl zum Übergang in den Schlafmodus eingegangen und nach einer genauen Prüfung der Codierung als gültig bewertet worden ist. Einem Beobachter, der bei diesem Prozess zufällig dabei gewesen wäre, hätte dieses Zurückbilden einen besonderen Eindruck hinterlassen. Es begann ganz außen an den Schirmbereichen, dort hat sich die Schirmfläche einfach zurückgezogen. Dieser zufällige Beobachter hätte dabei sicher den Eindruck gehabt, dass die Schirmfläche, als ob ihr eine bewusste Bewegung möglich wäre, langsam nach innen geflossen ist. Dort in der Mitte befindet sich der kreisförmige Kern der Systeme. Es sind schmucklose Zylinder mit fast drei Metern Durchmesser und über fünfzehn Meter Länge. Das optisch auffälligste Merkmal sind die riesigen Triebwerkskegel,

die aus einer der Stirnflächen des Zylinders herausragen.
Natürlich handelt es sich nicht um einfache Raketentrieb-
werke. Diese hätten in den letzten Tagen und Wochen
ihren Treibstoff bereits längst aufgebraucht. Es sind hoch-
moderne Ionentriebwerke. Für deren Betrieb ist lediglich
elektrische Energie und eine verblüffend geringe Menge
an Edelgas notwendig. In diesem Fall haben die Ingenieure
sich für Xenon entschieden. Daher ist ein Großteil des
zylindrischen Kerns angefüllt mit Tanks für eben jenes
Xenon und für die andere Nutzlast. Das restliche Volumen
füllen die Energiespeicher für die elektrische Energie, die
vom Schirm aus der Sonnenstrahlung gewonnen wird.
Das Steuersystem benötigt im Verhältnis zu den restlichen
Elementen des Kerns wenig Platz, auch wenn es insgesamt
mit großer Reservekapazität entworfen wurde. So bleibt
noch genügend Raum für die Behälter der anderen Nutzlast, in denen der Stoff gelagert ist, der die Einheiten so
besonders macht und ihnen ihre ganz besonderen Fähigkeiten beschert. Das Steuersystem besteht aus vier aktiven
Kernen, die einander im Falle eines Ausfalls unterstützen
oder gar ersetzen können. Die Ingenieure sprechen dabei
von dreifacher Redundanz. Der fünfte Systemkern ist
inaktiv. Er wird erst dann erweckt, wenn selbst die Redundanz der vier aktiven Systemkerne den ordnungsgemäßen
Betrieb nicht mehr gewährleisten kann. Insgesamt würde
unser zufälliger Beobachter, so er über die entsprechende
technische Expertise verfügen würde, bei der Betrachtung
der Konstruktion der Einheiten mit Sicherheit faszinierte
Begeisterung empfinden. Die große Eleganz und exzellen-
te Planung zeugt von der unglaublichen Arbeit, die man
in die Entwicklung und Konstruktion dieser Einheiten
investiert hat.

   Aber selbstverständlich gibt es keinen zufälligen Beobachter.

Es gibt im Dunkel des interplanetaren Raumes nur die aktiven Einheiten, die wie ein winziger Schwarm dahingleiten, gefolgt von einer leider inaktiven Einheit als Nachhut.

Der Schwarm ruht, wartend auf neue Anweisung. Phaeton schläft.

16 Schein und Sein

Fiona Köhler öffnet die Kabinentüre und lässt die Gangway ausfahren, so dass sie und François Beauford bequem aussteigen können. Draußen empfängt sie die grell blendende Helligkeit und brütende Hitze eines Flugfeldes mitten in Alabama. Nikolay steht entspannt bei seinem Jeep, die für ihn obligatorische aber nicht angezündeten Zigarette im Mundwinkel. Eine Marotte, die dieser Exilrusse seit langer Zeit pflegt. Die dunkle Sonnenbrille verbirgt seine Augen, aber der Investigativjournalist spürt genau, dass dieser Mann ihn sorgfältig mustert, trotz dessen zur Schau getragenen entspannten Desinteresse.

Ein grimmig blickender Soldat erwartet sie am Fuße der Gangway. Als sie schließlich beide auf dem Rollfeld stehen, nickt der Soldat zweier seiner Untergebenen wortlos zu. Sofort spurten diese die Gangway hoch und verschwinden im Innern des zweimotorigen Geschäftsflugzeugs. Kurze Zeit später erscheinen sie wieder oben an der Gangway. François Beauford sieht, wie sie ihrem Vorgesetzten mit deutlichem Kopfschütteln anzeigen, dass keine weiteren Passagiere an Bord sind. Grimmig, fast ärgerlich ruckt dieser mit dem Kopf und die beiden Soldaten beeilen sich, die Gangway herunterzukommen und sich hinter Fiona Köhler und François Beauford aufzustellen. Nun nickt der Vorgesetzte Nikolay Denisov zu. Dieser schnippt die Zigarette weg und stößt sich vom Jeep ab, an den er sich gelehnt hatte. Er kommt auf die beiden Neuankömmlinge zu und grinst schließlich Fiona Köhler an: »Ah, Fiona, mein Vögelchen. Wie ich mich doch freue, dich zu sehen.«

Die Pilotin muss zu dem Mann aufschauen, aber François Beauford hat den Eindruck, dass trotz dieses Umstandes dieser Nikolay vorsichtig auf ihre Reaktion wartet: »Nikolay. Welch fulminanter Auftritt.«

Dann blickt sie François Beauford an und stellt ihn vor:

»Das ist François. Könnten wir alles Weitere in einer angenehmeren, am besten kühleren Umgebung klären?«

Nikolay lacht erleichtert auf. Offenbar hat er erwartet, dass ihre Reaktion heftiger ausfällt. François Beauford registriert das mit Verwunderung. Dann fällt ihm wieder ein, wie sie ihm vor der Taxifahrt nach Chinatown ihre Meinung klar kommuniziert hatte und glaubt zu erahnen, dass der schelmische Umgangston, den diese Frau bisher meist mit ihm gepflegt hat, nur eine der möglichen Arten ihrer Kommunikation ist. Die Antwort von Nikolay reißt ihn aus seinen Gedanken: »Aber natürlich.«
Das rollende 'R' in Nikolays Antwort bestätigt François Beauford, dass dieser nicht nur einen russisch klingenden Namen trägt, sondern von der Muttersprache her auch im Russischen beheimatet ist. Kurz folgt er dem Gedanken, dass dieser Hintergrund es diesem Nikolay wahrscheinlich schwer gemacht hat, bei der NASA Karriere zu machen. Dies wiederum lässt die aktuelle Situation in einem neuen Licht erscheinen. Denn offenbar erkennen die Soldaten ihn als ihren Vorgesetzten an.

»François, kommst du?« Fiona Köhler winkt ihm vom Beifahrersitz des Jeeps, in dem Nikolay als Fahrer Platz genommen hat, zu. Ertappt, macht er sich auf den Weg dorthin. Um ihn herum rücken die Soldaten ab, lediglich zwei Wachposten verbleiben am Fuß der Gangway. Sofort nachdem er in den Jeep gestiegen ist, startet Nikolay den Motor und jagt den Jeep zurück zu den Gebäuden am Rand des Flugfeldes. Der Fahrtwind macht zuerst den Eindruck, etwas Kühle zu bescheren. Aber je länger die Fahrt dauert, umso deutlicher wird, dass die Luft glühend heiß ist, egal ob mit Fahrtwind oder ohne.

»Nikolay, jemand muss die Beachcraft in einen Hangar bringen und auftanken.«

Der Angesprochene wendet sich kurz Fiona Köhler zu: »Das ist bereits veranlasst.«

Dann konzentriert er sich wieder aufs Fahren. Als sie schließlich bei den Gebäuden ankommen, steigt Nikolay aus und bedeutet seinen beiden Gästen wortlos, ihm zu folgen. François Beauford registriert unbewusst, dass ihr Gastgeber den Schlüssel im Jeep stecken ließ und den Motor nicht abgeschaltet hat. Als er durch eine mit dunklem Glas gefüllte Tür als letzter der Dreiergruppe das Gebäude betritt, schaut er sich kurz um. Ein Soldat nimmt gerade auf dem Fahrersitz Platz und fährt mit dem Jeep davon.

Im Innern des Gebäudes ist es im Vergleich zur gleißenden Helligkeit draußen richtig dunkel. Außerdem ist es kühl, ja sogar kalt. Nikolay geht voraus und zwinkert ihnen über die Schulter zu: »Keine Sorge, die Augen gewöhnen sich rasch an die Beleuchtung hier drin.«

Schließlich erreichen sie einen Fahrstuhl, der von zwei Soldaten bewacht wird. Nikolay nickt den Wachen zu und zeigt einen Ausweis, der von einem der Soldaten genau inspiziert wird. Dann nickt der Soldat, wendet sich um und drückt auf den Fahrstuhlknopf. Sofort öffnet sich der Fahrstuhl und Nikolay betritt ihn als Erster. Er winkt seine Gäste herein. Die Türen schließen sich und der Fahrstuhl beschleunigt rasant in die Tiefe: »Wohin bringst du uns denn, Nikolay?«

Der Angesprochene zwinkert Fiona Köhler verschwörerisch zu: »In den Hades.«

Irritiert möchte sie nachfragen, doch er deutet nur ein Kopfschütteln an. Kurz huschen seine Augen nach oben.

François Beauford hat die Szene beobachtet und blickt sich in der Kabine um. Es gibt zwar ein Bedienpanel, aber es sind keinerlei Tasten oder sonstige Bedienelemente eingebaut. Dann geht sein Blick nach oben. In den Ecken der Kabine sind dunkle, glänzende Punkte zu sehen. Videoüberwachung, wie er verblüfft erkennt. Sein Blick wandert weiter und endet bei Nikolay, der ihn mit ausdruckslosem Gesicht mustert. Der Investigativjournalist begegnet diesem forschenden Blick ohne Angst, schließlich lächelt ihn Nikolay an und nickt kaum merklich. Der Fahrstuhl verlangsamt seine Fahrt spürbar und schon gehen die Türen auf. Nikolay geht voraus. Sie befinden sich in einem großen, hohen Raum, der von Glasscheiben auf drei Seiten umgeben ist. Hinter ihnen schließen sich die Fahrstuhl-türen und François Beauford meint zu vernehmen, dass die Kabine wieder nach oben fährt.

Nikolay wendet sich um: », meine Lieben. Ihr seid meine Gäste. Ihr bleibt ständig bei mir. Ihr öffnet keine Türen, ohne dass ich es sage und ihr vermeidet auch sonst alles, was die Menschen als unangebrachte Neugier empfinden könnten. Habt ihr das genau verstanden?«

François Beauford hat solch eine Ansprache nach allem, was er bisher hier gesehen hat, fast erwartet. Seine Antwort kommt daher als Erstes an Nikolay Denisov: »Verstanden, Nikolay.«

Kurz fixiert dieser den Journalisten, dann wendet sich dessen Aufmerksamkeit Fiona Köhler zu. François Beauf-ord spürt, wie diese widersprechen will. Daher legt er ihr kurz die rechte Hand auf die Schulter. Ärgerlich blickt sie ihn daraufhin an. Kurz halten die beiden Augenkontakt, dann wendet sich die Pilotin wieder ihrem Gastgeber zu und sie bestätigt: »Verstanden, Nikolay.«

Dieser hat den kurzen Austausch offenbar mit großem Interesse verfolgt. Schließlich wendet er sich wortlos um. Die Glasscheibe vor ihm zeigt plötzlich farbige Symbole und Linien, ein kurzes Aufflackern von blauem Licht ist zu sehen. Dann verschwindet die Scheibe im Boden. Der Durchgang ist frei. Nikolay geht voran und seine beiden Gäste folgen ihm. Verwundert beobachtet François Beauf-ord, dass ihr Führer sich nicht ein einziges Mal umblickt und so sicherstellt, dass sie ihm noch folgen. Dann hebt er in plötzlicher Erkenntnis den Blick. In regelmäßigen Abständen erkennt er oben in der Ecke am Übergang von Wand zu Gangdecke die ihm schon bekannten, schwarz glänzenden Punkte. Der gesamte Bereich wird also feinmaschig per Video überwacht. Nikolay hat vor einer Türe angehalten und nachdem er seinen Ausweis, den er inzwischen um den Hals trägt, an einen Sensor rechts neben dem Türgriff gehalten hat, wird die Türe mit deutlich hörbarem Geräusch entriegelt. Sie folgen ihm und betreten einen mittelgroßen Besprechungsraum. Lediglich die Wände, die sich als undurchsichtig matt schimmernde Glasflächen zeigen, unterscheiden diesen Raum von einem dieser kalten, stereotypen Konferenzräume, wie sie in Hotels und Büros zu Hundetausenden zu finden sind. Der weiße Besprechungstisch wird von fünfzehn Bürostühlen umringt, alle mit bequemer, schwarzer Polsterung und verchromtem Gestell.

Auf dem Tisch stehen Getränke und sogar eine Kaffeekanne bereit: »Nehmt Platz und bedient euch.«

Mit diesen Worten zieht sich Nikolay Denisov einen der Stühle auf der anderen Seite des Konferenztisches heraus und setzt sich. Dann stellt er die Ellbogen auf den Tisch, faltet die Hände und legt den Kopf auf die gefalteten Hände. Er beobachtet seine Gäste mit neutralem Gesichtsausdruck, aber sehr forschendem Blick.

Fiona Köhler blickt kurz zu François Beauford. Dieser zieht mit pragmatischer Manier ebenfalls einen Stuhl heraus und setzt sich. Seufzend schließt sie sich ihm an. Als sie sich gesetzt haben, greift sie sich zwei Kaffeetassen und schenkt diese aus der Thermoskanne voll. Eine Tasse schiebt sie François Beauford zu, die Zweite nimmt sie für sich selbst. Nach einem ersten, genießerischen Schluck setzt sie die Tasse wieder ab. Ihr Blick fixiert Nikolay scharf. Dann beginnt sie mit leiser, energischer Stimme zu reden: »Also gut, Nikolay. Vielen Dank für die Landerlaubnis. deine Zeit und den Kaffee.« Erklärend hält sie kurz die Tasse hoch. »Aber nun wäre es wirklich wunderbar, wenn du mir erklären könntest, warum zum Teufel mein ehemaliger Lehrer für Kursplanung uns im tiefen Geheimkeller einer Militärbasis in einem netten Besprechungsraum bewirtest.«

François Beauford spürt förmlich, wie sehr die Pilotin ihren Ärger zurückhält. Nikolay ist von dieser Ansage offensichtlich wenig beeindruckt. Schließlich geht sein Blick nach oben: »Die aktuellen Statusdaten, bitte.« Die Wände des Besprechungsraums erwachen und werden zu riesigen Bildschirmen. Um sie herum werden unzählige Datenfenster angezeigt, die Stirnseite zeigt eine Videoaufnahme der Sonne, offensichtlich vom Sonnenobservatorium SOHO aufgezeichnet, in der Mitte deckt ein nachtschwarzer Kreis die eigentliche Sonnenscheibe ab, lediglich die koronalen Protuberanzen sind zu sehen. François Beauford kann unten links einen eingeblendeten Zeitstempel erkennen. Nikolay hat seinen Blick verfolgt und beginnt zu sprechen.

»Genau, das sind die Aufnahmen von SOHO von gestern. Wie ihr sehen könnt, war alles normal. Strahlungs- und Protuberanzenaktivität, alles im üblichen Bereich.«

Dann wird die andere Stirnseite des Raumes zuerst dunkel, dann zeigt sie die untergehende Sonne, im Vordergrund ist ein Meer zu sehen: »Was ihr nun seht, ist der Sonnenuntergang, bevor die Dunkelheit über die Erde hereinbrach.«

Aufmerksam verfolgen die Pilotin und der Investigativjournalist das Video.

Die Sonnenscheibe ist noch eine Handbreit über dem Horizont, als sich eine Vielzahl dunkler Flecken auf ihr bilden. Diese dunklen Flecken wachsen schnell an und schließlich ist die gesamte Sonne verdeckt. Es ist dunkel geworden, obwohl die Sonne gerade noch über dem Horizont steht.

Dunkelheit hat die Welt erfasst. Da meldet sich Fiona Köhler: »Kann ich das nochmals sehen, langsamer vielleicht?«

Nikolay nickt ihr erfreut zu: »Gerne. Wir haben auch etwas mit erweiterter Bildbearbeitung an dem Video getüftelt. Das ist übrigens irritierenderweise die einzige Aufzeichnung. Alle anderen Videoaufnahmen dieses Sonnenunterganges sind entweder gelöscht oder verfälscht.«

François Beauford war eben noch in das Video des SOHO-Observatoriums vertieft, das auf der anderen Stirnseite des Raumes gezeigt wird. Nun ruckt er alarmiert zu Nikolay herum: »Sämtliche Videos? Also alles aus sozialen Netzwerken, Cloudspeichern und lokal?«

Mit nachdenklichem Nicken bestätigt Nikolay erneut: »Genau. Dieses Video hat ein Freizeitfischer gemacht. Die Actioncam hing an seinem Fischerboot und hat die Videodatei lediglich lokal gespeichert.«

»Wie seid ihr dann daran gekommen?« Die Frage kommt von Fiona Köhler, die ihren ehemaligen Lehrer misstrauisch anblickt.

»Na ja, Vögelchen. Du kannst dir sicher denken, dass das alles hier ...«, er macht eine Handbewegung, die den gesamten Raum und darüber hinaus die gesamte Anlage umfasst, »... nicht vom Budget der SOHO-Mission bezahlt wird.«

Sie nickt ihm grimmig zu: »Eben. Also, wie seid ihr an dieses Video gekommen?«

Nikolay wiegt den Kopf. Dann hat er sich zu einer Antwort durchgerungen: »Sagen wir einmal, ein findiger Geist hatte die Idee, dass es auf ebenjenen Sportbooten auch Kameras geben könnte, die lediglich lokal speichern und dann haben wir uns einfach auf die Suche gemacht und siehe da, wir hatten Glück.«

Fiona Köhler nickt verstehend, fixiert ihn aber weiter kritisch: »Wie passend. Dann habe ich noch genau zwei Fragen.«

Ergeben seufzt Nikolay Denisov und fordert sie dabei mit einer Handbewegung auf, ihre Fragen zu stellen.

131

»Ich gehe davon aus, dass die Idee mit den Kameras auf den Booten von dir kam?«

Er bestätigt ausdruckslos: »Natürlich. Du weißt, wie gerne ich zum Angeln hinausfahre, also liegt das nahe. Aber das war keine Frage.«

»Gut, dann kommt jetzt die Frage Nummer eins. Wer sind 'wir'?«

Nikolay seufzt, wedelt dann erneut mit der Hand und fordert sie damit auf, die zweite Frage zu stellen: »Also gut, dann kommt die zweite Frage. Was bist du in diesem 'wir'?«

Jetzt steht Nikolay Denisov auf und macht einige Schritte auf die Stirnwand, die das SOHO-Video zeigt, zu. Dann dreht er sich um: »Wir sind nicht das, was du denkst. Also so eine der Drei-Buchstaben-Organisationen der Regierung.«

Aufmerksam beobachtet François Beauford den Dialog zwischen Nikolay und der Pilotin. Er spürt, dass sich in ihm ein Verdacht aufbaut. Noch kann er nicht greifen, worauf sich dieser Verdacht bezieht. Da fährt Nikolay mit seinen Ausführungen fort.

»Es gibt da jemanden, der sich Dinge gerne anschaut und in die Tiefe geht. Wie ein Buchprüfer gewissermaßen. Nur, dass er nicht nur Zahlen prüft, sondern auch die erweiterten Zusammenhänge. Dieser jemand verfügt über mehr als ausreichend Geld und vor allem Macht und Einfluss, sodass er einfach eine Art spezialisierte Recherchegruppe zusammenstellen kann. Dieser Recherchetruppe gewährt er dann wiederum entsprechend Ressourcen und vor allem Zuständigkeiten, um Dinge zu erledigen oder wie in diesem Fall sämtliche Sporthäfen der Region des letzten Sonnenunterganges vor der Dunkelheit nach Kameraaufnahmen zu durchsuchen.«

Zeitweilig ist es ganz still im Raum. Dann ergreift François Beauford das Wort. In einer Art kindlichen

Begeisterung formuliert er spontan seine Erkenntnis:
»Albus John Francis Smythe-Jorgenson!«

Verblüfft blickt ihn Fiona Köhler an, dann ist ein leises
Applaudieren zu hören. Nikolay lächelt den Franzosen
froh an: »Ah, ausgezeichnet. Albus hat mir gesagt, dass es
nicht lange dauert, bis du darauf kommen wirst.«

Von Fiona Köhler kommt ein ärgerlicher Einwurf:
»François, wer zum Teufel ist dieser Albus? Woher kennst
du ihn?«

Mit entschuldigendem Gesichtsausdruck wendet er sich
der Pilotin zu: »Der Kontakt, den ich New York treffen
sollte, ist dieser Albus. Ein kauziger, alter Mann. Er hat
mir all die Daten über Intersol gegeben.«

Sie schaut ihn nach wie vor misstrauisch an, auch wenn
ihr Gesichtsausdruck etwas milder wird. Dann nimmt
Fiona Köhler noch einen Schluck Kaffee. Schließlich nickt
sie fatalistisch, als sie sich an Nikolay wendet: »Dann hat
dieser Albus uns die Landegenehmigung hier verschafft.«

Nikolay bestätigt: »Genau. Er hat mich angewiesen, euch
über unseren Kenntnisstand zu unterrichten.«

Wie auf ein Stichwort geht die Türe auf. Eine Frau in
Uniform betritt den Raum, gefolgt von zwei weiteren
Männern in Uniform, offenkundig ihre Adjutanten.

»Denisov. Wer zum Teufel hat ihnen erlaubt, Zivilisten
hier herunterzubringen?«

Der Ton dieser Frau ist befehlsgewohnt und schneidend.
Sie beachtet die Pilotin und den Investigativjournalisten
nicht, ihr stechender Blick ist auf Nikolay gerichtet. Der
lächelt höflich zurück, als er antwortet: »General, darf ich
vorstellen: Fiona Köhler, Pilotin und François Beauford,
Investigativjournalist.«

Bei der Nennung seiner Berufsbezeichnung wendet
die Frau ihren Blick auf François Beauford. Kalte, blaue
Augen durchbohren ihn. Noch bevor er etwas sagen kann,

spricht die Frau weiter: »Albus bürgt für beide?«

»Tut er. Sonst wären sie nicht hier. Das müsste Ihnen klar sein.«

Der Blick der Frau geht zu Fiona Köhler, dann zurück zu Nikolay.

»Wunderbar. Aber diese Besprechung ist nun zu Ende. Wir haben eine neue Entwicklung, Sie werden dort gebraucht.«

Nikolay nickt verstehend: »Natürlich, General. Ich gebe den beiden nur den Bericht über den aktuellen Ermittlungsstand der SOHO-Gruppe, dann bringe ich sie nach oben und lasse sie von einem Wagen in die Stadt fahren.«

Ein militärisches Nicken begleitet die Antwort der Generalin: »Sorgen Sie dafür, dass das schnell geht. Wie zuvor erwähnt, wir haben eine neue Entwicklung. Das ist wichtiger als die Unterhaltung von Zivilisten.«

Nach einem letzten, abschätzigen Blick wendet sich die Frau um und verlässt den Raum.

Sowohl Fiona Köhler als auch François Beauford haben die Szene verwundert, fast mit offenem Mund verfolgt. Die Pilotin findet als Erstes ihre Stimme wieder: »Was um Himmels willen war denn das?«

Nikolay ist damit beschäftigt, aus einem Fach unter dem Konferenztisch zwei gebundene Akten hervorzuholen: »Hach, unser General. Sie ist etwas mürrisch, muss ich gestehen. Aber wenn es wirklich hart auf hart kommt, möchte ich lieber sie auf unserer Seite wissen als sonst jemanden.«

François Beauford stellt fest, dass diese Aussage die Frage eigentlich nicht beantwortet hat. Schon spricht Nikolay weiter: »Also, hier der Bericht der SOHO-Gruppe. Schaut ihn euch genau an. Vielleicht findet ihr darin etwas, was die anderen bisher übersehen haben. Schaut euch primär die Bilder genau an.«

Bei diesen Worten blickt Nikolay François Beauford
gerade in die Augen. Erst als dieser mit einem fast unsicht-
baren Nicken antwortet, wendet er sich lächelnd zu Fiona
Köhler und übergibt auch ihr mit folgenden Worten einen
der gebundenen Berichte: »Bitte schön, mein Vögelchen.
So, nun lasse ich euch nach oben und in die Stadt bringen.
Ich muss leider weiter, ihr habt es doch gehört.«

Irritiert über die plötzliche Änderung seiner Wesensart,
erhebt sich Fiona Köhler. Als sie nachfragen will, nimmt
sie François Beauford am Arm und führt sie zur Tür: »Wir
haben den Bericht und Nikolay muss weiter. Also lass uns
verschwinden, in Ordnung?«

Irritiert schaut sie ihn an, dann nickt sie. Er kann genau
sehen, dass sie die Situation nicht versteht, aber ihm
genügend vertraut, um erst einmal mitzuspielen.

Kaum zehn Minuten später sind die Pilotin und der
Investigativjournalist wieder an der Oberfläche und steigen
in ein Zivilfahrzeug, das vor dem Gebäude angehalten hat.
Ein Soldat in Uniform steuert den Wagen. Kurz, nachdem
sie losgefahren sind, wendet er sich zu ihnen um und
informiert sie: »Ich habe Anweisung, Sie in die Stadt zu
fahren. Dort sind Zimmer für sie im Grand Plosis International reserviert.«

Fiona Köhler blickt irritiert zu François Beauford, dann
bedankt sie sich höflich beim Fahrer. Als sie den Stützpunkt schließlich verlassen haben und auf einem Highway
unterwegs sind, schaut sie erneut zu dem Investigativjournalisten und öffnet den Mund, um ihn etwas zu fragen.
Er ergreift ihre Hand und drückt sie leicht. Sie hält inne
und schließt ihren Mund wieder. Dann nickt sie ihm zu.
François Beauford weiß genau, dass er ihre Neugier nicht
mehr sehr lange zähmen kann. Aber er ist froh, dass sie
auf sein Zeichen reagiert hat. Trotzdem hält er ihre Hand
umfasst. Sie erwidert die Berührung, was dem Franzosen
ein frohes Schmunzeln entlockt. Vielleicht ist dieser Tag
doch nicht so unerquicklich, wie er eben noch gedacht hat.

Aus den Augenwinkeln betrachtet er ihr Profil, auch Fiona Köhler hat ein feines Lächeln im Gesicht. Dann blickt er nach links und hinaus durch die getönten Scheiben auf das von der Sonne strahlend hell beschienene Land neben dem Highway. Da kommt ihm ein Gedanke. Erst durch die Helligkeit jetzt kann er und können sicher viele Menschen außer ihm ebenfalls erkennen, wie furchtbar die Dunkelheit ist. Und er spürt, dass diese Dunkelheit noch da ist, lauernd und unerbittlich. Er atmet tief ein und aus. Das Spiel ist noch lange nicht zu Ende. Das spürt er genau.

17 Die rote Kali

François Beauford schaut sich nach Fiona Köhler um, die jetzt auch aus dem Fond des Fahrzeuges steigt, das sie in die Innenstadt von Huntsville gebracht hat. Die Pilotin verabschiedet sich dann von dem Soldaten in Uniform, der als ihr Fahrer fungiert hat.

Jetzt stehen beide auf dem Gehsteig vor dem Hotel in der Innenstadt von Huntsville. Gegenüber ist ein großer Parkplatz, der jedoch fast unbelegt ist. Fiona Köhler trägt nach wie vor die Uniform, die ihr für den Flug nach Texas bereitgestellt wurde. Ansonsten hat sie lediglich ihre große Handtasche dabei. François Beauford hat sein Jackett ausgezogen und sich über die Umhängetasche mit seinem Laptop und den wichtigsten Besitztümern gelegt. Es ist fast unerträglich heiß. Hinter ihm verheißen die dunkel getönten Scheiben des Hotelfoyers die dort übliche Klimaanlagenkälte. Fiona kommt zu ihm herüber: »Gehe ich recht in der Annahme, dass wir das großzügige Angebot der reservierten Zimmer zumindest erst einmal nicht nutzen werden?«

Er nickt ihr nachdenklich zu und späht die Straße entlang. Sie fragt nach: »Also sollten wir woanders hin?«

Wieder ein Nicken von ihm. Fiona Köhler trägt inzwischen wieder die Pilotenbrille, sodass er ihre Augen nicht sehen kann. Aber er erkennt ihren ernsten Gesichtsausdruck, als sie ihm die rechte Hand entgegenstreckt: »Könnte ich bitte mein Telefon haben, dann kann ich etwas suchen, wohin wir gehen können.«

Nachdenklich schaut er sie an, dann schüttelt er den Kopf: »Lieber nicht. Ich würde gerne so weit wie möglich unter dem Radar fliegen.«

Zuerst wird ihre Miene ärgerlich, dann senkt sie seufzend die Hand: »Schön, Mr. Verfolgungswahn. Ich habe vorhin bei der Herfahrt eine Shopping-Mall gesehen, ungefähr zwei Blocks in diese Richtung.«

Sie weist mit dem Zeigefinger der linken Hand die Straße hinab. Er grinst zur Antwort: »Sehr gut, lass es uns dort versuchen.«

Die folgende Viertelstunde benötigen sie, um zu Fuß zum Einkaufszentrum zu kommen. Als sie durch die Drehtüren am Eingang treten, trifft sie ein Schwall arktischer Kälte. Erschöpft verharren sie kurz und blicken sich um. Das Einkaufszentrum ist fast menschenleer, die Ladengeschäfte sind jedoch alle geöffnet. Routiniert blickt sich Fiona Köhler um, dann macht sie einen Vorschlag: »Also ich denke, wir gehen zuerst einmal dort vorn etwas trinken. Und dann ist Shopping angesagt. Ich benötige dringend neue Kleider und du könntest auch welche vertragen.«

Er blickt an sich herab. Tatsächlich trägt er immer noch dieselbe Kleidung wie in New York. Aber das Hemd ist inzwischen verschwitzt und schmuddelig, die Hose hat einige Falten und sogar Flecken. So stimmt er ihr freudlos zu: »Wie recht du hast! Noch besser wäre eine Dusche, aber frische Kleidung hilft erst einmal.«

Sie machen sich auf den Weg zum Imbiss. Dort ist der Besitzer gerade damit beschäftigt, seinen Laden für die Mittagspause zu schließen. Trotzdem verkauft er ihnen, ob aus Mitleid oder Geschäftstüchtigkeit, lässt sich nicht genau sagen, zwei große Becher mit kalten Getränken. Fiona Köhler zahlt diese in bar und bedankt sich höflich bei ihm. Dann streben sie zu den Tischchen, die im öffentlichen Bereich des Einkaufszentrums aufgestellt sind. François Beauford geht zielgerichtet auf den Platz hinten, am Rande des Wasserbeckens, das wahrscheinlich zur optischen Aufwertung dieses Bereiches dort eingebaut wurde. Dort plätschert ein künstlicher Wasserfall vernehmlich, zusätzlich ist die übliche Einkaufszentrumshintergrundmusik aus den Lautsprechern zu hören.

Seufzend setzt sich François Beauford, nachdem auch

Fiona Köhler Platz genommen hat. Sie registriert am Rande, dass ihr die guten Manieren dieses Franzosen gefallen.

Nachdem sie gierig die ersten Schlucke aus den Pappstrohhalmen ihrer Getränkebecher genommen haben, blickt sie sich um. Dann schaut sie nachdenklich zu ihrem Gegenüber und schiebt dabei die Sonnenbrille nach oben: »Hier sitzen wir und lauschen dem lieblichen Geräusch eines künstlichen Wasserfalls in einer Mall mitten in Alabama.«

François Beauford schaut ihr ernst in die Augen. Dann atmet er kurz ein und wieder aus. Schließlich antwortet er ihr: »Genau. Denn mit Wasserrauschen haben die meisten Abhörsysteme nach wie vor Probleme.«

Verblüfft blickt sich Fiona Köhler um: »Hier? Ist das dein Ernst?«

Er wiegt den Kopf, als er antwortet: »Glaubst du wirklich, diese Madame General überlässt etwas dem Zufall?«

Misstrauisch blickt sie sich erneut um, dann antwortet sie ihm leise: »Nein. Eigentlich nicht. Nikolay war wieder ganz seltsam am Ende.«

Er richtet sich auf und nimmt dann seine Laptoptasche auf den Schoß: »Genau, gut, dass du mich daran erinnerst.«

Er sucht etwas in seiner Laptoptasche herum, dann schnalzt er zufrieden mit der Zunge und legt die beiden Berichte der SOHO-Mission auf den Tisch.

Fiona Köhler schnappt sich den einen der dünnen Hefter und blättert darin. Er beobachtet sie dabei und stellt fest, dass er es fast genießt, der Pilotin beim Lesen zuzuschauen. Schließlich blickt sie mit fragendem Blick auf: »Also ehrlich, das ist eines dieser BlaBla-Status-Dokumente. Es wird zuerst umfangreich aufgeführt, was alles vorher berichtet wurde, dann werden die möglichen Einschränkungen episch aufgegliedert und am Schluss steht nicht mehr, als dass man die Korona der Sonne am besten genau weiterhin beobachten soll. Mir ist schleierhaft, warum Nikolay uns dies so dringend geben musste.«

François Beauford denkt kurz nach, dann nickt er: »Aber klar doch. Natürlich steht da nichts von Bedeutung für uns drin. Sonst hätte Madame General uns niemals mit den Dingern vom Stützpunkt gelassen. Ich bin mir sicher, dein Nikolay weiß das genau.«

Verwundert blättert sie erneut in ihrem Exemplar und denkt dabei laut nach: »Aber was soll das Ganze denn, François. Warum soll ich mir diesen Bericht genau anschauen?«

Ruckartig richtet er sich auf und legt seine Hand auf ihre. Den Gedanken, dass ihm diese Berührung sehr gefällt, schiebt er energisch beiseite. Fiona Köhler blickt auf, als er zu sprechen beginnt: »Nicht den Bericht sollen wir uns genau anschauen, die Bilder waren Nikolay so wichtig.«

Irritiert blättert sie zurück. Auf der Titelseite ist eine computergesteuerte Ansicht der SOHO-Sonde abgebildet. Weiter hinten ein Foto von einem Mitarbeiter der technischen Gruppen, ein IT-Administrator namens Rajhes Sumutraij. Der Inder blickt lächelnd in die Kamera vor dem Hintergrund verschiedenster Pflanzen. Das Foto sieht so aus, als ob es am Eingangsbereich eines Institutsgebäudes gemacht wurde. Dieser Rajhes ist scheinbar verantwortlich für die gesamte IT des SOHO-Projektes. Fiona Köhler schaut sich die Bildbeschriftung an, dann blickt sie zu François Beauford auf: »Hm, dieser Admin ist erst einunddreißig Jahre alt. Etwas jung für einen solchen Job findest du nicht auch?«

»Na ja, das sind eher undankbare Jobs. Viel Arbeit und wenig Lorbeeren, aber es liest sich eben gut im Lebenslauf, deshalb machen viele Uniabsolventen mit Informatikhintergrund solche Jobs für ein oder zwei Jahre.«

Dann runzelt er die Stirn und streckt die Hand aus. Sie gibt ihm den aufgeschlagenen Bericht. Er mustert das Foto genau. Er beginnt seinen Laptop auszupacken. Sie schaut ihn ironisch an: »Aha. Ich darf mein Telefon nicht benützen, aber du deinen Laptop?«

Er nickt abwesend: »Natürlich, schließlich weiß ich etwas mehr über Datensicherheit als du.«

Erschrocken schaut er auf, als er bemerkt, was er da eben gesagt hat: »Bitte entschuldige, ich wollte sagen, also natürlich kannst du auch so einiges, aber ich …«, sie lässt ihn mit gespielt bösem Blick kurz zappeln, dann lacht sie fröhlich auf, »Dummerchen. Natürlich habe ich verglichen mit einem geheim operierenden Investigativjournalisten keinerlei Ahnung von Datensicherheit und solcherart Dingen.«

Sie legt ihm beruhigend die Hand auf den Arm. Wieder muss er den Gedanken, dass er ihre Berührung sehr genießt, mit Nachdruck in den Hintergrund drängen. Er schluckt, dann nickt er dankbar als er wieder antworten kann: »Oh. Ok.«

Dann ist sein Laptop hochgefahren und die Anmeldemaske erscheint. Statt den üblichen Eingaben von Benutzernamen und Passwort drückt François eine komplexe Tastenkombination. Fiona Köhler steht auf und geht um das Tischchen herum. Nun ist ein neues Anmeldefenster zu sehen. Die Optik kommt ihr seltsam vor, wirkt sie doch komplett anders als die der üblichen Betriebssystemanmeldung, die nahezu auf allen Computern der Geschäftswelt eingesetzt wird.

Sie beobachtet, wie er einen Benutzernamen eingibt, der aus vielen Zeichen und Zahlen besteht. Er schließt die Augen, bewegt stumm die Lippen und öffnet die Augen dann sofort wieder. Er tippt eine komplexe Zeichenfolge in das Eingabefeld für das Passwort ein. Nachdem er die Eingabe bestätigt hat, öffnet sich sofort ein zweites Fenster mit einem weiteren Eingabefeld für ein Passwort. Wieder schließt er die Augen, murmelt fast lautlos vor sich hin, öffnet die Augen und tippt erneut ein langes Passwort aus Zeichen, Zahlen und Sonderzeichen ein. Nach der Bestätigung wird ein Fortschrittsbalken angezeigt, der zügig von null auf hundert Prozent voranschreitet. Schließlich baut sich eine Art Desktop auf. Wieder unterscheidet sich der optische Eindruck von dem, den die Pilotin kennt, deutlich. Er grinst sie an: »Willkommen in meinem Arbeitsbereich.«

Sie blickt ihn ernst an, dann zieht sie einen Stuhl heran, um sich dicht neben ihm zu setzen: »François Beauford, du verblüffst mich doch tatsächlich immer wieder. Was war das gerade?«

Er lächelt sie an und versucht es zu erklären: »Wenn der Laptop eingeschaltet wird, lädt das normale Betriebssystem, wie du es sicher auch kennst. Aber da sind nur banale, unwichtige Dinge zu sehen.«

Er zeigt auf den Bildschirm: »Erst wenn ich das eigentlich von mir benützte Betriebssystem lade, komme ich zu meinem richtigen Arbeitsbereich.«

»Und was soll das Ganze?«

Er grinst sie an: »Na, wenn jemand meinen Laptop stiehlt, ist da vordergründig nichts Verwertbares drauf. Die eigentlichen Daten sind so verschlüsselt, dass es auf dem Datenspeicher wie willkürlicher Datensalat aussieht.«

Sie beginnt zu verstehen: »Ah, du versteckst das Wichtige also hinter dem Banalen.«

Er nickt und ergänzt dann leise: »Ich kann zu jedem Zeitpunkt glaubhaft abstreiten, dass der Laptop außer dem Banalen überhaupt noch etwas anderes enthält.«

Sie schüttelt den Kopf und lehnt sich zurück: »Dann war mein Spruch mit dem geheim operierenden Investigativjournalisten gar nicht so falsch, auch wenn ich dich damit nur aufziehen wollte.«

Ernst schaut er sie an, als er ihr antwortet: »Glaube mir,

wenn du beim algerischen Zoll sitzt und verdächtigt wirst, irgendwelche wichtigen oder geheimen Daten zu besitzen, dann hilft so etwas wirklich.«

Sie beginnt zu erkennen, dass sie die Welt dieses Mannes bisher nicht wirklich erkannt hat. Dann fragt sie pragmatisch weiter: »Wie geht es jetzt weiter?«

Er nimmt wortlos den Bericht zur Hand und hält die Seite mit dem Foto des IT-Administrators vor die Laptopkamera. Sofort wird das Foto angezeigt. Mit flinken Bewegungen bearbeitet er das Foto mit einem Bildbearbeitungsprogramm, sodass die Abbildung des Fotos aus dem Bericht klar und in guter Farbdarstellung auf dem Bildschirm zu sehen ist. Sie kommentiert das ironisch.

»Klasse, wir haben ein Bild des SOHO-IT-Admins.«

Er schaut nachdenklich, als er ihr antwortet: »Wenn ich recht habe, dann ist das mehr als nur ein Bild.«

Wieder arbeitet er routiniert mit flinken Bewegungen. Er lädt das Bild in eine andere Software, stellt einige Parameter ein und lehnt sich zurück, nachdem er den Prozess gestartet hat. Wieder wird ein Fortschrittsbalken angezeigt, zuerst bewegt dieser sich nur zögerlich, dann wird er immer schneller und erreicht die einhundert Prozent. Ein Meldungsfenster wird angezeigt. François Beauford nickt zufrieden: »Aha, ich hatte recht.«

Er zeigt auf das Meldungsfenster und blickt sie stolz an: »Da sind zwei Dateien in dem Foto versteckt gewesen. Eine Textdatei und eine Bilddatei.«

Sie schaut nachdenklich auf den Bildschirm, dann blickt sie ihn fragend an. Er fährt mit seiner Erklärung fort: »Man nennt das Steganografie. Ein Bild wird so verändert, dass in den Bildpunkten weitere Daten versteckt werden. Das menschliche Auge bemerkt die Änderungen nicht, eine spezielle Software dagegen macht die Daten sichtbar.«

Sie nickt nachdenklich: »Aber wenn du das kannst, dann kann das doch jeder entschlüsseln, nicht wahr?«

Fröhlich nickt er ihr zu: »Natürlich. Außer derjenige, der die Daten verschlüsselt hat, hat sie mit einer Art Passwort gesichert.«

Irritiert schaut sie ihn an: »Woher kanntest du das Passwort?«

Jetzt wird François Beauford etwas rot im Gesicht. Er stammelt leise, als er antwortet: »Ich habe gut geraten.« Sie hebt lediglich eine Augenbraue, sodass er umgehend fortfährt: »Na ja, dieser Nikolay hat dich immer Vögelchen genannt. Er hat das doch für dich vorbereitet und kein anderer soll es sehen. Also habe ich geraten.«

Sie zieht eine Augenbraue nach oben, sodass er zerknirscht fortfährt: »Vögelchen Fiona. Ehrlich, ich habe nur geraten!«

Ihr Gesichtsausdruck bleibt ernst als sie antwortet: »François Beauford, du bist ein durchtriebener, hinterhältiger, aber zugegebenermaßen auch ziemlich genialer Mann. Wehe, wenn du mich einmal mit dieser Fähigkeit ärgern willst!«

Folgsam nickt er sofort: »Das würde ich nie wagen.«

Dann grinst sie ihn an und fragt weiter: »Dann zeig mal das Bild her.«

Froh über die Ablenkung öffnet er die Bilddatei. Es wird eine Statue vor einem blauen Hintergrund gezeigt. Offenbar ein Foto, das mit einem Mobiltelefon aufgenommen wurde: »Das ist Kali, die dunkle Göttin.«

Wieder blickt die Pilotin ihn irritiert an. Zerknirscht erklärt er sein Wissen: »Ich hatte vor langer Zeit eine Freundin. Sie war Inderin. Und sie hat mir versucht, den Hinduismus nahezubringen.«

Sie holt tief Luft, blickt das Bild der Statue von Kali nachdenklich an: »Das bringt uns jetzt nicht wirklich weiter. Was steht in der Textdatei?«

Er öffnet die Textdatei, es wird lediglich eine Adresse angezeigt. Sie schüttelt enttäuscht den Kopf: »Also, Nikolay, warum wir uns eine Adresse und ein Bild von einer indischen Göttin genau anschauen sollen, hättest du uns etwas verständlicher erklären können.«

François Beauford betrachtet nachdenklich die Adresse. Dann wechselt er zum Bild, schließlich schaut er sie an: »Vielleicht hat er das ja getan. Er hat uns gesagt, dass wir uns das anschauen sollen. Diese Statue an dieser Adresse.«

Verblüfft versteht Fiona Köhler plötzlich, was er damit sagen will: »Aber natürlich!«

Dann geht ihr Blick in die Runde und sie steht auf: »Also los. Wir kaufen uns neue Kleidung und dann versuchen wir herauszufinden, was wir dort finden.«

Mit dem Finger zeigt sie auf die Adresse auf dem Bildschirm. Zuerst zögert François Beauford, dann nickt er zustimmend: »In Ordnung.«

Er packt seinen Laptop zusammen. Dabei gehen seine Gedanken zu den Erklärungen, die ihm seine ehemalige Freundin zu Kali gegeben hat. Sie wird auch die Dunkle genannt. Gerade erst hat die Welt eine lange, furchterregende Dunkelheit erdulden müssen. Ihm kommt das wie ein Omen vor und es ist kein gutes Omen, wie er sich eingesteht. Schließlich folgt er Fiona Köhler zu den Bekleidungsgeschäften und drängt seine Gedanken an die Finsternis und eine dunkle Göttin so gut es geht in den Hintergrund.

18 Phaeton spricht

Im Regieraum des großen, überregionalen Fernsehsenders herrscht eine verhältnismäßig entspannte Stimmung. Es läuft gerade eine längere Werbeeinblendung und anschließend ist ein bereits seit langer Zeit aufgezeichnetes 'Spezial' über die Entstehung von tropischen Stürmen geplant. Somit sind die nächsten achteinhalb Minuten eine Zeit zum Durchatmen für die Mannschaft in der Regie und vor allem für die junge Produktionsleiterin, die heute erst ihren fünften Tag auf dem heißen Stuhl als Chefin vom Dienst erlebt. Bisher ging alles wunderbar glatt, sogar der widerborstige Chefsprecher hat ihr vorher erklärt, dass sie diesen Job für ein, wie er sagte, Mädel vom Land, doch ganz ordentlich verrichtete. Für diese Ansage hat er sich extra in den Regieraum begeben. Als er die völlig verblüffte Nachmittagsmannschaft dann noch freundlich mit einem Kopfnicken gegrüßt hat, bevor er den Raum mit dem ihm eigenen, majestätischen Gehabe verlassen hat, herrschte kurz atemlose Stille. Der Technikleiter fand als Erstes seine Sprache wieder: »Ein Wunder, das ist ein Wunder! Berni war fast zufrieden mit jemandem!«
Dann nickt er der jungen Chefin vom Dienst andächtig zu: »Cameron, Sie sind eine Heilige. Ohne Witz, eine amtliche Heilige. Danke, Gott, dass du mich diesen Tag erleben lässt.«

Das hat die verblüffte Anspannung gelöst und fröhliches Gelächter ausgelöst. Cameron Fortuna, seit ihrer Kindheit wird sie wegen dieses seltsamen Familiennamens gehänselt, versuchte nüchtern zu bleiben und bat alle, sich wieder auf die Arbeit zu konzentrieren.

Jetzt blättert sie in ihrem ausgedruckten Sendeplan und erinnert sich an die Szene im Versuch, etwas Kraft zu schöpfen. Sie schließt kurz die Augen, dann schiebt sie Brille wieder richtig auf die Nase, fährt sich in einer unbewussten Bewegung durch das rotblonde Haar und blickt sich im Raum um. Ihr Regieleiter setzt sich gerade wieder an seinen Platz. Er hat den für ihn üblichen Riesenbecher Kaffee in der Hand, als sie ihn anspricht: »John, sind wir bereit für den Wettereinspieler?«

Der Angesprochene schlürft einen Schluck aus seinem Becher, dann stellt er diesen zur Seite und greift sich mit der rechten Hand die Maus seines Bildschirmarbeitsplatzes, klickt sich durch einige Menüs und nickt dann bestätigend: »Jep, Einspieler bereit, wird automatisch auf Sendung gestellt. Berni ist danach dran mit den Sechsuhrmeldungen.«

Cameron nickt zum Zeichen, dass sie das verstanden hat und blickt zum Platz der Nachrichtenredaktion. Der ältere Mann, der hier sitzt, gilt als Urgestein beim Sender. Cameron vermutet, dass er schon die Meldungstexte für die Liveschaltungen anlässlich der Ermordung von JFK in Dallas geschrieben hat. Damals noch völlig ohne Computer und Hilfssysteme. Er wendet sich ihr zu und zwinkert kurz mit dem rechten Auge: »Bevor du fragst, die Sechsuhrmeldungen sind fertig und schon mit Berni abgestimmt.«

Cameron lächelt ihn warm an: »Neil, du bist ein Schatz.«

Eben möchte sie sich zufrieden wieder ihrem Sendeplan zuwenden, als ein erschrockenes Keuchen von der Sendetechnik zu hören ist. Sie blickt alarmiert auf und sieht, dass der Monitor, der das gesendete Bild zeigt, schwarz geworden ist. Sie fragt schockiert: »Ist das ein Technikausfall? Wechseln Sie sofort den Satellitentransponder!«

Der Technikchef arbeitet sich heftig klickend durch seine Bildschirmanzeigen der Systemdiagnosen. Dann beginnt er mit gepresster Stimme zu reden, während er weiter an seinem Bildschirmarbeitsplatz arbeitet: »Das ist kein Ausfall. Wir senden das. Alle senden das. Die Inputstreams wurden gekapert.«

Jetzt wird die Türe zum Regieraum aufgerissen, ihr

Assistent stürmt herein: »Cameron, ich hab's gerade
gehört. Bei allem, also wirklich allen Stationen, sind die
Sendestreams gekapert worden. Das ist doch Wahnsinn,
bei allen – gleichzeitig!«

Cameron Fortuna merkt, wie ihr kalt wird. Sie spürt, dass
dieser Moment über ihr zukünftiges Leben entscheiden
wird. Ihr Blick geht zu den Ausdrucken, die sie gerade
noch in der Hand hält. Dann legt sie diese sorgfältig
beiseite und beginnt mutig zu sprechen: »Alle mal herhören. Technik, Problemanalyse fortsetzen. Bildregie,
Aufzeichnung ein. Neil, du musst daraus eine Meldung
basteln. Frag mich nicht wie, aber ich bin sicher, das wird
eine ganz große Nummer. Und ich möchte diesen Stream,
woher auch immer er kommt, auf meinem Hauptschirm.
Dreht den Ton auf, das ist sicher nicht nur Bild.«

Alle im Regieraum sind erstarrt. Deshalb steht Cameron
Fortuna auf und klatscht anfeuernd in die Hände: »Los
Leute, jetzt gilt es wirklich! Wir machen Nachrichten!«

Damit kommt Bewegung in die Anwesenden. Ihr Assistent steht immer noch mit weit aufgerissenen Augen neben
ihr. Sie fasst ihn am Arm: »Berni soll herkommen. Jetzt. Er
soll Stift und Papier mitbringen. Sofort.«
Ihr Assistent schaut sie noch einen Moment irritiert an,
dann nickt er erleichtert, wendet sich um und spurtet
davon.

Jetzt wird der große Bildschirm im Regieraum schwarz.

Dann ist Musik zu hören. Sie lacht ironisch auf. Diese
Musik kennt sie. Im Planetarium, das sie mit ihrem Onkel,
der bei der Air Force diente, als Kind immer besucht hat,
lief dieses Stück anfangs immer. 'Also sprach Zarathustra':
»Das ist von Richard Strauss.«

Neil, der Nachrichtenmann nickt zustimmend, nebenbei
notiert er sich etwas. Cameron sieht, dass er diese Notiz in
Kurzschrift zu Papier bringt und muss kurz lächeln. 'Alte
Schule', denkt sie sich.

Dann entsteht mitten im Schwarz des Bildschirms ein heller Punkt, der sich schnell vergrößert. Schließlich wird daraus ein heller Kreis, der sich langsam zu einer Aufnahme der Sonne vor dem Dunkel des Weltraumes weiterentwickelt. Nun ist die Musik zu Ende. Kurz ist noch die Sonne zu sehen. Der Bildschirm wird wieder schwarz. Einen Moment später entwickelt sich aus dem gleichmäßigen Schwarz in der Mitte eine wabernde Fläche, die aussieht, wie eine von Wellen bewegte Seeoberfläche bei Mondschein. In dieser wabernden Fläche wird das Gesicht einer Asiatin eingeblendet. Es ist völlig ebenmäßig und rein. Ein feines Lächeln zeigt sich auf ihrem Gesicht, dann beginnt sie zu reden. Schon bei den ersten Silben verändert sich das Gesicht und es wird zum Gesicht eines Mannes aus Afrika, nachtschwarze Haut und dunkle Augen blicken den Zuschauer an. Schon wieder wandelt sich das Gesicht, während es zu sprechen beginnt: »Menschen, ich grüße euch.«

Cameron beobachtet fasziniert, dass sich die Lippen und Gesichtsmuskeln all der Gesichter, die da in schneller Folge ineinander übergehen, perfekt synchron zum Gesprochenen bewegen. Jetzt nickt das Gesicht, aktuell wird ein Inuitmädchen gezeigt, das sich sofort in das grimmige Gesicht eines Mannes aus Papua-Neuguinea verwandelt: »Ich bin Phaeton. So dürft Ihr mich nennen.«

Alarmiert richtet sich Cameron Fortuna auf. Neben ihr steht inzwischen Berni Morales, der Hauptsprecher des Nachrichtensenders. Dieser flüstert leise und unheilschwanger vor sich hin: »Das wird übel.«

Jetzt wird wieder die Sonne eingeblendet, das Gesicht schiebt sich leicht nach links, während die Sonne unten rechts strahlt.

Cameron nickt, dann geht ihr Blick kurz zu Neil, der sich eifrig Notizen macht, dabei aber den Bildschirm nicht aus dem Blick lässt. Cameron blickt zur Seite, zur Berni Morales. Sie schauen sich kurz an. Leise flüsternd fragt sie ihn: »Kannst du deinen Platz einnehmen und mit Neil eine Meldung abstimmen?«

Sie tippt sich dabei auf ihr Ohr, um dem Nachrichtensprecher anzuzeigen, dass sie damit meint, er solle mit dem Nachrichtenredakteur per Kopfhörer reden. Ernst blickt er sie an und nickt bejahend: »Klar. Bring mich einfach auf Sendung, wenn das da fertig ist. Ich mache das live.«

Sie nickt ihm dankbar zu, dann setzt die Stimme ihre Ansprache fort. Cameron stellt fest, dass die Stimme synthetisch erzeugt ist und weder männlich noch weiblich klingt: »Phaeton hat euch gezeigt, welche Macht er hat. Die Macht über Dunkelheit …«, der abgebildete Glutball der Sonne wird schwarz, »… und Licht.«

Die Sonne wird wieder hell. Dann wechselt das Bild. Es zeigt den Moment, als auf der Welt die Dunkelheit hereingebrochen ist. Es sind unzählige Aufnahmen, die alle schnell geschnitten hintereinander ablaufen. Die Stimme fährt fort, nun spricht sie jedoch aus dem Off.

»Doch fürchtet euch nicht. Phaeton ist gnädig. Die Welt muss nicht in Dunkelheit verharren, wenn Ihr Euch diese Gnade verdient.«

Wieder wird das Bild schwarz, nur um im nächsten Moment abermals hell zu werden. So wie vorhin die verblassende Sonne aus unzähligen Perspektiven gezeigt wurde, wird jetzt das wieder Erstrahlen der Sonne in unzähligen Szenen gezeigt.

»Ihr dürft euch jedoch an Phaeton wenden, um ihm zu huldigen. Phaetons Gnade erlaubt es, dass jeder einzelne Mensch seine Hingabe und Unterwerfung bekunden kann. Phaeton wird euch erhören.«

Jetzt wird wieder ein Gesicht eingeblendet und wieder wechseln in schneller Folge die Gesichter verschiedener Menschen dieser Erde.

Cameron reißt sich vom Bildschirm los und nickt dem Nachrichtensprecher zu. Dieser wendet sich wortlos um und macht sich auf den Weg ins Studio. Beim Hinausgehen reicht ihm Neil ein Blatt, auf dem er einige Notizen für den Nachrichtensprecher zusammengefasst hat. Cameron erhascht einen Blick darauf, alles sind Kurzschriftnotizen. Verwundert wird ihr klar, dass Berni nicht nur der arrogante Schnösel des Hauptnachrichtensprechers hier beim Sender ist, sondern auch ein Reporter, der sein Handwerk einmal grundlegend erlernt hat. Durch diesen Gedanken kann sie sich wieder auf das Hier und Jetzt konzentrieren und kann ihrem Team eine Ansage machen: »Technik, sobald der Spuk vorbei ist, will ich unseren Stream wieder auf Sendung haben. Ich will, dass wir auf allen Satellitenlinks, Festnetzlinks und notfalls auch per Brieftaube senden. Ist das klar?«

»Klar wie Kloßbrühe, Boss!«

Noch immer laufen die Gesichter auf dem Bildschirm in schneller Folge weiter,

also hat sie noch Zeit für eine weitere Anweisung: »Regie. Ich will, dass in der Millisekunde, in der wir wieder senden Berni zu sehen ist. Ohne Logotrailer, ohne Eingangsmusik. Direkt auf Berni.«

»Klar, Boss.«

Immer noch laufen die Gesichter durch. Cameron wendet sich an ihren Nachrichtenredakteur: »Neil, stimme dich mit Berni ab. Ich will, dass der Liveticker unten mit sinnvollem Text gefüllt ist. Schaffst du das?«

»Kein Problem, Boss.«

Cameron Fortuna hat keine Zeit, sich über die professionellen Antworten ihrer Mannschaft zu freuen. Denn nun beginnt die Gesichtsabfolge auf dem Bildschirm wieder zu sprechen: »Als Zeichen dafür, dass Phaeton sich an alle Menschen wendet, sendet er euch eine Botschaft.«

Im Raum ist plötzlich das vielfache Geräusch der Mobiltelefone zu hören, die auf unterschiedlichste Art und Weise eingehende Nachrichten melden.

»Menschen. Nutzt eure Chance, Phaeton zu danken und nutzt eure Chance, Phaeton euren Dank auch zu beweisen. Denn Phaeton ist gnädig, aber Phaeton ist auch streng.«

Die Gesichterfolge verschwindet. Es werden nun in schneller Folge Szenen von Leid, Zerstörung und Verzweiflung eingeblendet. Kriegsgebiete, Hungersnöte, verzweifelte Menschen, tote Menschen. Lavaströme, die Ansiedlungen verschlingen und Erdbeben, die Städte vernichten. Es ist eine Darstellung der vielfältigen Apokalypse.

Nun wird der Bildschirm unvermittelt wieder schwarz. Erneut ist dann der weiße Punkt zu sehen, der sich zu einem Kreis entwickelt. Jetzt beginnt die Stimme wieder zu sprechen. Cameron stellt fest, dass jetzt etwas Hall hinzugegeben wurde und die Stimme böse und zornig klingt, ein furchterregender Eindruck.

»Menschen. Ihr müsst wachsam sein. Denn all diejenigen, die Phaeton schaden wollen oder ihm nicht huldigen, werden vernichtet. All jene, die diese bedauernswerten Wesen unterstützt haben, werden ebenfalls vernichtet. All jene, die die Familien dieser bedauernswerten Wesen sind, werden ebenfalls im Unheil enden. All jenen, die aufrechte Menschen daran hindern, Phaeton zu huldigen und ihm ihren Dank auszudrücken, wird es genau so gehen.«

Die Stimme verstummt, eine dramatische Pause. Dann setzt sie wieder Unheil verkündend an: »Menschen. Diese Warnung wird Phaeton nur einmal aussprechen.«

Jetzt wird der weiße Kreis wieder durch die Gesichterfolge ersetzt, jetzt werden aber lächelnde und freundliche Gesichter gezeigt: »Phaeton ist gnädig. Er erwartet eure Huldigung und euren Dank für diese Gnade.«

Dann wird die Gesichterfolge ausgeblendet. Übrig bleibt nur der weiße Kreis. Cameron beugt sich vor: »Technik, Regie, Berni: Achtung.«

Jetzt ist der Bildschirm wieder ganz schwarz.

»Ich bin wieder drin!« Auf dem Bildschirm ist Berni Morales zu sehen. Er blickt ernst in die Kamera: »Dies ist Berni Morales von AMCTS News live.«

Schnell blickt er auf seine Notizen. Dann schaut er eindringlich in die Kamera: »Liebe amerikanische Mitbürger, was wir soeben erfahren haben, wird unser zukünftiges Geschick prägen. Nicht nur unseres hier in den Vereinigten Staaten von Amerika wird davon betroffen sein. Dies ist viel größer als unsere wundervolle Nation. Es ist etwas, das die gesamte Menschheit betrifft.«

Er holt kurz Luft, die Pause lässt das eben Gesagte noch dramatischer wirken: »Wir alle, jeder einzelne von uns ist also aufgerufen, eine Entscheidung zu treffen. In der Sendung von soeben haben wir erfahren, dass dieser Phaeton unsere Huldigung erwartet und unseren Dank. Derzeit ist es sicher noch viel zu früh, darüber zu entscheiden. Es ist viel zu früh, sich festzulegen. Denn wenn diese Macht, dieser Phaeton tatsächlich in der Lage ist, unsere Welt in die Dunkelheit zu stürzen, dann muss unsere Wahl besonders sorgfältig und weise sein. Dieser Phaeton wendet sich nicht an unsere Regierungen oder Eliten oder an sonst jemanden, den wir in unserem Leben bisher als wesentlich dafür angesehen haben, wenn es zu Entscheidungen über unsere Zukunft als Land oder gar als Menschheit kommen soll. Dieser Phaeton hat sich direkt an uns alle gewandt. Er hat nicht unsere Regierung oder unsere Wirtschaftsführer angesprochen. Er hat keine Religionsführer angesprochen. Er hat sich nicht an unser Militär gewandt. Er hat jeden einzelnen von uns angesprochen. Dies wird das erste Mal in der Geschichte der Menschheit sein, bei dem jeder einzeln eine Entscheidung zu treffen hat, die das Schicksal der gesamten Menschheit mit beschließen wird.«

Wieder holt Berni Morales kurz tief Luft. Dann fährt er fort: »Wie ich erfahren habe, ist diese Botschaft zeitgleich auf der gesamten Erde empfangen worden. Dieser Phaeton verfügt somit nicht nur über die Macht, die Sonne zu verdunkeln. Er verfügt auch über die Macht, gleichzeitig zu uns allen zu sprechen.«

Dann hält er kurz den Kopf schief und fährt schließlich fort. Er wiederholt bewusst, aber mit noch mehr Nachdruck vorgetragen seine Eingangsworte: »Liebe amerikanischen Mitbürger, was wir soeben erfahren haben, wird unser zukünftiges Geschick prägen. Nicht nur unseres, in den Vereinigten Staaten von Amerika. Dies ist viel größer als unsere wundervolle Nation. Es ist etwas, das die gesamte Menschheit betrifft.«

Er holt kurz Luft, die Pause lässt das eben Gesagte noch dramatischer erscheinen: »Wir alle, jeder einzelne von uns ist also aufgerufen, eine Entscheidung zu treffen.«

Es folgt eine kurze Pause. Dann nickt Berni Morales seinem Publikum ernst zu: »Wir werden nun zum Weißen Haus schalten, der Präsident möchte sich an Sie, meine amerikanischen Mitbürger, wenden.«

Er breitet die Hände aus: »Das war Berni Morales von AMCTS News live zu den umwälzenden Entwicklungen auf unserem Planeten. Ich wünsche Ihnen allen, dass es Ihnen gut geht. Gott schütze Sie und Gott schütze Amerika.«
Einen letzten eindringlichen Blick wirft der Nachrichtensprecher seinem Publikum zu, dann erklingt die Ansage: »Regie, umschalten aufs Weiße Haus. Jetzt.«
Das Bild wechselt. Es ist das Präsidentensiegel des Präsidenten der Vereinigten Staaten von Amerika zu sehen. Cameron flüstert leise vor sich hin: »Danke, Berni. Möge Gott uns beistehen.«

19 Das Innere der dunklen Göttin

François Beauford und Fiona Köhler stehen gemeinsam mit allen anderen Menschen, die gerade im Einkaufszentrum sind, vor den großen Bildschirmen der Mall. Ein flinker Geist hat die Übertragung von Berni Morales von AMCTS News auf diese Bildschirme gelegt und die Lautsprecher dazugeschaltet. Der Nachrichtensprecher ist laut und deutlich zu hören: »Das war Berni Morales von AMCTS News live zu den umwälzenden Entwicklungen auf unserem Planeten. Ich wünsche Ihnen allen, dass es Ihnen gut geht. Gott schütze Sie und Gott schütze Amerika.«

Dann ist das Präsidentensiegel zu sehen.

François Beauford blickt ausdruckslos Fiona Köhler an. Sie schauen beide in die Runde. Die Menschen starren nach wie vor auf das gezeigte Logo, aber in ihren Gesichtern ist Angst, Verwirrung und Verzweiflung zu sehen. Fiona Köhler fasst sich als Erste und stößt hervor: »Wir müssen raus hier.«

Zögernd stimmt ihr der Investigativjournalist zu. Er nimmt den Rucksack, den sie zusammen mit den frischen Kleidern erstanden haben. Zum Glück hat er genügend Bargeld dabei gehabt, um ihre Einkäufe bar zu bezahlen. Die Pilotin tat es ihm gleich. Auch sie hat ihre neue erstandene Kleidung in einen Rucksack gepackt. Gemeinsam streben sie dem Ausgang zu. Draußen ist gleißende Helligkeit. Fiona Köhler blinzelt kurz, dann setzt sie ihre Pilotenbrille auf. Sie blickt sich um, dann zupft sie François Beauford am Ärmel: »Da drüben stehen Taxis. Los.«

Er blickt in die gezeigte Richtung und folgt ihr mit schnellen Schritten. Als sie bei den drei Taxis angekommen sind, stehen die Fahrer diskutierend zusammen. Auch auf ihren Gesichtern ist diese unheilvolle Mischung aus Sorge, Angst und Unsicherheit zu erkennen. Resolut geht

Fiona Köhler zum vordersten Taxi und öffnet die Fondtüre auf der Beifahrertüre. Als der Fahrer des Taxis dieses Geräusch hört, kommt er zu ihnen herüber und fragt atemlos: »Haben Sie das gesehen?«

Verblüfft stellt François Beauford fest, dass diese Übertragung offensichtlich sämtliche, anderen Dinge des Alltags der Menschen verdrängt hat. Innerlich versteht er diese Reaktion sehr gut. Dann geht sein Blick zu Fiona Köhler, diese hebt auffordernd das Kinn an. Seufzend wendet sich der Investigativjournalist an den Taxifahrer: »Haben wir. Unglaublich das Ganze. Können Sie uns trotzdem zu dieser Adresse bringen?«

Er nennt dem Taxifahrer die Adresse, die im Foto des IT-Administrators versteckt war. Zuerst schaut ihn der Taxifahrer irritiert an, dann nickt er. Fiona Köhler steigt ein, François Beauford geht um das Taxi herum auf die andere Seite, nimmt den Rucksack und die Umhängetasche mit seinem Laptop von der Schulter und reicht dann beides zur Pilotin ins Taxi hinein. Dann setzt er sich ebenfalls. Der Taxifahrer steigt ein, wendet sich kurz zu ihnen um und registriert zufrieden, dass seine Passagiere sitzen und sich gerade anschnallen. Schon setzt sich das Taxi in Bewegung. Das Mobiltelefon des Taxifahrers, dass dieser beim Einsteigen in eine Handyhalterung eingesetzt hat, meldet sich mit einem Rocksong. Der Taxifahrer nimmt das Gespräch mit einem Tippen auf den Funkkopfhörer entgegen. Er spricht leise mit seinem Anrufer. Mit flüsternder Stimme wendet sich François an: »Was hältst du von all dem?«

Sie antwortet nachdenklich: »Nun, zuerst habe ich das Ganze für eine pompöse Schau gehalten. Aber wenn ich jetzt darüber nachdenke, habe ich Angst.«

Er stimmt ihr mit einem verzweifelten Nicken zu: »Der Nachrichtensprecher hat es auf den Punkt gebracht. Dieser Phaeton hat sich an uns alle gewandt und nicht an unsere Regierungen. Damit hat er diese formal delegitimiert.

Wenn er tatsächlich die Macht hat, die Erde mit Finsternis zu strafen, werden die Menschen sich am Ende ihm zuwenden. Dann haben wir es nicht nur mit diesem Phaeton zu tun, sondern gleichzeitig auch mit panischen Politikern, die um ihre Macht und Bedeutsamkeit gebracht werden. Das ist eine wirklich gefährliche Mischung.«

Dann geht sein Blick nach vorn. Das Taxi hat einen Vorortbereich erreicht. Hier gibt es eine Vielzahl von Ladengeschäften. Es sind auch tatsächlich Menschen auf den Gehwegen unterwegs, ganz anders als in der Innenstadt vorhin. Fiona Köhler fasst seine Hand. Er spürt wieder dieses warme Gefühl, das ihn jedes Mal überkommt, wenn sie sich berühren. Da flüstert sie schon: »Was denkst du, François?«

Er wägt seine Antwort innerlich ab, dann versucht er sie aufmunternd anzuschauen. Ganz perfekt gelingt ihm das nicht, wie er sich selbst eingestehen muss: »Ich habe so das Gefühl, dass da noch mehr dahintersteckt und ich habe das Gefühl, dass wir an dieser Adresse etwas finden, dass uns ein wenig weiter bringt.«

Fiona Köhler schluckt kurz, dann lächelt sie ihn an: »Sehr gut. Ich mag handeln auch viel lieber, als erdulden und warten.«

Als ob es das Stichwort wäre, hält das Taxi an. Sie spähen hinaus auf die belebte Straße. Es gibt Lebensmittelläden, Friseurläden und sogar ein Internetcafé. Er bezahlt den Taxifahrer und sie steigen aus. Kurz versucht sich François Beauford die Adresse in Erinnerung zu rufen, dann erkennt er, dass sie der Taxifahrer genau vor dem Eingang des Mehrfamilienhauses abgesetzt hat, dessen Hausnummer in der Adresse genannt war. Er blickt die Pilotin an, diese nickt und nimmt mit demonstrativer Aktionsbereitschaft ihren Rucksack auf die Schulter. Er tut es ihr gleich. Die Eingangstüre steht offen, sodass sie in den dunklen, aber zum Glück kühleren Flur gehen können. Auf der rechten Seite sind Briefkästen angebracht. Links sind diese mit dem Namen der Bewohner beschriftet, rechts ist die Wohnungsnummer angegeben. Fiona Köhler entdeckt den Namen des IT-Administrators des SOHO-Projektes zuerst. Sie zeigt mit dem Finger auf den entsprechenden Briefkasten. Er nickt dankbar: »Wunderbar. 1B, das muss im Erdgeschoss liegen.«

Sie blicken sich um, dann geht die Pilotin den Gang hinunter. Dieser biegt nach links ab und nach wenigen Metern hat sie die richtige Türe erreicht: »1B, Rajhes Sumutraij. Hier sind wir richtig.«

Unsicher blickt sich der Franzose um, aber Fiona Köhler dreht resolut am Türgriff. Die Tür ist nicht abgeschlossen und lässt sich problemlos öffnen. Beide blicken sich fragend an, dann zuckt sie mit den Schultern und betritt die Wohnung: »Hallo, ist jemand zu Hause? Hallo!«

Im Flur hängen Jacken und ein Fahrradhelm an einem Kleiderhaken an der Wand. Darunter stehen verschiedene Schuhe. Fiona geht weiter durch ins Wohnzimmer. Er folgt ihr und schließt nach einem misstrauischen Blick auf den Flur die Türe. Das Wohnzimmer ist ein einziges Chaos. Schubladen sind aus den Schränken gezogen und ausgeleert worden, die Sofakissen hochgestellt. Ein kurzer Blick in die Küche zeigt, dass es dort genauso aussieht. Dann geht sein Blick zu einem Wandbord. Dieses ist auf Augenhöhe an der blauen Wand angebracht. Dort stehen ein goldfarbener Buddha und die rote Statue der Göttin Kali. Fiona Köhler grinst ihn an und meint: »Bingo. Kali, wir haben dich!«

Er geht zum Wandbord und nimmt die Statue in die Hand. Etwas stört ihn an dieser Figur. Er blickt sich um, kann aber ansonsten in diesem Chaos nichts Weiteres von Interesse entdecken. Fiona Köhler ist zur Balkontür gegangen, die den Zugang in einen kleinen Garten im Innenhof ermöglicht. Gerade als sie diese öffnet, sind laute Stimmen draußen auf dem Flur vor der Wohnung zu hören. Ohne zu zögern, packt er die Kali-Statue in seine Umhängetasche,

dann geht François Beauford auf die Pilotin zu und schiebt
sie durch die offene Terrassentüre. Er folgt ihr auf dem
Fuße. Als er hindurch ist, dreht er sich kurz um und kann
gerade noch die Tür ins Schloss schnappen lassen, als er
im Halbdunkel die Wohnungstüre aufschwingen sieht.
Flink dreht er sich um, hebt den Finger an die Lippen
und warnt so die Pilotin davor, die verwunderte Frage zu
stellen, die ihr offenbar auf den Lippen liegt. Sie huschen
durch den kleinen Garten und erreichen schnell einen
Durchgang zum Nachbarhaus. Offenbar sind die Innenhöfe
der Gebäude miteinander verbunden. Als sie im Innenhof
des Nachbarhauses ankommen, erblicken sie rechts den
Durchgang zur Straße. Vorsichtig geht François Beauford
nach vorn und späht um die Ecke. Rechts auf dem Bürgersteig ist ein großer, schwarzer Lieferwagen geparkt. Er
kann durch die Frontscheibe sehen, dass der Fahrer nicht
auf dem Fahrersitz sitzt. Mit einem Blick über die Schulter
nickt er Fiona Köhler zu und beide gehen die Straße nach
links hinunter.

Als er sich nach wenigen Metern umschaut, kann er einen
uniformierten Polizisten sehen, der gerade das Führerhaus
des Lieferwagens besteigt. François Beauford blickt nach
vorn und erkennt, dass sie am Internetcafé angekommen
sind, das er vorhin aus dem Taxi heraus gesehen hat.
Er fasst Fiona Köhler an der Schulter und lenkt sie dort
hinein. Kühle Luft empfängt sie. Hinten an der Wand ist
eine kleine Sitznische frei, dorthin lenkt er ihre Schritte.

Fragend schaut sie ihm ins Gesicht, er weist mit dem
Kopf auf die Bank und setzt dann selbst seinen Rucksack
ab und legt ihn auf die Bank. Seine Umhängetasche folgt,
schließlich nimmt er Platz. Fiona Köhler tut es ihm gleich.
Als sie sitzen, eilt bereits eine dünne junge Frau zu ihnen
heran und reicht ihnen wortlos die Karte. Fiona Köhler ist
schneller als François Beauford. Sie bedankt sich, bestellt
zwei Tassen Kaffee und eine Karaffe Eistee. Die Bedienung nickt ausdruckslos, nimmt die Speisekarten wieder

entgegen und geht zur Theke. Jetzt holt Fiona Köhler Luft, dann beugt sie sich zum Investigativjournalisten vor und will genervt wissen: »Was zum Teufel war da los?«

Er schüttelt unsicher den Kopf: »Ich habe ehrlich keine Ahnung. Aber als ich gehört habe, dass noch jemand in die Wohnung kommt, wollte ich schleunigst weg da.«

Sie nickt verstehend: »Das war vielleicht ein Chaos.« Er grinst sie an: »Ach, so sieht es eben aus, wenn jemand deine Wohnung durchsucht und will, dass du das auch erfährst.«

Ausdruckslos schaut sie ihn an: »Du hast Erfahrung damit?«

Betrübt bestätigt er ihr das: »Leider. Wahrscheinlich sieht es in meiner Wohnung zu Hause inzwischen genauso aus.« Plötzlich runzelt er die Stirn: »Da stand doch der Lieferwagen auf dem Gehsteig?«

Sie stimmt ihm zu: »Ja, den habe ich kurz gesehen. Ich denke, das war ein Lieferdienst. Aber ich habe kein Logo gesehen.«

Er lässt schnell den Blick durch den Raum schweifen. Außer ihrem Tisch sind noch vier weitere Tische besetzt. Zwei Frauen arbeiten gemeinsam an einem Laptop, eine weitere Frau liest ein Buch und ein älterer Mann arbeitet ebenfalls an einem Laptop. Am Fenster vorn sitzt ein blonder, junger Mann, auch dieser hat seinen Laptop aufgeklappt. François schaut wieder zur Pilotin und spricht seine Gedanken aus: »Etwas war seltsam. Als ich nach hinten geschaut habe, ist ein Polizist in Uniform in den Lieferwagen eingestiegen.«

Sie runzelt die Stirn und antwortet verwirrt: »Das ist wirklich seltsam. Die Polizei hat doch spezielle Fahrzeuge und auch Transporter. Warum benutzen die einen zivilen Lieferwagen?«

Gerade als er antworten will, kommt die Bedienung zurück. In ihrer wortlosen Art stellt sie die bestellten

Getränke auf den Tisch und wendet sich dann wieder ab. Fiona Köhler blickt ihr verwundert nach: »Seltsam wortkarg sind die hier!«

Er lächelt sie an: »Nee, das ist ein Internetcafé. Die Frau hat Ohrhörer in den Ohren. Sie hört gerade einen Podcast.«

Sie mustert die Bedienung, die nun hinter dem Tresen werkelt. Jetzt kann sie die weißen Ohrhörer auch erkennen und schüttelt den Kopf. Dann geht die Türe auf. Ein Polizist blickt herein und mustert die Gäste. Einen Moment bleibt sein Blick auf dem alten Mann hängen, dann wendet sich der Polizist um und die Tür schließt sich wieder hinter ihm.

»Das wird ja immer seltsamer.«

Er stimmt ihr zu, dabei fällt ihm etwas ein. Er greift zu seiner Umhängetasche und holt die Kali-Statue hervor. Vorsichtig blickt er sich im Raum um, keiner der Menschen schaut zu ihnen her. Er stellt die Statue auf den Tisch. Wieder hat er das Gefühl, dass etwas Falsches an der Statue zu sehen ist. Aber er kann sein Gefühl nicht festmachen.

»Eine rote Statue einer indischen Göttin. Wie apart.« Sie nimmt die Statue in die Hand, dann fährt sie nachdenklich fort: »Warum hat diese Kali den eigentlich immer so viele Arme?«

Er richtet sich auf, fokussiert die Statue und nimmt sie ihr dann aus der Hand. Vorsichtig hantiert er an den Armen. Dann grinst er zufrieden. Der Arm, der fast genau hinter dem Kopf der Statue nach oben ragt, kann abgezogen werden. Triumphierend zeigt er ihr den abgezogenen Arm und bestätigt ihr: »Das hat mich gestört. Kali hat viele Arme, aber immer gleich viel auf beiden Seiten. Der war zu viel!«

Er nimmt den Arm von ihr entgegen und lehnt er sich zurück: »Nun kommt hoffentlich etwas Licht ins Dunkel.«

20 Dekapitation

Geraldo Gonzales sichtet die eingehenden Informationen. Er ist bisher sehr zufrieden mit der Entwicklung. Von Anfang an war seine große Sorge nicht die Entwicklung der Technologie gewesen. Natürlich war die Entwicklung und die Herstellung der eintausendvierhundert Systeme, die ihm die Umsetzung dieses großen Projektes erst möglich machen sollten, eine wahrlich herkulische Aufgabe. Nahezu jeder Teilbereich dieser Systeme wurde mittels Technologien umgesetzt, die eigentlich viel zu jung für die traditionelle Raumfahrt sind. Ein Außenstehender verfolgt vielleicht die mediale Berichterstattung über Raketenstarts und Missionen zu anderen Planeten. Dabei wird die dort gezeigte Technologie von den technisch oft gänzlich unzureichend gebildeten Journalisten als modern und führend dargestellt. Nicht umsonst spricht der Volksmund davon, dass etwas Einfaches schließlich keine Raketenwissenschaft ist. Tatsächlich werden in der Raumfahrt aber meist sehr alte Prinzipien und Technologien eingesetzt. Natürlich sind diese traditionellen Technologien extrem ausgereift, ein Ingenieur könnte diese als durch entwickelt bezeichnen. Hintergrund dieser konservativen Arbeitsweise der Raumfahrt ist, dass diese alten Technologien sehr gut verstanden und daher auch sehr gut hinsichtlich von Funktionssicherheit und Störungssicherheit abschätzbar sind. Für seinen großen Plan war es nötig gewesen, diese ausgetretenen Pfade zu verlassen. So sind seine Systeme mit den neuesten Speichern für elektrische Energie ausgestattet. Die Hauptantriebssysteme sind Ionentriebwerke, die diese Systeme vollkommen problemlos für sehr lange Zeit in der notwendigen Position halten können. Die Steuersysteme arbeiten mit unglaublicher Redundanz und haben sehr ausgeprägte Möglichkeiten zur Zusammenarbeit der einzelnen Systeme eingebaut bekommen. Obwohl all dies verglichen mit den üblichen Raumfahrt-

programmen schon eine unglaublich weit entwickelte
Technologie darstellt, sind die Elemente seiner Systeme
bei Weitem nicht der wahrlich revolutionäre Teil der von
ihm eingesetzten Technologie. Die standardisierten Bau-
gruppen der Systeme wurden als getrennten Elementen
mit über dreitausend Raketenstarts in den Orbit gebracht
und dort zusammengesetzt. Alleine diese Technologie des
Selbstzusammenbaus ist revolutionär für die Raumfahrt.

Geraldo Gonzales ermahnt sich innerlich selbst zur
Ordnung. Jetzt ist sicher nicht die Zeit, um in Erinnerung
an alte Entscheidungen und erzielte Erfolge aufseiten der
Technologie zu sinnieren. Erneut ruft er die Berichterstattung seines Projektes auf. Mit einer Handgeste verschiebt
er die Darstellung von dem hauchdünnen, scheinbar nur
aus einer Glasscheibe bestehenden Tabletcomputer in
den Raum hinein. Vor ihm baut sich ein Hologramm auf,
dessen Farben und Leuchtkraft die sonst existierenden
Hologrammsysteme um ein Vielfaches übertrifft. Er steht
auf und wandert um das Hologramm herum. Wie er es
geplant hat, führte die Übertragung, die zeitgleich auf
der gesamten Welt zu sehen war und dort vor Ort in der
jeweils vorherrschenden Sprache gesendet worden ist, zu
einer für die Mächtigen dieser Welt gänzlich unerwarteten
Entwicklung.

Ein bösartiges Grinsen schleicht sich in seine Miene, sein
Gesicht wird dabei von der Hologrammdarstellung fast wie
diabolisch beleuchtet. Die Übertragung hat die bisherigen
Machtverhältnisse abgelöst. Phaeton hat jeden Menschen
des Planeten einzeln angesprochen. Und nun zeigt ihm
die Berichterstattung seines Projektes, dass die Menschen
tatsächlich auch als Individuen reagieren. Das Projekt berichtet davon, dass Millionen von Nachrichten an Phaeton
eingegangen sind, in denen Menschen ihre Huldigung und
Unterwerfung Phaeton gegenüber zum Ausdruck bringen.
Selbstverständlich versuchen gerade sämtliche Geheim-
dienste und sonstigen Organisationen, diese Nachrichten

der Menschen an Phaeton, den sie als ihren neuen Führer anerkennen, nachzuverfolgen. Sein Grinsen verbreitert sich. Natürlich hat er dies vorhergesehen. Und natürlich ist es vollkommen unmöglich, diese Art der Verfolgung durch eine der großen und mächtigen Drei-Buchstaben-Organisationen der USA oder vergleichbaren anderer Nationen zu verhindern. Und weil ihm dieser Umstand von Anfang an klar war, hat er sich zu einem Vorgehen entschlossen, das so bisher seines Wissens nach noch nie eingesetzt wurde. Er hat die Aufgabe der Nachverfolgung der Nachrichten einfach so groß gestaltet, dass selbst die Systeme einer National Security Agency, die NSA, von der unglaublichen Menge überfordert sind. Natürlich können einzelne Nachrichten auf ihrer digitalen Reise zu Phaeton verfolgt werden. Aber Organisationen wie die NSA stellen gerade erschüttert fest, dass sie nicht mehr die Kontrollmacht über all die für das Funktionieren von Internet und E-Mail notwendigen Systeme und Knotenpunkte auf der Welt verfügen. Denn dieses System hat das Projekt in mühevoller Kleinarbeit über Jahre hinweg unterwandert und infiltriert.

Geraldo Gonzales geht zurück zu seinem Tablet und berührt ein Bedienfeld. Nur Sekunden später betritt Xenia den Raum. Wie immer trägt sie ein Businesskostüm. Heute ist dies in einem leuchtenden Rot gehalten, das ihren Körper wunderbar zur Geltung bringt. Sie bleibt am Eingang stehen und schaut ihrem Meister mit einem unterwürfigen Lächeln an. Geraldo Gonzales weiß, dass diese junge Frau buchstäblich alles für ihn tun würde, schließlich war dies ja genau der Zweck der psychologischen Konditionierung, der sie sich aus freien Stücken unterzogen hat. Er schiebt diesen Gedanken beiseite, erneut ermahnt er sich, jetzt in der heißen Phase des Projektes, sich nicht von Nebensächlichkeiten ablenken zu lassen: »Xenia. Gut, dass du da bist. Berichte.«

Sofort beginnt Xenia in klarer, strukturierter Form den Projektfortschritt zu schildern. Die Höhe der inzwischen

auf unzählig unterschiedlichen Wegen eingegangenen
Finanzmittel entspricht den Planungsprojektionen ausgezeichnet, im Bereich der Kryptowährungen werden aktuell
die Planzahlen sogar deutlich übertroffen. Auch dabei hat
sich Geraldo Gonzales, wie schon bei den Nachrichten an
Phaeton, dafür entschlossen, durch die schiere Menge der
unterschiedlichen Wege der Geldflüsse seine Gegner zu
überfordern. Seine Gegner stellen gerade erschüttert fest,
dass ihnen wie auch bei den Systemen der Internetkontrol-
le die Macht über die Systeme der Abwicklung des internationalen Zahlungsverkehrs entrissen worden ist, ohne
dass sie das bisher auch nur ansatzweise bemerkt hätten.

Er unterbricht Xenia in ihren Ausführungen: »Was
berichten unsere Quellen in den Regierungen der noch
bedeutsamen Nationen?«

Xenia ist diese Art der Unterbrechung gewohnt. Sofort
fokussiert sich ihr Bericht auf die neu aufgeworfene Frage.
Geraldo Gonzales grinst innerlich, jeder CEO eines großen
Konzerns wünscht sich Mitarbeiter mit diesen Fähigkeiten.

»Es herrscht Panik hauptsächlich im Bereich der west-
lichen Nationen, in China und in Russland breitet sich
Verzweiflung aus. Selbstverständlich hat es multiple
Versuche der Nachrichtenverfolgung und der Verfolgung
der Geldströme gegeben. Aber sämtliche Versuche sind
gescheitert. Unsere Quellen bestätigen, dass derzeit zum
Beispiel in Europa sowohl auf der Ebene der EU als auch
bei den Mitgliedstaaten eine Notsitzung die Nächste jagt.
Den dort agierenden Politikern wird langsam klar, dass sie
ihre Kontrollhoheit verloren haben. Wie prognostiziert,
sind natürlich schon erste Planungen zu militärischen
Maßnahmen im Gange.«

Er wendet sich vom attraktiven Anblick seiner Assistentin
ab und blickt auf das Hologramm, das nach wie vor im
Raum schwebt.

»Aber natürlich haben diese Planungen das Problem, dass

sie einfach kein konkretes Ziel haben.«

Er spürt, dass sich die Haltung seiner Assistentin verändert hat und wendet sich mit strenger Miene um. Ihr Gesichtsausdruck wird betrübt und fast ängstlich, als sie fortfährt: »Die SOHO-Projektgruppe hat diesbezüglich einige Ideen entwickelt. Selbstverständlich haben wir sämtliche Strukturen in der NASA und im Militär unter unserer Kontrolle.«

Er nickt zögerlich und weist sie an: »Aber das muss sorgfältig überwacht werden. Sorge dafür.«

»Selbstverständlich, Mr. Gonzales.«

Er wendet sich wieder um und macht eine Handbewegung, die die Assistentin als ihre Entlassung interpretiert. Sie wendet sich um und geht anmutig zum Eingang.

»Ach halt, was ist denn mit diesem Investigativjournalisten und seiner Freundin? Ist sie nicht Pilotin?«

Erschrocken hält Xenia inne. Sie wendet sich zu ihm um und antwortet dann mit leiser Stimme: »Wir konnten sie kurz auf einem Militärflughafen beim Huntsville Space Center lokalisieren. Dann führte ihr Weg in die Innenstadt von Huntsville, dort haben wir ihre Spur leider verloren.«

Er funkelt seine Assistentin böse an, als er anklagend fragt: »Sind diese zwei Störungen denn besonders ausgebildete Agenten, dass sie so leicht unserer Überwachung entwischen konnten?«

Betreten schüttelt Xenia den Kopf: »Nein, Mr. Gonzales, dazu haben wir keinerlei Erkenntnisse. Er ist ein Investigativjournalist und sie ist nur eine einfache Pilotin.«

Sein böser Blick fixiert seine Assistentin, die sich verzweifelt unter dieser Anklage windet: »Warum ist es dann offensichtlich nicht möglich, meine Anweisungen umzusetzen?«

Sie strafft sich und versucht es erneut: »Ich werde sofort
ein schnelles Eingriffsteam auf die beiden Zielpersonen
ansetzen.«

Geraldo Gonzales knurrt leise zur Antwort: »Das hätte
bereits geschehen sollen. Durchleuchte den Hintergrund
der beiden. Was zum Teufel wollen die in Huntsville?
Ich dachte, sie sind in New York? Wie sind die von uns
unbemerkt nach Texas gekommen?«

Xenia bemüht sich sichtlich, die Scharte auszuwetzen:
»Das wurde inzwischen geklärt. Die Pilotin hat einen
Überführungsflug übernommen. Ein einfacher Business-
job. Das Flugzeug steht nun auf dem Militärflughafen.«

Kurz zieht sie ihr Tablet zurate, dass sie die ganze Zeit
über verkrampft in ihrer linken Hand gehalten hat. Dann
blickt sie wieder auf: »Die Maschine ist für heute Abend
zum Weiterflug angemeldet, wieder ein Businessjob.«

Er nickt verstehend und wendet sich wieder dem Hologramm zu. Sein grimmiger Gesichtsausdruck wird erneut
eindrucksvoll von den leuchtenden Farben der Darstellung
beleuchtet: »Das ist seltsam. Untersuche das. Und bereite
die Freigabe der nächsten Stufe des Planes vor, damit ich
das autorisieren kann.«

»Selbstverständlich Mr. Gonzales. Planmäßig wird die
Teilaktivierung von Phaeton in sechs Stunden beginnen.«

Er nickt lediglich. Xenia wartet noch einen Moment,
dann verlässt sie den Raum.

Geraldo Gonzales hat sich bereits wieder in die Hologrammdarstellung vertieft. Derzeit läuft alles nach Plan.
Wie kann es auch anders sein, bei dieser großartigen
Vorarbeit? Er ist sich sicher, dass das wunderbare Getriebe
seines Planes perfekt durchdacht ist. Trotzdem verspürt er
eine ihm unerklärliche Unsicherheit. Spontan beschließt er,
dass Phaeton den zögerlichen Menschen etwas Entschei-
dungshilfe geben wird. Genau dafür hat er verschiedene
Optionen vorbereiten lassen. Jedem soll klar werden, dass

die Regierungen der Länder ihrer Macht beraubt wurden, als er jeden einzelnen Menschen vor die Wahl gestellt hat, Phaeton zu huldigen oder die Konsequenzen zu tragen. Die Regierenden bekamen dabei kein Mitspracherecht eingeräumt. Es ist die vollkommene Enthauptung der Regierungsstrukturen, wenn die Menschen ihre Entscheidung selbst treffen. Genau so hat er es geplant.

Jetzt lächelt er das Hologramm an. Nicht mehr lange, dann wird Phaeton diesen Planeten beherrschen.

21 Gegenmaßnahmen

Die Frau in der Uniform eines Generals der Raumstreit-
kräfte, der Space Force der USA, sitzt wartend auf dem
ihr zugewiesenen Stuhl. Im Weißen Haus herrscht Chaos,
anders kann sie dieses durcheinander Laufen aller möglichen Menschen in den Gängen, durch die sie bei ihrem
Besuch geführt wurde, für sich selbst nicht beschreiben.
Abschätzig schüttelt sie den Kopf. Chaos ist ihr zuwider.
Für eine Frau mit ihrer Karriere ist dieser Zustand in-
akzeptabel. Sie hat als junge Matrosin bei der nassen
Marine der USA angefangen. Da sie aus sehr einfachen
Familienverhältnissen stammt, war ihre Schulbildung
nicht ausreichend für eine Offizierslaufbahn gewesen.
Noch heute ist sie jedoch ihren Eltern dafür dankbar, dass
sie ihrer Tochter vier wichtige Dinge mitgegeben haben.
Für viele ihrer Kameraden sind zwei dieser Eigenschaften
offenkundig. Das ist ein klarer Blick auf die Welt, im
Volksmund auch gesunder Menschenverstand genannt,
gepaart mit einer unglaublich raschen Auffassungsgabe.
Nur ganz wenige Menschen haben die dritte Eigenschaft
erkannt. Sie kann sich intuitiv auf eine Situation einlassen
und findet dadurch Zusammenhänge und Lösungen, die
für andere nicht erkennbar sind. Ihr großes Glück war,
dass ihr erster Kapitän diese so seltene Fähigkeit in der
jungen Matrosin erkannt hat, aber nicht nur das, denn
er hat sie auch gefördert. Aus der Matrosin wurde eine
Kadettin, die schließlich als Jahrgangsbeste abgeschlossen
hat. Dabei kam ihr die vierte, wichtige Eigenschaft zugute,
die sie von ihren Eltern auf ihrem Lebensweg mitgegeben
bekommen hat. Sie ist fleißig. Denn alles Talent der
Welt kann Fleiß nicht ersetzen. So wurde sie zu einer der
jüngsten, weiblichen Offizieren zur See, die die US-Ma-
rine je erlebt hat. Im Rückblick betrachtet ist ihr weiterer
Werdegang wenig verblüffend. Sie wurde erster Offizier
einer kleinen Fregatte, gewissermaßen nebenher hat sie

169

ihr Diplom in Atomphysik in ihrer Freizeit geschafft. Dies zusätzlich zu der Aufgabenfülle eines ersten Offiziers zu tun, ist eigentlich laut einhelliger Meinung fast aller männlicher Kameraden unmöglich. Selbstverständlich war sie während ihrer Karriere ständigen Angriffen ausgesetzt. Zuerst war es Abschätzigkeit, dann Neid und schließlich Missgunst gepaart mit der Unterstellung, dass sie den Umstand, dass sie eine Frau ist, zur Förderung ihrer Karriere benutzt hätte. Diese Kritiker hat sie zuerst ignoriert und hat dies die Anfeindungen nicht beendet, dann hat sie diese Menschen bloßgestellt. So hat sie sich den Ruf eines harten Hundes oder besser gesagt einer knallharten Hündin erarbeitet. Hinter vorgehaltener Hand wird sie von Neidern wie von Bewunderern als 'ice cold bitch dog' genannt. Die Nennung der Initialen dieser Namensgebung, ICBD genügt in vielen Fällen, um vermeintlich Unmögliches im Verwaltungsapparat der Navi plötzlich möglich werden zu lassen. Nach ihrem Diplom in Atomphysik hat sie als Chefingenieurin auf Atom-U-Booten gedient. Obwohl ihr eine großartige Karriere bevorstand, hat sie noch einmal einen weiteren Karriereschritt gewagt. Sie wurde Astronautin bei der NASA. Die Verantwortlichen dort waren natürlich sehr angetan von ihrer Qualifikation, trotz der fehlenden Flugerfahrung. Ihre Privatpilotenlizenz wurde lediglich belächelt. Als ihr von einem väterlich auftretenden Vorgesetzten die mögliche Ablehnung ihres Versetzungsgesuchs zur NASA angekündigt wurde, hat sie höflich gelächelt und sich für diese Information bedankt. Drei Wochen später waren sämtliche Verantwortliche für diese Ablehnung entweder nicht mehr auf ihren Posten oder hatten sich spontan umentschieden. ICBD hat wieder zugeschlagen, war die geflüsterte Parole auf den Fluren der NASA. Ihren Kritikern hat sie jedoch bewiesen, dass sie falschlagen. Sie wurde zu einer der besten Piloten des ARTEMIS-Programms und sie nahm an drei Flüge der Mondmissionen teil, den letzten sogar als kommandierender Offizier. Als sie aus dem aktiven Dienst als Astronautin ausgeschieden ist, wurde sie frenetisch gefeiert. Selbstverständlich war ihr bewusst, dass der größte Teil der Freude darin bestand, dass ICBD nun keine Sorge der NASA mehr ist. Darin hatten sich diese Menschen getäuscht. Natürlich hat sie ihr Ausscheiden aus dem aktiven Dienst als Astronautin genau geplant und so war ihr Aufstieg bei der Space Force das Ergebnis ihrer Zielstrebigkeit.

Wieder eilt ein Trupp an jungen Assistenten diskutierend an der wartenden Frau in Uniform vorbei. Sie kann deren Panik spüren, auch wenn sie sich in vorgetäuscht professionellem Ton beim Laufen unterhalten. Denn auch wenn sie als eiskalt bezeichnet wird, verfügt sie über ein unglaublich feines Gespür für ihre Umgebung und vor allem für die Menschen, mit denen sie es zu tun hat. Ihrer Meinung nach sind die Menschen im Weißen Haus ohne Führung. Wieder schüttelt sie abfällig den Kopf. So sollte es nicht sein, nicht hier, nicht im Weißen Haus, wo die Führung ihrer Nation residiert.

»General, wir wären dann so weit.« Sie blickt zu dem älteren Adjutanten auf, der sie höflich angesprochen hat, und nickt ihm freundlich zu. Er erwidert dieses Nicken in professioneller Anerkennung der Person. Dann steht sie auf und der Adjutant führt sie durch die Gänge. Sie hat sich den Grundriss dieses Gebäudes, soweit er ihr zugänglich war, genau eingeprägt. Als der Adjutant jedoch eine Tür öffnet und dahinter die stahlgrauen Türen eines Sicherheitsaufzuges zu erkennen sind, zieht sie verwundert die Augenbrauen hoch. Der Adjutant holt eine Schlüsselkarte hervor und hält sie an eine bestimmte Stelle der Aufzugtür. Bedienelemente sind keine zu erkennen. Sofort öffnet sich die Tür, das Innere der Kabine ist mit blau-weißem LED-Licht grell beleuchtet. Der Adjutant wendet sich um und bemerkt ihren Gesichtsausdruck. Er lächelt: »Nicht alles, was wir hier haben, ist auf den offiziellen Plänen verzeichnet.«

Sie nickt anerkennend: »Natürlich. Ausgezeichnet.«

Sie betritt die Kabine und wendet sich zur Seite in der Erwartung, dass der Adjutant sie begleitet. Dieser lächelt sie nur freundlich an, dann verwendet er ein zweites Mal seine Schlüsselkarte: »Ich verlasse Sie an dieser Stelle, General.«

Er zögert, dann nickt er ihr zum Abschied höflich zu: »Es war mir eine Ehre. Ich hoffe, Sie können helfen …«, hinter ihm strömt ein weiterer Trupp ziviler Stabsmitarbeiter laut diskutierend vorbei. Kurz blickt der Adjutant ihnen nach, dann schaut er ihr ernst in die Augen, »...denn offen gesagt glaube ich nicht, dass die Oberen etwas zur Verbesserung der Situation beitragen können.«

Sie hat in ihrer Laufbahn schon sehr viele Adjutanten oder untergebene Offiziere erlebt. Für sie war immer klar, dass ein Soldat, der seine Aufgabe gut erfüllen will, eigentlich in der Lage sein sollte, die Position seines Vorgesetzten einzunehmen, dies aber nicht anstrebt. So ist das Urteil dieser Soldaten oft mehr wert als die Arbeit ganzer Untersuchungskommissionen. Respektvoll nickt sie ihm daher zur Antwort zu: »Das sehe ich genauso. Ich tue, was ich kann.«

Ein letztes Nicken vom Adjutanten, dann schließt sich die Aufzugtür. Die Fahrt geht abwärts. Geduldig wartet sie. Die Augen gerade nach vorn auf die Auszugstüre gerichtet. Ihr ist vollkommen klar, dass dieser Aufzug umfangreich überwacht wird, dazu gehören auch Videoüberwachung aus unterschiedlichen Perspektiven. Nach fast zwei Minuten Fahrzeit, spürt sie, wie die Kabine verzögert und schließlich öffnen sich die Türen. Ein lächelnder Mann Ende fünfzig, er trägt einen einfachen Anzug, steht vor der Türe und begrüßt sie freundlich: »General, vielen Dank für Ihr Kommen.«

Sie ergreift seine angebotene Hand. Sein Händedruck ist fest, ohne jedoch dabei die Schraubstocktechnik einzusetzen, die von so vielen unsicheren Männern zur Demonstration ihrer Körperlichkeit verwendet wird. Sie mustert ihr Gegenüber genauer, bevor sie die Begrüßung erwidert: »Selbstverständlich. Darf ich fragen, mit wem ich die Ehre habe?«

Sein Blick wird etwas kälter, sie spürt genau, wie das Raubtier, das hinter dieser umgänglichen Fassade lauert, sie beobachtet. Falls der Mann die Hoffnung hatte, dass sie das erschrecken könnte, so hat er sich getäuscht. Schon wird seine Miene wieder umgänglich und sein Lächeln ist nun ehrlicher: »Nennen sie mich einfachheitshalber: Mr. Smith.«

Sie hebt lediglich die rechte Augenbraue und antwortet nüchtern: »Wunderbar, Mr. Smith.«

»Folgen Sie mir bitte.« Er wendet sich um und geht voran. Sie blickt sich um. Eigentlich hat sie einen dieser muffigen Gänge der Untergeschosse von wichtigen Regierungs- oder Militäreinrichtungen erwartet. Aber dies ist etwas anderes. Sie gehen durch eine geräumige, hell erleuchtete Halle. Die Wege sind gepflastert und überall sind Pflanzen zu sehen, die von speziellen Pflanzenlicht-lampen belichtet werden. Ihr Führer wendet den Kopf und  erläutert: »Hier unten waren Sie sicher noch nie.«

Dann, nach einem Seufzer fährt er fort: »Zugegebener-maßen, wäre es auch nicht dazu gekommen, wenn wir nicht in dieser absurden Situation wären. Diese Bereiche unterliegen einer Geheimhaltungsstufe, die sie normaler-weise nicht einmal vom Namen her kennen würden.«

Sie behält ihren neutralen Gesichtsausdruck, als sie ant-wortet: »Oh, Sie meinen so etwas wie ANDROMEDA?«

Mr. Smith hält inne und wendet sich ihr zu. Sein for-schender Blick versucht, in ihrer neutralen Miene zu lesen. Schließlich erwidert er in leisem Ton: »Man hat mir also nicht zu viel versprochen, als sie uns empfohlen wurden.«

Ruckartig wendet er sich um. Im Gehen plaudert er

weiter: »Dann haben Sie sicher auch eine Vorstellung davon, warum wir hier sind.«

Das war mehr als Aussage, denn als Frage formuliert. Trotzdem antwortet sie nüchtern: »Gegenmaßnahmen.«

Er nickt fatalistisch, als er fortfährt: »Natürlich. Unsere Regierung dürstet es nach Rache.«

Sie holt tief Luft. Dann fasst sie ihn kurz am Arm. Er bleibt stehen und wendet sich ihr zu, als sie zu sprechen beginnt: »Ihnen ist sicher klar, dass das, wenn überhaupt, nur reiner Theaterdonner werden kann. Aktuell sind wir ohne wirkliche Handlungsoptionen.«

Nun ist sein Blick eiskalt. Seine Antwort kommt leise, mit emotionslos klarer Stimme: »Natürlich. Aber das ist denen, die wir gleich treffen werden, nicht klarzumachen. Jahrzehnte der Selbstverliebtheit lösen sich nicht so schnell auf.«

Abwartend mustert er sie daraufhin mit diesem kalten Blick. Sie hält dieser Musterung problemlos stand.

»Alles klar. Wir benötigen also Gegenmaßnahmen, die unseren Führern, wer auch immer das im Übrigen sein soll, das Gefühl geben, dass sie die Sache in den Griff bekommen könnten.«

Ruckartig nickt er und fixiert sie dabei weiter. Sie zögert einen Moment, bevor sie fortfährt: »Das verschafft uns Zeit für die Dinge, die vielleicht wirklich funktionieren können.«

Wieder das ruckartige Nicken, noch einige Sekunden hält er sie fixiert, dann wird seine Miene wieder jovialer. Schließlich wendet er sich erneut um und geht wieder voran: »Ich sehe, wir verstehen uns. Nun, dann wollen wir sie mal mit unseren weisen Regierenden in Verbindung bringen.«

Sie sind endlich an einer großen Türe angekommen, die von zwei bis an die Zähne bewaffneten Soldaten bewacht werden. Mr. Smith blickt den Rechten an und befiehlt: »Aufmachen.«

Dieser hebt den linken Arm und bedient mit der rechten Hand das Terminal, das er dort angeschnallt hat. Von der Türe kommen knallende Geräusche, Verriegelungsbolzen werden zurückgezogen. Dann schwingt die Türe unter dem lauten Hupen eines Signalhorns auf. Galant macht Mr. Smith eine Handbewegung: »Ihr, die ihr eintretet, lasst alle Hoffnung fahren!«

Sie lächelt ihn maliziös an: »Oh, sie sind belesen wie unerwartet. Nun, Dante Alighieri ist doch sicher etwas veraltet für solch modernen Mann, wie sie es einer sind.«

Er lacht kurz auf: »Was soll ich sagen. Viele unterschätzen mich einfach. Aber auch wenn der gute Dante Anfang des 14. Jahrhunderts gearbeitet hat, so ist seine Divina commedia lesenswert. Übrigens, einer seiner Nachfahren macht hervorragenden Wein.«

Sie nickt ihm zu, als sie die Türe passiert. Er folgt ihr auf dem Fuße. Sofort danach schließt sich die Tür wieder. Sie blickt sich um. Der Raum ist leer. Er wird indirekt mit warmem, weißem Licht beleuchtet. Hinter ihr rasten die Verriegelungsbolzen wieder vernehmlich ein. Nach ihrem Rundblick schaut sie zu Mr. Smith: »Das Inferno habe ich mir eigentlich etwas dramatischer vorgestellt.«

Er greift in sein Jackett und holt ein Tablet hervor. Nach einigem Tippen auf den Bildschirm blickt er auf: »Dann schnallen sie sich mal an.«

Er tippt mit dem Finger auf das Tablet und schlagartig geht das Licht aus. Einen Moment herrscht Stille. Dann verschwindet die Wand vor ihnen, als hätte sie nie existiert.

22 Sturmwinde

Verwirrt schaut Fiona Köhler zu François Beauford. Sie versteht nicht, was er meint. Dieser betrachtet konzentriert den Arm, den er eben von der roten Statue der indischen Göttin Kali abgezogen hat. Vorsichtig fasst er ihn mit beiden Händen an und zieht daran. Nichts geschieht. Nochmals wendet er den Arm hin und her. Plötzlich entdeckt er eine Fläche, die sich mit dem Fingernagel leicht eindrücken lässt. Ein leises, fast unhörbares Klicken ist zu hören und dann kann er den Arm auseinanderziehen. Die Hälfte mit dem Oberarm hat einen metallischen Fortsatz. Als er diesen genauer anschaut, wird aus seinem Stirnrunzeln ein breites Grinsen. Er blickt zur Pilotin auf: »Das ist ein USB-Stick.«

Schon beabsichtigt er seinen Laptop auszupacken, als sie ihm über den Tisch die Hand auf den Arm legt. Verwirrt schaut er auf, als sie einwirft: »François, warte. Wenn jemand einen USB-Stick so gut versteckt, dann hat er sicher auch dafür gesorgt, dass man diesen nicht einfach in einen Computer einschieben kann und gut ist.«

Der Investigativjournalist überlegt kurz, dann stimmt er ihr zu: »Natürlich. Du hast recht.«

Sie lächelt ihn an. Dann wird sein Blick nachdenklich: »Dann muss ich jetzt telefonieren.«

Er schaut sich im Internetcafé um. Die Bedienung ist verschwunden, ein junger Mann steht inzwischen hinter dem Tresen. François Beauford steht auf und legt die wenigen Schritte dorthin zurück. Zielstrebig spricht er den jungen Mann an. Zuerst scheint dieser ihn nicht zu verstehen, aber schließlich hellt sich seine Miene auf und er nickt eifrig. Mit ausgestrecktem Arm deutet er in den hinteren Bereich des Internetcafés. François Beauford greift in die Tasche und fördert etwas Bargeld hervor. Er zählt einige Scheine ab und reicht diese dem jungen Mann. Dieser zögert zuerst, dann nickt er zustimmend. François Beauford kehrt zum Tisch zurück und informiert Fiona: »Wir haben Glück. Hinten gibt es noch alte Telefone aus den Zeiten, bevor die hier ein Internetcafé wurde. Das war wohl so etwas wie eine Wechselbude mit Telefondienstleistung.« Sie greift nach ihrem Rucksack und steht auf: »Ich erinnere mich. Meine Eltern haben mir davon erzählt. Das muss aber uralt sein.«

»Dann hoffen wir einmal, dass diese Steinzeittechnik noch funktioniert.«
Als sie sich auf den Weg in den hinteren Teil des Internetcafés machen, blickt sich Fiona Köhler noch einmal um. Nur der ältere und der junge, kräftige, blonde Mann sind noch da, die restlichen Gäste sind gegangen. Der alte Mann blickt hoch, sein Blick wirkt kurz interessiert, dann wendet er sich wieder seiner Lektüre zu. Der blonde Hüne bemerkt ihren Aufbruch scheinbar nicht.

Dort hinten ist es muffig. Der junge Mann vom Tresen erläutert entschuldigend: »Sorry für den Geruch und den Staub, aber hier ist sonst fast nie jemand. Aber das Telefon funktioniert, da bin ich mir sicher. Ich habe neulich erst unsere Reinigungskraft dabei erwischt, wie sie mit ihrer Familie in Mexiko telefoniert hat.«

François Beauford und Fiona Köhler folgen dem jungen Mann wortlos. Dann weitet sich der Gang. Links und rechts sind Telefonkabinen, die schummrig von nackten Glühbirnen an der Decke beleuchtet werden. In fast allen ist jedoch nur noch ein abgeschnittenes Kabel oder eine Telefonsteckdose in der Wand zu sehen.

»Das müsste noch gehen.« Der junge Mann hebt den Hörer des Telefons in der hintersten Kabine ab. Ein leiser Ton ist zu hören. Triumphierend hält er den Hörer François Beauford hin: »Na also, hab' ich doch gesagt.«

Der Investigativjournalist nimmt den Hörer entgegen und hält ihn ans Ohr. Dann nickt er dem jungen Mann zu und murmelt: »Vielen Dank!«

Kurz ist dieser etwas verwirrt, dann versteht er den Hinweis: »Oh, Sie wollen alleine sein. Kein Problem. Ich bin schon weg.«

Er zwängt sich mit einem entschuldigenden Lächeln an Fiona Köhler vorbei und verschwindet wieder nach vorn. Sie blickt François Beauford zweifelnd an: »Herrje, so was habe ich ja noch nie benutzt.«

Er zuckt mit den Schultern, gleichzeitig versucht er ein Notizbuch aus seiner Laptoptasche zu ziehen. Als ihm das nicht gelingen will, setzt er seinen Rucksack mit den neu erworbenen Kleidern auf den Boden und stellt die Laptoptasche darauf ab. Mit den Knien hält er diese in Balance, dann befreit er mit einem triumphierenden Ausruf endlich sein Notizbuch aus der Laptoptasche: »Et voilà!«

Fiona Köhler greift nach der Laptoptasche und hängt sich diese über die Schulter. Er wendet sich dem Telefon zu, blättert dann in seinem Notizbuch und wählt umständlich eine lange Nummer. Solange er auf die Verbindung wartet, wendet er sich um, dabei hält er den Hörer ans Ohr gepresst. Es dauert eine Weile. Dann meldet sich jemand am anderen Ende: »Ah, Salut!«

Die Verbindung ist erstaunlicherweise gut und laut. Er kippt den Hörer etwas, damit Fiona Köhler das Gespräch verfolgen kann.

»Ferdinande, c'est toi?«

Er runzelt die Stirn. Dann antwortet er schnell: »Oui, bien sûr. Je suis ici avec un collègue.«

»Ah, anglais je pense?«

Er nickt Fiona Köhler zu, dann fährt er auf Englisch fort: »Genau. Wie geht es dir?«

»Hier ist viel los. Alle suchen irgendetwas.«

Er runzelt die Stirn: »Was suchen sie denn?«

»Ach, ich weiß nicht genau. Ein Reporter ist nicht zu

Hause und nun denken die, dass ich etwas darüber wüsste.«

Er blickt alarmiert auf. Dann fährt die Stimme der Frau
am anderen Ende der Leitung entrüstet fort.

»Also, Ferdinande, was willst du? Ich habe nicht den
ganzen Tag Zeit.«

Kurz überlegt François Beauford, dann antwortet er mit
bemüht entschuldigendem Ton: »Ach, ich habe mal wieder
ein Problem mit einem dieser doofen USB-Sticks. Kannst
du mir helfen, du kennst doch sicher jemanden?«
Kurz herrscht Schweigen auf der anderen Seite. Dann
antwortet sie abweisend: »Computer? Davon verstehe ich
doch nichts. Ich muss jetzt Schluss machen, Ferdinande,
die geben keine Ruhe hier. Wenn mir noch etwas einfällt,
dann melde ich mich bei dir. Au revoir!«

Ein lautes Knacken ist zu hören, das Gespräch wurde
beendet. Irritiert schaut Fiona Köhler dem Investigativ-
journalisten ins Gesicht, der seinerseits den Hörer nach-
denklich anschaut. Dann legt er diesen bewusst sorgfältig
wieder auf. Sein Blick geht zur Pilotin.
»Das war Seraphine. Die Polizei ist wohl gerade bei ihr.
Ich denke, sie suchen nach mir.«
Fiona Köhler will eben etwas sagen, als eilige Schritte im
Flur zu hören sind. Der blonde Hüne kommt mit ernstem
Gesicht auf sie zu und spricht sie leise an, sobald er sie
erreicht hat. Fiona Köhler ist erschrocken einen halben
Schritt zurückgewichen: »Wir müssen hier raus. Sofort.
Jetzt.«

Dann schiebt er sich an den beiden vorbei und öffnet die
Tür, die von den beiden bisher unbemerkt im Dunkel am
Ende des Flures ist. Er wendet sich um.

»Na los, worauf warten wir?«

Fiona Köhler findet als Erstes ihre Sprache wieder: »Wer
zur Hölle sind Sie?«

Der blonde Hüne ignoriert sie und blickt François Beauford intensiv an: »Albus schickt mich.«

François Beauford holt scharf Luft. Da sind laute Geräusche im Internetcafé zu hören. Der Investigativjournalist schultert den Rucksack und schiebt Fiona Köhler vor sich her zu der Türe, an der wartend der blonde Hüne steht. Dabei antwortet er diesem: »Wenn das so ist, dann los.«

Sie blickt ihn fragend an. Er schüttelt lediglich den Kopf und weist mit dem Kinn zu dem Hünen. Die Geräusche werden lauter, Schritte sind zu hören. Dann flüchten die drei so schnell sie können durch die Türe am Ende des Flures ins Freie.

Draußen empfängt sie ein schmutziger Hinterhof mit Mülltonnen und allerlei Unrat, der auf dem Boden neben den Tonnen liegt.

»Hier herüber!«

23 Praeparatio

Sie sitzt angeschnallt auf einem Sitz am Fenster des Learjet, der sie nach Canaveral bringen soll und sinniert darüber nach, was sie eben erfahren hat.

»Major General McMurphy, ich begrüße Sie auf unserem Flug zur Cape Canaveral Space Force Station. Ich bin First Leutnant John Stimmer, ihr Pilot auf diesem wunderbaren Flug.«

Sie blickt auf. Ein fröhlich grinsender First Leutnant steht neben ihrer Sitzreihe. Er ist groß, daher muss er sich in der Kabine etwas bücken. Sie nickt ihm zu: »Danke, Leutnant. Und ich denke, Sie wissen, dass bei mir ein General als Ansprache reicht.«

Nun wird sein Grinsen noch breiter, als er nickend antwortet: »Natürlich, General. Aber ich muss gestehen, ich wollte die Gelegenheit nutzen, den kommandierenden Offizier der Active Group formal zu begrüßen.«

Jetzt ist ihr Interesse geweckt. Normalerweise kennt niemand ihre Kommandostellung bei der Space Force. Sie mustert die Abzeichen an seinem weißen Uniformhemd. Ein Combat Action Ribbon und ein Distinguished Flying Cross zieren den sparsam bestückten Bereich mit Ehrenzeichen.

»Sie tragen da ein ungewöhnliches Lametta mit sich herum.«

Schlagartig wird sein Blick ernst, kurz blickt er auf die linke Brusttasche seines Uninformhemdes mit den Auszeichnungen, dann blickt er ihr wieder in die Augen: »Ich trage die im Andenken an meine Kameraden, die diese Auszeichnungen sicher mehr als ich verdient hätten, die sie aber leider nicht mehr entgegennehmen konnten.«

Sie kennt diesen Blick. Dieser auf den ersten Blick so jugendlich und unverbraucht wirkende Leutnant hat die grausame Realität echter Einsätze erlebt und vor allem überlebt. Ihre Neugier ist geweckt: »Und nun sind Sie Luftkutscher für die vermeintlich Wichtigen?«

Sein Grinsen kehrt zurück: »Nur aus Zeitvertreib. Ich brauche Flugstunden auf den verschiedenen Mustern und hier muss man wenigstens nicht damit rechnen, dass einem jemand die Flügel abrasiert.«

Sie nickt verstehend und möchte wissen: »Wann kommen wir an?«

»ETA in ca. 98 Minuten. Wir lassen es gemütlich angehen, um unsere Gäste nicht zu erschrecken.«

Jetzt wird ihr Blick todernst: »Dann habe ich zwei Aufgaben für Sie.«

Er strafft sich. Wenn ein Major General von Aufgaben spricht, handelt es sich in Wahrheit um einen Befehl.

»Erstens. Ich will so schnell es geht zum CCSFS. Bekommen Sie das hin?«

Jetzt nickt er ernst und fragt versichernd nach: »Natürlich. Nur zur Sicherheit, meinen Sie wirklich so schnell wie möglich, nicht nur zügig? Weil bei 'so schnell wie möglich' die Häppchen und Getränke leider ausfallen müssen.«

Sie blickt ihn fragend an und er erläutert: »Schnellfliegen heißt hochfliegen. Wir müssen über fünfunddreißigtausend Fuß Höhe steigen. Nach den Wetterkarten, die ich vor dem Flug eingesehen habe, heißt das, wir werden durch einige zum Teil recht heftige Turbulenzen kommen. Der Flieger hält das aus, die Passagiere meist eher schlecht.«

Sie antwortet ihm mit ernstem Nicken: »Gestern wäre hervorragend. Alles andere nur akzeptabel.«

»Aye, Aye, General. Zweite Aufgabe?«

Dieser Leutnant scheint ein flinker Denker zu sein. Nun grinst ihn General Major Iris McMurphy an und meint fröhlich: »Und wenn wir dann da sind, am besten gestern, wie zuvor besprochen, und in einem Stück wäre schön,

dann melden Sie sich umgehend bei meinem Stab zur
weiteren Verwendung.«

Sie muss dem Leutnant lassen, dass er in der Lage ist, ein
Pokerface aufrecht zu halten, obwohl diese Anweisungen
empfindlichere Gemüter sicher mit Angst und Sorge
erfüllt hätte und antwortet nüchtern: »Selbstverständlich,
General.«

Dann richtet er sich auf und nickt ihr zu: »Bitte schnallen
Sie sich gut fest. Ich meine, richtig gut.«

Sie bestätigt diese Anweisung umgehend. An Bord eines
Flugzeugs hat der Kapitän Befehlsgewalt über seine
Passagiere. Der Leutnant wendet sich um und macht sich
auf den Weg zurück ins Cockpit.

Iris McMurphy blickt wieder zum Fenster hinaus. Nach
all den Dingen, die sie heute erlebt hat und erfahren
durfte, war das Kennenlernen dieses aufgeweckten, jungen
Leutnants ein Lichtstreif am Horizont der ansonsten eher
grauen Realität. Mit abschätzigem Schnalzen der Zunge
stellt sie fest, dass wohl sogar sie selbst den Begriff
'Dunkelheit' vermeidet. Dann ist das akustische Warnsignal
zu hören, das die Passagiere zum Anlegen der Sicherheits-
gurte auffordert. Iris McMurphy zieht ihren Beckengurt
nochmals straff. Ein ernst blickender Flugbegleiter in
Uniform der Air Force kommt vorbei und sie hebt die Hände, sodass dieser ihren angelegten Gurt optisch verifizieren
kann. Ohne weitere Worte eilt der Flugbegleiter nach vorn.
Sie kann zwischen den Sitzlehnen hindurch beobachten,
wie sich der Flugbegleiter selbst anschnallt und dabei per
Tastendruck die Bereitschaft der Kabine dem Kapitän
meldet.

Jetzt ändert sich das Motorengeräusch. Der Learjet steigt
steil auf. Mit einem zufriedenen Grinsen nickt sie vor sich
hin. Offenbar hat der Leutnant genau verstanden, was sie
im Sinn hat.

So kann sie sich für den Rest des Fluges ihren Plan
zurechtlegen, wie sie die erhaltenen Anweisungen möglichst sinnvoll und vor allem schnell umsetzen kann.

Der Hüne hat eine Holztüre geöffnet. Dahinter führt im Halbdunkel eine Treppe in den Keller des Nachbarhauses. Er wartet neben der Tür und beobachtet die beiden, die ihm entgegeneilen. Der Investigativjournalist hat geistesgegenwärtig die Türe hinter sich zugemacht. Als François Beauford und Fiona Köhler an der offenen Türe ankommen und eben die Treppe hinabstürmen wollen, hält sie der blonde Hüne mit einem Handzeichen auf. Im Halbdunkel des Abgangs ist links eine Mauernische. Er greift dort hinein und eine weitere, niedrige Holztüre schwingt nach innen ins Dunkel auf. Mit schnellen Handbewegungen fordert er die beiden auf, dort hineinzugehen. Gerade noch rechtzeitig zieht er die niedrige Tür zu. Als diese gerade noch einen Spalt offen ist, kann er erkennen, wie die Türe auf der gegenüberliegenden Seite des Hofes aufgestoßen wird und dunkel gekleidete Männer mit Sturmhauben hindurcheilen. Dann schließt er die Holztür und schiebt leise und vorsichtig den Riegel vor. Ein Griff in die Tasche und er fördert eine kleine Taschenlampe hervor, die er sofort einschaltet. Ein schwach glimmendes, rotes Licht beleuchtet den staubigen Gang, in dem Fiona Köhler und François stehen und ihn erwartungsvoll, aber auch ängstlich anblicken. Er setzt sich wortlos in Bewegung und hebt den Finger an die Lippen. Beide nicken verstehend. Hinter ihnen ist das Poltern von schweren Stiefeln zu hören, die die Treppe hinunterstürmen. Er führt seine Schützlinge durch den gewundenen Gang, bis sie schließlich an eine weitere Türe gelangen. Schnell bewegt er vorsichtig den Riegel zurück und öffnet diese einen Spalt weit. Die Luft scheint rein zu sein und so winkt er den beiden, ohne sich umzuschauen mit der linken Hand und bedeutet ihnen, ihm zu folgen. Als sie im Freien stehen, blinzelt François Beauford ins grelle Sonnenlicht. Fiona Köhler hat bereits ihre Sonnenbrille wieder auf die Nase geschoben. Weiter

185

vorn öffnet der blonde Hühne gerade die Schiebetüre eines grauen Lieferwagens, der mit Werbeaufschriften eines örtlichen Sanitärinstallationsbetriebes mit italienischem Namen versehen ist. Fiona Köhler ist als Erste bei ihm und steigt unaufgefordert in den Transporter. François Beauford folgt ihr. Wieder hebt der blonde Hüne einen Finger an die Lippen. Als die beiden bestätigend nicken, greift er sich eine schmutzige Schildmütze und eine mit allerlei Schmierflecken übersäte Arbeitsweste. Dann schließt er vorsichtig und leise die Schiebetür. Nur Sekunden später wird die Fahrertür geöffnet und jemand steigt ein. François Beauford und Fiona Köhler können nur den Geräuschen lauschen, der Transporter hat hinten keine Fenster. Die Fahrt geht los. Der Motor hat seine besten Tage sicher schon lange hinter sich gelassen und auch das Getriebe macht vernehmliche Geräusche bei jedem Gangwechsel. Dann wird das Radio eingeschaltet, italienische Schlagermusik der Siebzigerjahre tönt blechern aus den Lautsprechern der Fahrerkabine. So geht die Fahrt einige Sekunden, bis der Transporter scharf bremst. Jetzt hören sie den blonden Hünen zum ersten Mal laut sprechen: »Eco, Signore, wase soll das?«

Eine tiefe, befehlsgewohnte Stimme antwortet: »Sir, das ist eine Verkehrskontrolle. Ausweis und Fahrzeugpapiere bitte.«

Fiona Köhler schüttelt den Kopf. Sie sind im Innenstadtbereich, da sind Verkehrskontrollen sehr ungewöhnlich.

»Bene, bene, isse ja guuut.« Der blonde Hüne spielt nun den folgsamen Bürger, der keinen Ärger will. Das Handschuhfach wird geöffnet und nach angespannten Sekunden, in denen die beiden hinten nichts weiter hören, spricht wieder der Polizist: »Wo soll es denn hingehen?«

»Prego, Capitan, iche bin schon spät dran. Musse noch zwei Flanschmuffen für die 45" Verschraubungen besorgen, damit ich Morgen dasse gleich einbauen kann. Casa urgencia, Officer.«

Nach weiteren, endlosen wirkenden Sekunden ist ein Klopfen vermutlich an der Fahrertüre zu hören: »Alles klar, Mister. Weiterfahren. Machen Sie schon.«

Knirschend wird ein Gang eingelegt: »Mille Grazie, Capitane!«

Und schon rumpelt der Lieferwagen weiter die Straße hinunter. Sowohl François Beauford als auch Fiona Köhler lassen die Luft aus den Lungen entweichen, die sie unbewusst vor Anspannung die ganze Zeit über angehalten haben. Jetzt sitzen sie im Dunkeln. Sie warten darauf, wohin sie der blonde Hüne bringen würde und lauschen den asthmatischen Motorengeräuschen, die immer wieder vom infernalischen Knirschen des Getriebes beim Gangwechsel unterbrochen werden.

25 DEFCON I

Die Beleuchtung in dem großen Saal mit absteigenden
Ebenen, der einem Auditorium oder Hörsaal gleicht, ist
stark gedimmt. An unzähligen Bildschirmarbeitsplätzen
sitzen Frauen und Männer, alle in Uniform. Die Unterhaltungen werden gedämpft geführt. Alles spielt sich ab in
einer angespannten, aber äußerst professionellen Atmosphäre. Die Wände links und rechts sowie die gesamte
Wand vorn sind riesige Bildschirme. Der Hauptschirm ist
geteilt. Links sind Statusanzeigen zu sehen. Iris McMurphy hat sich den Raum einige Sekunden ruhig angeschaut,
als sie ihn gerade durch die Sicherheitsschleuse betreten
hat. Sie will spüren, wie die Stimmung der Menschen ist.
Denn in wenigen Minuten hängt von diesen Menschen ab,
ob sich die Welt erfolgreich zur Wehr setzen kann oder
unterliegt. Sie weiß nur zu gut, dass sie lediglich einen einzigen Pfeil in ihrem Köcher hat, um der Bedrohung durch
PHAETON zu begegnen. Bei ihrem Besuch im Keller des
Weißen Hauses, wie sie die Untergrundstation darunter
für sich nennt, hat sie allen Anwesenden klargemacht,
dass dies ein unglaublich mächtiger Pfeil ist. Es aber
nur ein einziger Pfeil. Dort im Keller waren sehr viele,
sehr mächtige Menschen. Diese haben versucht, sie mit
scharfen und zum Teil arrogant vorgetragenen Attacken
aus dem Gleichgewicht zu bringen. Das ist nicht gelungen.
Obwohl sie sich in keiner Weise auf diese Situation
vorbereitet hatte, konnte sie doch dank ihrer Persönlichkeit
und Expertise die möglichen Optionen und deren Vorteile
versus Risiken klar benennen. Diese Mächtigen haben sich
dann gegen ihren klar und wiederholt formulierten Rat
für den Einsatz der Ultima Ratio entschieden. Sie ist sich
sicher, dass in Wahrheit fürchterliche Angst diese Mächtigen zu ihrer Entscheidung getrieben hat. Aus strategischer
Sicht ist der Einsatz einer Ultima Ratio, zumal wenn die
Mittel auf ein Exemplar einer Waffe beschränkt sind, meist

nicht sinnvoll. Aber sie ist ein Soldat und so hat sie sich
der empfangenen Anweisung gebeugt. In den Mienen der
Mächtigen hat dies Genugtuung hervorgerufen. Nur einige
wenige haben bei ihrer nochmals vorgetragenen Warnung
erkennen lassen, dass diese überhaupt erwogen wird.
Jetzt steht sie in diesem Raum und sie wird, wie befohlen,
handeln. Auch wenn ihr Innerstes sich klar dagegen aus-
spricht. Sie strafft sich und schreitet in den Raum hinein.
Schon ihr erster verantwortlicher Posten hat sie gelehrt,
dass ihre Untergebenen das Gefühl haben müssen, dass
ihre Vorgesetzte weiß, was sie tut und vor allem, dass sie
an das glaubt, was sie tut.

Jetzt hat sie die große Arbeitsstation auf der obersten
Ebene erreicht. Ihr Adjutant blickt vom Bildschirm auf und
erhebt sich. Dabei schiebt er sich den Kopfhörerbügel vom
Kopf und meldet: »General, alles ist bereit.«

Sie nickt ihm lächelnd zu: »Wunderbar, Major. Weitermachen.«

Er bestätigt den Befehl mit einem Nicken. Dann drückt
er auf der Konsole vor sich einige Knöpfe und blickt sie
abwartend an. Sie greift sich ihrerseits den auf dem Tisch
liegenden Kopfhörer und setzt ihn auf. Dann justiert sie
das Bügelmikrofon auf der rechten Seite und hebt fragend
die Augenbrauen. Der Major gibt ihr mit der rechten Hand
das Daumen-hoch-Zeichen. Sie wirft einen letzten Blick in
die Runde, dann beginnt sie mit klarer Stimme zu sprechen: »Alles herhören.«

Sie weiß genau, dass sie sowohl auf allen Kopfhörern
als auch aus allen Lautsprechern der vielen Stationen im
Raum klar zu hören ist. Viele Köpfe wenden sich zu ihr
um. Da die meisten Stationen auf tieferen Ebenen des
Auditoriums liegen, blicken die Menschen dort zu ihr auf.

»Ich werde im Anschluss an diese kurze Ansprache die
Statusmeldungen der einzelnen Stationen abfragen. Ich
erwarte ehrliche Antworten. Hat jemand ein Problem oder

ist etwas unklar, dann will ich kein 'GO' hören. In diesem Fall klären wir die Sache.«

Sie blickt hart in die Runde: »Sie wissen alle, dass wir genau einen Versuch haben. Der muss sitzen. Wir haben das geübt. Wir wissen, dass wir das können.«

Wieder macht sie eine kurze Pause und spricht dann weiter: »Also lassen Sie uns das auch tun.« Jetzt lächelt sie in die Runde. Dann wird ihre Stimme lauter, ein kalter Befehlston schwingt mit: »An die Stationen.«

Sofort wenden sich alle wieder ihrer Arbeit zu: »General, bei allem Respekt, aber das war jetzt aber keine sprühende Rede zur Anfeuerung.«

Sie grinst ihren Adjutanten an. Insgeheim ist sie froh, dass er den Mut und die Integrität hat, ihr so etwas direkt ins Gesicht zu sagen. Mit dem Kopf weist sie ins Auditorium: »Aber alle arbeiten hoch konzentriert.«

Er lässt den Blick durch den Raum schweifen. Dann nickt er verstehend: »Wir alle benötigen keine Anfeuerung. Wir wollen unseren Job tun und dabei möglichst wenig gestört werden.«

Ihre Antwort kommt leise: »Und das am allerwenigstens von der Tussi mit den Schulterklappen, die da oben steht.«

Ein entrüsteter Ausruf ihres Adjutanten antwortet ihr: »General! Sie wissen sehr wohl, dass in diesem Raum niemand und ich betone niemand Ihre Expertise und Qualifikation für dieses Kommando infrage stellt.«

Sie zuckt die Schultern und meint lapidar: »Natürlich nicht. Aber seien wir doch ehrlich. Das da unten sind weniger Soldaten, sondern viel mehr Wissenschaftler und Ingenieure in Uniform. Sie sind die Besten ihrer Fachgebiete. Jeder Einzelne weiß das genau.«

»Korrekt ‚General. Jeder einzelne da unten ist sich völlig darüber im Klaren, dass es nur eine einzige Person gibt, die diesen Haufen Flöhe zu einer hervorragend funktionierenden Einheit zusammenfügen konnte. Ohne Sie gäbe es das Projekt 'Dark Star' nicht, geschweige denn dass es heute, wo wir es benötigen, einsatzbereit ist.«

Sie schaut sich noch einmal nachdenklich um. Schließlich wandert ihr Blick zu ihrem Adjutanten zurück: »Lassen Sie uns beginnen.«

In den nächsten Minuten fragt sie die einzelnen Stationen ab. Wie sie es verlangt hat, haben einige Rückfragen gestellt, bevor sie die Bereitschaft mit einem 'GO' gemeldet haben. Auf der großen Statusanzeige im unteren Teil der linken Hälfte des großen Bildschirmes an der Frontwand des Raumes wurden die Felder der Stationen schrittweise grün. Lediglich ein Feld bleibt rot. Es handelt sich um die Systemfreigabe. Im aktuellen Status DEFCON 2 ist eine andere Statusanzeige nicht möglich. Seit sich PHAETON gemeldet hat, ist die Defense Readiness Condition, also der Verteidigungsbereitschaftszustand, vom Präsidenten der Vereinigten Staaten von Amerika zuerst auf DEFCON 3 und schließlich seit ihrem Besuch gestern im Keller des Weißen Hauses auf DEFCON 2 erhöht worden. Das gelbe Band am oberen Ende des großen Bildschirms zeigt diese Stufe an. Sowohl das gesamte US-Militär in den USA als auch der restlichen Welt ist in einer Bereitschaftsstufe, die mit dem Ausbruch von Kampfhandlungen jede Minute rechnet. Projekt 'Dark Star' kann jedoch nur bei DEFCON 1, also dem kurz bevorstehenden oder tatsächlichen Beginn von Kampfhandlungen, aktiviert werden.

Sie geht zu dem antiquierten, roten Telefon, das vor ihr auf der Konsole montiert ist, und hebt den Hörer ab und hält ihn sich ans rechte Ohr. Einen Moment warte sie ab. Dann meldet sie sich.

»Sir, hier spricht Major General McMurphy. Projekt 'Dark Star' ist einsatzbereit. Wenn Sie diese Einsatzoption aktivieren möchten, müssen Sie uns zuerst auf DEFCON 1 hochstufen.«

Dann holt sie noch einmal tief Luft, bevor sie fortfährt: »Sir, ich empfehle Dark Star NICHT einzusetzen. Noch nicht.«

Der Adjutant wird weiß im Gesicht, als er dies hört. Sogar bis zu seinem Platz ist die laute Stimme des Gesprächspartners auf der anderen Seite zu hören. General McMurphy hat gerade dem Präsidenten der Vereinigten Staaten von Amerika vom geplanten Einsatz des Projektes 'Dark Star' abgeraten. Starr vor Schreck verfolgt ihr Adjutant das Gespräch.

»Nein, Sir, wir sind absolut bereit. Wir werden auf Ihren Befehl hin sofort Projekt 'Dark Star' aktivieren, wenn Sie uns vorher auf DEFCON 1 heraufstufen.«

Ihre Antwort kommt klar und mit nüchterner Stimme. Der Adjutant hält die Luft an. Dann nickt General McMurphy: »Verstanden, Sir. DEFCON 1 wird aktiviert. Einen Moment bitte.«
Sie nickt ihrem Adjutanten zu. Dieser reißt sich aus seiner Erstarrung und beeilt sich, sie auf die allgemeine Kommunikation aufzuschalten. Er gibt ihr erneut ein Zeichen, dass sie fortfahren kann: »Achtung, Achtung. Hiermit wird diese Einrichtung auf DEFCON 1 hochgestuft. Ich wiederhole: ab jetzt sind wir auf Condition COCKED PISTOL.«
Fünf schrille Sirenentöne sind zu hören und das gelbe Band am oberen Rand der großen Bildschirme wechselt zu rot. Der Schriftzug DEFCON 1 läuft wie ein Nachrichtenticker durch. Es haben sich rot blitzende Lampen über allen Ausgängen eingeschaltet. Die letzte Statusanzeige auf dem großen Bildschirm wechselt von Rot zu Gelb. Sie spricht mit klarer Stimme wieder in den Hörer, nun ist ihr Gespräch auf alle Lautsprecher und Kopfhörer geschaltet: »Sir, wir sind jetzt auf DEFCON 1, wie befohlen.«

»Na also, McMurphy. Dann aktivieren Sie endlich Dark Star.« Die grimmige Stimme des Präsidenten ist zu hören.

»Verstanden, Sir. Dark Star wird aktiviert. Sie müssten

jetzt die Statusmeldungen bei sich auf dem Bildschirm sehen.«

Es ist etwas Rascheln zu hören, dann knurrt wieder die Stimme des Präsidenten: »Haben wir. Also los, McMurphy.«

»Sir, ich benötige Ihre ausdrückliche Anweisung zum Einsatz von Dark Star.«
Ein Knurren ist zu hören. Scheinbar ist der Präsident mit diesem formalen Vorgehen unzufrieden: »McMurphy, setzen Sie Dark Star ein, so schnell wie möglich.«

»Ja, Sir. Ich bestätige den Einsatzbefehl für Dark Star. Ich melde mich, sobald wir Resultate haben. McMurphy Ende und aus.«

Sorgfältig legt sie den Hörer wieder auf die Gabel. Dann wendet sie sich mit todernstem Blick zu ihrem Adjutanten: »Sie haben es gehört. Oculus Noctuta aktivieren.«

Ihr Adjutant will etwas antworten, dann besinnt er sich eines Besseren und greift zu seinem Kopfhörer. Er drückt eine Taste an seiner Konsole. Sekunden später wechselt die letzte Statusanzeige auf Grün und es wird auf der rechten Seite des großen Bildschirms ein zu Beginn grobkörniges Bild angezeigt. Eine nachtschwarze Fläche ist zu sehen. Das Bild wird feiner aufgelöst und die Blickrichtung ändert sich. Der helle Glutball der Sonne kommt ins Blickfeld und überstrahlt für einen kurzen Moment alles. Dann wird diese Lichtquelle abgedämpft dargestellt. Wieder wird das Bild besser aufgelöst. Zuerst nur schwach, doch mit der Zeit immer besser sind fast eintausendvierhundert Objekte vor dem nachtschwarzen Weltall zu erkennen. Die Zählung der Objekte wird am unteren Rand eingeblendet.

General Iris McMurphy knurrt: »Na also. Hab dich, Phaeton.«

Jetzt kommt Bewegung in die Menschen an den Stationen unten. In der oberen Hälfte auf der rechten Seite des Bildschirms wird Stück für Stück eine schematische

Darstellung der Objekte gezeigt. Es handelt sich um viele Einzelobjekte. Der Großteil davon bildet ein seltsames Muster in ihrer Verteilung. Ein einzelnes Objekt thront prominent in der Mitte vor ihnen.

Sie schaut zu ihrem Adjutanten und befiehlt: »Zielkoordinaten erfassen.«

»Sofort, General.«

Iris McMurphy lässt ihren Blick zurück zu dem großen Bildschirm wandern. Das Muster der vierzehnhundert Objekte ist viel zu regelmäßig, als dass es sich um ein natürliches Muster handeln könnte. Sie fragt sich sorgenvoll, was dieses einzelne Objekt bedeutet.

26 Weggewischt

Er steht an seinem Lesepult, vor ihm liegt ein dickes Buch. Es ist alt und sehr kostbar. Konzentriert liest er, dabei führt er den Zeigefinger seiner rechten Hand, die in einem weißen Baumwollhandschuh steckt, über die Seite. Nach all den Jahren ist es für ihn immer noch schwer, Sanskrit zu lesen. Die Wände seines Raumes zeigen ein ruhiges Meer an einem leeren Sandstand. Der akustische Hintergrund kann einen glauben machen, dass dies ein Strand der Karibik bei Abendstimmung ist.

Die Türe öffnet sich und Xenia tritt ein. Wie immer trägt sie ein figurbetont geschnittenes Geschäftskostüm, heute in changierendem Graublau: »Mr. Gonzales, es ist so weit.«

Neugierig blickt er auf: »Tatsächlich? Das ging viel schneller als gedacht.«

Er holt tief Luft, dann nickt er Xenia zu. Diese versteht das Zeichen und greift umgehend zu ihrem Tablet, das sie wie üblich in der linken Hand trägt. Sie ruft einige Funktionen auf. Die Bildschirme und damit die Wände werden schwarz, dann ist ein Blick auf die Erdkugel aus dem Weltraum zu sehen. Geraldo Gonzales weiß, dass das Bild, das er sieht aus allen Videostreams von PHAETON gemeinsam herausgerechnet wird. Daher ist die Auflösung schlicht phänomenal. Stirnrunzelnd sucht er die Darstellung ab: »Wo ist es?«

Sofort hantiert Xenia wieder an ihrem Tablett. Ein gelbes Rechteck markiert eine Stelle, fast in der Mitte vor der blau-weiß schimmernden Erdkugel. Das gelbe Rechteck vergrößert sich und eine weiß lackierte Raumsonde ist zu erkennen. An der Vorderseite schimmert es leicht. Er nickt verstehend. Offenbar hat die Action Group, wie erwartet, als Erstes ihre Aufklärungssonde, das Eulenauge oder lateinisch Oculus Noctuta genannt, zu Phaeton geschickt.

Dann schnalzt er enttäuscht mit der Zunge: »Wie banal.«

Einen Moment noch bleibt sein Blick auf der Darstellung haften. Dann wendet er sich zu Xenia um: »Haben unsere Leute den Feuerpfeil bereits aktiviert?«

Sie hat die Frage erwartet und die letzten Sekunden dafür genutzt, die entsprechende Antwort mithilfe ihres Tablets in Erfahrung zu bringen: »Nein, Mr. Gonzales. Aber das müsste jeden Moment geschehen.«

Wieder nickt er: »Wie vorhersagbar trivial. Aber was soll man auch von diesen Soldatenhirnen anderes erwarten?«

Sein Blick geht zurück zum Bildschirm, dann wird seine Miene zu einem bösen, ja gehässigen Grinsen, bevor er fortfährt: »Nun denn. Verfahren Sie wie geplant. Die defekte Einheit sollte genügen.«

Xenia bestätigt die Antwort sofort: »Selbstverständlich, Mr. Gonzales.«

Sie tippt wieder auf ihrem Tablet, dann hebt sie den Blick: »Erledigt. Wollen Sie den Vorgang beobachten?«

Einen Moment zögert er, dann macht er eine abschätzige Handbewegung: »Nein. Ich bin beschäftigt. Stören Sie mich nur, wenn es etwas Wichtiges gibt.«

»Natürlich, Mr. Gonzales.«

Xenia wendet sich zum Gehen, dabei ändert sie die Ansicht der Wandbildschirme wieder auf die vorher gezeigte Strandszene. Er geht wieder zu seinem Lesepult. Dann, als ob ihm gerade noch etwas eingefallen ist, wendet er sich erneut um: »Ach ja. Was ist mit diesem Journalisten und dieser Pilotin?«

Xenia erstarrt. Sie zögert einen Moment, dann dreht sie sich wieder zu ihm um: »Die Kräfte vor Ort haben sie lokalisiert. Die Ergreifung läuft gerade.«

Er nimmt das desinteressiert zur Kenntnis und wendet sich nun endgültig wieder seinem Lesepult zu: »Informieren Sie mich, wenn dieser Vorgang abgeschlossen ist.«

Mit bemüht neutraler Stimme antwortet sie ihm, bevor sie den Raum eilig verlässt: »Selbstverständlich, Mr. Gonzales.«

Hätte er ihre besorgte, angstvolle Miene gesehen, wäre sein Misstrauen sicher sofort geweckt gewesen. Aber dem ist nicht so. Die Ablenkung dieses wahrlich uralten Buches hält seinen Geist gefangen.

Das soll sich aber demnächst ändern.

General Iris McMurphy studiert konzentriert die Informationen, die ihr an ihrer Konsole angezeigt werden. Die Objekte zeigen derzeit keinerlei Aktivität. Knapp vierzehnhundert davon sind über eine extrem große Fläche verteilt. Spontan drückt sie eine Taste an ihrer Konsole und fragt nach: »Können wir eines dieser Dinger größer bekommen?«

Ihre Anfrage ging an die optische Aufklärung. Diese antwortet umgehend: »Negativ. Wir sind noch viel zu weit weg. Da unsere Trajektorie nahezu genau senkrecht auf die Hauptebene der Objekte zeigt, können wir auch keine räumliche Auflösung der Objekte geben.«

Iris McMurphy nickt. Wie sie im Keller des Weißen Hauses bereits ausführlich beschrieben hat, ist Oculus Noctuta derzeit nur als einzelner Prototyp im Einsatz. Damit reduzieren sich die geplanten Fähigkeiten des Systems dramatisch. Aber sie ist Soldatin und als solche nimmt sie die Situation erst einmal an, wie sie sich ihr präsentiert. Spontan stellt sie eine weitere Frage, dazu drückt sie wieder die Taste an ihrer Konsole: »Haben wir thermale Analysen?«

Als Antwort verändert sich die Anzeige auf dem Hauptschirm. Die Bilddarstellung der Objekte wird farblich belegt. Alle zeigen sie ähnliche Wärmesignaturen. McMurphy hält den Kopf beim Betrachten der neuen Darstellung etwas schief, als sie von ihrem Adjutanten angesprochen wird: »Das einzelne Objekt scheint anders zu sein.«

Sie nickt. Wieder drückt sie die Taste: »Aufklärung, fokussieren Sie auf das einzelne Objekt.«

»General, das haben wir bereits versucht. Aber unser Anflugvektor macht es fast unmöglich, hintereinanderliegende Objekte in der Analyse zu unterscheiden.«

Sie hat mit dieser Antwort gerechnet, dann lächelt sie und

drückt die Taste erneut: »John, ich nagle Sie nicht fest. Was denken Sie?«

Einen Moment ist nur das fast nicht hörbare Schattern der digitalen Sprechverbindung zu vernehmen: »General, mit dem einzelnen Ding stimmt irgendetwas nicht. Ich kann nicht sagen, warum, aber ich habe das Gefühl, dass es sich von den anderen unterscheidet.«

Sie nickt. Nochmals drückt sie die Taste: »Das sehe ich auch so, John. Schade, dass wir keinen Schwarm haben.« Ein tiefes Seufzen antwortet ihr: »Ja, General. Für solch einen Einsatz haben wir Dark Star auch nicht gebaut. Aber wie wir bei den Marines immer sagen: semper fidelis. Wenn wir sollen Dark Star einsetzen, dann müssen wir uns mit dem begnügen, was wir haben, General.«

Wieder drückt sie die Taste: »Wahre Worte, John. Melden sie sich umgehend, wenn Ihnen etwas auffällt.«

Sie erwartet keine Antwort. Dann wendet sie sich zu ihrem Adjutanten, um ihn zu fragen: »Haben wir eine Feuerlösung?«

Der Adjutant nickt: »Das ist nicht schwer. Einfach mitten hineinhalten. Quirinus ist bereit.«

Ihr Grinsen ist erwartungsvoll. Sie nickt ihm energisch zu. Die Zeit der Analyse und Planung ist vorbei. Dann drückt sie eine weitere Taste an ihrer Konsole: »Achtung Dark Star. Feuer.«

Ein unbedarfter Beobachter hätte erwartet, dass sich nun hektische Aktivität in diesem Kontrollraum ausbreitet, aber dem ist nicht so. Lediglich die rote Umrahmung einer Gruppe von Statusmeldungen zeugt davon, dass das System 'Dark Star' aktiviert ist. Dann wird in der oberen Hälfte über der optischen Darstellung eine Kursprojektion eingeblendet. Die vierzehnhundert in einer Ebene an-geordneten Objekte und ihr einzelner Kollege sind als rote Punkte dargestellt. Ein gelber Kreis zeigt die Position von Oculus Noctuta, der Aufklärungssonde. Soeben erscheint ein orange blinkender Punkt, der sich zunehmend schneller auf die roten Punkte, also auf die gegnerischen Objekte zubewegt. Iris McMurphy greift erneut zum Hörer des roten Telefons und hält ihn sich ans Ohr. Sie wartet auf die Verbindung, dann beginnt sie zu sprechen: »Sir, wir haben Dark Star aktiviert.«

Wieder ist die raue Stimme des Präsidenten zu hören. Diese Stimme wirkt sicher bei Interviews und Gesprächen eindrucksvoll. Iris McMurphy spürt jedoch, dass sich der Mann eher auf die Wirkung seiner Persönlichkeit verlässt als auf seine Sachkenntnis. In Situationen wie dieser wird daraus oft Unsicherheit. Sie hat genügend unsichere Vorgesetzte als Soldatin erlebt, sodass sie einen Instinkt dafür entwickelt hat: »Na endlich, McMurphy. Pusten wir diese Dinger vom Himmel.«

Sie seufzt fast unhörbar, bevor sie antwortet: »Wir arbeiten daran, Sir. McMurphy Ende und aus.«

Auch dieses Mal legt sie betont sorgfältig den Hörer auf. Dann geht ihr Blick zu ihrem Adjutanten. Dieser antwortet sofort ungefragt: »Ankunft in Wirkentfernung in circa drei Minuten. Bombe scharf.«

Diese Zeit hat sie auch abgeschätzt. Mit scharf geschaltetem Bombensystem kann nun nichts und niemand mehr die geplante Explosion der Wasserstoffbombe aufhalten.

Drei Minuten noch, dann hat sich das Geschick der Menschheit entschieden. Sie hofft, dass ihre Sorgen unbegründet sind.

28   Katz und Maus

Sofort als die Aktivierungssequenz empfangen wurde, hat Quirinus sein starkes Haupttriebwerk gestartet. Der Treibstoff an Bord wird gerade aufgebraucht sein, wenn er seine Zielkoordinaten erreicht hat. Quirinus besteht eigentlich nur aus Antrieb und Bombensektion. Auf sämtliche Systeme, die nicht unbedingt benötigt wurden, um die Bombe ins Ziel zu bringen, wurde verzichtet. Quirinus verlässt sich sozusagen auf seinen Partner Oculus Noctuta. Die dort gewonnenen Informationen werden per Richtfunk direkt an ihn übertragen, sodass er bei Bedarf seinen Anflugvektor anpassen kann. Aber in diesem Fall ist das nicht nötig. Das Ziel liegt genau vor ihm. Seine Aufgabe ist es, dort so schnell wie möglich anzukommen und dann im Feuerball einer thermonuklearen Explosion zu vergehen. Die komplexen Abläufe, die in unglaublich kurzer Zeit bei der Explosion einer Wasserstoffbombe geschehen, sind unbedeutend. Er hat lediglich die Aufgabe, das Ziel zu erreichen und dort die Explosion seiner Bombenfracht auszulösen.

So bemerkt Quirinus auch nicht, dass sich das vor dem Hauptfeld der feindlichen Objekte liegende, einzelne Objekt aktiviert. Es startet sein Ionentriebwerk. Der Schub dieses elektrischen Antriebs ist gering, daher werden sämtliche Steuertriebwerke ebenfalls aktiviert. Selbstverständlich wird so der kostbare, noch vorhandene Treibstoff für die Steuertriebwerke aufgebraucht. Aber das ist unbedeutend, denn wenn das einzelne Objekt seine Aufgabe erfüllt hat, hat es aufgehört zu existieren. Gleichzeitig aktiviert sich die kostbare Fracht an Bord des einzelnen Objektes. Ein Beobachter, wäre er denn vor Ort, könnte erkennen, wie sich eine Art schwarze, mäandernde Masse aus den großen Tanks, die die Hauptmasse des einzelnen Objektes ausmachen, herausschiebt. Die Masse scheint zu wogen, dann entwickelt sich allmählich eine Struktur.

Aufgrund der Beschädigungen des einzelnen Systems kann es nicht mehr den gigantischen Schirm aufbauen und ihn kontrollieren. Aber die Nanomaschinen, die diese schwarze Masse bilden, haben für Notfälle gewisse Muster gespeichert, die sie ohne eine zentrale Steuerung erzeugen können. Eines dieser Muster ist nun aktiviert worden. Es wird eine trichterförmige Struktur erkennbar, die sich in Flugrichtung hin öffnet, gleich einem Fangtrichter. Und im Gegensatz zu dem tatsächlich nur moleküldicken Schirm wird die Wandung dieses Trichter sehr viel dicker. Schließlich ist er auch deutlich kleiner als der riesige Schirmaufbau, für den die Objekte eigentlich gebaut wurden. So rast indessen das einzelne Objekt mit dem sich entwickelten Trichter auf den Angreifer zu. Der Trichter hat inzwischen fast fünf Kilometer Durchmesser erreicht, die Nanomaschinen verwenden sämtliche Energiereserven dafür. Der Angreifer bemerkt diesen riesigen Trichter nicht, der auf ihn zukommt.

Iris McMurphy beobachtet konzentriert die Statusmeldungen auf dem Hauptschirm. Dann bricht der Alarm los. Sofort wird ihr Meldung gemacht: »Das vorgelagerte Objekt beschleunigt in Richtung Quirinus.«

Sie nickt. Natürlich hat sie mit einer Reaktion gerechnet. Dann runzelt sie die Stirn. Schnell drückt sie wieder eine Taste an ihrer Konsole: »Aufklärung, was ist mit den optischen Sensoren von Oculus Noctuta los? Ich sehe einen Ausfall im zentralen Bereich der Bilderfassung.«

Die Antwort lässt ihr einen kalten Schauder über den Rücken laufen: »Negativ. Optische Systeme arbeiten ohne Störung. Dieser schwarze Bereich entsteht um das Objekt herum. Ursache unklar.«

Wieder ärgert sie sich darüber, dass sie lediglich über eine Oculus-Noctuta-Sonde verfügt. Dark Star war eigentlich so angelegt, dass mindestens fünf Aufklärungssonden gleichzeitig eingesetzt werden. Sie beobachtet die optische Darstellung weiter.

Der schwarze Bereich wird immer größer.

Jetzt hat das einzelne System den Trichter fertig aufgebaut. Es löst die Sprengbolzen aus, die die Antriebssektion mit der Sektion für die Nanomaschinen verbunden hielt. Der Trichter bleibt somit bei seiner erreichten Geschwindigkeit und fliegt weiter in gerader Linie auf den Angreifer zu. Die Antriebssektion jedoch beschleunigt nun stärker, schließlich wirkt der Schub ihrer Triebwerke so auf eine viel geringere Masse. Obwohl nun nach und nach der Treibstoff der Steuertriebwerke zur Neige geht, eilt die Antriebssektion dem Trichter der Nanomaschinen immer weiter voraus, direkt auf den Angreifer zu, den die Antriebssektion mit ihren Sensoren genau im Fadenkreuz hält.

Inzwischen hat die Angriffssonde Quirinus den Beobachter Oculus Noctuta überholt und eilt ihm jetzt weit voraus auf die feindlichen Objekte zu. Das Dunkel, das sich vor Quirinus ausgebreitet hat, bemerkt dieser natürlich mangels jeglicher Sensorik nicht. Auch die ihm entgegeneilende Antriebssektion des einzelnen Objektes nicht. Diese bleibt auch dem Beobachter verborgen, da dieser in gerader Linie hinter der Angriffssonde fliegt. So ist auf dem Hauptschirm des Kontrollraums nur der inzwischen riesige, schwarze Bereich zu sehen. Die schematische Kursprojektion zeigt diesen als ebene Scheibe mit mehr als fünf Kilometern Durchmesser. Dass dies in Wirklichkeit eine trichterförmige Struktur ist, kann der Beobachter nicht erkennen und damit bleibt es den Menschen im Kontrollraum von Projekt 'Dark Star' verborgen.

Lediglich Iris McMurphy spürt mit jeder Faser ihrer Persönlichkeit, dass sich gleich eine Katastrophe abzeichnen wird. Nun sind die letzten dreißig Sekunden angebrochen.

Die Antriebssektion des einzelnen Objektes hat die geplante Position erreicht. Sie schaltet ihre Triebwerke ab und wendet. Dann feuern die Triebwerke wieder und bremsen so die Antriebssektion ab, bis sie die gleiche

Geschwindigkeit wie die Trichterstruktur hat. Jetzt bewegt sie sich genau in der Mitte der Trichteröffnung, ungefähr fünfhundert Meter hinter der Vorderseite des Trichters mit dessen Geschwindigkeit. Geduldig wartet sie darauf, den anfliegenden Angreifer willkommen zu heißen. Ihre aktiven Systeme haben diesen genau im Blick, nur vereinzelt führt die Antriebssektion kleinste Kurskorrekturen durch. In wenigen Sekunden ist es so weit. Dann überdeckt sich die exakte Position des Angreifers mit der des Antriebssystems.

Die Endphase des Angriffs wird von der Flugleitung kommentiert, die Übertragung ist sowohl im Kontrollraum als auch im Weißen Haus zu hören. Sowohl hier als auch dort blicken alle Menschen auf die Anzeigen und lauschen den Kommentaren der Flugleitung.

»Endphase erreicht. Bombensystem scharf. Zündsysteme frei. Zielkoordinaten positiv. ETA in elf Sekunden. Zehn. Neun. Acht ...«

Was die Flugleitung nicht weiß, ist, dass das Antriebsmodul des einzelnen Objektes den vierzehnhundert Objekten inzwischen weit vorausgeeilt ist. Nun wird die Sorgfalt der Ingenieure Quirinus zum Verhängnis. Damit die Explosion der Wasserstoffbombe auch sicher erfolgt, haben die Ingenieure mehrere Zündsysteme eingebaut. Alle wurden umfangreich getestet, schließlich entscheidet das Funktionieren der Bombenzündung über den Erfolg einer Dark-Star-Mission. Ganz am Ende der Entwicklung von Quirinus hat ein älterer Marineoffizier den Vorschlag gemacht, zusätzlich noch einen primitiven Aufschlagzünder einzubauen. Diese Systeme sind seit Jahrzehnten zum Beispiel in Torpedos eingebaut. Mehr aus amüsierter Begeisterung für Perfektion als aus wirklich empfundener Notwendigkeit hat Quirinus deshalb ein weiteres Zündsystem eingebaut bekommen. Auch dieses Zündsystem sollte perfekt funktionieren.

Quirinus, blind und taub, wie er gebaut wurde, nähert

sich mit rasender Geschwindigkeit der Antriebssektion des Objektes. Wie zwei entgegenkommende Züge rasen die beiden Systeme genau aufeinander zu. Jetzt ist der Moment gekommen. Der an einer fragilen Stabstruktur an der Spitze von Quirinus angebrachte Aufschlagzünder löst in ultrakurzer Zeit nach dem Kontakt mit der Struktur des Antriebssystems des einzelnen Objektes aus. Die Zündung gelingt perfekt. Innerhalb von für Menschen unvorstellbar kurzer Zeit explodiert die Wasserstoffbombe. Diese Zeit ist aber gerade lange genug, dass die beiden kollidierten Objekte sich in die Mitte der Trichtertiefe hineinbewegt haben. Die spektakuläre Explosion der Wasserstoffbombe wird von der Beobachtersonde Oculus Noctuta aufgezeichnet. Im Kontrollraum sind laute Rufe zu hören. Die Flugleitung wird beim Herunterzählen des Countdowns überrascht: »Sieb… «

Kurz verstummt der Kommentar. Auf den Bildschirmen ist das grelle Aufleuchten der Wasserstoffbombenexplosion zu sehen. Dann meldet sich die Flugleitung wieder mit einem Kommentar: »Vorzeitige Zündung.«

Iris McMurphy blickt starr auf die Bildschirme. Dann wandert ihr Blick zu ihrer Konsole und wieder zurück zum Bildschirm. Die Explosion ist bereits im Abklingen. Nach wenigen Sekunden hat sich der Feuerball aufgelöst. Schweigen breitet sich im Kontrollraum aus.

Oculus Noctuta wurde speziell dafür gebaut, dem von der Wasserstoffbombe ausgelösten EMP zu trotzen. Dieser Aufgabe kommt die Beobachtersonde perfekt nach. Ihre optischen Systeme erfassen die Situation durchgehend mit hoher Qualität und melden sie zurück zur Erde. Auf dem großen Wandschirm ist zu sehen, wie sich die letzten Ausläufer der Explosion auflösen. Iris McMurphy fällt auf, dass diese nahezu kreisförmig erscheinen, kurz bevor sie verschwinden. Die Bildregelung justiert sich nach. Dann ist wieder der schwarze Weltraum mit der ausgeblendeten Sonnenscheibe zu sehen.

Es sind wieder die vierzehnhundert in einem Muster angeordneten Objekte zu sehen.

Iris McMurphy strafft die Schultern und greift ein letztes Mal zum Hörer des roten Telefons. Wieder hält sie ihn sich ans Ohr und wartet darauf, dass die Verbindung zustande kommt. Dann beginnt sie mit klarer Stimme Meldung zu machen: »Sir, es gab eine vorzeitige Zündung des Bombensystems. Die Explosion war planmäßig, aber am falschen Ort.«

Ein Keuchen wird übertragen. Dann ist die Stimme des Präsidenten zu hören: »Haben wir Sie erwischt, McMurphy?«

Sie schüttelt unwillig den Kopf und erklärt erneut: »Negativ, Sir. Etwas hat die Bombe zu früh gezündet.«

Man hört, wie der Präsident scharf Luft holt. Dann fragt er mit leiser Stimme nach: »Und der EMP?«

»Derzeit ist die Situation unklar, aber ich habe die Vermutung, dass wir unser Missionsziel nicht erreicht haben.«

Jetzt wird der Präsident lauter: »Sie haben VERSAGT, McMurphy.«

Alle Augen im Kontrollraum sind auf sie gerichtet. Unbewusst nimmt Major General McMurphy Haltung an. Dann antwortet sie mit fester Stimme: »Korrekt, Sir. Dark Star hat versagt.«

Die Verbindung wird getrennt. Sie legt, wie schon zuvor, den Hörer sorgfältig auf. Dann drückt sie eine Taste an ihrer Konsole. Jetzt ist nicht die Zeit für Schuldzuweisungen. Es muss gehandelt werden.

»Achtung. Wir machen Folgendes. Die Analysegruppe, die die Daten von Oculus Noctuta auswertet, wird aufgeteilt. Die A-Mannschaft beobachtet und analysiert die aktuellen Datenströme weiter. Die B-Mannschaft nimmt sich die Aufzeichnungen vor. Ich will genau wissen, was da eben vorgefallen ist. Flugleitung: komplette Analyse des Manövers. Stimmen Sie sich mit der B-Mannschaft der Beobachtungssonde ab.«

Keiner rührt sich vom Fleck. Sie seufzt und beginnt zu reden: »Also schön. Das ging daneben. Jetzt finden wir heraus, was geschehen ist und warum wir das nicht rechtzeitig bemerkt haben. Ausführung.«

Jetzt kommt wieder Bewegung in die Menschen, die sich den zugeteilten Aufgaben widmen. Nur vereinzelt wenden die Soldaten den Kopf und blicken sorgenvoll zu General McMurphy.

Einen Moment noch blickt diese in den Raum. Dann unterbricht das Summen ihres Mobiltelefons ihre Gedanken. Eigentlich dürfte im Kontrollraum keinerlei Empfang sein. Lediglich die Systeme von Dark Star haben die Möglichkeit, ihr eine Nachricht zu senden. Stirnrunzelnd fischt sie das Mobiltelefon aus ihrer Tasche und liest die Nachricht. Ihr Gesicht wird ausdruckslos.

Ihr Adjutant hat seine Vorgesetzte die ganze Zeit über beobachtet. Trotz des Fehlschlages liegt so etwas wie Bewunderung in seinem Blick. Er ist sich sicher, dass diese Frau sich niemals vor einer Verantwortung drückt. Da er sich sehr gut vorstellen kann, dass die Entscheidungsträger in Washington ein Bauernopfer für diesen Fehlschlag suchen werden und dieses Bauernopfer höchstwahrscheinlich Major General McMurphy sein wird, empfindet er schon jetzt einen Verlust. Dann bemerkt er ihren leeren Gesichtsausdruck: »General, alles in Ordnung?«

Sie schaut ihn an: »Natürlich. Sorgen Sie dafür, dass ich über alle Entwicklungen und Erkenntnisse umgehend informiert werde.«

Der Adjutant nimmt Haltung an: »Jawohl, General. Selbstverständlich.«

Dann hebt er den rechten Arm zum Gruß. Sie sieht das und schenkt ihm ein schiefes Grinsen. Dann erwidert sie den Gruß mit akkuraten Bewegungen, die sogar einem

West-Point-Ausbilder ein zufriedenes Lächeln entlockt hätten. Noch einmal nickt sie ihrem Adjutanten zu, dann wendet sie sich um und verlässt den Kommandoraum.

Sie hat eben erfahren, dass es Wichtigeres zu tun gibt, als dieser wahrscheinlich unergiebigen Ursachenforschung beizuwohnen.

29 Untergetaucht

Die Fahrt mit dem klapprigen Transporter dauert ewig. Fiona Köhler ist mehrfach eingenickt. François Beauford hat sich neben sie gesetzt und sich selbst an die Trennwand zur Fahrerkabine gelehnt, so kann sie ihren Kopf an seine Schulter lehnen. Sie kann etwas ruhen, während er ihr Halt gibt. Zuerst ging es mit langsamer Geschwindigkeit und ständigen Stopps durch die Stadt, wie sie leise flüsternd vermutet hatten. Die Anspannung während dieser Phase war groß, jeden Moment haben sie damit gerechnet, dass der Transporter erneut angehalten wird und dieses Mal der blonde Hüne sie nicht so einfach aus der Situation heraus quatschen könnte. Aber nichts dergleichen geschah. Dann wurden die Bewegungen gleichmäßiger und sie hatten den Eindruck, dass sich der Transporter nun mit höherer Geschwindigkeit über eine Ausfallstraße bewegt. Der Motor war immer noch am Röcheln, aber die lautstarken Gangwechsel wurden seltener. Zu dieser Zeit ist die Pilotin dann auch eingeschlafen. François lächelt vor sich hin. Er sitzt im Dunkeln des Transporters und freut sich darüber, dass Fiona Köhler dicht neben ihm sitzt und ihr Kopf auf seiner Schulter ruht. Obwohl sie beide seit viel zu langer Zeit die gleichen Kleider tragen und sie beide sicher auch dringend eine ausgiebige Dusche benötigen, hat er den Duft ihrer Haare in der Nase. Unvermittelt nickt er schließlich ebenfalls ein. Als der Transporter scharf bremst und das Getriebe, gegen dessen lauten Protest mehrere Gangwechsel aufgezwungen bekam, wird er schlagartig wieder wach. Auch Fiona Köhler wacht auf und hebt ihren Kopf von seiner Schulter.

»Wo sind wir?« Ihre Frage kommt mit verschlafener Stimme. Er blinzelt in die Dunkelheit und antwortet dann leise: »Offen gestanden, ich habe keine Ahnung, aber wir dürften aus Huntsville heraus sein.«

Dann bremst der Transporter scharf ab und macht einen

Schwenk nach rechts. Die Straße ist uneben, sodass
die beiden im Laderaum des Transporters unangenehm
durchgeschüttelt werden. Schließlich hält der Transporter
an. Die Fahrertüre wird geöffnet. Kurze Zeit später steigt
wieder jemand ein und gibt ein letztes Mal Gas. Dann
bremst er den Transporter erneut zum Stillstand ab. Der
Motor verendet mit einem letzten Röcheln und der Fahrer
steigt aus. Es sind Schleifgeräusche zu hören, die Schiebetüre wird geöffnet. François Beauford und Fiona Köhler
blinzeln ins Licht.

»Wir sind da.« Jetzt klingt die Stimme des blonden
Hünen amüsiert: »Ihr könnt aussteigen.«

François Beauford hilft Fiona Köhler beim Aufstehen,
diese arbeitet sich gebückt zur Schiebetüröffnung vor.
Der Hüne hilft ihr freundlich beim Aussteigen. François
Beauford folgt ihr. Als er vor dem Transporter steht,
schaut er sich um. Sie sind in einer geräumigen Scheune.
Sonnenstrahlen der Abendsonne scheinen durch die Ritzen
zwischen den Brettern der Scheunenwand. Fiona Köhler
blickt an sich herunter. Dann schaut sie zu François
Beauford, der fragend die Augenbrauen hebt. Sie nickt
mit einem müden Lächeln. Ihr geht es den Umständen
entsprechend gut. Nun fixieren beide den blonden Hünen,
der abwartend mit einem warmen Grinsen vor ihnen steht.
François Beauford räuspert sich: »Vielen Dank für die
Rettung.«

Der Hüne nickt nachdenklich. Fiona Köhler scheint
inzwischen ganz wach zu sein, denn sie tritt demonstrativ
einen Schritt nach vorn und fixiert ihn mit scharfem Blick:
»Danke. Mich würde aber sehr interessieren, vor wem oder
was wir gerettet werden mussten?«

Der blonde Hüne holt Luft. Dann beginnt er zu sprechen:
»Gern geschehen. Aber zuerst das Wichtige. Mein Name
ist Sigurd Nyquist. Ich wurde von Albus John Francis
Smythe-Jorgenson beauftragt, auf euch aufzupassen.
Schön, dass es euch gut geht.«

Er hält ihr die Hand hin. Noch einen Moment schaut sie ihn nachdenklich an, dann ergreift sie ihrerseits seine Hand und schüttelt sie. Schließlich wendet Sigurd Nyquist dem Investigativjournalisten zu. Beide Männer schütteln sich schweigend die Hand.

»So, nachdem das geklärt ist, habe ich einen Vorschlag. Im Haus gibt es warmes Wasser und eine Dusche. Ihr könnt euch waschen und frische Kleidung anziehen.«

Fiona Köhler grinst erleichtert: »Das ist das Beste, was ich seit Stunden gehört habe. Wo geht es entlang?«

Sigurd Nyquist weist mit dem Kinn nach rechts: »Dort ist ein Ausgang. Das Haus ist offen, hier schließt niemand sein Haus ab. Die Badezimmer sind oben.«

Entschlossen schnappt sich die Pilotin ihren Rucksack und marschiert in die angegebene Richtung. François Beauford will ihr folgen, aber Sigurd Nyquist hält ihn am Arm fest: »Moment. Ich muss zuerst noch etwas überprüfen.«

Aus seiner Jackentasche holt er ein stabförmiges Gerät hervor. Mit diesem fährt er sorgfältig den Körper von François Beauford ab, wie bei einer Sicherheitskontrolle am Flughafen. Als er schließlich die Laptoptasche kontrolliert, meldet sich der Stab mit einem lauten Fiepen. Ohne weitere Umstände öffnet der Investigativjournalist die Laptoptasche und schließlich hält Sigurd Nyquist die beiden SOHO-Berichte in der Hand. Wenn der Stab hinten an der Bindung entlang geführt wird, ist das Fiepen zu hören.

»Aha. Dachte ich es mir doch.«

Er geht zur Beifahrertüre, öffnet diese und holt eine Metallbox hervor. Diese hält er geöffnet François Beauford hin, der die beiden Berichte in die Box legt. Sigurd Nyquist schließt die Box. Jetzt meldet sich der Stab nicht mehr, wenn er an der Box entlang geführt wird. Er schaut auf und erklärt, was er gemacht hat: »Kurzstreckenpeilsender. Keine Sorge, auf der Fahrt hatte ich einen Störsender aktiv. Hier drin sind die Dinger dann ungefährlich.«

François Beauford schüttelt den Kopf: »Wer?«

Der blonde Hüne lacht: »Ich denke, dieses Mysterium klären wir, nachdem ihr euch geduscht habt und wir etwas essen konnten. Wie klingt das?«

Der Franzose lächelt dankbar: »Das klingt wunderbar.«

Gemeinsam folgen sie der Pilotin. François Beauford blickt sich nochmals um. Der klapprige Lieferwagen steht mit den üblichen Knackgeräuschen eines abkühlenden Motors da. Dann blickt er seinem Retter nach. Obwohl er dankbar für die Hilfe ist, ist ihm doch vollkommen klar, dass ein Profi am Werk ist. Ein solches Fluchtfahrzeug zeugt von Planung und Vorbereitung. Er folgt Sigurd Nyquist ins Haus. Diese Fragen werden sie später beantwortet bekommen. Jetzt muss er ganz dringend duschen und den Schmutz auf seiner Haut loswerden. Kurz bevor er die Scheune verlässt, kommt ihm noch ein Gedanke. Er nimmt sich vor, diesen später mit Fiona Köhler zu besprechen, wenn sie alleine sind.

30   Ein neues Gesicht

Berni Morales klopft an die Türe des Büros. Bis zu einem gewissen Grad fühlt er sich dabei, als ob er sich beim Direktor seiner Schule zum Rapport melden soll, nachdem er dabei erwischt worden war, wie er heimlich auf der Toilette das Centerfold des neuesten Playboys bewundert hat. Mit selbstironischem Gesichtsausdruck schüttelt er den Kopf. Seine Chefin vom Dienst weiß wahrscheinlich nicht einmal, was ein 'Playboy' ist. Dann wird sein Blick nachdenklicher. Er spürt es in den vergangenen Wochen umso mehr. Er ist ein 'Dinosaurier'. Eine Art, die sich dem Gang der Evolution entgegengestellt hat. Die Evolution ist zwar nachsichtig, aber völlig desinteressiert an den Ansichten des Dinosauriers. Die Evolution lässt ihn einfach weiter machen und weiter machen und weiter machen, bis er erschöpft ist und dann verschwindet. Dann hat sie wieder einmal gesiegt, die Evolution. Er wird aus diesen seltsamen Gedankengängen gerissen, als die Türe vor ihm ruckartig geöffnet wurde. Mit großen Augen steht Cameron Fortuna vor ihm. Ihr rotblondes Haar verdeckt nur halb die kleinen, weißen Kopfhörer. Offenbar ist sie mindestens genauso erschrocken wie er selbst. Nach einem Moment hat sie sich gefasst und puhlt sich hastig die Kopfhörer aus den Ohren: »Oh, Berni, tut mir so leid. Ich habe sie nicht klopfen hören. Bitte entschuldigen Sie.«

Berni Morales kann nicht anders. Er muss lächeln. Jeder, der ihn etwas besser kennt, würde steif und fest behaupten, dass Berni Morales nie lächelt. Außer, er sitzt vor einer Kamera und ist auf Sendung. Aber sonst nie. Jetzt lächelt er und blickt seine Chefin vom Dienst nachsichtig an: »Viel los gerade, nicht wahr?«

Sie nickt reflexartig und wirft einen hastigen Blick auf die Uhr. Er seufzt, dann fasst er sie bei den Schultern, dreht sie um 180 Grad und schiebt sie zurück in ihr Büro. Die Türe schließt er hinter sich: »Das wollte ich schon

lange sagen.«

Sie wendet sich ihm irritiert und sorgenvoll zu. Ihr Blick
wechselt zwischen seinem Gesicht und der Tür. Er erkennt,
dass seine Worte das Gespräch in die gänzlich falsche
Richtung gebracht haben und rollt, durchaus etwas ärgerlich über sich selbst, mit den Augen: »Nein. Nicht das, was
Sie jetzt denken. Setzten Sie sich hinter ihren Schreibtisch.
Wir haben noch über acht Minuten Zeit, bevor die Haupt-
nachrichten anstehen. Außerdem sind da draußen lauter
Menschen, die alles dafür geben, dass die Dinge besser als
hervorragend funktionieren.«

Sie schaut ihn immer noch irritiert, aber etwas be-
ruhigter, weiter wortlos an. Er weist mit dem Kinn auf
ihren Schreibtischstuhl. Dieser ist gerade noch hinter
Bergen von Akten zu erkennen, die die Arbeitsfläche
des Schreibtisches in einer Art massivem Angriff erobert
haben. Schließlich gibt sie klein bei, geht mit schnellen
Schritten zu ihrem Schreibtischstuhl und setzt sich. Er
nickt zufrieden, blickt sich um und räumt dann einen Berg
an Berichten zur Seite.

Einen Moment sitzen sich die junge Chefin vom Dienst
und der alte Chefsprecher der Nachrichten gegenüber.
Dann fährt er fort: » Sie hören jetzt zu und ich rede,
verstanden?«

Sie nickt wortlos. Berni Morales ist eine Legende. Er ist
ihr Nachrichtensprecher. Sein frei gesprochener Kommentar nach der ersten Sendung von Phaeton hat inzwischen
legendäre Berühmtheit erlangt.

»Ok. Ich bin nicht gut in dem, was ich nun sagen will.
Also unterbrechen Sie mich nicht.«

Er blickt sie scharf an. Sie nickt wieder. Aber dieses Mal
blitzt in ihren Augen der Jagdinstinkt auf. Berni Morales
grinst sie fröhlich an. Genau deshalb ist er hier. Diese
junge Frau wirkt unsicher und deplatziert für einen Job als
Chefin vom Dienst. Aber sie ist es nicht. Er kann genau er-

kennen, dass hinter der Fassade eines einfachen Mädchens ein Raubtier schlummert. Nur zügelt sie diese Fähigkeiten ständig. Ihm ist nicht klar, warum sie das tut und es ist ihm eigentlich egal, so spricht er unvermittelt weiter: »Wir beide haben in den letzten Tagen viel Aufmerksamkeit bekommen.«

Sie schüttelt ablehnend den Kopf. Aber das Blitzen in ihren Augen bleibt, als sie antwortet: »Sie haben die erhalten, Berni. Ihr Kommentar war genial.«

Sein Brummen soll ärgerlich klingen, aber es ist zu spüren, dass er das Lob genießt: »Sie sollen zuhören. Natürlich war mein Kommentar genial. Das ist es, was ich kann. Aber deshalb wollte ich nicht mit Ihnen reden.«

Kurz blickt er zur Decke, dann suchen seine Augen wieder ihren Blick: »Mein Kommentar war überhaupt erst möglich, weil Sie schnell geschaltet haben. Weil sie im entscheidenden Moment das getan haben, was all die anderen Chefs vom Dienst bei all den großen Stationen hätten unternehmen sollen. Die haben gezögert, aber sie haben gehandelt.«
Ihre Antwort kommt leise: »Ich konnte nicht anders.«

Er nickt zustimmend: »Eben.«

Dann macht er eine wedelnde Handbewegung mit der rechten Hand zur Tür, als er weiterspricht: »Die da draußen haben das verstanden. Genau deshalb reißt sich gerade ein Team, das sich bis vor einigen Tagen gerade so einigermaßen durchgewurstelt hat, Arme und Beine heraus, um sie zu unterstützen.«

Sie nickt nachdenklich und wirft ein: »Ich weiß, aber ich weiß nicht, ob ich genüge.«

Er nickt nüchtern, als er weiter spricht: »Tun sie nicht.«

Scharf ruckt ihr Kopf hoch und ihr Blick fokussiert sich noch stärker auf ihn. Er lächelt. Da ist es wieder, das Raubtier.

»Sie tun es deshalb nicht, weil Sie sich hinter diesem Mädchen-vom-Land-Verhalten verstecken. Lassen Sie das.«

Sie will antworten, aber er hebt die Hand: »Nein, hören Sie mir zu. Dieser Phaeton ist eine riesige Nummer. Die Größte, die wir beide je erleben werden. Und glauben Sie mir, ich habe so einiges erlebt.«

Er wartet, ob sie etwas sagen will, aber ihr harter Blick fixiert ihn nach wie vor. Wenn er sich bisher noch unsicher war, ob er das, was er vorhat, tatsächlich tun sollte, dann hat diese Unsicherheit jetzt ein Ende. Er holt tief Luft und setzt dann wieder zum Sprechen an: »Also was soll's. Ich möchte Ihnen einen Vorschlag machen.«

Sie hebt lediglich die Augenbrauen.

»Wir beide wissen, dass unsere erste Sendung zu Phaeton eine märchenhafte Kombination von Glück und Gelegenheit war. Das wird sich so nicht wiederholen lassen.«

Er schaut sie an, bis sie zustimmend nickt: »Genau deshalb bin ich hier. Ich habe meine Fühler ausgestreckt. Damit meine ich, ich habe Kontakte angesprochen und so ziemlich sämtliche Gefallen eingefordert, die ich noch offen hatte. Und noch ein paar mehr.« Jetzt beugt sie sich vor und legt das Kinn auf die Hände ihrer aufgestützten Arme. Er fährt fort: »Folgendes habe ich organisiert. Wir werden nach der nächsten Sendung von Phaeton und die kommt so sicher wie das Amen in der Kirche, nicht nur landesweit, sondern nahezu weltweit einen drei Minuten Sendeslot bekommen. Exklusiv. Nur AMCTS News. Ich habe die Technik bereits informiert. Ich werde die Sendung kommentieren.«

Sie nickt zufrieden und will eben ihre Begeisterung über das Gehörte zum Ausdruck bringen. Wieder hebt er die Hand.

»Abwarten. Das Wichtigste kommt noch.«

Nun schließt sie den Mund und blickt ihn misstrauisch

weiter an. Er sucht in ihrem Blick das Raubtier, nach dem er Ausschau hält. Da ist es wiederzusehen. Jetzt hat er sich entschieden: »Sie werden meine Co-Moderatorin sein.«

Einen Moment reagiert sie überhaupt nicht. Ihr Körper scheint wie eingefroren. Lediglich ihre Augen leben. Das Raubtier in ihr hat sich in Bewegung gesetzt. Berni Morales nickt zufrieden. Er war sich nicht ganz sicher gewesen, ob sein Vorhaben gelingen könnte. Jetzt hat er keinen Zweifel mehr.

»Ich bin die Chefin vom Dienst, keine Sprecherin.«

Ärgerlich wiegelt er ab: »Meine Liebe, was für ein Unsinn. Sie haben sich bei AMCTS für diesen Job beworben, nachdem sie bei fünf großen Netzwerken als Sprecherin abgelehnt wurden. Nachdem was ich gehört habe, waren alle von ihren Fähigkeiten überzeugt. Ich habe ihre Aufsätze über Politik gelesen. Ich habe mit Ihren Professoren gesprochen. Einer hat mir wörtlich gesagt, wenn sie jemals auf Sendung gehen sollten, müsse sich die Politik in Washington warm anziehen. Es hatten also alle die Sorge, dass sie zu eigenständig wären. Heutzutage ist ein Sprecher eine Puppe, die das tut, was man ihr sagt. Eigenständigkeit ist störend. Sie sind keine solche Sprech-puppe.«

Er macht eine Pause, dann spricht er weiter: »Und deshalb bin ich bei AMCTS gelandet und nicht bei den großen Netzwerken. Gnadenbrot sozusagen.« Sie legt die Hände auf den Tisch und blickt auf ihre Fingernägel. Dann spricht sie leise: »Sie haben über mich recherchiert.«

Er lacht amüsiert auf: »Aber natürlich, Cameron. Was glauben Sie denn, wie ich arbeite? Natürlich weiß ich genau, wer in diesem Team was kann.«

Eine lange Zeit schweigt sie. Dann hebt sie den Blick. Das Raubtier hat sich wieder zurückgezogen, es schlummert wachsam im Hintergrund: »Warum ich?«

Wieder holt er tief Luft: »Nun, lassen Sie mich zuerst

erklären, was ich vorhabe.«

Sie hebt die Hand und blickt ihn neugierig an und wirft eine Zwischenfrage ein: »Zuerst etwas anders. Woher wissen Sie, dass sich dieses Phaeton bald wieder melden wird?«

Sein Grinsen ist entwaffnend: »Ich habe davon gehört, dass diese Idioten in Washington Phaeton angegriffen und sich eine blutige Nase geholt haben.«

Scharf zieht sie die Luft ein: »Wann?«

»Nicht lange her, aber so wie ich die Lage einschätze, wird seine Antwort nicht lange auf sich warten lassen.«

Sie schüttelt den Kopf und gibt zu bedenken: »Ich kann nicht so einfach meinen Posten aufgeben. Wer soll dann als Chef vom Dienst einspringen?«

Er steht auf und zeigt fröhlich mit dem Zeigefinger der rechten Hand auf sie: »Gut, dass Sie das fragen.«

Dann dreht er sich um, geht zur Tür und öffnet sie. Ein drahtiger, älterer Herr in Sakko und Fliege steht davor. Dieser blickt neugierig ins Büro und wendet dann seinen Blick zu Berni Morales und fragt: »Hat sie zugestimmt?«

Der Angesprochene antwortet mit verschwörerischer Stimme: »Hat sie. Sie muss es sich nur noch selbst eingestehen.«

Der drahtige Mann rollt mit den Augen: »Berni, du bist unmöglich.«

Dann betritt er den Raum und schaut Cameron Fortuna zum ersten Mal direkt in die Augen. Ein Nicken, dann legt er die letzten Schritte zu ihrem Schreibtisch zurück und streckt ihr die Hand zum Gruß entgegen. Berni Morales hat inzwischen die Türe hinter ihm geschlossen und beobachtet die Szene amüsiert.

Cameron Fortuna ist aufgestanden und blickt ihrem neuen Besucher mit großen Augen an, als er sich vorstellt: »Frank Sterfield. Ich denke, Sie haben von mir gehört.«

Automatisch schüttelt sie ihm die Hand. Dann schließt sie kurz die Augen, öffnet sie wieder und hat endlich ihre Sprache wieder gefunden. Andächtig begrüßt sie Frank Sterfield: »Natürlich habe ich von Ihnen gehört. Es ist mir eine Ehre. Ach was, ich kann es nicht fassen. Frank Sterfield ist in meinem Büro!«

Huldvoll nimmt dieser dies zur Kenntnis, dann wendet er sich Berni Morales zu: »Jetzt verstehe ich, warum dich diese junge Dame so begeistert. Sie vergöttert uns Dinosaurier.«

Energisch widerspricht sie ihm: »Ich vergöttere Sie nicht. Ich bewundere Sie. Sie sind das Mastermind hinter all den legendären Sendungen, die diesen Misanthropen von einem Nachrichtensprecher so berühmt gemacht haben.«

Jetzt endlich hat sie zu ihrem wahren Wesen zurückgefunden. Zufrieden grinsen sich die beiden Männer an: »Siehst du, was ich gemeint habe? Vollkommen respektlos hinter dieser Fassade des unsicheren Mädels. Und intelligent. Und schnell.«

Frank Sterfield mustert Cameron Fortuna. Dann fragt er Berni Morales, ohne den Blick von ihr abzuwenden: »Glaubst du, sie packt das?«

Seine Antwort kommt wie aus der Pistole geschossen: »Ja. Sonst hätte ich dich nicht angerufen.«

Scharfe, alte Augen mustern die junge Frau. Diese hält dem Blick problemlos stand, denn sie spürt, dass dieser Moment schon die zweite Situation in wenigen Tagen ist, die über ihre Zukunft entscheidet. Und sie spürt ganz deutlich, wie ein Feuer in ihr zu lodern begonnen hat.

Frank Sterfield nickt langsam: »Schön, junge Dame. Sind sie bereit für das, was dieser arrogante Knopf Ihnen gerade vorgeschlagen hat?«

Einen winzigen Moment zögert sie noch. Dann nickt sie ruckartig: »Bin ich. Sind sie bereit, das für mich zu tun?«

Er lächelt ihr väterlich zu: »Junge Dame, was soll das. Ich wäre nicht hier, wenn ich das nicht wäre.«

Dann wird sein Ton ernst. Er blickt in die Runde: »Wir sollten loslegen. Dieser Phaeton wird sicher nicht lange fackeln. Ist der Studioumbau fertig?«
Berni Morales nickt.: »Ist er. In Studio 2 ist alles aufgebaut. Gerade zieht die Technik um.«
Sein Blick geht zu Cameron Fortuna, um ihr zu erklären: »Und ich habe Ihre Assistenten gebeten, eine Sitzung mit allen in ...«, sein Blick geht zu seiner teuren Armbanduhr, bevor er fortfährt, »... drei Minuten anzusetzen. Dann übernimmt Frank als Chef vom Dienst und wir beide gehen in die Maske.«

Nochmals schluckt sie und holt tief Luft: »Wunderbar. Frank, willkommen in der Katastrophe.«

Das Lächeln des drahtigen, älteren Mannes ist warm.

»Junge Dame, das ist nun nicht mehr Ihr Job. Das ist jetzt meine Katastrophe. Ab mit euch. Ich habe so ein Gefühl, dass das nicht mehr lange dauern kann.«

Sie blickt sich noch ein letztes Mal in ihrem Büro um. Plötzlich wirkt das Chaos der Akten nicht mehr so abschreckend, wie noch heute Morgen, als sie hier ankam, viel mehr strahlt es eine Form von verklärter Erinnerung an alte Zeiten aus. Sie nickt nachdenklich und ist dabei verwundert über sich selbst. So hart sie sich die Position als Chefin vom Dienst erkämpft hat, so schnell hat sie diese losgelassen. Ihr Blick geht zu Berni Morales, der sie ununterbrochen genau beobachtet hat. Sie nickt nochmals und bestätigt lächelnd: »Sehr schön. Legen wir los!«

31 Erkenntnis

François Beauford blickt von seinem Laptop auf. Hier oben im ersten Stock des Hauptgebäudes gibt es ein Arbeitszimmer, das mit schönen, alten Möbeln ausgestattet ist. Im Sitzen streckt er sich kurz und muss gähnen. Dann steht er auf, geht zum Fenster und blickt auf den gepflegten, großen Gartenbereich vor dem Hauptgebäude. Das Anwesen ist gepflegt. Er hat vergessen zu fragen, wem es gehört. Da Sigurd Nyquist von Albus John Francis Smythe-Jorgenson angeheuert worden war, wird auch dieses Kleinod in irgend einer Form in dessen Besitz sein. Draußen scheint die Morgensonne warm auf die Beete. Jetzt bemerkt er eine Bewegung. Fiona Köhler schlendert durch den Garten. Er lächelt, ohne es zu merken, und spürt eine innere Wärme bei ihrem Anblick. Heute Nacht ist er aus einem Albtraum aufgewacht, indem sie in seinen Armen gestorben ist. Er hat einige Minuten benötigt, bis er sich sicher war, dass der unbeschreiblich schmerzhafte Verlust lediglich ein böser Traum war. Danach war er hellwach und natürlich konnte er so nicht mehr einschlafen. Nicht nach all dem, was er in den vergangenen Tagen erlebt hat. Jetzt wendet sich Fiona Köhler um und ihr Blick geht nach oben. Sie sieht ihn am offenen Fenster stehen und hebt grüßend die Tasse, die sie in den Händen hält. Ihr Lächeln ist auf diese Entfernung nicht zu erkennen, aber François Beauford spürt es auch so. Vorsichtig, fast schüchtern, hebt er die rechte Hand und winkt ihr zu. Sie hebt die Tasse erneut kurz an, dann wendet sie sich ab und geht zurück zum Hauptgebäude. Auch er wendet sich wieder dem Zimmer zu. Überall liegen die Ausdrucke, die er mithilfe des großen Druckers im Flur draußen erstellt hat. Dieses Gebäude wirkt wie ein Farmhaus. Aber eigentlich ist es ausgestattet wie ein Rückzugsort für einen kreativen Geist oder für einen Investigativjournalisten. Er lacht bei diesem Gedanken müde auf. Gestern hat

er zuerst geduscht und dann haben sie gemeinsam mit
Sigurd Nyquist zu Abend gegessen. Sigurd ist ein lustiger
Geselle. Außerdem ist er ein richtig guter Koch mit einer
besonderen Hingabe für die italienische Küche. Der große,
blonde Mann wirkte zuerst auf François Beauford wie ein
Surfertyp aus Californien. Aber der Investigativjournalist
muss sich eingestehen, dass dieser Eindruck lediglich
vom beeindruckend muskulösen Körper und den langen,
blonden Haaren hervorgerufen wurde. Jetzt, da er ihn etwas besser kennt, weiß er, dass Sigurd ein rascher Denker
ist, der klares, konsequentes Handeln und vor allem eine
ehrliche und direkte Kommunikation bevorzugt. Wenn
er ehrlich zu sich selbst ist, dann passt diese Art Mensch
viel besser zu jemandem wie Albus als ein kalifornischer
Sunnyboy. Jedenfalls haben sich Fiona und Sigurd gestern
Abend beim Essen entspannt unterhalten. Sie hat von
ihren italienischen Wurzeln erzählt und musste ihm dann
sofort versprechen, den Fan der italienischen Küche mit
ihrer Großmutter bekannt zu machen. Im Gegenzug hat
er offen über seine zum Teil anstrengende und heraus-
fordernde Arbeit bei den Nationella insatsstyrkan erzählt.
Die Spezialeinsatzkräfte der schwedischen Polizei stehen,
so hat der Investigativjournalist es verstanden, anderen
und viel bekannteren paramilitärischen Einheiten für
Verbrechens- und Terrorbekämpfung in nichts nach. Mit
etwas Wehmut hat Sigurd Nyquist von seiner Verletzung
erzählt, die er sich bei seinem letzten Einsatz zugezogen
hat und ihn schließlich davon überzeugte, aus dieser
Truppe auszuscheiden. Mit todernster, leiser Stimme hat
er nur andeutend von diesem Einsatz berichtet. Als er von
den angstvoll verstörten Blicken der vielen Kinder berichtet hat, die sie bei diesem Einsatz wohl gerettet haben,
hat ihm die Stimme gestockt. Fiona Köhler und François
Beauford haben ihm einfach zugehört. Schließlich hat sie
ihm die Hand auf den Unterarm gelegt. Dann hat er sich
gestrafft und ihr dankbar zugenickt. François Beauford hat

verstanden, dass dieser Mann möglichst wenig über diese Erlebnisse berichten wollte, auch wenn seine journalistische Neugier geweckt war.

Beim Tisch abräumen und gemeinsamen Geschirr spülen hat Sigurd dann die beiden darüber aufgeklärt, dass ihn Albus damit beauftragt hat, für ihre Sicherheit zu sorgen. François Beauford kam es so vor, als ob Fionas und seine Sicherheit Albus tatsächlich sehr am Herzen liegen. Fiona Köhler wollte schließlich wissen, wie er sie gefunden hatte. Worauf Sigurd Nyquist etwas Unbestimmtes von Quellen bei der NASA sprach und auf die inzwischen deaktivierten Sender im Rückeneinband der beiden Berichte der SOHO-Mission erzählte. Das Gespräch ging noch etwas hin und her. Später hat sich Fiona Köhler erhoben und den beiden Männern eine gute Nacht gewünscht. François Beauford hat Sigurd Nyquist gefragt, ob sie denn auf diesem Farmanwesen sicher seien. Worauf dieser mit einem einfachen 'Ja' geantwortet und François Beauford mit offenem, ehrlichem Blick angeschaut hatte. Der Investigativjournalist hat das wortlos zur Kenntnis genommen. Dann ging auch er zu Bett, die letzten Stunden waren schließlich sehr herausfordernd gewesen.

Jetzt hört er Schritte die Treppe heraufkommen. Er ertappt sich dabei, dass er hofft, diese mögen von Fiona Köhler stammen. Wieder blickt er sich im Arbeitszimmer um. Seit er gestern Nacht aufgewacht ist, hat er große Schritte im Verständnis der Verflechtungen von Intersol Technology gemacht. Er glaubt, etwas entdeckt zu haben, an dem er ansetzen kann.

»So sieht es also aus, wenn du arbeitest. Das muss ich mir merken.«

Er wendet sich um und lächelt sie an. Sie hält ihm einen Becher mit dampfendem Kaffee entgegen, den er dankbar entgegennimmt: »Na ja, ein kreativer Geist benötigt Entfaltung.«

Sie kichert. Oh, wie er dieses Geräusch liebt.

»Entfaltung. So sieht es tatsächlich aus. Entfaltet.«

Er lächelt sie schuldbewusst an und blickt ihr dabei in die Augen. Wieder hat sie diesen schelmischen Blick, wie schon bei ihrer ersten Begegnung auf dem Flug über den Atlantik. Und jedes Mal, wenn sie sich so anschauen, möchte der Franzose den Blick nicht abwenden, sondern darin versinken. Kurz blitzen ihre Augen auf, dann fragt sie ihn mit leiser Stimme: »Hat diese Entfaltung etwas zutage gefördert?«

Er fühlt sich überrumpelt, dann antwortet er nach einem Räuspern: »Tatsächlich hat sie das. Ich habe endlich verstanden, wohin die ganzen Gelder, die Intersol Technolgy vorgeblich für die Erkundungssonden der Asteroidenmission in Wirklichkeit verwendet hat.«

Hinter ihnen sind feste Schritte zu hören und es schallt ihnen fröhlich entgegen: »Guten Morgen, ihr beiden. Gut geschlafen?«

Sigurd Nyquist lächelt seine Schützlinge fröhlich an. Dann wird sein Blick ernst und er schaut sich um: »Störe ich euch?«

François Beauford und Fiona Köhler bemühen sich fast zeitgleich, dies zu verneinen: »Nein natürlich nicht ...«

»Keineswegs, ich habe nur ...«

Sigurd Nyquist nimmt das, ohne die Miene zu verziehen zur Kenntnis. Sein Blick geht zu François Beauford: »Was hast du nur?«

Froh über die Ablenkung beginnt François Beauford zu referieren. Die Pilotin und der blonde Hüne hören ihm aufmerksam zu. Er merkt nicht, dass er ins Dozieren kommt. In den nächsten fünfundvierzig Minuten erklärt er seinen beiden schweigenden Zuhörern, was er entdeckt hat. Schließlich kommt er zu seinem Fazit: »Also, etwas vereinfacht formuliert, hat GG tatsächlich Sonden gebaut.

Aber für einen gänzlich anderen Zweck, wie er uns erzählt hat. Ich glaube, dass diese Fehlfunktionen in Wirklichkeit keine sind. Das sollte lediglich der Öffentlichkeit erklären, warum die Sonden ihren vorgeblichen Zweck nicht erfüllen und GG einen Grund zum Untertauchen zu liefern.« Sigurd Nyquist geht im Raum herum und nimmt hier und dort ein Schriftstück in die Hand. Fiona Köhler blickt nachdenklich zum Fenster hinaus. Der blonde Hüne kommentiert das Gehörte als Erster: »Du sagst also, dass dieser GG in seinem Konzern Gelder verschoben hat. Und dass dieser Konzern eigentlich seit Jahren pleite ist, aber es keiner gemerkt hat.«

François Beauford zuckt mit den Schultern und kommentiert diesen Ausspruch: »Er ist nur pleite, wenn das, was er mit den Geldern gebaut hat, keinen Ertrag abwirft.«

Verwirrt schüttelt der ehemalige Polizist den Kopf. Er legt den Tabletcomputer, den er in der linken Hand gehalten hat und fragt dabei er nachdenklich: »Und was hat er bei Intersol gebaut? Kaputte Satelliten?«

François Beauford schüttelt den Kopf: »Es sind Sonden, keine Satelliten. Die Dinger sollen aus der Umlaufbahn der Erde herausfliegen. Er hat die Sonden nicht bei Intersol gebaut. Zumindest nicht komplett. Große Strukturen wurden von anderen Konzernteilen geliefert. Dahin ging auch der Großteil des Geldes.«

Der blonde Hüne nimmt ein Blatt hoch und liest laut vor: »Nanostrucure For Future Inc.«

François Beauford nickt: »Genau. Nanostrutre For Future hat den Löwenanteil der Gelder bekommen. Der Rest reicht meiner Meinung nach nur für den Bau von ungefähr dreizehnhundert oder sechzehnhundert Grundsysteme der Sonden aus, also Antrieb, Kommunikation und Struktur. Die eigentliche Nutzlast hat Nanostrutcture For Future gebaut. Übrigens, das Teuerste an den Grundsystemen waren laut den Bilanzen von Intersol Technology die elektrischen

Triebwerke. Sauteure Dinger, die er bei den Europäern gekauft hat.«

Sigurd nickt verstehend: »Ariane Space, vermutlich.«

»Genau. Ich habe bereits bei meinen Recherchen von Paris aus einige Pressemitteilungen gefunden, in denen Ariane Space den Großauftrag von Intersol Technology frenetisch gefeiert hat.«

Wieder geht der ehemalige Polizist durch den Raum und greift sich einzelne Akten. François Beauford stellt fest, dass dessen scharfer Verstand für diese Art Recherchearbeit, wie geschaffen zu sein scheint. Er bemerkt, dass er den ehemaligen Polizisten dafür bewundert, ja respektiert, obwohl sein Verhältnis zu Mitgliedern der Strafverfolgungsbehörden bisher eher distanziert war, gelinde gesagt.

Fiona Köhler folgt dem Dialog mit nachdenklichem Gesichtsausdruck und fragt dann nach: »Aha, er hat also ungefähr eintausendvierhundert Sondensysteme bauen lassen. Die teuren Sachen dafür hat er eingekauft. Und dann?«

François nimmt den Ball auf: »Dann hat er alles zu einer geheimen Fertigungsstätte schicken lassen. Ich vermute, dass diese in Mexiko liegt, kann das aber nicht mit Sicherheit sagen. Vielleicht kann Albus mehr darüber erfahren. Die Unterlagen, die ich habe, sind da eher wage. Aber Geraldo Gonzales ist gebürtiger Mexikaner. Und aus einem unbekannten Grund glaube ich, dass er die wirklich wichtigen Dinge zu Hause erledigen wollte. Dann wurden die Dinger zurück zu den Startrampen geschickt. Das wahren fast dreitausend Raketenstarts für die Einzelkomponenten der vierzehnhundert Systeme.«

Sigurd Nyquist schaut ihn nachdenklich an, bevor er antwortet: »Dieser GG kauft teures Zeugs, lässt es sich nach Hause in Mexiko liefern und baut da etwas zusammen. Dieses Etwas war so teuer, dass es den Großteil der Gelder des Asteroidenprojektes verschlungen hat.«

»Genau. Wie zuvor erwähnt, Nanostrucure For Future hat den Löwenanteil der Gelder bekommen. Die haben dann aber selbst nur ungefähr die Hälfte davon verbraucht. Der Rest ging weiter.«

Neugierig schaut ihn der ehemalige Polizist an: »Wohin?«

François Beauford seufzt: »Seltsamerweise gingen unglaubliche Summen über die Firma Nanostructure for Future an eine weitere Firma namens NanoKI LtT. Die ist in Taiwan. Ich habe zugegebenermaßen keine Ahnung, was die mit dem Geld gemacht haben.«

Im Raum herrscht nachdenkliche Stille, nur die Vögel und Zikaden von draußen sind durch das offene Fenster zu hören. Dann ergreift Fiona Köhler mit leiser Stimme das Wort: »Nanobots.«

Beide Männer schauen sie verwundert an. François Beauford fragt irritiert nach: »Was meinst du damit, Fiona?«

Sie seufzt. Dann droht sie den beiden spielerisch mit dem Zeigefinger: »He, ich bin hier mit zwei Jungs zusammen und anscheinend ist der einzige Techniknerd im Raum das Mädchen. Schämt euch.«

Sigurd Nyquist lacht amüsiert auf: »Ok, die Neue Welt eben. Also, was meinst du damit?«

Ihr Blick geht zu François Beauford: »Du erinnerst dich, wir haben über Science Fiction und Filme dazu gesprochen.«

Er nickt zögerlich: »Ja, diese Geschichten von Rittern mit leuchtenden Schwertern.«

Sigurd Nyquist lacht prustend auf: »Echt jetzt? Sag bloß, du hast als Kind weder Star Wars noch die anderen Filme gesehen?«

François Beauford schüttelt mit Unverständnis den Kopf: »Nein, natürlich nicht. Das ist doch nur ein Aufguss der alten Ritter- und Entdeckergeschichten, jetzt eben mit leuchtenden Schwertern und im Weltall.«

Fiona Köhler kommentiert das mit ironisch, leidendem Ton: »Siehst du, Sigurd, was ich mit ihm durchmache?«

Der blonde Hüne versucht, ein Lachen zu unterdrücken. Dann antwortet er mit gespielt quietschiger, gepresster Stimme: »Einen seltsamen Padavan du da hast, Beherrscherin der Flugmaschinen. Aber wertvoll er ist!«

Die beiden blicken sich an und brechen gemeinsam in schallendes Gelächter aus. François blickt in völligem Unverständnis zwischen beiden Hin und Her: »He, ihr zwei, ihr sollt euch nicht über mich lustig machen!«

Fiona Köhlers Blick wird langsam wieder ernst und sie versucht zu erklären: »Also, ich habe mich schon immer für Science Fiction Literatur interessiert. Zuerst die gängigen, Asimov, H. G. Wells, Brian Aldiss, Philip K. Dick und so weiter. Dann die Alten wie Stanislaw Lem, Jules Verne, sogar Mary Shelley mit Frankenstein. Es gibt auch einige Deutsche wie Hans Dominik und Paul Sieg oder neuer Andreas Eschenbach. Da ich mich aber eher für Technik interessiere, habe ich dann als Jugendliche alles über Cyberpunk verschlungen. Da geht es um den Einsatz von Technologie im engen Verbund zu Menschen. Es ist eine eher düstere Zukunftsvision. Da habe ich John Brunner, Shirley und Gibson gelesen.«

François Beauford hört aufmerksam zu. Sigurd Nyquist fragt dagegen neugierig nach: »Und was hat das mit all dem hier zu tun?«
»Na ja, einige der immer wiederkehrenden Themen sind künstliche Intelligenz und Nanomaschinen.«
Im Gesicht des Investigativjournalisten spiegelt sich Verständnis wider: »Du glaubst also, dass GG mit all dem Geld, das er Nanostructure for Future und NanoKI gegeben hat, genau das hat entwickeln lassen?«

Sie nickt und bestätigt: »Genau. Ich finde die Vorstellung von funktionierenden KIs und Nanomaschinen zwar gruselig, aber mit genügend Geld könnte da sicher zumindest teilweise Funktionierendes dabei herauskommen.«

Sigurd Nyquist schaut sich im Raum um: »Also noch einmal. Dieser GG plündert seine Firma, die ohnehin schon bankrott ist, nur verheimlicht er das geschickt vor der Finanzwelt, dazu beginnt er ein riesig angelegtes Projekt zur Erkundung der Asteroiden auf Rohstoffe, das in aller Munde ist und dann schiefgeht?«

François Beauford steigt hier ein: »Aber es geht nur vorgeblich schief. In Wirklichkeit baut er Sonden, ungefähr vierzehn bis sechzehnhundert, die er mit etwas bestückt, das von Nanostructure for Future und dieser NanoIT Bude, mit Nanomaschinen ausgestattet wird. Anschließend kauft er die dreitausend Raketenstarts und lässt die Einzelteile der Sonden in die Umlaufbahn bringen. Sind die dann oben, setzt er die Sonden dort zusammen.«

Der ehemalige Polizist übernimmt: »Nach dem Start der Sonden gibt er zerknirscht bekannt, dass alle Systeme eine Fehlfunktion haben und verloren sind. Dann taucht dieser GG einfach ab. Fort, und ward nicht mehr gesehen.«

François Beauford fährt jetzt nachdenklich fort: »Nur verstehe ich nicht, warum das Ganze. Das sind unglaubliche Summen, die Intersol Technologies eingesetzt hat. Und das alles für nichts. Was soll dabei herauskommen?«

Wieder herrscht Stille im Raum. Die Sonne ist höher gestiegen und nun sind lediglich noch die Zikaden in den Bäumen zu hören.

Fiona Köhler beginnt in die Stille hinein zu sprechen: »Phaeton.«

Ungläubige Blicke der beiden Männern begegnen ihr daraufhin. Sie nickt: »Dieser GG hat Phaeton gebaut.«

François Beauford schaut sie weiter einfach nur an, Sigurd Nyquist dagegen fasst sich schneller: »Warum, Fiona? Warum sollte er das tun?«
Ein heißeres Lachen des Investigativjournalisten beant-

wortet die Frage an ihrer Stelle: »Geld und Macht.«

Die entspannte Stimmung im Raum ist verflogen. Mit jeder Sekunde, in der die Drei über die Weiterungen dieser Entdeckung nachdenken, wird ihr Blick sorgenvoller.

Fiona Köhler nickt den beiden zu und meint voller Furcht: »Ich habe Angst.«

»Bitte kurz stillsitzen, Cameron. Bitte, nur kurz.«

Sie entschuldigt sich sofort: »Sorry. Das ist ungewohnt für mich.«

Die Visagistin lacht auf: »Das glaube ich Ihnen. Aber glauben Sie mir auch, dass Sie das ganz hervorragend machen.«

Cameron Fortuna lächelt dankbar. Die eben beendeten Testläufe ihrer Co-Moderation mit Berni Morales waren wirklich gelungen. Anfänglich war sie sehr zurückhaltend. Sie haben nun seit drei Stunden testweise Nachrichten moderiert. Natürlich handelte es sich um alte Nachrichten. Sie haben tatsächlich inzwischen zu einer eindrucksvollen Art des Miteinanders gefunden. Ihre frische, fröhliche Art des Kommentars wird von seinem ruhigen, fundierten Auftritt ergänzt. Cameron Fortuna spürt genau, dass dieses Experiment Erfolg versprechend ist.

Hinter sich hört sie die Stimme von Frank Sterfield: »Na also, geht doch, junge Frau.«

Sie wendet sich um, was ihr ein kritisches Zungen-schnalzen der Visagistin beschert, die ihr Make-up für die nächste Runde auffrischen soll.

»Frank, was machen Sie hier? Sie sind jetzt Chef vom Dienst?«

Er nickt ihr ernst zu: »Ich ja, Sie nicht mehr, also sollte Sie das nicht kümmern. Ich wollte nur sehen, ob der Rie-cher dieses alten Misanthropen immer noch funktioniert.«

Sie blickt ihn neugierig an und fragt leise und unsicher: »Funktioniert er?«

Ein grinsendes Nicken antwortet ihr: »Ja, tut es. Aber das müssen wir ihm ja nicht auf die Nase binden. Sonst wird er noch ...«, sie ergänzt fröhlich den Satz, »... einzigartiger?«

Frank Sterfield schaut sie verblüfft an: »Genau. Einzigartiger.«

Er will gerade noch etwas sagen, da klingelt sein Telefon und er meldet sich: »Sterfield.«

Sein Blick wird todernst: »Auf die Monitore hier schalten, Übertragung aus Studio zwei bereithalten.«

Er beendet das Gespräch und schaut sie ernst an: »Phaeton.«

Dann wendet er sich um, nickt beim Hinausgehen dem eben hereinkommenden Berni Morales zu und ist verschwunden.

Die Visagistin ist ein Profi. Sie hat sofort verstanden, dass sich der Plan geändert hat, beendet noch eine Korrektur am Make-up von Cameron Fortuna und packt ihre Sachen dann wortlos zusammen.

Cameron Fortuna steht auf und geht zurück zu ihrem Platz für die Aufzeichnung. Berni Morales geht ohne Kommentar neben ihr her. Dann sitzen sie bereit für die Aufnahme. Vor sich haben beide einfache Notizblöcke und Stifte. Auf den Rat von Berni verwendet sie einen Bleistift, da seiner festen Überzeugung nach Kugelschreiber genau dann aufhören zu funktionieren, wenn es wirklich darauf ankommt.

Sie können den großen Monitor beobachten, den man ihnen in Blickrichtung so aufgebaut hat, dass die Studiokameras ihn nicht erfassen. Beide tragen fast unsichtbare Ohrstöpsel.

Der Monitor zeigt ein schwarzes Bild. In ihren Kopfhörern hören sie wieder Zarathustra von Strauß. Sie macht sich eine Notiz dazu.

Dann ist wieder die schon bekannte Stimme zu hören: »Menschen, ich grüße Euch.«

Ein wunderbarer Sonnenaufgang über dem Meer wird gezeigt. Die Stimme fährt fort: »Phaeton dankt für die erwiesene Huldigung und den Dank, den viele von euch in freiem Willen gesandt habt.«

Der Sonnenaufgang läuft nun in Zeitraffer ab. Fast hat der Sonnenball den Zenit überschritten: »Und Phaeton ist gnädig.«

Die Sonne senkt sich bereits wieder zum Horizont: »Diese Gnade erweist Phaeton Euch Menschen erneut.«

Wieder steht die Sonne knapp über dem Horizont, der Lauf wird angehalten und die Stimme wird drohend: »Auch wenn einige von euch versucht haben, mir zu schaden.«
Die Sonne wird schwächer, obwohl sie ihre Position über dem Horizont nicht verändert: »Selbstverständlich war dieser Versuch von vorneherein zum Scheitern verurteilt.« Die Sonne glimmt nur noch schwach.

»Menschen. Ihr dürft Euch entscheiden, welchem Weg Ihr folgen wollt.«

Das Bild wechselt. In schneller Folge werden wunderschöne Aufnahmen der Natur gezeigt, dazwischen immer wieder Menschen von allen Kontinenten, die glücklich im Sonnenlicht stehen.

»Ihr könnt den Weg des Lichts wählen, indem Ihr Phaeton huldigt und ihm dankt«, jetzt ist ein düsterer, dunkler Brummton zu hören, »oder Ihr könnt den Weg derjenigen wählen, die Phaeton schaden wollten.«

Kurz ist wieder die Sonne zu sehen, wie sie knapp über dem Horizont steht. Dann wird diese schnell dunkel. Das Bild wird schwarz.

»Phaeton ist gnädig. Er gewährt Euch drei Tage der Einkehr. So könnt Ihr frei darüber entscheiden, welchen Weg Ihr wählen wollt.«

In schneller Folge werden Naturaufnahmen gezeigt, in denen Pflanzen und Tiere in zunehmender Dunkelheit und schließlich bei Nacht verenden. Unvermittelt wird das

Bild wieder schwarz. Der düstere, dunkle Ton wird immer lauter und lauter, bis er übergangslos verschwindet und wieder die Stimme zu hören ist: »Menschen. Phaeton ist gnädig. Drei Tagesfristen gewährt Phaeton Euch, um Euch zu entscheiden.«

Diese Aussage ist mit einem magisch klingenden Hall unterlegt: »Entscheidet Ihr euch dafür, vorbehaltlos alle Phaeton zu huldigen und ihm zu danken, werdet Ihr in Licht leben.«

Wieder wird ein Sonnenaufgang eingeblendet, inzwischen zeigt das Bild eine afrikanische Savanne. Die Sonne steigt im Zeitraffer zum Zenit.

»Wählt Ihr den Weg derjenigen, die Phaeton schaden wollten, ist Dunkelheit Eure Zukunft.«

Die Sonne im Zenit verblasst, das Bild wird schwarz. Wieder erklingt der düstere, dunkle Ton, wird lauter, bis er fast unerträglich wird. Dann verstummt der Ton.

»Ihr dürft nun ergründen, was Ihr wollt. Wählt weise.«

Das Bild bleibt noch kurz schwarz. Dann endet die Übertragung.

Cameron Fortuna blickt auf ihre Notizen. Während sie der Übertragung gefolgt ist, hat sie einfach alles aufgeschrieben, was ihr in den Sinn kam.

Der Kameraassistent gibt ihnen Zeichen. Mit den Fingern zählt er von fünf rückwärts. Bei null angekommen weist er mit dem Zeigefinger auf Berni Morales.

Dieser blickt mit ernstem Gesichtsausdruck in die Kamera.

»Guten Tag, meine Mitbürger. Ich bin Berni Morales von AMCTS New. Mit mir im Studio ist meine Kollegin Cameron Fortuna.«

Bei diesen Worten wendet er sich ihr zu und lächelt sie an.

Einen Moment hat sie einen Kloß im Hals. Dann beginnt

sie ihre erste Liveübertragung mit klarer Stimme: »Danke, Berni. Guten Tag da draußen, von wo auch immer Sie uns zuhören. Eben haben wir alle die neueste Meldung von Phaeton verfolgt. Für mich war dies eine in höfliche Worte verpackte Aufforderung, ja eher eine Drohung. Was meinst du, Berni, liege ich da falsch?«

Er schüttelt den Kopf und übernimmt die Gesprächsführung flüssig: »Nein, Cameron. Phaeton wurde wohl angegriffen. Dieser Angriff, egal wer oder was ihn ausgeführt hat, hat anscheinend jetzt Konsequenzen für alle Menschen auf diesem Planeten.«

Während Berni Morales sprach, hat ihn die Kamera bildfüllend gezeigt. In dieser Zeit hat ihr ein Assistent ein Blatt gereicht. Sie überfliegt den Text darauf kurz und schluckt. Dann sieht sie aus den Augenwinkeln die Geste des Kameraassistenten, der ihr anzeigt, dass sie wieder im Bild ist. Sie blickt auf und fährt mit ernster Stimme fort: »Soeben erreichen uns Meldungen, dass vermutlich die US-Space-Force eine Art Angriff auf etwas im Weltall über uns durchgeführt hat. Dabei wurde nach diesen Informationen eine Wasserstoffbombe zur Explosion gebracht.«

An dieser Stelle steigt Berni Morales wieder ein: »Wenn dies der von diesem Phaeton angesprochene Versuch ist, ihm zu schaden, dann war er offensichtlich ohne Wirkung auf Phaeton.«

Sein Blick geht zurück zu Cameron Fortuna. Sie spürt, dass er ihr das Feld bereitet hat. Sie nickt ihm mit ernster Miene zu: »Richtig, Berni. Phaeton scheint nicht beeinträchtigt zu sein. Aber etwas anderes ist damit geschehen.« Ihr Blick geht wieder direkt in die Kamera. Dann greift sie sich ans Ohr. Unter großer Anstrengung bleibt ihre Miene unverändert, während sie weiterspricht: »Es geschieht jetzt gerade etwas. Wie ich soeben höre, ist die Dunkelheit auf unsere Welt zurückgekehrt. Das Licht der Sonne ist verschwunden.«

Kurz greift sie zu ihrem Wasserglas und trinkt einen Schluck. Dann fährt sie fort: »Wenn das der Beginn der drei Tage der Einkehr sind, wie Phaeton es genannt hat, dann stehen uns drei mal vierundzwanzig Stunden Dunkelheit bevor. Denn offensichtlich verfügt Phaeton über die Macht, die Sonne zu verdunkeln. Damit hat er die Macht über den Tag. Dies betrifft uns alle. Wir alle müssen uns fragen, wie wir uns entscheiden. Wollen wir den einfachen Weg gehen und den Forderungen von Phaeton nachgeben? Oder wollen wir unseren Weg gehen und dabei vielleicht Gefahr laufen, in Dunkelheit weiterleben zu müssen?«

Sie blickt noch einen letzten Moment ernst in die Kamera, dann wendet sie sich wieder Berni Morales zu. Dieser übernimmt die Moderation: »Das ist eine schwerwiegende Entscheidung. Wir müssen bedenken, dass die Handlungen von Einzelnen oder von Gruppen der Menschheit offenbar die Geschicke aller Menschen auf diesem Planeten beeinflussen. Das wirft selbstverständlich die Frage auf: inwieweit diese Handlungen von uns allen gewollt sind? Das ist eine Prüfung für die Gesamtheit aller Menschen. Ich hoffe, dass unsere Gesellschaft stark genug für diese Prüfung ist.«

Die Kamera geht nun zurück in die Weitwinkelaufnahme, beide Sprecher sind zu sehen. Sie übernimmt die Moderation und spricht übergangslos und locker weiter: »Diese Zeit der Prüfung wird hoffentlich keine unüberbrückbaren Gräben der Spaltung in unserer Gesellschaft erzeugen. Ob drei Tage für diesen Prozess ausreichend sein werden, muss sich zeigen. Aber sicher ist, dass dies uns alle angeht. Jeden einzelnen von uns.«

Soeben übernimmt wieder Berni Morales: »Dies waren erste Kommentare exklusiv von AMCT News. Mein Name ist Berni Morales.«

Sein Blick geht zu ihr.

»Und ich bin Cameron Fortuna. Wir wünschen uns und

Ihnen alles Gute, von wo auch immer Sie uns zuschauen. Lassen Sie uns diese Krise gemeinsam erfolgreich bestehen, gemeinsam und einig als Menschheitsfamilie. Guten Abend.«

Ihr Blick ist ernst in die Kamera gerichtet. Das rote Licht geht aus. Sie verharrt starr blickend. Es ist leise im Studio. Dann hört man, wie jemand zaghaft applaudiert. Immer mehr der Anwesenden steigen ein. Sie findet schließlich die Kraft, zu lächeln. Zaghaft wendet sie den Kopf zu Berni Morales. Dieser erwidert ihren Blick ernst. Dann nickt er und haucht leise: »Gut gemacht. Einheit statt Spaltung.«

33 Chaos

Die Drei haben der Übertragung von PHAETON und dem anschließenden Kommentar von AMCTS News schweigend gelauscht. Als die Übertragung von PHAETON begann, hat sich der Tabletcomputer von Sigurd Nyquist mit einem lauten Klingelton gemeldet und ihre Diskussion damit unterbrochen. Nun schauen alle drei sich an. Fiona Köhler spricht als Erste. Draußen herrscht Dunkelheit. Wo eben noch heller Tag war, ist es inzwischen finster. Sie haben das Licht angeschaltet, so liegt der Raum im gelben Licht der betagten Deckenlampe.

»Wenn schon die Space Force keinen Erfolg hatte, dann stehen uns dunkle Zeiten bevor.«

Als sie ihr unbeabsichtigtes Wortspiel bemerkt, lacht sie ironisch auf.

Der ehemalige Polizist hat inzwischen weitere Nachrichtenkanäle aufgerufen. Er blickt besorgt auf: »Die Welt ist im Chaos. Schaut euch das an.«

Er hält das Tablet hoch. Der Bildschirm ist in viele, kleine Videofenster geteilt. Überall sind Unruhen zu sehen. Autos brennen, Polizisten kämpfen gegen Zivilisten. Auf einem Bild ist ein brennender Güterzug zu sehen, ein anderes zeigt ein Rollfeld eines Flughafens, das von Menschen gestürmt wird. Er kommentiert die Szenen leise: »Die Menschen sind überfordert. Und ... sie haben Angst.«

François Beauford blickt gebannt auf die Bilder. Dann greift sich Fiona Köhler das Tablet und schaltet es aus.

Die beiden Männer schauen sie überrascht an. Sie beantwortet ihre Blicke mit leiser Stimme: »Das können wir durch Starren auf Videos jeglicher Art nicht ändern. Wenn wir etwas unternehmen wollen, dann liegt die Lösung da drin.« Sie weist mit dem Kinn auf die Ausdrucke, die im Zimmer verteilt sind. François Beauford nickt langsam: »Du hast recht. Natürlich hast du recht.«

Sie lächelt ihn an: »Also. Du bist der Profi hier. Was machen wir nun?«

Seufzend runzelt er die Stirn. Er will gerade zu sprechen ansetzen, als von seinem Laptop ein leises Pling zu hören ist.

Erstaunt wendet er den Kopf. Sigurd Nyquist fragt grimmig: »Hast du dich etwa bei einem Social-Media-Provider eingewählt?«

François Beauford schüttelt ärgerlich den Kopf und weist die Anschuldigung zurück: »Nein. Natürlich nicht. Ich mache den Job schon ein Weilchen. Das ist das Ergebnis einer über viele Relais durchgeführten Mailabfrage.«

Der ehemalige Polizist hält den Kopf schief: »Was heißt das?«

»Das heißt, dass ich eine Mail abgerufen habe, ohne dass das jemand mitbekommen hat.«

Sigurd Nyquist hält seinen scharfen Blick noch kurz aufrecht. Dann wird seine Miene weicher: »Ok, du bist der Profi. Aber dir ist schon klar, dass die Betriebssysteme heutzutage alle Hintertüren für die Behörden offen haben?«

Jetzt lacht François Beauford freudlos auf: »Erzähl mir etwas, das ich bis jetzt nicht weiß. Aber keine Sorge. Ich verwende eine freie Linux-Distribution. Davon verstehe ich tatsächlich etwas. In meinem Job sollte man so etwas können. Nur in Hollywoodfilmen gibt es findige Hackerinnen, die dem wackeren Journalisten zur Seite stehen. Bei mir heißt es: Selbst ist der Mann.«

Fiona Köhler legt ihm die Hand auf den Arm: »François.«

Er holt tief Luft. Dann schüttelt er ärgerlich über sich selbst den Kopf: »Entschuldigung.« Dann wendet er sich seinem Laptop zu. »Schauen wir einmal, was wir da haben.«

Er öffnet ein Fenster mit schwarzem Hintergrund. Grüne

Zeichen werden in der obersten Zeile angezeigt. Fiona Köhler und Sigurd Nyquist stellen sich hinter ihn und beobachten, wie er tippt. Er kommentiert das mit erklärenden Worten: »Also, zuerst prüfe ich, ob die eingegangenen Daten verdächtig aussehen.«

Nachdem er eine längere Befehlszeile eingegeben hat, wird das Fenster blau, es wird in weißer Schrift ein Text angezeigt: »Das ist der Header der Mail. Hier wird alles eingetragen, was während der Übertragung passiert. Jedes Mal, wenn die Mail über einen E-Mail-Relaisserver weitergeleitet wird, trägt dieser dort seine Daten ein.«

Er überfliegt die Daten und nickt dann zufrieden: »Scheint alles in Ordnung zu sein. Jetzt prüfen wir den Inhalt.«
Wieder wird das Fenster schwarz, erneut tippt er eine längere Befehlssequenz ein. Dann tippt er auf die Entertaste. Eine Linie mit Punkten wird in einer Zeile angezeigt, dann ist der Prozess zu Ende und das Ergebnis wird angezeigt: »Es ist nur Text in der Mail und ein Anhang, ein gepacktes Archiv. Der Scanner hat nichts Verdächtiges gefunden.«

Sigurd Nyquist knurrt: »Durchsucht das Ding auch Archive, die in Archiven sind?«

Der Investigativjournalist nickt: »Natürlich. Zusätzlich wird nach Skripten, also Kommandodateien, gesucht, die seltsame Dinge tun. Das wird oft gemacht. Öffnet ein normaler Benutzer etwa ein Textdokument, wird dann das dort versteckte Skript gestartet und das kann so allerlei Ärger bereiten. Aber hier ist alles sauber.«

Zügig tippt er eine weitere Befehlszeile ein. Fiona Köhler wundert sich und fragt nach: »Warum benutzt du nicht die grafische Oberfläche?«

»Ich hab's nicht so mit diesen Oberflächen. Wenn ich von der Kommandozeile aus arbeite, weiß ich genau, was passiert. Diese Oberflächen nehmen einem Arbeit ab, aber wie sie das genau machen, ist nicht immer ganz eindeutig.«

Jetzt wird in einem neuen Fenster eine E-Mail angezeigt. Er lächelt: »Ah, Seraphine, je t'aime!«

Erschrocken geht sein Blick zu Fiona Köhler, die in gespieltem Ernst die Augenbrauen gehoben hat. Dann grinst sie ihn an und weist mit dem Kinn auf die Mail: »Was hat diese liebliche Seraphine dir geschickt?«

Wieder tippt der Investigativjournalist, jetzt klingt sein Kommentar abwesend: »Na das werden wir gleich sehen. Ok, dies erst einmal speichern, dann eine Sicherheitskopie. Jetzt entpacke ich das Archiv in eine Sandbox, einen gesicherten Bereich. Hmmm...«
Nach einem weiteren Befehl wird eine große Liste an Dateien angezeigt: »Das ist eine komplexe Software. Ah, dazu gibt es auch eine Einführung.«

Nach weiteren Tastenanschlägen erscheint ein neues Fenster. Es wird eine Anleitung in englischer Sprache angezeigt. François Beauford vergrößert das Fenster und überfliegt den Inhalt. Dann nickt er zufrieden: »Genau das, was ich gebraucht habe.«

Sigurd Nyquist räuspert sich vernehmlich und wirft ein: »Habe ich das richtig verstanden? Diese Seraphine schickt dir auf geheimnisvollen Wegen eine Mail, darin verpackt sie eine Software, die, nachdem was ich gerade gelesen habe, vom Mossad entwickelt wurde, um Datenträger sicher zu durchsuchen?«

Abwesend nickt François Beauford. Dann schließt er das Fenster und gibt weitere Befehlssequenzen ein. Schließlich fasst er sich in die Hosentasche und fördert etwas hervor: »Genau. Aber der Mossad hat das nur ursprünglich entwickelt. Das ist die grundlegend überarbeitete Version eines russischen Hackers, der als freischaffender Künstler unterwegs ist. Und das da ...«, er hält das Objekt hoch, das er aus seiner Hosentasche geholt hat. Fiona Köhler holt scharf Luft und beendet den Satz, »... das ist der Arm der roten Kali mit dem USB-Stick.«

Noch bevor jemand etwas sagen kann, hat François Beauford den USB-Stick in einen freien Steckplatz an seinem Laptop gesteckt. So sieht es aus, als ob aus dem Laptop der Arm der indischen Göttin herauswächst und gen Himmel greift.

François Beauford arbeitet konzentriert. Ein weiteres Fenster wird geöffnet und nach kurzem Zögern wählt er einige Optionen aus. Schließlich wird ein Fortschrittsbalken angezeigt, der zügig von null auf hundert Prozent anwächst. Dann erscheint ein neues Fenster. Dieses zeigt den Inhalt des USB-Sticks. Es sind nur wenige Verzeichnisse zu sehen. Aber vor einem befindet sich ein Symbol in Form einer Maske. Nun greift François Beauford zur Maus und führt den Mauszeiger auf dieses Symbol. Dann klickt er vernehmlich doppelt. Kurz wird eine Uhr eingeblendet, dann wird ein weiteres Fenster angezeigt. Wieder handelt es sich um ein Inhaltsfenster, es werden zwei Verzeichnisse angezeigt. Als sie den Namen der Verzeichnisse lesen, keuche alle drei laut: »Das gibt es doch nicht. Nanostrucure For Future und NanoIT. Wie zum Teufel kommt dieser IT-Admin von SOHO zu diesen Daten?«

Der Ausruf kam von Fiona Köhler. Im nächsten Moment ist ein lauter Alarm vom Tablet zu hören, den Fiona Köhler vorher beiseitegelegt hat. Sigurd Nyquist schnappt sich das Gerät und ruft einige Menüs auf. Dann blickt er ernst auf: »Wir bekommen Besuch.«

Alarmiert richten sich Fiona Köhler und François Beauford auf: »Wir müssen weg!«

Der Investigativjournalist beabsichtigt schon eilig seinen Laptop zusammenzupacken.
Sigurd Nyquist schüttelt beruhigend den Kopf: »Nein, keine Sorge. Aber sie hätte ich am allerwenigsten erwartet.«

Mit diesen Worten wendet er sich um. Draußen im Dunkeln ist das Geräusch eines schweren Dieselmotors zu hören, dann hört man, wie ein Fahrzeug den Zufahrtsweg heraufkommt. Sigurd Nyquist verlässt den Raum. Die anderen folgen ihm die Treppe hinunter. Er geht zur Eingangstür und öffnet diese. Das Außenlicht ist angeschaltet und aus der Dunkelheit kommen zwei runde Scheinwerfer auf sie zu. Dann hält der Humvee mit einem kurzen Quietschen der Bremsen an. Die Fahrertüre wird geöffnet und eine Person steigt aus. Sie geht um das große, flache Militärfahrzeug herum und mustert die drei im Eingang stehenden Personen mit scharfem Blick.

»Na dann wollen wir hoffen, dass dieser zusammengewürfelte Haufen die Welt retten kann.«

Sigurd Nyquist antwortet lachend: »Oh, unterschätzen Sie Begeisterung und Hingabe nicht.«

»Mache ich nie.«

Dann grinst Major General Iris McMurphy breit: »Jetzt will ich zuerst auf die Toilette, dann einen Kaffee und dann ein Update. In dieser Reihenfolge.«

34 Wenn Schrödingers Katze entwischt

Xenia steht vor der Türe und atmet noch einmal tief durch. Ihre Konditionierung lässt es nicht weiter zu, Mr. Gonzales diese Information nicht zu melden. Selbst in Gedanken ist es für sie unmöglich, Mr. Gonzales gegenüber Ideen von Lüge, Betrug oder womöglich Illoyalität zu verfolgen. Sie ist ihm gänzlich ergeben. Ihr Wesen, ihre Arbeitskraft und schlussendlich ihren Geist und Körper hat sie ihrem Idol gewidmet. Heute hat sie sich besonders attraktiv gekleidet. Nicht um seinen Ärger ihr gegenüber abzuwenden, sondern sie will ihm den Erhalt der Informationen, die sie gleich melden wird, möglichst leicht machen. Denn seine Zufriedenheit ist ihre Motivation. Dann legt sie die rechte Hand auf den Türgriff. Sie spürt kurz eine Art Wärme, die ihre Hand abtastet. Dann hat das System Xenia als zulässige Besucherin erkannt und die Türe öffnet sich. Sie betritt den Raum, wie üblich hält sie ihren Tablettcomputer in der linken Hand, sodass sie jederzeit auf Daten zugreifen oder Aktionen auslösen kann, wenn Mr. Gonzales dies wünscht.

Der Raum ist dunkel, nur eine einzige Lichtquelle an der Decke beleuchtet das Lesepult. Mr. Gonzales steht davor und arbeitet konzentriert an dem Text. Durch die Beleuchtung von oben wird sein Profil seltsam düster sichtbar. Ein schmales Gesicht, die scharfe Kontur seines Nasenrückens und die straff nach hinten zusammengebundenen Haare. Selbstverständlich hat er ihr Kommen bemerkt. Aber sie wartet artig am Eingang. Ihre Haltung ist stolz. Trotz der hohen Absätze steht sie absolut gerade. Ihr gesamter Muskeltonus ist angespannt, sodass sie einen wirklich attraktiven Anblick bietet. Sie lächelt den Mann am Stehpult hingebungsvoll an und wartet geduldig darauf, dass er geruht sie, zu bemerken.

Nach endlosen Minuten blickt er auf: »Xenia. Wie immer

ein angenehmer Anblick.«

Sie errötet fast ob des Lobes von Mr. Gonzales. Dann erinnert sie sich wieder an den Zweck ihres Besuches, den sie während der Wartezeit tatsächlich aus ihrem Bewusstsein verdrängt hatte. Aber sie ist sich über ihre Aufgabe und ihre Stellung natürlich völlig im Klaren. Noch einmal schluckt sie, dann beginnt sie mit klarer Stimme zu reden: »Ich muss leider eine Imponderabilität melden.«
Die Milde in seinem Blick verschwindet und er fixiert seine Assistentin. Dann ruckt er kurz mit dem Kinn und sie fährt fort: »Dieser Investigativjournalist und die Pilotin wurden in einem Stadtrandbereich von Huntsville lokalisiert.«
Er nickt verstehend. Aber Xenia hätte ihn nicht aufgesucht, wenn dies alles wäre. Er blickt sie an und Xenia fährt fort mit ihren Erklärungen.

»Die sofort alarmierten Einsatztruppen haben versucht, sie in einem Internetcafé festzusetzen. Dies ist misslungen. Die beiden konnten entkommen.«

Seine Miene bleibt neutral. Xenia weiß genau, dass diese fehlende Reaktion im Normalfall nichts Gutes bedeutet. Aber sie ist bereit, für die Fehlleistung Mr. Gonzales gegeben über die Strafe von ihm zu empfangen, die er für die richtige hält.

»Wurde die Nachbesprechung der Einsatztruppen bereits durchgeführt?«

Xenia nickt: »Selbstverständlich, Mr. Gonzales.«

»Dann sind diese Truppen offenbar nutzlos für uns. Bitte kümmere dich darum, dass wir nicht weiter durch nutzlosen Ballast belastet werden.«

Xenia schluckt, ihr ist vollkommen klar, dass dies das Todesurteil für diese Männer ist. Für einen ganz kurzen Moment wird ihre Konditionierung durchbrochen und sie spürt Zweifel. Geraldo Gonzales hat seine Assistentin genau beobachtet. Er hat diesen kurzen Moment ihres

Zweifels bemerkt. Dieser Entwicklung muss er sofort Einhalt gebieten.

»Selbstverständlich, Mr. Gonzales.«

Er nickt ihr jovial zu und senkt den Blick wieder auf das dicke und uralte Buch auf seinem Lesepult. Dann spricht er leise weiter: »Nun, es ist so, wie du sagst. Solche Dinge gehören zu den Imponderabilitäten, wenn man große Dinge plant.«

Dann hebt er den Blick wieder: »Ich erwarte, dass sämtliche Möglichkeiten genutzt werden, um diese beiden Störungen zu lokalisieren und zu neutralisieren.«

Sofort nickt Xenia. Der kurze Moment der Unsicherheit ist vorbei. Ihre Gedanken folgen wieder genau ihrer Konditionierung: »Natürlich. Das habe ich bereits eingeleitet.«

Geraldo Gonzales hat keine andere Antwort erwartet: »Status von Phaeton?«
Sofort nimmt Xenia ihr Tablet zur Hand und lässt das große Hologramm im Raum erscheinen.

»Wir beobachten multiple Angriffe zur Nachverfolgung der Übertragungen und vor allem der finanziellen Transaktionen.«

Er blickt nachdenklich auf das Hologramm. Ohne sich ihr zuzuwenden, fragt er nach: »Gibt es Entwicklungen mit Potenzial zur Störung?«

Xenia nickt: »Neunzehn weltweit. Drei davon konnten durch Vernichtung der Daten der entsprechenden Organisationen restlos beendet werden. Die anderen sechzehn wurden durch Neutralisieren der Personen aufgelöst, die essenziell für die jeweiligen Recherchen waren. Somit sind aktuell alle diese Entwicklungen als beendet zu betrachten.«

Er nickt nachdenklich. Eigentlich hatte er mehr Gegenwind erwartet.

»Sind weitere Maßnahmen von Regierungen oder Militärs absehbar?«

Wieder schüttelt Xenia den Kopf: »Nein. Wir haben das komplette Treibstofflager der russischen Startkomplexe, also den bekannten zwei in Baikonur und Wostotschny sowie den geheimen in der Tundra zerstört. Die Verantwortlichen für Reparatur und Nachschub wurden aus ihren jeweiligen Organisationen entfernt. China, Indien und Europa hatten jeweils fulminante Störungen an den vorhandenen Raketensystemen, die potenziell eine Bedrohung für ihren großen Plan hätten sein können. Auf absehbare Zeit ist von dieser Seite keine Aktion möglich.«

Wieder nickt er nachdenklich. Das sind die Dinge, die seinen Plan so unglaublich groß und komplex gemacht haben. Es gibt so vieles zu bedenken. Xenia fährt fort: »Die Computersysteme der Weltfinanzsysteme sind nach wie vor von uns kontrolliert. Die Infiltration wird zwar vermutet, aber derzeit hat noch niemand diese wirklich entdeckt. Somit funktionieren die Finanzströme zu ihrem großen Plan, wie vorgesehen. Selbstverständlich wird diese Situation weiter scharf beobachtet.«

Dies kann er in der Darstellung des Hologramms so erkennen. Selbstverständlich kannte er die Antwort auf seine Frage bereits. Aber er genießt es, dafür seine Assistentin zu befragen. Auch die Antwort auf die nächste Frage kennt er: »Und die Gringos, unsere Freunde in den USA?« »Projekt 'Dark Star' wurde wie erwartet aktiviert. Eine Sonde war bereits kurz nach dem Start aufgrund einer technischen Fehlfunktion für PHAETON nicht mehr einsetzbar und hat sich somit um diesen Angriff gekümmert. Er wurde abgewehrt.«

Jetzt geht sein Blick wieder zu Xenia. Sein kaltes Lächeln lässt sie schaudern, obwohl sie versucht, ihren hingebungsvollen Gesichtsausdruck aufrecht zu halten. Er beginnt mit leiser Stimme zu sprechen: »Damit haben sie alles eingesetzt, was verfügbar war. Also ist auch von dieser Seite nichts mehr zu erwarten.«

Er scheint nachzudenken, dann fährt Geraldo Gonzales fort: »Es bleiben also derzeit nur noch diese seltsame Störung eines Investigativjournalisten und einer Pilotin. Hatten die beiden Hilfe von außen?«

Xenia schüttelt den Kopf: »Das wurde intensiv geprüft. Weder unsere Daten noch die Ergebnisse der Nachbesprechung der Einsatztruppen haben hierzu einen Hinweis geliefert. Nach aktuellem Kenntnisstand muss davon ausgegangen werden, dass sie alleine handeln.«

Er fixiert sie kurz: »Kennst du Schrödingers Katze?«

Xenia nickt und antwortet fleißig: »Ein Gedanken-experiment aus der Physik zur Veranschaulichung eines Problems der Quantentheorie. Eine Katze ist in einer Kiste, deren Deckel beim Öffnen die Katze tötet. Solange der Deckel nicht geöffnet ist, ist unklar, ob die Katze lebt oder tot ist. Erst das Öffnen des Deckels tötet die Katze sicher, vorher ist ihr Zustand unsicher.«

»Wunderbar zusammengefasst.«

Xenia spürt, wie ihr dieses Lob eine innere Wärme bereitet. Dann blickt Geraldo Gonzales wieder auf das Hologramm. Schließlich spricht er leise weiter: »Aber was ist, wenn Schrödingers Katze entwischt?«

Schließlich wendet er sich um und nickt Xenia zu. Diese beendet mit einem Tippen auf ihr Tablet die Hologramm-darstellung. Geraldo Gonzales geht zurück zu seinem Lesepult und konzentriert seinen Blick wieder auf das Buch. Xenia wartet noch kurz und will sich eben zum Gehen wenden, als er wieder leise zu sprechen beginnt.

»Du begibst dich jetzt in mein Quartier. Ich werde mich zu gegebener Zeit darum kümmern, dass du von dieser Unsicherheit befreit wirst.«

Xenia schluckt. Dann nickt sie ergeben: »Selbstverständ-lich, Mr. Gonzales.«

Jetzt lächelt er sie an. Es ist ein warmes Lächeln, das jedoch nicht seine Augen erreicht: »Du weißt ja. Unsicherheit ist eine Gefahr für meinen Plan.«

Unwillkürlich verbeugt Xenia sich. Ihre Konditionierung lässt sie sich auf das Kommende freuen. Lediglich eine leise, fast unhörbare, innere Stimme versucht sie, von dieser Haltung abzubringen. Als sie sich wieder aufrichtet, hat sie diese innere Stimme wieder zum Schweigen gebracht. Sie ist dankbar dafür, dass Mr. Gonzales sich so um sie kümmert.

Dann macht sie kehrt und verlässt den Raum. Sie muss sich vorbereiten und dies möchte sie möglichst zügig erledigen. Schließlich muss sie bereit sein, wenn Mr. Gonzales Zeit für sie hat.

Er blickt ihr nachdenklich hinterher. Alles in allem funktioniert dieses Rädchen in seinem Plan ausgezeichnet. Aber gelegentlich bedarf es der Schmierung. Er geht seinen Plan im Kopf erneut durch. Phaeton ist aktiv und die Welt wurde dadurch wie von ihm geplant ins Chaos gestürzt. Er hat noch mehr als zwei Tage Zeit, in denen er sich um Xenia kümmern kann. Diese will er bald nutzen.

Dann widmet er sich wieder dem Buch. So vieles wird für ihn verständlich, wenn er diese alten Schriften liest.

35 Inverses Denken

»Lukasz, kommst du mit zum Mittagessen?«

Der Angesprochene dreht sich um. Er ist ein kleiner, rundlicher Mann, der, als ob er seiner entstehenden Halbglatze einen Kontrapunkt entgegensetzten will, einen üppigen Oberlippenbart trägt. Seine hellgrauen Augen sind hinter runden Brillengläsern verborgen, die von einem einfachen Chromgestell gehalten werden.

Seine Kollegin hat nur den Kopf in sein großes Büro gesteckt. Weiter möchte sie in diesen Raum nicht eindringen. Sie weiß, wie sehr er unaufgefordertes Eindringen hasst. Er blickt sie abwesend an und weist sie an: »Geht schon vor, ich komme gleich nach.«

Der Kopf verschwindet und die Tür wird geschlossen. Lukasz Wójcik schaut wieder auf die große Landkarte, die er auf einer Staffelei aufgestellt hat. Es ist eine alte, topographische Weltkarte. Durch die eingezeichneten Höhenlinien sind sowohl die Gebirge als auch die Meerestiefen gut erkennbar. Die Umrisse der Länder, also die politischen Grenzen, sind nur dünn dargestellt. Und tatsächlich zeigt die Karte noch das alte Staatsgebiet der UDSSR. Deshalb konnte er sie vor einigen Tagen auch dem Archivar einfach abschwatzen, als er auf einer Suche nach einer Papierausführung einer Weltkarte war. Seine Kollegen belächeln seine Methoden gerne. Schließlich geht doch heutzutage mit Computern und Tabellen alles viel schneller und eleganter. Aber für ihn ist das nichts. Er möchte die Dinge anfassen können. Deshalb verteidigt er auch schon seit Jahren dieses riesige Büro. Es hat nur ein winziges Fenster, das zudem lediglich zu einem Lichtschacht führt. Durch die Lage im Souterrain ist es zum Glück eher unbeliebt. Für ihn ist die Lage optimal. Das Büro ist groß und er hat nur wenige Meter zurückzulegen, wenn er das Archiv aufsuchen möchte. Lukasz Wójcik ist ein Urgestein. Als Ermittler sind seine Erfolgsquoten fast legendär. Aller-

dings arbeitet er in einer sorgfältigen Methodik, die in der
heute schnelllebigen Zeit des digitalen Datenabgleichs
nicht mehr verbreitet, ja sogar unerwünscht ist. Lukasz
ist das vollkommen egal. Wenn er einen Fall als seiner
Aufmerksamkeit würdig empfindet, beginnt er mit seinen
Recherchen. Seine Vorgesetzten lassen ihn gewähren.
Denn am Ende führen seine Ermittlungen fast immer
zu spektakulären Verhaftungen. Diese Erfolge überlässt
Lukasz Wójcik gerne seinen Vorgesetzten, sodass diese
sich im Licht des kurzen, medialen Strohfeuers wärmen
können, wenn wieder einmal die Aufdeckung eines
internationalen Finanzbetrugs medienwirksam der Öffentlichkeit vermeldet wird. Für ihn ist das Entschlüsseln
der Vorgänge, das Auflösen der Verwirrspiele, die so oft
mit großen Finanzbetrügereien einhergehen, das eigentlich Interessante. Sein Privatleben ist eher banal. Er ist
alleinstehend. Einzig die regelmäßigen Besuche in seinem
Schachclub und dem von ihm in Wien neu gegründeten
Club für Go, das Brettspiel mit den schwarzen und weißen
Steinen, erfahren von ihm hingebungsvolle Aufmerksamkeit und seine Arbeit natürlich. So wie das Problem, dem
er sich im Moment widmet.

Für Lukasz Wójcik war von der ersten Sekunde an klar,
dass hinter dem mysteriösen Phaeton ein großangelegtes
Betrugsspiel verborgen wird. Selbstverständlich hat er die
Übertragungen gesehen. Er hat mit nicht geringem Unverständnis die Furcht in den Augen der Menschen gesehen,
als sich wieder die Dunkelheit auf die Welt herabgesenkt
hat. Intellektuell ist ihm gänzlich klar, dass eine dauer-
hafte Dunkelheit den Tod der Menschen oder zumindest
eines Großteils der menschlichen Zivilisation bedeutet
würde. Aber seine Instinkte sagen ihm, dass dieses End-
zeitszenario niemals das angestrebte Ziel der Strukturen
ist, die hinter diesem Phaeton stehen. Für ihn ist klar, dass
handfeste, wirtschaftliche oder besser gesagt finanzielle
Interessen für diese Struktur von Bedeutung sind.

Deshalb hat er sich die Mühe gemacht, all die Geldströme zu verfolgen. Diese Verfolgung ist für einen einzelnen Menschen natürlich unmöglich. Denn die Raffinesse von Phaeton liegt darin, dass buchstäblich Milliarden einzelne Menschen ihren Dank als finanzielle Zuwendung überweisen. Wie durch Geisterhand sind im Internet Tausende von Listen aufgetaucht, die Kontonummern und Bankverbindungen von Phaeton zeigen. Selbstverständlich sind eine Vielzahl von Betrügern auf diesen Zug aufgesprungen. Lukasz Wójcik hat sich vor Tagen an die junge Frau im Archiv gewandt und ihr seine Recherchewünsche geschildert. Diese hat ihm aufmerksam zugehört und versprochen, möglichst schnell Daten für ihn zusammenzustellen. Wenige Stunden später hat ein Bürobote einen altersschwachen Aktenwagen in sein Refugium im Untergeschoss geschoben. Die junge Frau aus dem Archiv hat die Daten sowohl als interne E-Mail an ihn versandt, als auch sämtliche Tabellen und Listen als Ausdrucke erstellt. Obwohl er normalerweise nicht zu großer Emotionalität neigt, empfand er für diese Art der Unterstützung eine große Dankbarkeit. Er hat sich vorgenommen, der jungen Frau seinen Dank mit einem Strauß Blumen auszudrücken. Dieses Vorhaben ist jedoch in den vergangenen Tagen in den Hintergrund getreten. Nach vielen Stunden intensivster Arbeit hat er den Verlauf der Geldflüsse erstellt. Auf der großen Landkarte sind mit Stecknadeln und farbigen Wollfäden diese Geldflüsse dargestellt. Ihm ist klar, dass jede Sekunde wortwörtlich tausende neue Zahlungen von Menschen an Phaeton geleistet werden. Aber für seine Analyse reichen die dargestellten Zahlungsströme vollkommen.

Obwohl er nun schon seit Stunden auf die Landkarte mit den vielen, farbigen Wollfädensträngen blickt, kann er kein Muster erkennen. Scheinbar fließen die Gelder rund um den Globus, um dann zu verschwinden. Er schüttelt ärgerlich den Kopf. Seit vielen Jahren, ja seit Jahrzehnten, war dies das erste Betrugsschema, dessen Struktur er nicht in wenigen Tagen erkennen kann. Er schiebt sich die Brille weiter die Nase hinauf. Dann erhebt er sich aus dem alten Bürostuhl, den er sich vor die Staffelei mit der Landkarte gestellt hat. Sorgfältig zieht er sein Jackett an und geht zur Türe. Bevor er das Licht im Raum ausschaltet, wendet er sich noch einmal um. Nein, auch jetzt hat er nicht den zündenden Gedanken, auf den er wartet. Seufzend verlässt er das Büro.

In der Kantine angekommen ist der größte Andrang bereits vorüber. Er stellt sich an der Theke an und wählt gedankenlos ein Essen aus. Dann trägt er sein Tablett zum Kassenbereich und legt es dort auf die Theke. Dort muss er warten.

»Ah, Lukasz. Wie geht es dir?« Aus seinen Gedanken gerissen, dreht sich Lukasz Wójcik um. Hinter ihm steht ein schlanker, drahtiger Mann mittleren Alters, dessen sonnengegerbtes, kantiges Gesicht ein warmes Lächeln zeigt. Dunkle Augen fixieren ihn. Der Mann trägt wie üblich eine Art Tarnuniform.

»Silvio, hallo. Gut geht es mir. Allerdings bin ich da an einer Sache dran, in der ich nicht weiterkomme.«

Silvio Penedale blickt auf seinen Freund herab. Die beiden so unterschiedlichen Männer verbindet die Liebe zum Spiel Go. Daher haben sie gemeinsam den Verein gegründet. Nachdem die beiden ihr Mittagessen bezahlt haben, setzten sie sich gemeinsam an einen Tisch. Wie üblich halten sie sich etwas abseits von den anderen Gästen der Kantine, so können sie sich in Ruhe unterhalten.

Silvio Penedale genießt sein Essen, beobachtet aber dabei seinen Freund genau: »Also, wenn ich wetten sollte, dann versuchst du gerade die Finanzströme der Phaetonsache zu verstehen.«

Lukasz Wójcik nickt betrübt: »Du kennst mich zu gut, Silvio, aber ich komme nicht weiter.«

Das lässt den Leiter der bewaffneten Zugriffseinheit von Interpol Wien mit dem Essen innehalten. Neugierig blickt er seinen Freund an.

»Seit wann bist du da dran?«

Lukasz Wójcik antwortet zerknirscht: »Seit mehr als zwei Tagen.«

Jetzt legt Silvio Penedale sein Besteck zur Seite: »Du willst mir jetzt nicht sagen, das Lukasz Wójcik seit zwei Tagen ununterbrochen die Finanzströme zu Phaeton untersucht, aber nicht weiterkommt?«

Der Mann mit der Nickelbrille schaut hoch und nickt: »Es ist zum Haare raufen. Ich habe nicht den Funken einer Idee, wie ich der Sache nahekomme. Dabei bin ich mir sicher, dass das Ganze eine große Erpressung ist. Es also lediglich um Geld geht. Alles andere ist entweder gut genutzter Nebeneffekt oder Theaterdonner.«

Silvio Penedale kennt seinen Freund. Hinter der Fassade des biederen, untersetzten und leicht übergewichtigen Trottels ist ein scharfer Verstand versteckt. Er ist sich sogar sicher, dass Lukasz Wójcik die schärfste Klinge ist, die Interpol Wien für Ermittlungen zur Wirtschaftskriminalität zur Verfügung steht. Dann nimmt er sein Besteck wieder auf und isst weiter. Fast beiläufig fragt er seinen Freund: »Soll ich mir das einmal ansehen?«

Aus den Augenwinkeln beobachtet er Lukasz Wójcik. Dieser hält im Kauen inne und starrt auf seinen Teller. Dann nickt er langsam: »Ich glaube, das wäre eine gute Idee.«

Mit dieser Antwort hat Silvio Penedale eher nicht gerechnet. Sie beenden das Mittagsmahl zügig und stehen wenige Minuten später vor der Landkarte mit den farbigen Wollschnüren. Der Leiter der Zugriffseinheit schüttelt ernüchtert den Kopf: »Jetzt verstehe ich, was du meinst. Da ist nichts zu sehen. Kein Muster, keine Konzentrationen, nichts.«

Lukasz Wójcik sitzt wieder auf seinem alten Bürostuhl aus Holz vor der Staffelei mit der Weltkarte.

»Das ist genau das Problem, Silvio. Eigentlich sind die Geldflüsse fast überall.«

Bei dieser Bemerkung dreht sich der Kopf des Einsatzleiters der bewaffneten Zugriffseinheit von Interpol ruckartig zu ihm herum. Er spürt, dass das, was er eben gehört hat, eine Saite in ihm zum Schwingen gebracht hat: »Sag das noch einmal, Lukasz!«
Der Ermittler blickt mit seinen wässrigen Augen seinen Freund durch die runden Brillengläser aufmerksam an: »Eigentlich sind die Geldflüsse fast überall.«

Jetzt lächelt Silvio Penedale hinterhältig: »Ah, das war es, was ich gebraucht habe.«

Er holt tief Luft und schaut seinen Freund milde an: »Du weißt, was ich vor meinem Job hier gemacht habe?«

Lukasz Wójcik zuckt mit den Schultern, bevor er antwortet: »Nicht genau. War das nicht etwas beim italienischen Militär?«

Ein leises Lachen antwortet ihm: »Ja, so steht es in meiner Personalakte. Aber tatsächlich war ich Datenanalyst beim Geheimdienst. NATO-Militärgeheimdienst.«

Verwundert schüttelt Lukasz Wójcik den Kopf: »Noch nie davon gehört. Du meinst den Geheimdienstkoordinator der NATO in Brüssel?«

Silvio Penedale zögert kurz. Dann spricht er leise weiter: »Nein. Das sind die Lamettaträger. Wir waren informell an alle militärischen Nachrichtendienste der NATO und deren Verbündeten angeschlossen. Aber nur für die Rohdaten. Die Analysen haben wir selbst gemacht.«

Lukasz Wójcik nickt. Dann runzelt er die Stirn, bevor er weiter fragt: »Interessant, ihr habt das, was euch erzählt wurde, analysiert. Was habt ihr dann gemacht?«

Wieder zögert Silvio Penedale, dann antwortet er noch

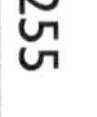

leiser: »Dann haben wir Aufklärung vor Ort betrieben, um unsere Analysen zu bestätigen oder zu widerlegen.«

Es dauert einen Moment, dann wird dem untersetzten Ermittler mit der Nickelbrille klar, was sein Freund ihm da eben eröffnet hat. Seine Stimme hat einen verschwörerischen Ton, als er leise antwortet: »Geheimagent. Du bist ein Geheimagent, wie James Bond.«

Silvio lacht: »Nee, obwohl es manchmal recht spannend wurde.«

Der Ermittler mustert seinen Freund ernst: »Deine Beinverletzung war also kein Trainingsunfall.«

Ein angedeutetes Kopfschütteln antwortet ihm. Noch kurz blicken sich die beiden Freunde an, dann geht der Blick des Ermittlers wieder zur Landkarte: »Wie hilft uns das, was wir hier sehen, dabei, diesen Phaeton dingfest zu machen?«

Die Haltung von Silvio Penedale wird wieder entspannter: »Dieses mühsam erarbeitete Kunstwerk zeigt uns genau, wo auf der ganzen Welt wir keine Information finden, die uns weiterhilft.«

Fatalistisch nickend stimmt ihm der Ermittler zu. Als Silvio Penedale weiterspricht, ist sein Ton fröhlich, fast amüsiert: »Wenn wir das umdrehen, dann müssen wir nur da suchen, wo uns dein Kunstwerk keine Daten liefert.«

Lukasz Wójcik wendet sich wieder der Weltkarte zu. Dann beginnt er langsam zu lächeln: »Ah, inverses Denken. Du bist ein Schuft, Silvio. Das könnte etwas Licht ins Dunkel bringen.«

Der Leiter der bewaffneten Zugriffseinheit von Interpol Wien flüstert seinen Kommentar dann mehr für sich selbst als für seinen Freund: »Etwas Licht wäre auch bitter notwendig.«

36 Die Dinge werden klarer

Zum ersten Mal, seit Iris McMurphy auf der Farm angekommen ist, hat sie einen Moment der Ruhe. Sie geht einige Schritte im schwach beleuchteten Garten vor dem Hauptgebäude spazieren. Immer wieder hebt sie den Kopf. Es ist eine sternenklare Nacht. Nein, korrigiert sie sich im Geiste: Es ist sternenklarer Morgen. Es ist der zweite Morgen in Dunkelheit, den die Erde erdulden muss. In den vergangenen Stunden ist das Chaos auf der Welt immer größer geworden. Es gibt Plünderungen, Aufstände und vor allem eine unglaublich große Anzahl von Protestkundgebungen, die die Regierungen der jeweiligen Länder dazu auffordern, den Forderungen von Phaeton nachzukommen und weitere Angriffe zu unterlassen. Die einhellige Meinung dieser Menschen ist, dass die Huldigung, ein furchtbarer Begriff, wie Iris McMurphy empfindet, zusammen mit den Zahlungen, dem Dank an Phaeton, das kleinere Übel ist. Ihr ist vollkommen unverständlich, warum so viele Menschen sich so schnell einer eigentlich faschistischen Idee anschließen. Aber für viele scheint die Akzeptanz der Unterdrückung der einfachere und bequemere Weg zu sein. Über ihr spezielles Terminal, das sie als Leiterin der Aktiv Group der US Space Force natürlich immer mit sich führt, hält sie sich auf dem Laufenden, was in den militärischen Kreisen diskutiert wird. Auch in diesen Strukturen sind die Menschen gespalten. Ein Teil will die Forderungen von Phaeton akzeptieren, schließlich scheint dieser sich in keinerlei andere Belange einmischen zu wollen. Der andere Teil, zu dem sich auch ganz klar Iris McMurphy zählt, ist nicht einmal ansatzweise willens, sich dieser Form der Beherrschung zu unterwerfen. Diese Fraktion plant, Phaeton Widerstand entgegenzusetzen. Allerdings stehen diesen hehren Wünschen keinerlei Möglichkeiten zur Seite. Phaeton ist schlicht unangreifbar. Traurig schaut Iris McMurphy nach oben. Die Sterne

haben sie schon seit ihren ersten Tagen als ganz junge
Matrosin begeistert. Wenn sie nachts auf dem Deck stand,
hat sie sich die Sternbilder angeschaut und Geschichten
ausgedacht von Zivilisationen und Welten, die dort existieren. Aber diese Gedanken hat sie nie mit jemandem geteilt.
Sie war im Weltraum gewesen, ist um den Mond geflogen.
Ihre Karriere ist eigentlich gespickt mit Stationen, die
vollkommen unmöglich zu erreichen sind für ein einfaches
Mädchen. Einzelne dieser Meilensteine sind vielleicht
erreichbar. Aber alle? Unmöglich, würde jeder sagen, der
sich auch nur ein wenig mit dem amerikanischen Militär
auskennt. Iris McMurphy akzeptiert diese Art des Denkens
nicht für sich. Unmöglich bedeutet für sie nur, dass sie bis
jetzt nicht herausgefunden hat, wie es möglich ist. Jetzt
holt sie tief Luft. Sie wendet sich um und geht zurück
zum Haupthaus. Die Lichter im Obergeschoss leuchten
warm in die Dunkelheit hinaus. Dunkelheit ist etwas, das
die Menschen seit jeher fürchten. Nun liegt die ganze
Welt im Dunkeln und im Chaos, wie sie den Nachrichten
entnommen hat. Wie erwartet haben ihre Vorgesetzten,
also die politischen Entscheider in Washington, sie zum
umgehenden Rapport bestellt. Aber ihr Adjutant ist eine
Perle. Er hat alle, auch die zum Teil bösartig aggressiv
vorgebrachten Anforderungen für ihr Erscheinen in Washington, höflich beantwortet. Dem General ist es derzeit
nicht möglich, sofort zu erscheinen. Die Nachbereitung der
Dark-Star-Operation ist sehr aufwendig und benötige ihre
Anwesenheit. Ärgerlich schnalzt sie mit der Zunge. Diese
Idioten. Sie hat jedem bei ihrem denkwürdigen Besuch im
Keller des Weißen Hauses klar zu verstehen gegeben, dass
Dark Star erst in ungefähr drei Wochen eingesetzt werden
sollte. Dann wären weitere Beobachtungssonden bereit-
gestanden, um die einzig verfügbare Wasserstoffbombe
sicher ins Ziel zu bringen. Aber die Politiker wollten
nicht hören. Ihr ist vollkommen klar, dass, obwohl sie in
aller Form und mehrfach vom Einsatz von Dark Star zum

jetzigen Zeitpunkt abgeraten hat, am Ende ihr Kopf auf einer Lanze vor dem Weißen Haus zur Schau gestellt wird. Bildlich gesprochen, natürlich. Denn niemals wird einer der Politiker sein Versagen aus Angst zugeben und selbst Verantwortung übernehmen.

Wieder holt sie tief Luft. Nach all den Jahrzehnten ist diese ihrer Meinung nach unehrenhafte Art der Politik immer noch ein Quell ständigen Ärgers für sie. Dann versucht sie, ihren Geist auf die wichtigen Dinge zu legen. Dieser François Beauford, der Investigativjournalist, scheint ein sehr vielseitiger Mensch zu sein. Er verfügt unter anderem über Fähigkeiten, die Iris McMurphy bei einem professionellen Hacker vermutet hätte. Auch Sigurd Nyquist hat sich als sehr nützlich erwiesen. Seine Analyse der Handlungsverantwortungen im Intersol Technologies Konzern war sehr fundiert und analytisch. Sie grinst, als ihr bewusst wird, dass da sicher der Polizist und Ermittler in ihm durchkommt, der er schließlich lange Zeit seines Lebens war. In den vergangenen Stunden ist ihr klar geworden, dass diese Gruppe über Fähigkeiten und vor allem Dank Albus über die nötigen Informationen verfügt, mit denen es vielleicht möglich sein wird, die Zusammenhänge zu Phaeton ans Licht zu bringen. Sie ist nicht umsonst eine kommandierende Offizierin. Sie hat erkannt, dass die Gruppe nun ihre jeweiligen Erkenntnisse gemeinsam besprechen muss. Deshalb hat sie angeordnet, dass in wenigen Minuten eine Lagebesprechung stattfinden wird. Interessanterweise hat keiner ihre Führungsrolle infrage gestellt. Jetzt betritt sie das Haupthaus und blickt noch einmal zurück in die Dunkelheit, bevor sie die Haustüre wieder schließt. Als sie im Obergeschoss ankommt und das große Arbeitszimmer betritt, richten sich alle Augen erwartungsvoll auf sie. Innerlich seufzt sie, aber sie füllt die Position einer Anführerin so selbstverständlich aus, dass niemand diese infrage stellt. Am wenigsten sie selbst: »Nu denn. Fangen wir an. Wer will als Erster vortragen?«

François Beauford beginnt zu sprechen: »Ich denke, ich habe die größten Neuigkeiten.«

Mit einem Nicken in seine Richtung fordert Iris McMurphy ihn zum Fortfahren auf.

»Fiona und ich haben diese Statue der indischen Göttin Kali in der Wohnung von Rajhes Sumutraij in Huntsville gefunden.«

Iris McMurphy fällt ihm verwundert ins Wort: »Woher kennt ihr einen IT-Administrator der NASA?«

François setzt zu einer umständlichen Erklärung an, aber Fiona Köhler schneidet ihm das Wort ab: »François, lass mich das erklären.«

Sie schaut dem General in die Augen: »Nikolay hat uns, wie Sie wissen, den SOHO-Bericht gegeben. Dort wird Rajhes Sumutraij mit Bild vorgestellt. Weil Nikolay uns ausdrücklich darauf hingewiesen hat, die Bilder zu betrachten, hat François das Foto aus dem Bericht eingescannt. Dort war mittels Steganografie das Bild der roten Kali-Statue versteckt gespeichert und in einer zusätzlichen, ebenfalls dort versteckten Textdatei, seine Wohnadresse. Deshalb sind wir dort hingegangen.«

Iris McMurphy nickt: »Ich erinnere mich. Denisov hat das erwähnt, als ich sie mit ihm im Konferenzraum auf der Basis erwischt habe.«

François Beauford verzieht bei dieser Bemerkung zwar den Mundwinkel, dann fährt er jedoch mit seiner Schilderung fort: »Ok, ich habe diese Statue erst mal aus der Wohnung mitgenommen. Dann ist mir später aufgefallen, dass diese Kali neun Arme hat.«

Sigurd Nyquist wundert sich: »Haben diese Dinger nicht immer so viele Arme?«

Der Investigativjournalist schüttelt den Kopf: »Nein. Ich hatte früher einmal eine indische Freundin. Kali-Statuen haben viele Arme, aber eben immer links und rechts gleich viele. Neun Arme sind also einer zu viel. Und dort, im neunten Arm, war der USB-Stick versteckt.«

Ohne es zu bemerken, übernimmt Iris McMurphy wieder die Diskussionsleitung: »In Ordnung. USB-Stick aus roter Kalifigur. Was war nun drauf?«

François Beauford blickt verschwörerisch in die Runde, bevor er die Bombe platzen lässt: »Alles.«

Iris McMurphy holt tief Luft. Ein scharfer Blick von ihr genügt, dann erklärt er seinen Fund genauer: »Damit meine ich, dass alle Daten der Projekte von Nanostructure For Future und NanoIT für Intersol Technologies auf dem Stick waren.«

General McMurphy hebt die Augenbrauen noch ein wenig weiter an. Der Franzose hantiert an seinem Laptop, tippt einige Befehle ein und dreht dann den Bildschirm zu ihnen.

Darauf ist die animierte Darstellung einer Raumsonde zu sehen. Dann wird diese vervielfacht und die Sonden ordnen sich in einem Muster an. Schließlich wachsen aus den Sonden dunkle Bereiche heraus, die sich um jede Sonde kreisförmig ausbreiten. Schließlich überdecken sich die schwarzen Bereiche. Die Ansicht wird gekippt und eine simulierte Erdkugel wird eingeblendet, dann zoomt die Ansicht heraus, die Sonden mit der schwarzen Fläche und die Erdkugel werden kleiner, bis der Ball einer simulierten Sonne ins Bild kommt. Schließlich werden Linien von der Sonne bis zu den Rändern der schwarzen Fläche gezeichnet. Die Linien passieren die Erdkugel. Dann beginnt die Sequenz erneut von vorn.

General McMurphy hat das Muster der Sonden erkannt: »Phaeton. So machen die das also.«

Jetzt räuspert sich Sigurd Nyquist: »Nicht 'die', General. Das ist dieser Geraldo Gonzales. François hat mir erzählt, dass er untergetaucht ist.«

Iris McMurphy blickt böse auf den Laptopbildschirm.

Dann knurrt sie: »Jetzt müssen wir nur noch herausfinden, warum er das macht.«

Ein leises Lachen kommt von Fiona Köhler: »Es ist doch immer die gleiche Geschichte. Es geht um Geld. Soweit ich das verstanden habe, ist dieser GG vollkommen pleite. Eigentlich hätte er das Projekt für die Asteroidenerkundung niemals stemmen können. Aber aus einem unbekannten Grund hat er es geschafft, dass keiner gemerkt hat, wie pleite er ist. Mit der 'Dankbarkeit' für die 'Gnade Phaetons', die die Menschen als Geldüberweisung zeigen sollen, kommt er aus den roten Zahlen.«
Sie macht mit den Fingern symbolische Bewegungen, um die in Anführungszeichen gesprochenen Worte hervorzuheben.

François Beauford setzt noch etwas hinzu: »So wird er ganz nebenbei zum Herrscher der Welt. Das Chaos, das die Übertragungen von Phaeton ausgelöst haben und die Dunkelheit, die den Menschen Angst macht, sind dafür perfekte Werkzeuge.«

Einen Moment herrscht Stille im Raum. Dann blickt Iris McMurphy zum Investigativjournalisten: »War sonst noch etwas Wichtiges auf dem USB-Stick?«

Er nickt andächtig: »Alle Programm- und Zugriffscodes für die Sonden. Die gesamte Systemprogrammierung der Nanobots.«

»Was zum Teufel sind Nanobots?«

Fiona Köhler erklärt es Sigurd Nyquist: »Du erinnerst dich? Ich habe gestern von den Nanomaschinen gesprochen. Bei NanoIT haben sie eine Art Betriebssystem für diese Miniroboter, die Nanobots, entwickelt. Die können sich nämlich bewegen und aneinanderbinden. Damit ist es möglich, dass sie so einen riesigen Schirm aufbauen. Die Schirmfläche ist nur ein Nanobot dick, daher wiegt der Schirm einer Sonde, obwohl er riesig, gigantisch groß ist, fast nichts. Laut den Daten von Nanostrucutral halten die

Verbindungen der Nanobots untereinander recht viel aus.«

Iris McMurphy knurrt: »Das müssen die auch. Denn die Sonden und ihre Schirme müssen durchgehend beschleunigt werden.«

Fiona Köhler greift sich ein Blatt, dreht es um und malt auf die linke Seite einen kleinen Kreis und auf die rechte Seite einen großen Kreis. Sie tippt mit dem Stift auf den großen Kreis.

»Das ist die Sonne, in Ordnung?«

Dann tippt sie auf den kleinen Kreis: »Das ist die Erde. Und hier ...«, sie zeichnet eine Verbindungslinie zwischen beiden Kreisen und markiert einen Punkt, der nahe bei dem kleinen Kreis liegt, der die Erde darstellen soll, »... ist L1, Lagrange Punkt 1. Genau an dieser Stelle ist die Anziehungskraft der Erde und die der Sonne genau gleich groß. Dort kreist SOHO. Halo Orbit, ungefähr zweihundertfünfundfünfzig tausend Kilometer Radius«

Sie fährt in einem Kringel um diesen Punkt. Dann blickt sie auf und grinst Sigurd Nyquist an: »Du willst fragen, warum ausgerechnet da?«
Er nickt verdutzt.

»Wenn SOHO um L1 kreist, dann braucht es dafür keinen Sprit. Im Orbit, also beim Umkreisen von L1, sorgt die Anziehungskraft von Sonne und Erde dafür, dass das klappt.«

Sigurd Nyquist blickt einen Moment nachdenklich auf die Skizze. Dann fragt er die Pilotin neugierig: »Woher weißt du so etwas?«

Fiona Köhler kichert, als sie antwortet: »Das Drei-Körper-Problem ist so was, mit dem sich nur nerdige Mädchen beschäftigen, die eigentlich Astronautin werden wollten.«

Iris McMurphy hat den Dialog aufmerksam verfolgt.

»Warum sind sie nicht Astronautin geworden?«

Fiona Köhler zuckt mit den Schultern und erklärt: »Ich habe mit dem Fliegen angefangen. Eine Zeit lang war das fast so gut wie Astronaut sein. Da bin dann hängen geblieben.«

General McMurphy nickt verstehend. Sie nimmt sich vor, diese Person im Auge zu behalten, wenn dieser Spuk vorbei ist. Dass dieser Spuk ein Ende findet, dafür will sie jetzt noch mehr sorgen als bisher. Sie blickt in die Runde und resümiert: »Wir wissen also, wie Phaeton die Sonne verdunkelt und dass das Ganze eine finstere Machenschaft dieses Geraldo Gonzales ist. Ein sehr unsympathisches Wesen übrigens. Ich habe ihn einmal kennengelernt.«

François Beauford lehnt sich zurück und spricht nachdenklich, während er zur Decke blickt.

»Wir kennen das Warum, das Wie und zumindest für diese Phaeton-Sonden das Wo.«

Iris McMurphy nimmt den Stift: »Sie sind ungefähr hier.« Das Kreuz, das sie auf der Skizze macht, liegt etwas hinter dem L1 Punkt in Richtung Erde.

Sie blickt auf und erläutert: »Dafür brauchen sie die großen Ionenantriebe. Ich würde wetten, dass die Schirme auch als Solarkollektoren dienen und den Strom für die Triebwerke liefern. Wenn sie abseits vom L1-Punkt stationär auf der Verbindungslinie von der Erde zur Sonne bleiben wollen, und das müssen sie, dann müssen die Sonden durchgehend beschleunigt werden. Schließlich kreist die Erde auf einer elliptischen Bahn um die Sonne. Wenn man es einfach ausdrücken will, sind diese Dinger ohne den Bums der Triebwerke nutzlos.«

Sigurd Nyquist seufzt enttäuscht: »Da kommen wir nicht hin, das ist zu weit weg.«

Iris McMurphy blickt ihn an. Dann wirft sie alle Vorsicht über Bord: »Oh, wir waren dort. Wir wollten das da ...«, sie tippt mit dem Zeigefinger der linken Hand auf die schematisch dargestellten Sonden von Phaeton auf der Skizze, »... vom Himmel holen. Hat nur nicht geklappt.«

Er blickt sie interessiert an: »Haben Sie das verbockt?«

Sie nickt: »Jep. Aber zu meiner Entschuldigung kann ich sagen, dass ich meinen Vorgesetzten klar gesagt habe, dass ich das Ganze für voreilig halte, aber Geduld ist für diese Wesen ein Fremdwort.«

François Beauford korrigiert sie: »Menschen. Auch wenn es Politiker sind, es sind Menschen.«

General McMurphy blickt ihn ausdruckslos an und wiederholt: »Wesen.«

Fiona Köhler spürt genau, dass hinter dieser Aussage mehr steht, als sie alle im Moment verdauen können. Sie versucht daher, die Situation mit einer Frage zu entschärfen: »Wir kommen nicht hin und dieser GG ist untergetaucht. Was können wir stattdessen tun?«

François Beauford schnappt sich seinen Laptop und tippt wieder einige Befehle ein. Das Fenster mit der Simulation verschwindet, dafür erscheinen zwei Fenster, die eine Art Servicemenü mit Auswahlmöglichkeiten zeigen. Er dreht den Bildschirm wieder zu den anderen und schlägt vor: »Wir könnten das benutzen.«

Sigurd Nyquist grummelt erneut: »Himmel, François. Was zum Teufel ist das nun schon wieder?«

Fiona Köhler wundert sich etwas darüber, dass der sonst so souverän und ausgeglichen wirkende Schwede so empfindlich wird. Sie versucht es zu erklären: »Das sind die Programmieroberflächen für die Nanobots und die Antriebssysteme der Sonden.«

Iris McMurphy zieht den Laptop zu sich her. Schnell klickt sie sich durch das Menü. Dann schiebt sie ihn enttäuscht wieder zurück.

»Das hilft uns nicht. So wie ich das sehe, werden die Phaetonsysteme per Laserkommunikation gesteuert. Dafür braucht es spezielle Anlagen. Wir haben das nicht. Glaubt mir, ich kenne mich da ein wenig aus.«

François Beauford greift sich mit fröhlichem Gesicht den

Laptop. Einige Befehle später ist eine Landkarte zu sehen, die Nordamerika, Kanada und Mexiko zeigt. Im Süden Mexikos, fast an der Grenze zu Guatemala, ist ein Punkt markiert.

»Wo die Hauptstation für die Steuerung liegt, kann ich nicht sagen. Aber soweit ich es verstanden habe, hat Nanostrucure For Future dort eine Testanlage für Kommunikation stehen. Die sollte eigentlich laut den Daten des USB-Sticks nicht mehr in Betrieb sein, da die Hauptanlage vor einem halben Jahr den Betrieb aufgenommen hat.«

Grimmig fragt General McMurphy nach: »Wo liegt die Hauptanlage?«

Der Franzose schüttelt den Kopf: »Das steht nicht in den Daten. Dieser IT-Administrator ist meiner Meinung nach mit von der Partie bei Phaeton. Den Stick hat er sich wohl als Versicherung erstellt.«

Iris McMurphy schaut den Investigativjournalist einen Moment an, dann zieht sie ihr Kommunikationsterminal hervor. Sie ruft einige Menüs auf, dann tippt sie etwas ein. Mit einem zufriedenen Grunzen legt sie das Terminal weg.

Fiona Köhler hat das misstrauisch beobachtet und fragt unwirsch nach: »Ich dachte, wir sollten keine Kommunikation nach außen verwenden, damit uns niemand findet?«

Iris McMurphy lächelt ein Raubtierlächeln: »Schätzchen, ich bin nicht von gestern. Der Befehl, den ich gerade erteilt habe, wird über zig Relaisstationen umgeleitet. Uns findet darüber keiner.«

Fiona Köhler nickt. Dann fragt sie leise: »Welcher Befehl war das, bitte?«

Die Augen der beiden Frauen haben sich verhakt. Leise antwortet General McMurphy: »Ich habe angewiesen, dass dieser Nikolay Denisov festgesetzt wird. Wenn er von den Bildern im Bericht wusste, wusste er von der Statue und damit auch von dem USB-Stick. Ich will wissen, was er sonst noch weiß.«

Fiona Köhler will aufbrausen, aber François Beauford hält sie zurück und beschwichtigt sie: »Madame General hat recht. Das ist wirklich seltsam.«

Iris McMurphy erkennt, dass der Pilotin dieser Denisov wichtig ist. Sie seufzt: »Keine Sorge. Meine Anweisung war nur 'festsetzen', bis ich für ihn Zeit habe.«

Fiona Köhler kämpft sichtlich mit sich. Dann nickt sie Iris McMurphy langsam zu.

Diese seufzt erneut und blickt in die Runde: »Also, was haben wir? Intersol, damit meine ich diesen GG, hat Phaeton gebaut und in Position gebracht. Wir kommen an die Sonden nicht heran und wir wissen nicht, wo das Kommunikationszentrum steht. Diese Einrichtung in Mexiko ist wahrscheinlich zu schwach. Ein Laser, der diese Entfernungen für Kommunikation zurücklegen will, benötigt ordentlich Saft. So etwas ist in den Bergen von Mexiko wahrscheinlich nicht vorhanden.«

Fiona Köhler runzelt die Stirn. Dann wendet sie sich an den Investigativjournalisten und bittet ihn: »Kannst du uns diese Station in Mexiko auf der Karte zeigen?«

François Beauford nickt: »Klar doch. Moment.«

Er tippt auf seinem Laptop, dann dreht er diesen zufrieden zu ihr um. Sie greift nach der Maus. Nach einigem Probieren hat sie die Anzeige vergrößert. Triumphierend schaut sie die anderen an und erklärt, was sie gefunden hat: »Da ist ein See. Ich wette, dass die gerade Linie dort ein Staudamm ist. Wenn dort ein Wasserkraftwerk ist, stünde dort genügend Strom für die Laser zur Verfügung.«

Anerkennend nickt François Beauford. Dann macht er sich wieder am Laptop zu schaffen. Zufrieden dreht er ihn schließlich wieder um. Er hat eine Internetseite aufgerufen.

»Da ist er. Der Manuel-M.-Torres-Staudamm! Du hattest den richtigen Riecher, Fiona!«

Die beiden lächeln sich einen Moment an. General

267

McMurphy bemüht sich, diese deutlich spürbare Anziehung zwischen den beiden nicht wahrzunehmen. Sie wirft einen Blick auf die Landkarte: »Das ist wirklich weit im Süden. Haben Sie die neuesten Nachrichten gehört?«

Einhelliges Kopfschütteln ist die Antwort. Sie seufzt. Dann steht sie auf und geht einige Schritte im Raum umher. Schließlich wendet sie sich um und blickt alle nacheinander an, bevor sie redet: »Wir werden einen Lockdown bekommen. Noch heute Abend. Das bedeutet, keiner darf mehr das Haus verlassen, für lebenswichtige Dinge oder Einkäufe gibt es spezielle Regelungen. Damit sind natürlich auch sämtliche Grenzen zwischen den Bundesstaaten in den USA und die Landesgrenzen nach außen, also auch nach Mexiko, gesperrt.«

Alle blicken sich erschrocken an. General McMurphy fährt fort: »In Mexiko geschieht genau das Gleiche. Überall auf der Welt. Die Regierungen wollen so die Panik und die Unruhen eindämmen.«

François Beauford schüttelt verdrießlich den Kopf: »Das wird nicht lange funktionieren.«

Iris McMurphy gibt ihm recht: »Wird es nicht. Glauben sie mir, jeder Verantwortliche in Militär und Polizei wird den Politikern das auch gesagt haben.«

Sigurd Nyquist nickt heftig, als er das kommentiert: »Natürlich. Aber nach meiner Erfahrung werden solche Ratschläge vorgeblich interessiert aufgenommen und dann einfach ignoriert. Politiker schützen immer sich, nie die Bürger.«

General McMurphy versucht das, etwas zu relativieren: »Wenn es diese drei Tage der Dunkelheit, die uns Phaeton aufzwingt, erträglicher macht, dann ist das vielleicht schon einmal ein Vorteil.«

Jetzt fällt François Beauford etwas dazu ein: »Phaeton, genau. Ich frage mich die ganze Zeit über, wie GG das Geld, das er mit seiner Erpressung des Planeten zusammensammelt, verwenden will. Schließlich jagt ihn doch buchstäblich jede Regierung der Welt und damit alles, was nur ansatzweise mit seinen Finanzen zu tun hat.«

Iris McMurphy stimmt ihm zu: »Natürlich. Aber aus einer normalerweise sehr sicheren Quelle ...«

François Beauford macht eine wegwerfende Handbewegung und unterbricht sie: »Pah, Madame General. Wir sollten wenigstens unter uns offen sprechen. Albus ist ihre Quelle, nicht wahr?«

Sie blickt ihn ausdruckslos an, bevor sie antwortet: »Erstens. Normalerweise unterbricht man mich nicht, wenn ich rede. Zweitens. Normalerweise beantworte ich solche Fragen mit Floskeln, à la kann ich weder bestätigen noch dementieren.«

Müde grinsend blickt er ihr ins Gesicht und zeigt offen, was er von diesen Aussagen hält. Dann fährt sie fort.

»Und drittens. Natürlich weiß ich das von Albus. Wer zum Teufel sollte denn an solche Informationen kommen, außer ihm?«

Dieser gespielte Zornausbruch löst die Stimmung. Alle kichern und endlich entwickelt sich im Raum wieder das Gefühl der Zusammengehörigkeit. Auch Iris McMurphy grinst ironisch, bevor sie fortfährt: »Ich habe versucht herauszubekommen, woher Albus all das weiß, was er mir oder Ihnen erzählt. Aber da beißt man auf Granit. Ich habe aber über die Jahre hinweg gelernt, dass er weder mir noch meinem Land noch den Menschen als ganzes Übles will.«

François Beauford versteht, was sie meint: »Aber etwas Besonderes ist er schon.«

Jetzt lacht Sigurd Nyquist amüsiert auf: »Das hast du nett formuliert.«

Dann schaut er zu Iris McMurphy. Diese nimmt den Blick auf und fährt dann fort: »Also, Albus hat mich wissen lassen, dass die Gelder aus einem Grund über den ganzen Globus hinweg bewegt werden. Einmal auf dieser digitalen Reise endet die Spur in Europa.«

Der ehemalige Polizist horcht auf: »Europa? Wo in Europa?«

Iris McMurphy wiegt den Kopf: »Ich hätte erwartet, dass die Gelder in der Schweiz versickern, oder in Liechtenstein oder wenigstens in Osteuropa. Aber Albus meint, die feinen Spuren, die er entdeckt hat, enden in Wien.«

Sigurd Nyquist stößt sich vom Tisch ab, an den er sich gelehnt hat: »Dann muss ich nach Wien.«
General McMurphy hebt fragend die Augenbrauen: »Warum denn, bitte, wenn ich fragen darf?«

Sigurd Nyquist zögert, dann entschließt er sich zu einer Antwort: »Ich kenne da jemanden bei Interpol. Wir haben uns bei einem Antiterroreinsatz getroffen. Sah anfangs wirklich unschön aus, aber seine Einsatzgruppe und wir konnten das Nest schließlich ausräuchern. Das gelang uns aber nur, weil mein Bekannter plötzlich Informationen über einen der Terroristen hatte, die uns dann schließlich den Zugriff ermöglichten.«
General McMurphy schaut dem ehemaligen Polizisten gerade in die Augen: »Ist dieser Bekannte von Ihnen vertrauenswürdig?«
Sigurd Nyquist schweigt. Man sieht ihm an, dass er nach der richtigen Antwort sucht. Dann blickt er auf: »In dieser Sache auf jeden Fall.«

Iris McMurphy mustert den ehemaligen Polizisten noch einen Moment. Dann hat sie sich entschieden: »Also gut. Später sorge ich dafür, dass Sie nach Wien kommen.«

Ein kurzes, ruckartiges Nicken zeugt von seinem Dank. General McMurphy fährt jedoch sofort fort und fordert ihn auf: »Zeigen Sie mir noch einmal die Karte mit diesem Staudamm.«

François Beauford vergrößert das Fenster mit der Landkarte des aufgestauten Sees.

General McMurphy studiert die Ansicht. Dann greift sie
nach der Maus und schaltet die Anzeige der Topologie
hinzu. Schließlich schaut sie zu Fiona Köhler, die sich
neben sie gestellt hat und fragt sie nach ihrer Meinung:
»Was meinen Sie? Klappt das?«

Fiona Köhler wiegt nachdenklich den Kopf: »Das müssen
über sechs Kilometer sein, also mehr als genug. Aber nur
im Südwesten ist das Gelände etwas flacher. Von dort aus
ginge es. Der See ist riesig. Wo sollen wir da suchen?«

Iris McMurphy tippt auf die kleine Insel, die mitten im
See zu sehen ist und meint: »Ich würde meine Anlage
da aufbauen. Die Insel ist leicht zu kontrollieren. Meiner
Schätzung nach sind das knapp einen Kilometer Ost-West-
Breite und vielleicht das Doppelte in Nord-Süd-Richtung.
Wenn die das richtig gemacht haben, ist oben ohnehin nur
der Ausgangsdom der Laseroptik zu sehen. Den Großteil
würde ich unterirdisch anlegen. Und von dort oben im
Norden ...«, wieder tippt sie auf den Bildschirm, dieses
Mal auf die Westseite des Staudamms, »... dürften die
Stromleitungen abgehen, die die Energie vom Wasserkraft-
werk verteilen. Dann ist es ein Leichtes, ein Kabel im See
zu versenken, das die Laseranlage versorgt.«

Auch Sigurd Nyquist schaut nun neugierig auf den
Bildschirm.: »Sollten da nicht auch Sicherheitsleute oder
Wachen sein?«

Kurz schweigt General McMurphy. Dann schüttelt sie
den Kopf: »Da waren sicher welche. Auch technisches
Personal war sicher vor Ort. Aber dieser Gonzales hat
bestimmt alle abgezogen.«
Fiona Köhler blickt sie fragend an: »Warum?«

François Beauford antwortet anstelle des Generals:
»Need to know und die Kosten. Menschen kosten Geld
und tratschen.«

Verstehend bewegt die Pilotin den Kopf auf und ab. Dann
wendet sie sich Iris McMurphy zu: »Meine Meinung: Ich

denke, mit dem richtigen Material geht das, aber ich kann das nicht alleine.«

François Beaufords Blick pendelt zwischen Iris McMurphy und Fiona Köhler hin und her: »Wovon redet ihr eigentlich die ganze Zeit?«

Fiona Köhler lächelt den Investigativjournalisten zuckersüß an: »Von einer Landung auf diesem See mit einem Wasserflugzeug. Schau, wir fliegen von unten im Süden an und haben dann mindestens vier Kilometer freie Wasserfläche, so können wir ...«

Der Investigativjournalist ist aufgesprungen und unterbricht sie rüde: »Halt, halt, halt. Wer sind 'wir' und was zur Hölle habt ihr zwei da im Sinn?«

Der Blickwechsel zwischen den beiden Frauen lässt die Pilotin den Kürzeren ziehen. Sie fasst François Beauford am Arm an und spricht ganz ruhig und leise auf ihn ein: »Du hast doch eben gehört, dass diese Phaeton-Sonden mittels Laser ihre Steuerbefehle empfangen.«

Er nickt und will gerade etwas einwenden, da fährt sie schon fort: »Schön und du hast auf dem Laptop die Befehle und die Software für die Steuerung der Sonden.«

Er wehrt sich, so gut er kann: »Das wissen wir nicht. Wir wissen nicht, ob ich damit die Sonden steuern könnte. Wenn, dann benötige ich dafür die Übertragungssysteme, also ein Laser...«

Sie lächelt ihn wieder zuckersüß an. Er bemerkt schließlich, dass er in ihre Falle getappt ist, lässt die Luft aus der Lunge entweichen und die Schulter hängen. Dann führt er seinen begonnenen Satz zu Ende: »...system. Genau so etwas vermuten wir auf dieser Insel. Wegen des Lockdowns kommen wir nur mit einem Flugzeug hin. Aber eines hast du vergessen, Frau Pilotin!«

Sie schaut ihn neugierig an.

»Dieser Stunt mag bestimmt gut gehen, wenn es hell ist. Aber schon vergessen, Phaeton brockt uns gerade drei

Tage Dunkelheit ein.«

Jetzt eilt ihr die Leiterin der Active Group der Space Force zu Hilfe: »Richtig. Deshalb benötigt diese junge Dame einen erfahrenen Piloten. Und ein wenig Technologie. Nachtsichtsysteme der neuesten Generation wären sicher hilfreich.«

Planerisch nickend stimmt ihr Fiona Köhler zu: »Am besten wäre es, wenn dieser Pilot etwas Erfahrung mit Nachtlandungen der besonderen Art hat.«

General McMurphy stimmt ihr zu: »Natürlich. Erfahrungen mit Trägerlandungen bei Nacht dürften eine gute Voraussetzung sein.«

Fiona Köhler nimmt den Ball auf: »Wir brauchen ein wirklich gutes Flugzeug mit Schwimmern für Wasserlandungen.«

Die beiden Frauen lächeln sich verschwörerisch an. François Beauford schüttelt verzweifelt den Kopf und macht einen letzten Anlauf: »Hallo, wir sind definitiv nicht in einem Agenten-Film. Fiona, du bist Verkehrspilotin. Und das da ...«, er weist etwas verzweifelt auf den Laptop und all die Akten im Raum, »... das zeigt doch klipp und klar, dass das alles viel größer ist. Da kannst du nicht einfach hinfliegen, einen Laptop einstöpseln und die Welt retten!«

Sein Blick geht Hilfe suchend zu Sigurd Nyquist. Der blonde Hüne hebt abwehrend die Hände und macht symbolisch einen halben Schritt zurück: »Halte mich da heraus. Ich muss nach Wien.«

Fiona Köhler tätschelt wieder seinen Arm: »François, du hast natürlich recht. Ich kann da nicht hinfliegen und einen Laptop einstöpseln und so weiter.«

Wieder zeigt sie ihm das zuckersüße Lächeln: »Aber das muss ich auch gar nicht. Wir bekommen einen Piloten, der das kann!«

Iris McMurphy muss sich schwer beherrschen, nicht loszukichern. Mühsam behält sie ihren stoischen Gesichtsausdruck bei. Aber tatsächlich genießt sie es, zur Abwechslung einmal nicht der Empfänger einer Missionsaufgabe zu sein, die sie innerlich ablehnt. So beschließt sie, etwas Salz in die Wunde zu reiben: »Natürlich. Einen der Besten. Ich habe da schon jemanden im Blick. Und Flugzeuge haben wir bei der Airforce wahrlich genug. Keine Sorge.«

François Beauford bewegt den Kopf immer noch ablehnend hin und her und erklärt: »Ihr seid verrückt.«

Dann geht sein Blick zu Iris McMurphy: »Sie haben doch sicher irgendwelche Einsatzkräfte unter Ihrem Kommando. Die können das doch machen.«

General McMurphy verneint mit echtem Bedauern in der Stimme: »Nein. Nicht jetzt, wo alles gerade in Panik und Chaos ausgebrochen ist. Auch wenn es ginge, würde es Tage dauern, bis ein verwendbarer Einsatzplan ausgearbeitet ist und alle über die notwendigen Hintergrundinformationen verfügen würden.«

Er steht auf, wirft einen verzweifelten Blick zu Fiona und geht zum Fenster. Zum Glück spüren alle, dass er einen Moment zum Nachdenken braucht und schweigen deshalb. Schließlich dreht er sich um und gibt sich geschlagen: »Also gut. Wir gehen dahin. Fliegen dahin. Zu dieser Insel. Aber ich habe vier Bedingungen.«

General McMurphy steht ebenfalls auf und macht mit der rechten Hand eine auffordernde Geste.

»Erstens will ich, dass uns mindestens zwei Kämpfer, irgendwelche Navy Seals oder so etwas begleiten. Weder ich noch Fiona sind dafür ausgebildet. Ich glaube nicht daran, dass dort auf dieser Insel alles reibungslos verläuft.«

Iris McMurphy nickt zustimmend.

»Zweitens will ich, dass ein weiteres Team dorthin geht und uns notfalls beisteht.«

Sie stimmt ein weiteres Mal ohne Zögern zu.

»Drittens will ich Ihr persönliches Versprechen, dass für

den Fall, dass etwas schiefläuft, Fiona die absolute Priorität für eine Rettung oder Evakuierung oder wie ihr das nennt, hat. Bedingungslos.«

Jetzt blickt er der Kommandantin der Active Group unnachgiebig in die Augen. Den erschrockenen Ausruf der Pilotin, die seinen Namen ruft, ignoriert er. Langsam nickend stimmt General McMurphy dieser Forderung ebenfalls zu. Aus ihrer Stimme klingt Respekt: »Ich verspreche Ihnen das, Beauford.«

Er nimmt das regungslos zur Kenntnis. Iris McMurphy spricht weiter und fragt nach: »Und die vierte Bedingung?«

Er holt tief Luft: »Ich bekomme die absoluten, uneingeschränkten und weltweiten Exklusivrechte für diese Story.«

Iris McMurphy schaut ihm lange in die Augen. Dann beginnt sie zu grinsen: »Deal, Beauford. Ist mir eine Ehre.«

37 HALO

Es sind nur die Motoren der C-17A über dem Strömungs-
geräusch der außen am Rumpf vorbeirasenden Luft zu
hören. Die C-17A Gobemaster ist ein vierstrahliger Jet
der US Air Force. Im Frachtraum herrscht Leere. Nur
fünfzehn Soldaten in voller Kampfmontur warten geduldig
angeschnallt auf ihren an den Kabinenwänden herunterge-
klappten Sitzen. Alle haben bereits ihre Helme aufgesetzt
und die hochmodernen Nachtsichtvisiere heruntergeklappt.
Zusammen mit den Atemmasken vor den Gesichtern sehen
diese Männer aus wie Eindringlinge aus einer fremden
Welt. Der Frachtraum ist nur schwach beleuchtet. Immer
wieder wird das riesige Flugzeug von Turbulenzen ge-
schüttelt. Aber den Männern macht das nichts aus. Dort,
wo sie planen hinzugehen, sind Turbulenzen noch das We-
nigste, das es zu erdulden gilt. Jetzt ertönt eine Warnsirene
im Frachtraum. Die Männer stehen auf und stellen sich in
eine Reihe hintereinander auf. Jeder prüft den als Rucksack getragenen Fallschirm des Vordermanns. Vor den
Männern liegt auf einer Palette ein Teil ihrer Ausrüstung.
Die Palette ist gesichert, aber bei Bedarf kann sie problemlos mittels des im Boden des Frachtraums eingebauten
Schienensystems nach vorn geschoben werden. Jetzt betritt
ein weiterer Soldat den Frachtraum. Auch er trägt eine
Atemmaske. Schließlich befindet sich das riesige Flugzeug
in enormer Höhe und der Frachtraum hat derzeit keinen
Druckausgleich. Ohne Sauerstoffversorgung durch Atemmasken würden die Männer binnen kürzester Zeit bewusst-
los werden und schließlich an Hypoxie, an Sauerstoffarmut
sterben. Er geht an allen Männern vorbei und klopft jedem
aufmunternd dabei auf die Schulter. Als er vorn angekommen ist, öffnet er die Klappe eines Schaltschrankes, der an
der Bordwand auf Augenhöhe angebracht ist. Die geöffne-
te Tür sichert er sorgfältig. Dann steht er einfach wartend
da. Wieder ist lediglich das Dröhnen der Turbinen zu

hören, das zusammen mit den lauten Strömungsgeräuschen außen am Flugzeugrumpf eine Unterhaltung erschweren würde. Plötzlich kommt Bewegung in den Mann an der Schalttafel. Er legt mehrere Hebel um, dann ist ein laut hupender Warnton in regelmäßigen Abständen zu hören. Die hintere Ladeklappe der riesigen C17 Globemaster wird geöffnet. Schließlich ist diese ganz unten und rastet ein. Jetzt kommt Bewegung in die Männer. Die Vorderen lösen die Sicherung der Palette und schieben sie bis ganz nach vorn an die Kante der Laderampe. Dort warten sie geduldig auf ihr Zeichen. Dies kommt wenige Sekunden später. Ein rotes Licht geht an. Ohne zu zögern, schieben die Männer die Palette über die Kante und springen hinter ihr her in die Nacht. Der Mann an der Schalttafel wartet ab, bis der Letzte ins Dunkel verschwunden ist, dann schließt er die Ladeluke der Boeing Globemaster III. Er gibt dem Piloten des riesigen Flugzeugs per Interkom Bescheid. Sofort legt sich das Transportflugzeug in eine Steuerbordkurve und kippt dafür etwas über den rechten Flügel ab. Der Mann hat diese Bewegung erwartet und hält sich lässig an einem der Haltegriffe fest. Dann ist die Wende beendet und das Triebwerkgeräusch ändert sich ein wenig. Die Boeing C-17 Globemaster III hat ihre Aufgabe erfüllt und versucht so schnell wie möglich den Luftraum über dem südlichen Mexiko wieder zu verlassen.

Unter der Transportmaschine, inzwischen weit hinter ihr, fallen fünfzehn schwarze Gestalten durch die Nacht. Sie haben ihre Fallschirme bislang nicht geöffnet. Dies werden sie noch eine Weile nicht tun. Ihr Ziel liegt 400 m über Meereshöhe in einem Gebirgstal. Da keine ausreichend ebene Fläche vorhanden ist, ist ihre Landezone ein See.

Jeder der Soldaten hat eine Anzeige, die in seinem Visier eingeblendet wird. Durch die hochmodernen Nachtsichtvisiere können sie das Gelände unter sich genau beobachten. Derzeit sind sie noch über den Wolken, eine dichte Wolkendecke liegt über ihrem Zielgebiet. Ihr Führungsmann bildet die Spitze der v-förmigen Formation, zwischen den Schenkeln des Vs wird die Palette von vier Männern gehalten, die für die Öffnung der Schirmsysteme ihrer Fracht verantwortlich sind.

Ein ziviler Springer würde bei einem Sprung aus 10.000 Fuß, also ungefähr 3.300 Meter, nach vierzig Sekunden den Schirm öffnen.

Sie sind aus viel größerer Höhe abgesprungen. Natürlich werden sie ihre Fallschirme erst in letzter Sekunde auslösen. 'High Altitude Low Opening' nennt man dieses Manöver im Militärjargon. Diese einfache Abkürzung umschreibt ein hochriskantes Manöver, welches nur speziell ausgebildete Soldaten erfolgreich meistern.

Jetzt dringen sie in die dichten Wolken ein. Die Sichtweite reduziert sich fast auf null.

38 Der dritte Mann

Sigurd Nyquist ist völlig erschöpft. Als ihm General
McMurphy versprochen hatte, dass sie für seinen Transport nach Wien sorgen wird, war ihm nicht klar, dass sie
damit gemeint hat, er würde in einen Kampfjet gesetzt und
in rekordverdächtiger Zeit sein Ziel erreichen. Zweimal
wurde der Jet in der Luft betankt. Der junge Pilot hat
diesen Ausflug sichtlich genossen, hat er doch die ganze
Zeit über seinen einzigen Fluggast mit allerlei Geschichten
unterhalten. Sogar während des Anflugs auf den Trichter
des Tankschlauches, der wie der Arm eines riesigen
Oktopus vor ihnen aus dem Tankflugzeug heruntergelassen
wurde, plapperte der Pilot fröhlich. Anfangs hat Sigurd
Nyquist versucht, an der Unterhaltung teilzunehmen.
Als der Flug jedoch etwas unruhiger wurde und sich für
den ehemaligen Polizisten schließlich geradezu wie ein
Rodeoritt angefühlt hat, wurde er schweigsamer. Der Pilot
hat ihm erklärt, dass diese Dunkelheit zu Wetterkapriolen
führe und ihm dazu ausführlich die Zusammenhänge der
verschiedenen Atmosphärenschichten und Strömungen
beschrieben. Der ehemalige Polizist hat dies still ertragen
und dabei heldenhaft versucht, seinen Mageninhalt an Ort
und Stelle zu halten. Als sie schließlich auf der Landebahn
des Flughafens Wien aufgesetzt hatten, war das verglichen
mit dem Ritt über den Atlantik geradezu ein Entspan-
nungsprogramm. In der Dunkelheit hat die Stadt unter
ihnen beim Landeanflug geleuchtet. Endlich rumpelte der
Jet über die Landebahn und bog scharf nach rechts ab.
Vorbei an allen Terminals und Parkpositionen erreichen sie
schließlich ihre Halteposition. Ein Soldat mit leuchtenden
Kellen winkte sie ein, dann kreuzte er diese über dem Kopf
und senkte sie gekreuzt zu Boden. Über seine Kopfhörer
hörte Sigurd Nyquist die fröhliche Stimme des Piloten.

»Willkommen in Wien, die Stadt der Liebe und der Ort
der Handlung legendärer Kinofilme. Besuchen Sie die

Sehenswürdigkeiten und wandeln Sie auf den Spuren von Orson Welles, falls Sie etwas Zeit für einen Ausflug in die Katakomben von Wien haben.«

Der ehemalige Polizist schüttelt den Kopf und schließt kurz die Augen. Die Anspannung der letzten Stunden ist jetzt zu spüren. Mit einem Schlag fühlte er sich todmüde. Endlich verklingt das Geräusch des Triebwerks. Sigurd Nyquist genießt diesen Moment.

Mit dem lauten, nervenden Dröhnen einer Hydraulik öffnet sich die Kabinenkanzel. Er öffnet die Augen wieder. Eine Gangway, von der Form eher eine Leiter, wird auf der linken Seite an den Jet geschoben. Elegant steigt der Pilot aus und nun erscheint ein Soldat in Uniform, der auch dem Passagier beim Aussteigen hilft. Mit steifen Gliedern klettert der ehemalige Polizist die Leiter hinunter. Der Soldat reicht ihm sein Gepäck, lediglich einen kleinen Rucksack, gefüllt mit Dokumenten und einem Datenstick, den ihm François Beauford mitgegeben hat. Er steht auf dem Boden des regennassen Rollfelds im Licht der Scheinwerfer des Flughafens. Dann schaut er nach oben. Wieder fallen Tropfen aus dem schwarzen Himmel, es beginnt erneut zu regen.

»Sag' ich doch, dieser Phaeton bringt mit seiner Dunkelheit unser ganzes Wetter durcheinander. Schon allein dafür sollte man ihn zum Teufel jagen.«

Sigurd Nyquist wendet sich um und bemüht sich um einen neutralen Gesichtsausdruck. Der junge Pilot hat den Helm abgenommen, seine braunen Haare kleben ihm am Kopf. Nur einzelne Strähnen werden vom aufkommenden Wind durcheinander geweht. Er blickt seinem Fluggast ernst in die Augen und mustert ihn. Schließlich klopft er ihm anerkennend auf die Schulter. Der Soldat, der ihm eben die Leiter heruntergeholfen hat, hilft ihm nun den Helm abzuziehen. Er nimmt den Helm mit, auch der Fallschirm wird ihm abgenommen.

»Mann, Sie haben aber richtig Eier in der Hose. Glauben Sie mir, diesen Höllenritt überlebt nicht jeder ohne eine Rückwärtsverdauung. Alle Achtung, ehrlich. Sie können stolz sein auf Ihren Magen!«

Dann streckt er ihm die Hand zum Abschied hin. Verblüfft ergreift der ehemalige Polizist die Hand des Piloten. Erst jetzt erkennt er, dass dieses ganze Geplapper auf dem Flug einzig dazu gedient hat, ihn abzulenken. Schlagartig steigt seine Achtung vor dem jungen Mann. Ein letztes Nicken, dann wendet sich der Pilot um und setzt sich in einen vorgefahrenen, offenen Jeep. Sekunden später sind die roten Heckleuchten des Jeeps im Dunkel verschwunden.

»Sigurd Nyquist?«

Er dreht sich steif um. Hinter ihm stehen zwei Männer in dunklen Anzügen, sie tragen weiße Hemden und schwarze Krawatte und beide tragen Hüte. Der Vorderste hat ihn angesprochen und mustert ihn mit kaltem Blick.

Sigurd Nyquist lacht fatalistisch auf: »Hey Leute, wenn ihr nun einen silbernen Metallstab zeigen und mich auffordern wollt, in das rote Licht oben am Stab zu blicken, dann tut euch keinen Zwang an.«
Der vordere Mann wendet sich kurz mit abschätzigem Blick seinem Kollegen zu. Dann fixiert er den ehemaligen Polizisten wieder.
»Ob sie es glauben oder nicht, diesen Witz hören wir öfter.«

»Woran das wohl liegen mag?« Die Müdigkeit und der Regen machen den Schweden etwas launisch.

»Sind sie Sigurd Nyquist?«

Er schließt wieder kurz die Augen und atmet einige Male tief ein und aus. Dann blickt er dem Mann nüchtern entgegen: »In Ordnung. Entschuldigen Sie bitte. Ich bin vollkommen fertig von dem Flug. Um Ihre Frage zu beantworten: ja, ich bin Sigurd Nyquist.«

Der Mann hält ihm auffordernd die rechte Hand mit nach

oben gewandter Handfläche entgegen. Der ehemalige Polizist ist kurz verwirrt, dann fällt es ihm wieder ein. In den Taschen seines Fliegeroveralls sucht er kurz, dann fördert er eine kleine Plakette hervor. Es ist eine durchsichtige Glasscheibe, die seltsame Muster zeigt, wenn sie gegen das Licht gehalten wird. General McMurphy hat sie ihm gegeben und eingeschärft, diese nicht zu verlieren. Sie weist ihn aus und bestätigt seine Kompetenzen. Sigurd Nyquist hat jedoch bis jetzt nicht herausgefunden, welche Kompetenzen dies genau sind.

Er legt die Scheibe in die offene Handfläche des Mannes. Der wendet sich sofort um und reicht diese weiter. Der zweite Mann hat ein Gerät in der Hand, in das er die Scheibe einführt. Auf der Vorderseite des Gerätes ist ein Display angebracht. Ein erstaunter Laut entfährt ihm, dann zeigt er das Gerät seinem Partner. Dieser liest die Angaben auf dem Display. Dann wird die Scheibe wieder aus dem Gerät entnommen und der erste Mann reicht sie ihm, nun mit sehr viel mehr Respekt im Blick zurück: »Ihre Identität wurde bestätigt. Sie haben Autorisierung Stufe Theta fünf.«

Sigurd Nyquist schiebt die Scheibe wieder in die Tasche. Verwundert fragt er den Mann: »Klasse. Und was kann ich mit Autorisierung Stufe Theta fünf machen?«

Der erste Mann blickt ihn verwundert an. Dann antwortet er leise und respektvoll: »Alles. Sämtliche Ressourcen auf diesem Kontinent sind zu Ihrer Verfügung. Da hat offenbar jemand großes Vertrauen in Sie, Mr. Nyquist.«

Wieder spürt er die Müdigkeit, sodass diese Eröffnung für ihn einfach eine weitere Information darstellt. Dann versucht er zu lächeln und bittet höflich: »Ok, dann möchte ich zuerst aus diesen Sachen raus und duschen. Danach muss ich zu Interpol.«
Er versucht, sich zu erinnern. Dann fällt es ihm wieder ein: »Ich glaube, Gasgasse war die Anschrift.«

Der Mann nickt: »Selbstverständlich. Folgen Sie mir.«

Er wendet sich um und geht auf eine dunkle Limousine zu, die von Sigurd Nyquist bisher unbemerkt auf dem Rollfeld hinter dem mit Jet stand.

Eine Stunde später ist der ehemalige Polizist unterwegs in die Innenstadt. Er hat geduscht und neue Kleidung bekommen, die hervorragend passt. Auch wenn dieser graue Anzug mit dem weißen Hemd nicht sein Stil ist. Auf dem Rücksitz der Limousine sitzend, blickt er nach draußen.

»Wenig los heute Abend, nicht wahr?«

Der Mann auf dem Beifahrersitz dreht sich zu ihm um und gibt ihm die Erklärung: »Absoluter Lockdown. Nur Einsatzkräfte von Polizei, Feuerwehr und Krankenwagen dürfen unterwegs sein.«

Sigurd Nyquist schluckt. Nach einiger Zeit passieren sie den Bahnhof, der menschenleer und unwirklich als von starken Scheinwerfern angestrahltes Gebäude in die Nacht aufragt. Schließlich haben sie ihr Ziel erreicht. Ein schmuckloses Gebäude. Die Fassade erscheint in dem Licht der Straßenlampen schmutzig hellgelb. Das Erdgeschoss weist einige Fenster auf, die alle geschlossen und dunkel sind. Der Mann auf der Beifahrerseite ist ausgestiegen und hat seine Türe geöffnet. Sigurd Nyquist greift nach seinem Rucksack und steht wenig später auf dem menschenleeren Gehsteig. Sie gehen einige Meter, dann erreichen sie einen etwas zurückversetzten Hauseingang. Der Mann klingelt und schon nach kurzer Zeit wird ihm geöffnet. Ein Polizist in Uniform mustert sie im grellen Licht der Gangbeleuchtung, die auf die Straße hinaus scheint. Sein Blick geht zu Sigurd Nyquist und er hebt fragend die Augenbrauen.

»Sigurd Nyquist. Ich bin angemeldet. Ich möchte zu Silvio Penedale. Er erwartet mich.«

Der Polizist nickt, und greift an seine Seite. Flink nimmt er einen Tabletcomputer in zur Hand. Er hält ihn hoch und

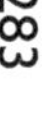

Sigurd Nyquist blickt verdutzt in die Kamera. Schließlich nickt der Polizist ihm zu, dann noch ein zweites Mal zu dem Mann im schwarzen Anzug, der hinter ihm gewartet hat. Dieser wendet sich wortlos um und geht zurück zum Auto.

»Kommens mit, ih bring Sa zu ehm.«

Der Wiener Slang hat das Englisch des Polizisten fast unkenntlich gemacht. Aber Sigurd Nyquist ist trotz der Dusche viel zu müde für eine Diskussion. Wortlos folgt er dem Polizisten. Als sie den Gang entlanggehen, wendet er sich kurz um. Ein anderer Kollege hat die Stellung an der Eingangstüre übernommen. Der Weg ist lang, das Büro von Silvio Penedale liegt wohl auf der anderen Gebäudeseite. Schließlich erreichen sie eine Treppenflucht und Sigurd Nyquist will schon nach oben gehen. Der Polizist hält ihn am Arm fest.

»Nah, mer müssnans nach unden in Suderain.«

Obwohl der Schwede nicht wirklich verstanden hat, was ihm gesagt wurde, folgt er willig die Stufen in den Keller hinab. Schließlich erreichen sie eine große Holztüre.

»Da sammer.«

Der Polizist klopft kurz an, wenige Sekunden später wird die Türe geöffnet. Silvio Penedale begrüßt ihn strahlend: »Sigurd, schön dich zu sehen. Komm doch rein!«

Sein Gastgeber wendet sich dem Polizisten zu und entlässt ihn mit leisen Worten: »Das wär's, ich übernehme ihn.«

Der Polizist grüßt kurz und geht dann schnell den Gang hinunter.

Sie betreten gemeinsam den Raum. Silvo Penedale schließt die Tür hinter ihnen. Sigurd Nyquist schaut sich um. Der Raum ist über und über voll mit Akten und Papieren, auf allen möglichen Tischchen und Stühlen liegen Dokumente, für Sigurd Nyquist wirkt das wie ein

Déjà-vu. Anscheinend werden alle wichtigen Recherchen
zu PHAETON auf dieser Weise durchgeführt. Auf einer
großen Staffelei ist eine uralte Weltkarte aufgestellt. Es
werden sogar noch die Umrisse der alten UDSSR gezeigt.
Eine Unmenge von Stecknadeln sind in die Karte gesteckt
worden und alle sind mit anderen Nadeln durch farbige
Wollschnüre verbunden. Trotz seiner Müdigkeit studiert
er die Karte. Dann erkennt er schlagartig, was sie darstellt.
Erstaunt wendet er sich um.
Da steht plötzlich ein kleiner, rundlicher Mann vor ihm. Er
blickt ihn durch runde Brillengläser an. Hellgraue Augen
mustern ihn scharf und er fragt zweifelnd: »Ist er das?«

   Silvio Penedale kommt herbei. Die zwei betrachten den
Neuankömmling, dann nickt Silvio Penedale fröhlich:
»Das ist er: unser dritter Mann.«

Iris McMurphy blickt von den Akten auf, die sie gerade an ihrem Schreibtisch stehend studiert hat.

»General, darf ich Sie kurz stören?«

Sie lächelt ihren Adjutanten ermunternd an: »John, natürlich. Was gibt es? Wieder eine hysterische Anforderung aus Washington?«

Er grinst sie an: »Selbstverständlich. Ich habe mir erlaubt, diese mit den üblichen Verfahren zu behandeln. Damit sollte Washington erst einmal beschäftigt sein. Aber es gibt eine andere Entwicklung.«

Sie blickt ihn erwartungsvoll an und er beginnt zu berichten: »Der Unterstützungstrupp steckt fest.«

Das ist eine schlechte Nachricht. Aber sie ist gewohnt, damit umzugehen: »Erklären Sie mir, warum.«

Der Adjutant kennt seine Vorgesetzte gut genug, so kommt er in knappen Worten auf den Punkt: »Der Flug, der den Trupp nach Tuxtla bringen sollte, wurde von der mexikanischen Luftwaffe abgefangen. Offenbar hat jemand aus Washington die mexikanische Regierung darüber informiert, dass an Bord der Maschine eine Gruppe Terroristen nach Mexiko eindringen und das Phaeton-Chaos dafür nutzen will, einen Staatsstreich in Mexiko durchzuführen.«

Sie nimmt diese Information vollkommen regungslos zur Kenntnis. Aber ihr Adjutant kennt Major General McMurphy viel zu gut, um sich von dieser Fassade täuschen zu lassen. Der General kocht innerlich vor Wut. Fast eine Minute lang reagiert sie überhaupt nicht auf diese Nachricht. Dann fragt sie nach: »Keine Chance, das noch rechtzeitig aufzuklären?«

Der Adjutant zuckt mit den Schultern: »Ich hoffe es. General. Aber ich habe kein gutes Gefühl dabei. Selbstverständlich sind wir an der Sache dran. Aber da diese

Unterstützungsmission meiner Meinung nach essenziell und nicht nur optional gebraucht wird, habe ich Sie informiert.«

Sie nickt knapp mit dem Kopf, eine Bewegung, die als Zustimmung gedeutet werden kann. Ihr Adjutant hat die Situation vollkommen korrekt eingeschätzt. Sonst wäre er nicht ihr Adjutant.

Iris McMurphy wendet sich ab und geht einige Schritte zur rechten Wand ihres Büros. Dort hängen viele Fotografien, eingerahmt und teilweise schon etwas ausgebleicht. Ihre Vereidigung hat eine Tante damals fotografiert, da ihre Eltern an diesem Tage nicht kommen konnten. Ein anderes Bild zeigt sie beim Abschluss der Marine-Akademie. Sie lächelt im Kreise ihrer vier Kameraden fröhlich in die Kamera. Zwei dieser Kameraden sind bereits gestorben: Ein Herzinfarkt und ein furchtbarer Autounfall. Wenn sie es einrichten können, treffen sich die drei Überlebenden der 'Fabulous Five' einmal im Jahr. Diese Treffen dienen dem Andenken und vor allem dazu, einige Stunden im Kreise von Freunden zu verbringen, von denen man weiß, dass sie füreinander durchs Feuer gehen würden. In den vergangenen Jahren haben sie sich immer auf der Ranch von Álvaro Cortez getroffen. Bei einem grausamen Unfall mit der Winsch an Bord seiner Fregatte hat er sein linkes Bein verloren und ist ehrenhaft aus dem aktiven Dienst entlassen worden. Iris McMurphy holt tief Luft, wieder wird ihr bewusst, dass sie die Letzte der 'Fabulous Five' ist, die noch im aktiven Dienst ist. Dann hat sie einen Entschluss gefasst.

»Danke, John. Ich kümmere mich darum.«

Ihr Adjutant versteht genau, was sie damit meint und verabschiedet sich knapp: »Sehr wohl, General.« Dann verlässt er ihr Büro und schließt leise die Türe.

Iris McMurphy schwelgt noch einen Moment in Erinnerungen beim Anblick des Fotos. Es kommt ihr wie ein

Klischee vor, aber tatsächlich empfindet sie ihre Zeit an der Akademie als eine der glücklichsten in ihrem Leben. Die Freundschaft, die sie mit ihren Kameraden verbunden hat und noch heute verbindet, ist etwas Besonderes. Dessen ist sie sich sehr wohl bewusst. Dann strafft sie sich und geht zu ihrem Wandsafe. Es ist ein einfaches, altes Modell. Lediglich ein Rad zum Einstellen der Zahlenkombination und ein massiver Hebel zum Öffnen der Safetür. Dieser Safe dient ihr lediglich zur Aufbewahrung wertvoller, privater Dinge. Für dienstliche Zwecke gibt es bei der Active Group ganz andere Systeme. Routiniert stellt sie die Zahlenkombination ein und öffnet mit der rechten Hand den Safe. Im Innenraum liegen einige Dokumente und auf dem Fachboden mehrere Gegenstände. Sie greift sich einen davon heraus und schließt den Safe wieder. Dann kehrt sie zurück zu ihrer Fotowand. Nach einem letzten Blick auf das Bild der Abschlussfeier hebt sie den Gegenstand. Es handelt sich um ein Telefon, von dem fast niemand weiß, dass sie es besitzt. Die Anrufe, die sie mit diesem Gerät tätigt, werden über so viele Relais und Umwege geleitet, dass selbst die NSA Probleme haben dürfte, diese zurückzuverfolgen. Jeder, der 'Faboulus Five' hat ein solches Telefon. Aus dem Kopf wählt sie eine Nummer, dann hält sie das Telefon ans Ohr und wartet geduldig. Nach einiger Zeit hört sie das Freizeichen. Sie wartet geduldig.

»Buenas?« Die rauchige Stimme des Mannes lässt vermuten, dass dieser zumindest gelegentlich zur Gruppe der Raucher zu zählen ist.

»Buenas tardes, Pollito. Cómo estás?«

Jetzt lacht die Stimme erfreut auf: »Ah, Funky Iris, möchte mir den Tag erhellen!«

Sie grinst. Ihren Spitznamen bei den ‚Fabulous Five‘ hat sie sich damit verdient, dass sie mit einer Notreparatur während einer Übung die Schiffselektrik zwar zum Laufen gebracht hat, es dabei aber zu eindrucksvollem Funkenbildung kam. Dann wird sie übergangslos wieder ernst: »Ob du es glaubst oder nicht, Álvaro, genau das habe ich vor.«

Ein leichtes Rauschen ist zu hören, als ihr Gesprächspartner nachdenklich schweigt. Dann spricht er leise weiter: »So wie ich dich kenne, meinst du das nicht nur im übertragenen Sinn.«

Sie genießt es, wie in ihren Gesprächen nach all den Jahren immer noch die unbedingte Verbundenheit von früher zu spüren ist.

»Natürlich. Ich will dieser Dunkelheit den Garaus machen.«

Wieder schweigt ihr Kamerad für einen Moment. Schließlich spricht er weiter: »Was ist passiert?«

»Mein Unterstützungstrupp wurde in Tuxtla am Flughafen festgesetzt.«

»Ah, es geht um Mexiko. Warum wurde er festgesetzt?«

»Verrat. Jemand aus Washington hat die mexikanischen Behörden wissen lassen, dass mein Unterstützungstrupp eigentlich Terroristen sind, die die Regierung stürzen wollen.«

»Pah.« Sie hört, wie Álvaro Maria Cortez ausspuckt. Als Sohn einfacher Einwanderer ist er Politikern gegenüber seit jeher besonders misstrauisch eingestellt. Dann fragt er vorsichtig nach: »Und warum erzählst du mir das?«

Sie rollt mit den Augen und brummelt: »Also wirklich, Pollito. Du weißt, warum.«

Sie sieht ihn in ihrer Vorstellung grinsen. Dabei blitzt der Goldzahn, den er seit der Auseinandersetzung mit einigen Marines hatte, auf. Die Marines wurden, nachdem sie von ihm in einer Bar mit einigen harten Schlägen auf den Boden gebracht wurden, von der herbeigerufenen Militärpolizei ins Krankenhaus gebracht. Und Pollito musste zum Zahnarzt. Für ihn war der Preis gänzlich akzeptabel.

Denn niemand belästigt seine Kameradin, wenn er in der Nähe ist.

»Parameter?«

Sie nickt zufrieden und erklärt ihm die Sachlage: »Mindestens zehn Mann. Nachtkampftauglich. Mittlere Bewaffnung und Schlauchboote. Es ist eine Unterstützungsmission, eigentlich sollten sie nicht wirklich etwas zu tun bekommen.«

Wieder kommt das heisere Lachen: »Und weil dem so ist, rufst du mich an. Schon klar. Wie viel Zeit habe ich und wohin muss ich?«

Iris McMurphy runzelt wieder die Stirn: »Álvaro, du gehst nirgends, wo hin. Du hast ein Holzbein, wie du weißt.«

Seine Antwort kommt nüchtern: »Titan und Karbon. Wenn ich jemanden in solch einen Einsatz schicke, dann bin ich entweder dabei oder keiner geht hin. Basta.«

Iris McMurphy seufzt. Sie kennt ihn gut genug, so verzichtet sie auf die Versuche, ihn umzustimmen: »Du musst in knapp drei Stunden in Osumacina sein.«

»Am Stausee? Das könnte gerade so klappen. Von San Cristóbal können wir über die 1900 nach Westen fahren und dann auf die 195 wechseln, aber dafür benötigen wir Papiere. Hier haben sie alles dicht gemacht. Dieser Phaeton ist ein echter Schmerz im Hintern.«

Sie beschließt, ihn etwas einzuweihen: »Nun, genau dafür benötige ich. Wir wollen diesen Schmerz beseitigen.«

Wieder ist nur das Rauschen zu hören. Dann spricht ihr ehemaliger Kamerad wieder. Jetzt ist sämtliches Machogehabe aus seiner Stimme verschwunden: »Dann haben wir wahrscheinlich nicht einmal drei Stunden.«

»Genau. Bekommst du das hin?«

»Aye. General. Schick mir die Details über den üblichen Kanal. Ich muss jetzt ein paar Leute anrufen. Ich melde mich, wenn wir unterwegs sind.«

Iris McMurphy lässt erleichtert die Luft aus den Lungen entweichen und meint dankbar: »Gracias, Álvaro. Ich bin dir etwas schuldig.«

Wieder lacht ihr Kamerad auf: »Oh, und wie du das bist. Ich melde mich.«

Dann ist die Verbindung unterbrochen. Sie blickt noch einen Moment nachdenklich auf das Gerät, bevor sie es wieder sorgfältig im Wandtresor wegschließt.

Durch einen Druck auf eine Taste an ihrem Telefon auf dem Schreibtisch ruft sie ihren Adjutanten herein. Nach wenigen Sekunden steht er in der Tür.

»John, wir müssen die Einsatzdaten und Details an den neuen Unterstützungstrupp übertragen.«

Der Adjutant nimmt das mit neutraler Miene zur Kenntnis: »Sehr wohl, General. Um welchen Trupp handelt es sich?«

Sie blickt ihn mit einem hinterhältigen Grinsen an: »Es wäre gut, wenn die Unterlagen auf Spanisch verfügbar wären.«

Der Adjutant wird blass, behält aber seine neutrale Miene, als er bestätigt: »Ah, ich verstehe. Ich kümmere mich sofort darum, General.«

General McMurphy nickt und fügt hinzu: »Und sorgen Sie dafür, dass diese Unterlagen korrekt und vollständig sind. Ich will niemanden mit falschem Briefing in den Einsatz schicken.«

»Selbstverständlich, General. Wird erledigt.« - »Danke John.«
Dann schaut sie auf die Uhr und greift zu ihrer Uniformjacke und informiert ihn: »Ich bin unterwegs. Sie wissen, wie sie mich im Notfall erreichen.«

Sigurd Nyquist ist immer noch überrascht. Bei seiner Ankunft bei Silvio Penedale und Lukasz Wójcik im Keller von Interpol Wien war er sehr erschöpft gewesen. Daher gab er den beiden lediglich eine kurze Übersicht seiner Erkenntnisse und übergab ihnen die mitgebrachten Dokumente und den USB-Stick, den François Beauford für ihn vorbereitet hatte. Trotz einer Tasse starken Kaffees konnte er sich fast nicht auf die Diskussion mit den beiden konzentrieren. Dieser Lukasz Wójcik kam ihn wie ein exotisches Tier im Zoo von Interpol vor. Auch er arbeitet laut seiner Erklärung viel lieber mit Dokumenten in Papierform. So hat er den USB-Stick mit spitzen Fingern entgegengenommen und misstrauisch beäugt. Dann ist er zum Telefon gegangen, ein antiker, schwarzer Apparat mit einer Wählscheibe und hat eine Kollegin zur Hilfe gerufen, die schon nach wenigen Minuten bei ihnen war. Halina Smekolek warf einen Blick in die Runde, begrüßte alle mit einem Nicken und legte ihren mitgebrachten Laptop auf einen Tisch. Ohne weitere Erklärung übergab ihr Lukasz Wójcik den USB-Stick, den sie umgehend in ihren Laptop steckte. Ihren Kommentar 'barzo dobry' hat Sigurd Nyquist zwar nicht verstanden, ihren zufriedenen Gesichtsausdruck jedoch sehr wohl. Nach einigen in schneller, vermutlich polnischer Sprache gewechselten Worten hat die junge Frau dem ehemaligen Polizisten zugenickt und ihm mitgeteilt, dass sie einige Stunden für die Analyse und Verarbeitung der Daten benötige. Silvio Penedale hat die Situation genutzt und Sigurd in einen Raum mit einem Feldbett geführt. Endlich konnte Sigurd Nyquist für einige Zeit die Augen schließen.

Jetzt sitzt er wieder im Kellerraum, hat eine wunderbare Tasse Kaffee neben sich stehen und denkt über das soeben Gehörte nach. Dann beginnt er zu reden: »Also, Frau Smekolek, Sie haben uns da eben erzählt, dass es Ihnen mithilfe dieses Wollknäuels ...«, er zeigt dabei auf die antike Weltkarte mit all den durch Wollfäden verbundenen Stecknadeln, »... und den Daten auf meinem USB-Stick gelungen ist, herauszufinden, wie dieser Phaeton, ich meine dieser Geraldo Gonzales, es geschafft hat, die Zahlungen aus dem 'Dank an Phaeton'-Überweisungen vieler Privatpersonen in sein Firmengeflecht umzuleiten und zudem haben Sie auch eine der zentralen Schaltstellen für diese Umleitung direkt in Wien lokalisiert. Etwas, dass all den Tausenden Ermittlern auf der ganzen Welt bisher nicht gelungen ist.«

Sie nickt ihm schlicht zu. Ihr Pferdeschwanz wippt dabei etwas auf und ab.

»Nennen Sie mich bitte: Halina. Korrekt, genau das ist das Ergebnis meiner Arbeit der letzten Stunden.«

Lukasz Wójcik sitzt zufrieden da und hat die Hände über dem beachtlichen Bauch gefaltet. Er grinst den Schweden an und kommentiert schmunzelnd: »Halina ist hervorragend in dem, was sie tut.«

Sigurd Nyquist mustert diese junge Frau. Sie ist klein, aber sehr muskulös, eher drahtig. Sie trägt eine Jeans und eine weiße Bluse. Schwarze Augen erwidern seinen musternden Blick neugierig. Er ertappt sich dabei, dass er eine Brille bei ihr vermisst. Normalerweise sollten Menschen, die in Archiven arbeiten oder sich mit der Welt der Computer gut auskennen, Brillen tragen. Zumindest in seiner Vorstellung grinst er in sich hinein. Er holt tief Luft, dann fragt er sie neugierig: »Sie arbeiten im Archiv und als Hobby beschäftigen sie sich mit Computern?«

Sie lacht melodisch auf. Dann schüttelt sie den Kopf, als sie antwortet: »Ich arbeite zwar im Archiv, aber ich arbeite auch nebenher an meiner Dissertation. Mein Hobby ist allerdings Kickboxen.«

Das verschlägt Sigurd Nyquist die Sprache. Silvio Penedale kichert und fragt ihn lächelnd: »He, Sigurd, du solltest deine Vorurteile etwas überdenken, findest du nicht?«

Der Angesprochene nickt betrübt und bestätigt: »Du hast recht, Silvio. Bitte entschuldigen Sie, Halina, ich wollte nicht unhöflich sein.«

»Sind Sie nicht. Aber es gibt Wichtigeres als meine Person. Was sollen wir mit den Erkenntnissen denn nun machen?«

Silvio Penedale reibt sich das Kinn: »Diese Adresse, die du herausgefunden hast, sagt uns, dass die Schrödinger-Bank bei uns in Wien viel mehr ist, als man bisher wusste.«

Sie nickt nüchtern: »Sie ist die zentrale Schaltstelle, in der die Zahlungsströme so verschleiert werden, dass die Nachverfolgung der Gelder unmöglich wird.«

Sigurd Nyquist beugt sich vor: »Wie um alles in der Welt machen die das?«

Halina Smekolek denkt kurz nach. Dann versucht sie es zu erklären, dass es alle verstehen: »Vereinfacht ge-sprochen, tauschen sie die Referenzdaten, also die Daten der Bankverbindung von Absender und Empfänger aus. So wird aus einer Überweisung, die jemand als 'Dank an Phaeton' tätigt, eine Zahlung aus ganz anderer Quelle und mit anderem Ziel.«

Der ehemalige Polizist schüttelt den Kopf und meint zweifelnd: »Dass das überhaupt möglich ist, wundert mich sehr.«

Sie nickt verstehend: »Für normale IT-Systeme von Banken ist das auch gänzlich unmöglich. Die werden von den Aufsichtsbehörden genauestens überwacht, damit genau so etwas nicht möglich ist. Deshalb wurde das auch bisher nicht entdeckt.«

Silvio Penedale wundert sich: »Aber wie macht diese Schrödinger-Bank das dann?«

Sie steht auf und schiebt ein Whiteboard näher an die

Gruppe heran. Nach einem kurzen Blick wischt sie die Tafel sauber. Dann greift sie zu einem Marker und beginnt zu erklären: »Also, die Daten gehen als Paket um die Welt. Sie werden von einem Empfänger zum Nächsten geleitet. Das ist das übliche Versteckspiel, wie es kriminelle Organisationen seit Jahrzehnten betreiben.«

Sie hat einen Kreis als symbolischen Globus gemalt und dann eine Kette an schleifenartigen Pfeilen zu allen möglichen Punkten auf dem Globus, die die Weltreise der Zahlungen andeuten sollen.

»Und irgendwann einmal landen sie...«, nun kreist sie die Spitze des letzten Pfeils ein und blickt über die Schulter, »...hier in Wien, bei der Schrödinger-Bank.«

Jetzt zieht sie neben dem symbolischen Globus eine horizontale Linie. Auf die Linie malt sie ein Haus, das sie mit 'Schrödinger-Bank' beschriftet. Als Nächstes greift sie zu einem Marker in anderer Farbe und dreht sich um, während sie weiter erklärt: »Wir sind also im schönen Wien. An dieser Stelle sitzen die Computer der Schrödinger Bank ...«, sie zeichnet einen kleinen PC in das Haus ein, »... auf denen die staatlich geprüften und freigegebenen Programme zur Verwaltung des Zahlungsverkehrs laufen.«

Ihr Blick geht zu den beiden Männern: »Natürlich ist das kein PC wie hier gezeichnet, sondern in Wirklichkeit ein ordentlicher Mainframe oder eine Gruppe von Rechnern, ein Cluster.«

Dann wechselt sie wieder den Marker, dieses Mal verwendet sie Rot. Weit unter der horizontalen Linie malt sie eine zweite, punktierte Linie: »dort laufen die Datenleitungen. Kabel. Meist Glasfaser heutzutage.«

Wieder ein Markerwechsel. Dann zieht sie einen Strich von der roten, punktierten Linie nach oben. Am oberen Ende zeichnet sie ein Rechteck. Wieder wendet sie sich um und deutet mit dem Finger auf den vertikalen Strich: »Die Daten werden also vom Glasfasernetz heraus über den

Hausanschluss an die Schrödinger-Bank geleitet. Aber hier sitzt etwas ...«, sie weist auf das Rechteck hin, »... das die Daten verändert. Die veränderten Daten kommen so bei den Computern der Schrödinger-Bank an.«

Sie zeichnet vom oberen Rand des Rechtecks eine Linie zum Computer im Haus. Jetzt versteht Sigurd Nyquist, was sie sagen will, und er fährt fort: »Die wissen natürlich nichts von der Veränderung. Der Kasten verändert die Transaktionen. Diese werden dann von den Systemen der Schrödinger-Bank wie ganz normale Transaktionen behandelt.«

Sie antwortet zufrieden: »Genau. Ich halte es für extrem unwahrscheinlich, dass die Leute dort etwas von diesem Verbrechen wissen.«
Wieder reibt sich Silvio Penedale das Kinn. Dann zeigt er auf das Whiteboard und fragt nachdenklich: »Halina, wenn die Überweisungsdaten verändert wurden, warum ist die Überweisung dann noch gültig?«

Sie lächelt ihn froh an: »Hervorragende Frage. Solch ein 'Kästchen' sitzt natürlich auch vor vielen anderen Datenanschlüssen von Banken. Und wenn diese 'Kästchen' sauber zusammenarbeiten, bemerken die Computersysteme der Banken nichts. Wir sprechen dabei von einem erweiterten 'Man in the middle'-Szenario. Das ist offen gestanden nahezu genial. Man benötigt aber riesige Geldmengen und Ressourcen, um das zu installieren. Und … man braucht Zeit.«

Lukasz Wójcik meldet sich zu Wort: »Nach den Bilanzen der Intersol-Holding und den angeschlossenen Unternehmen, die Sigurd uns mitgebracht hat, bin ich sicher, dass mindestens drei Softwareunternehmen und genauso viele Hersteller von Hardware für Hochleistungsdatenübertragung im Spiel sind. Soweit ich es erkennen kann, laufen die Vorbereitungen für diesen Betrug seit mindestens zwei Jahren.«

Sigurd Nyquist bewegt nachdenklich den Kopf hin und her und meint erstaunt: »Wenig Zeit eigentlich.«
Lukasz Wójcik gibt ihm recht: »Stimmt. Aber ich glaube, Intersol Technologies hat nicht mehr Zeit gehabt. Die sind völlig pleite und viel länger hätte sie das nicht vor der Welt verheimlichen können.«

Silvio Penedale klatscht in die Hände und drängelt: »Leute, das können wir alles später in Ruhe untersuchen. Wichtig ist doch, wie wir jetzt weiter vorgehen wollen.«

Halina blickt ihn an, wendet den Blick zum Whiteboard und tippt nachdrücklich mit dem Zeigefinger der linken Hand auf das Kästchen: »Ich muss dorthin und mir das anschauen.«

Mit ablehnendem Kopfschütteln widerspricht Silvio Penedale: »Nein, das geht nicht. Du arbeitest im Archiv. Das ist ein Einsatz vor Ort.«

Sigurd Nyquist betrachtet das Schaubild nachdenklich und sinniert: »Wo ist denn dieser Anschluss überhaupt? Bei uns sind das Verteilerkästen, die meist am Straßenrand stehen.«

Halina Smekolek erklärt es ihm: »In Wien werden Datenleitungen oft in den alten Stollen und unterirdischen Kanälen verlegt. Das spart Kosten für Grabarbeiten. Die Schrödinger-Bank liegt über einer alten Katakombenanlage aus dem Mittelalter. Dort dürfte der Anschluss sein.«

Der ehemalige Polizist versteht, was sie meint: »Dort ist sicher auch Platz für die notwendige Technik, also diesen Kasten da.«

Silvio Penedale stimmt zu: »Dann müssen wir in die Katakomben von Wien, aber nochmals Halina: Du kannst da nicht mitgehen.«

Sie schaut ihm mit freundlichem Gesicht an und meint triumphierend: »Wer soll euch dann sagen, was zu tun ist, wenn wir vor Ort sind? Soweit ich es verstanden habe, darf Phaeton oder dieser Geraldo Gonzales nichts davon mitbekommen, dass wir ihm auf die Schliche gekommen sind.«

Der Leiter der Einsatzkräfte von Interpol Wien schaut sie lange Zeit nachdenklich an. Dann hat er sich entschieden: »Gut. Ich stelle einen Trupp zusammen. Du kommst mit, bitte, bereite alles vor. Du kommst auch mit, wenn du magst.«

Das Letzte ging in Richtung von Sigurd Nyquist. Der steht auf und setzt dabei die Kaffeetasse vorsichtig ab. Er lächelt in die Runde: »Eine interessante Truppe wird das. Inklusive des dritten Mannes und einer Frau mit besonderen Fähigkeiten.«

41 Nachtflug

Die De DeHavilland Twin Otter DHC-6-400 fliegt in nur
knapp achthundert Fuß Höhe, also knapp zweihundertsieb-
zig Metern, über den Wellen des Golfs von Mexiko. Es ist
ein unruhiger Flug so dicht über dem Wasser. Aber General
McMurphy hat klipp und klar befohlen, dass sie auf ihrem
Flug jeglicher Luftraumüberwachung auszuweichen haben.
Fiona Köhler trägt eine spezielle Brille, die sich wie eine
Schlafmaske über ihre Augen legt. Es wirkt Wunder für sie
als Trägerin dieses Hightechgerät. Sie blickt nach draußen
durch das kleine Seitenfenster. Heute sitzt sie auf dem für
sie ungewohnten Platz des First Officers oder Co-Piloten.
Neben ihr steuert First Leutnant John Stimmer konzentriert das zweimotorige Flugzeug, das mit Schwimmern
statt eines Fahrwerks ausgestattet ist. Schließlich planen
sie auch, auf einem Stausee in den Bergen der Provinz
Chiapas in Mexiko zu landen. Ihre Sicht ist perfekt. Wenn
sie nach draußen in die Dunkelheit schaut, wird ihr das
unruhige Meer unter ihnen gestochen scharf angezeigt.
Schaut sie dagegen auf die Instrumente vor ihr oder blickt
sie sich in der Kabine um, dann sieht auch dies für sie
vollkommen normal aus. Ihr Blick geht nach hinten. Die
Twin Otter kann maximal neunzehn Passagiere befördern.
Sie hat während ihrer Anfangszeit als Pilotin sogar zeit-
weise nebenberuflich Kurzstreckenflüge mit einer Twin
Otter in Asien geflogen. Daher kennt sie diese Maschine
recht gut. Das ist das neue Modell von Viking Air, das seit
2010 im Einsatz ist. Es hat ein modernes Cockpit mit je
einem Bildschirm für den Piloten und den First Officer
auf der rechten Seite. Zwei weitere Bildschirmanzeigen
für Navigation, Wetterradar und Technik in der Mitte der
Instrumentenkonsole bieten den Piloten ein angenehmes
Arbeitsumfeld. Lediglich die Steuersäulen, die bei einem
flachen V aus der Mittelkonsole zum Piloten und zum
First Officer rechts zeigen, wirken für Sie als Pilotin von

Linienjets auffällig. Aber die DHC-6 ist gutmütig zu
fliegen. François Beauford sitzt in der ersten Reihe hinter
dem Piloten auf der Backbordseite, also links. Er arbeitet
konzentriert an dem Laptop, der ihm von General McMurphy zur Verfügung gestellt worden ist. Sie kennt ihn
inzwischen gut genug. Ihr ist klar, dass er sich durch die
intensive Arbeit an dem Gerät von dem holprigen Flug und
vor allem von den Sorgen über ihr Vorhaben ablenken will.
Sie lächelt und er scheint ihren Blick zu spüren. Er blickt
auf und versucht, zurück zu lächeln, was ihm nur leidlich
gelingt. Neben ihm, auf der Steuerbordseite, sitzt aufrecht
ein vierschrötiger Soldat mit kurzem Stoppelhaarschnitt.
Die Haare sind schon leicht grau, aber das ist das Einzige,
was an diesem Mann nicht auf den ersten Blick straff
und dynamisch wirkt. Sergeant Major Thomas Friend
studiert aufmerksam die Einsatzunterlagen. Die ständigen
Stöße, wenn die DHC-6 wieder einmal von Turbulenzen
durchgeschüttelt wird oder absackt und sofort danach First
Leutnant John Stimmer die Höhe korrigiert, ignoriert er
völlig. Er wurde ihnen von General McMurphy zusammen
mit First Sergeant Frank Milley, einem Spezialisten für
Feldaufklärung, zugewiesen. François Beauford hat nach
anfänglicher Zurückhaltung schnell einen guten Draht zu
dem First Sergeant aufgebaut. Sergeant Major Thomas
Fried dagegen blieb die ganze Zeit über nüchtern und
unnahbar. Jedoch sind sämtliche Menschen, die sie bei den
hastig durchgeführten Vorbereitungen und Einweisungen
für diese Mission unterstützt haben, dem Sergeant Major
mit ausgesuchtem Respekt begegnet. Er hat zu keinem
Zeitpunkt auch nur die Stimme erhoben oder seinen Rang
geltend gemacht. Während der Diskussionen war er ein
höchst aufmerksamer Zuhörer gewesen und seine Rückfragen hatten immer Substanz. Die Soldatin, die ihr bei
der Einkleidung für diese Mission zur Seite stand, hat ihr
zugeflüstert, dass der Sergeant Major mit der ihm zu-
gedachten Bezeichnung 'Safe ticket home' fast als legendär

im UNSC Marine Corps gilt. Ganz hinten lagert ihre Ausrüstung. Hauptsächlich Seesäcke, Taschen und Rucksäcke der beiden Marines. Jetzt blickt sie wieder nach vorne. Routiniert überfliegt sie die Instrumente und kontrolliert den Kurs. Sie entdeckt eine minimale Abweichung: »Ich empfehle Kurskorrektur um fünf Grad Steuerbord auf neues Heading 173 Grad.«

First Leutnant John Stimmer blickt kurz auf sein Display, dann wieder konzentriert durch das Cockpitfenster. Fliegen in niedriger Höhe bedarf der ständigen Wachsamkeit: »Copied. Vermutlich der Wind, Miss Kohler«

Sie korrigiert ihn tadelnd: »Sie sollen mich Fiona nennen. Ihr Amis könnt einen deutschen Umlaut nie richtig aussprechen.«

Jetzt lächelt er unter seinem Nachtsichtvisier: »Na, na, wer wird denn so mit seinem kommandierenden Offizier sprechen?«

Sie prustet ironisch: »Ha, ich bin zum Glück nicht in eurem Club!«

Kurz geht sein Blick zu ihr hinüber, dann wieder konzentriert nach vorn, als er fortfährt: »Das ist korrekt, aber wenn Sie mich fragen, ein Jammer. Sie hätten das Zeug dazu.«

Fiona Köhler blickt ihn sprachlos an. Dann antwortet sie nüchtern: »Danke. Aber dafür ist es zu spät in meinem Alter. Sie wissen das.«

Er behält sein Lächeln bei: »Oh, normalerweise schon. Aber Sie wissen doch: Die Wunder der Wirrungen und Wendungen der Air Force sind unergründlich.«

Dann schaut er mit nachsichtiger Miene zu ihr herüber: »Und weil ich heute euch Europäern Tribut zolle verwenden wir heute Nacht die SI Einheiten und nicht das angelsächsische Maßsystem.«

Fiona Köhler wirft ihm zuerst einen zweifelnden Blick

zu, dann nickt sie zustimmend: »Sehr gerne. Also Kilometer statt Meilen und km/h statt Knoten. Soll mir recht sein«.

Sie will sich jetzt auf die bevorstehende Aufgabe konzentrieren. Dazu referiert sie kurz ihren Status: »Also Leutnant, wir werden in acht Minuten das mexikanische Festland erreichen. Bei Erreichen der Küstenlinie steigen Sie auf zweitausendfünfhundert Fuß Höhe. Damit müssten wir so gerade eben unter der Radarerfassung bleiben und sind trotzdem hoch genug, damit wir bei Nacht nicht gesehen werden.«

Sie greift kurz nach vorn und überprüft zwei Einstellungen: »Transponder ist aus, Navigationslichter sind jetzt aus. Wir fliegen Schwarz.«

»Copied. Wann kommen wir an die ersten Ausläufer der Berge?«

»Von der Küste bei Atasta, wo wir das Festland erreichen, sind es einhundertfünfundzwanzig Kilometer. Wenn wir die aktuelle Geschwindigkeit von zweihundertzwanzig Kilometern pro Stunde ungefähr beibehalten, dann benötigen wir circa vierunddreißig Minuten bis zu den Bergen, plus minus.«

Sie blickt kurz auf die Karte mit den Notizen, die sie auf dem Schoß liegen, hat: »Dann steigen wir auf mindestens vier- bis fünftausend Fuß und fliegen mit Kurs 195 Grad ungefähr einhundert Kilometer ins Landesinnere. Danach Kurve nach rechts auf 278 Grad ca. 55 Kilometer durch die Täler zum Stausee am Manuel-M.-Torres-Staudamm.«

Er denkt kurz nach: »Ich werde versuchen, möglichst tief zu bleiben. Mit diesem Nachtsichtvisier sollte das möglich sein. Und ich versuche unsere Geschwindigkeit zu erhöhen. Aber wenn wir dort sind, sind wahrscheinlich trocken wie ein Martini.«

Sie prüft ihre Berechnungen: »Na ja, mit der aktuellen Zuladung haben wir bei ungefähr 300 km/h im Gebirge noch eine Reserve von ca. fünfzig Minuten.«

Sie schaut ihn an: »Ich mag eher Campari Soda.«

Er lacht auf: »Ah, eine der 'bitter Ladys'. Soll mir recht sein.«

Dann sind voraus die ersten Lichter des Küstenstreifens des mexikanischen Festlandes zu erkennen. Fiona Köhler wendet sich um und betätigt die Taste, die ihr Headset mit denen der Passagiere verbindet.

»Alle mal herhören. Wir erreichen gleich das mexikanische Festland. Prüft eure Gurte und die Sicherung der Fracht. Zuerst geht es über flaches Land, aber in ungefähr einer halben Stunde haben wir die Berge erreicht. Dann müsst ihr und die Fracht angeschnallt sein. Verstanden?«

Die beiden Soldaten heben sofort den Daumen der rechten Hand. François Beauford tippt noch fertig, dann blickt er hoch und nickt ihr zu. Sie lächelt ihm zu und hebt dabei fragend die den Kopf an. Er versteht ihre Frage, wiegt den Kopf und grinst dann schief. Fiona Köhler lächelt ihm nochmals aufmunternd unter ihrer Nachtsichtmaske zu und wendet sich dann wieder nach vorn. Wenn das vorbei ist, nimmt sie sich fest vor, dann wird sie diesem Franzosen genauer auf den Zahn fühlen. Das frohe Grinsen, dass sich dabei auf ihr Gesicht stiehlt, bemerkt sie nicht, bis der Leutnant sie anspricht.

»First Officer, freuen Sie sich so auf unser Abenteuer oder was ist der Grund für das verträumte Grinsen?«

'Mist', denkt sie sich, bleibt aber äußerlich gelassen, als sie antwortet: »Oh, ich kann es nur nicht erwarten, wie ich kleines Pilotenmädchen endlich den Flugkünsten eines echten Kampfpiloten beiwohnen darf. Das ist so aufregend, finden Sie nicht?«

Kurz geht sein Blick zu ihr, dann antwortet er knurrend: »Bitter Lady. Sag' ich doch.«

Dann wird seine Stimme ernst und professionell: »Erreichen die Küstenlinie. First Officer übernehmen. Ich will die Radaraufklärung prüfen.«

Fiona Köhler greift mit der rechten Hand zum Steuerhorn: »Ich habe das Steuer. My Control«

Er bestätigt umgehend: »First Officer hat das Steuer. Your Control.«

In den nächsten knapp dreißig Minuten konzentriert sie sich auf Kurs und Höhe. Soweit es möglich ist, sucht sie den dunklen Himmel ab. Immer wieder überfliegen sie Lichter, die wie Gebäudeansammlungen, kleine Gehöfte oder sogar Ansiedlungen aussehen. Fiona Köhler hofft, dass ihre Flughöhe ausreicht, damit sie nicht entdeckt werden. Der Leutnant arbeitet in dieser Zeit intensiv an seiner Anzeige. Die DeHavilland wurde von der Space Force Attack Group mit hochsensiblen Sensoren zur Aufspürung von Radarstrahlung ausgestattet die der Leutnant verwendet.

Schließlich sieht sie voraus die ersten Ausläufer der Berge: »Gebirge voraus.«

Er blickt von seinem Display auf und setzt sich wieder zurück in seinen Sitz. Er zieht seine Gurte fest und blickt zu ihr herüber: »Ich übernehme.«

Er greift zum Steuerhorn auf seiner Seite und Fiona Köhler nimmt demonstrativ die Hände von ihrem: »Pilot übernimmt. Your control.«

»Pilot hat das Steuer. My control.« Er zieht am Steuerhorn und schiebt gleichzeitig die Schubregler für die beiden Pratt&Whitney Canada PT6A-34 Triebwerke nach vorn fast auf Maximalleistung. Das Motorengeräusch der Turbopropmaschinen wird lauter und dunkler.

Dann haben sie ihre Zielhöhe von viertausendfünfhundert Fuß erreicht und die DHC-6 geht in Horizontalflug. Zum Glück hat sich die Wolkendecke gehoben. Sie liegt aktuell bei ungefähr knapp sechstausend Fuß, also zwei Kilometern über der Meereshöhe.

Nun fliegen sie fast genau nach Süden.

Sie atmet kurz durch und prüft sofort die Anzeigen. Soweit scheint alles in Ordnung zu sein. Ohne den Blick von den Displays zu nehmen, meldet sie ihren Status: »Geschwindigkeit über Grund 315 km/h. Kurs 195. Das bedeutet, dass wir in ungefähr ...«, sie benützt ihre Landkarte und einen kleinen Taschenrechner, den sie auf dem Klemmbrett daneben befestigt hat. Kurz blickt sie auf ihre mechanische Uhr, dann prüft sie erneut die Cockpitanzeigen. Schließlich tippt sie auf ihrem Taschenrechner, »... 27 Minuten diesen Kurs halten, um dann nach rechts auf zwo sieben acht zu drehen.«

Hinter ihr hört sie eine ruhige Stimme: »Köhler. Ausgezeichnet. Sie sind besser, als ich dachte.«

Verblüfft blickt sie auf und nach hinten. Sergeant Major Friend schaut sie mit starren, blauen Augen an. Zuerst weiß sie nicht, was sie sagen soll, dann bedankt sie sich schlicht: »Danke, Sergeant Major.«

Sein Blick geht durch das Cockpitfenster nach vorn. Der Mond beleuchtet die Wolkendecke von oben, was den unwirklichen Eindruck eines leuchtenden Leintuchs über ihnen erzeugt. Er kneift die Augen zusammen und zeigt mit dem ausgestreckten Finger nach vorn.

»Mindestens fünf Objekte. Klein. Freier Fall.«

Alarmiert blicken Fiona Köhler und der Leutnant in die angezeigte Richtung. Der Leutnant antwortet als Erster: »Ich habe nichts gesehen.«

Fiona Köhler regelt ihr Nachtsichtvisier nach. Dann kann sie die Objekte auch sehen: »Es sind zwölf, nein, fünfzehn Kleine und ein etwas Größeres in der Mitte.«

Eine Sekunde später sind die Punkte verschwunden: »Jetzt sehe ich nichts mehr.«

Der Sergeant, Major blickt angestrengt nach vorn.

Dann schaut er zur Pilotin: »Sind Sie sich sicher bei der Zählung?«

Fiona Köhler tippt an ihr Nachtsichtvisier: »Mit dem Ding kann man optimal bei Nacht sehen. Es waren mehr als zehn, weniger als zwanzig Objekte. Eines sah etwas größer aus.«

Sein Blick bleibt auf ihr haften, während er sich an den Leutnant wendet: »Was halten Sie davon?«

Der Pilot blickt weiter konzentriert nach vorn, als er antwortet: »Wenn auch sie etwas gesehen hat, dann ist etwas da. Wir sollten das in unsere Überlegungen einbeziehen.«

Der Sergeant Major verharrt einen Moment still. Dann nickt er: »Wunderbar. Ich denke, hier wir haben einen HALO-Einsatz gesehen.«

Jetzt schaut der Pilot doch kurz zu ihm herüber. Dann richtet er seinen Blick wieder nach vorn: »Das sind dann aber nicht unsere.«

Der Sergeant Major wiegt den Kopf: »Wahrscheinlich sind die nicht auf unserer Seite. Sonst wüssten wir davon.«

»Können wir nachfragen?«
Jetzt schüttelt der Sergeant Major energisch den Kopf: »Klares Negativ, Leutnant. Wenn wir unsere Funkstille aufgeben, haben wir unseren größten Trumpf aus der Hand gegeben.«
Kurz schweigt der Pilot. Dann stimmt er zu: »Richtig, Sergeant Major. Interessante Zeiten.«

Der Angesprochene stimmt ihm zu: »Wohl wahr, Leutnant. Interessante Zeiten.«

Dann wendet er sich um und geht wieder nach hinten. Fiona Köhler hat diesen Dialog stumm verfolgt. Sie schaltet ihr Headset so, dass nur sie und der Leutnant miteinander reden können: »Was hat das zu bedeuten?«

Er lacht kehlig auf: »Nun, die gute Nachricht ist, dass wir offenbar auf dem Weg zum richtigen Ort sind.«

»Und die schlechte Nachricht?«

»Dass wir nicht alleine dort sein werden. Das meinte ich mit 'interessante Zeiten'.«

Dann schaut er kurz zu ihr hinüber: »Wie lange reicht unser Treibstoff?«

Fiona Köhler schiebt ihre Sorgen beiseite und beginnt zu rechnen: »Wir haben aktuell für ungefähr achtzig Minuten oder zweihundertdreißig Kilometer pro Stunde bei Reisefluggeschwindigkeit ohne Steigflug Treibstoff.«

Sie blickt kurz hoch, dann rechnet sie erneut: »Wir können auf dreihundertzehn km/h beschleunigen, dann haben wir aber bestenfalls Sprit für einen zweiten Landeanflug.«

Der First Leutnant denkt kurz nach. Dann hat er sich entschieden und gibt bekannt: »Rechnen sie mit Geschwindigkeit drei eins null.«

Fiona Köhler nickt. Dann beginnt sie zu arbeiten. Den kalten Knoten, der sich gerade in ihrem Bauch bildet, versucht sie dabei zu ignorieren.

Der Pilot greift zu den Schubreglern und erhöht die Geschwindigkeit, sodass die DeHavilland immer schneller durch die Finsternis über das Gebirge unter ihnen rast.

Die schwarzen Transporter rasen durch Wien. Sigurd Nyquist hat das Gefühl eines besonderen Déjà-vu. Er kann gar nicht mehr sagen, wie oft er in solch einem Transporter gesessen ist auf dem Weg zu einem Einsatzort. Anfangs hat ihn der Adrenalin-Kick begeistert. Aber mit den Jahren ist die Begeisterung einem nüchternen Pragmatismus gewichen. Wenigstens erwarten sie nicht, dass an ihrem Zielort schießwütige Terroristen mit umgebundenen Sprengstoffgürteln auf sie warten. So betrachtet hat sich seine Situation gegenüber früher deutlich verbessert. Er lächelt bei diesem Gedanken.

»Sie lächeln auf dem Weg zum Einsatz?«, fragt Halina Smekolek, die links neben ihm sitzt. Sie trägt eine schusssichere Weste über einer Jacke mit Kevlar-Verstärkung. Auf ihren Knien balanciert sie einen Rucksack mit ihrem Laptop. Sie schaut Sigurd verwundert an. Er versucht sich zu erklären: »Verstehen Sie das nicht falsch, aber wenn ich früher in solch einem Fahrzeug zum Einsatzort gefahren bin, dann haben dort meist schießwütige Kriminelle oder Terroristen auf uns gewartet. Heute ist das Schlimmste, was wir erwarten, einen Computer mit blinkenden Lichtern. Deshalb musste ich lächeln.«

Sie nickt verstehend. Nach einem Moment des Nachdenkens antwortet sie ihm: »Das verstehe ich schon. Aber glauben Sie mir, wenn ich sage, dass solch ein Computer mit blinkenden Lichtern ein Vielfaches an Leid auslösen kann, verglichen mit ein paar Terroristen. Computer vernichten Existenzen, machen Kriege möglich und erzeugen Hungersnöte, wenn es sein muss. Aber Sie haben natürlich grundsätzlich recht. In der direkten Konfrontation sind es eher schwache Gegner.«

Verblüfft blickt er sie an. Diese Frau hat deutlich mehr Tiefgang, als er erwartet hätte. Dann grinst er sie an und meint verschmitzt: »Deshalb sind doch Sie auf unserer

Seite: die Frau mit besonderen Fähigkeiten.«

Sie kommentiert seine Aussage nicht. Der Transporter nimmt eine scharfe Rechtskurve und Sigurd Nyquist wird gegen die kleine Frau geworfen. Ihr Körper bietet überraschend viel Widerstand.

»Entschuldigung. Was war noch ihr Hobby?«

Sie rollt mit den Augen: »Kickboxen. Nur für mich, ich bestreite keine Kämpfe.«

Sein Interesse ist geweckt, aber jetzt hält der Transporter mit quietschenden Bremsen an. Silvio Penedale öffnet die Augen und schnallt sich ab und kommentiert pragmatisch: »Dann wollen wir mal.«

Schon wird die Schiebetüre aufgezogen. Die Innenraumbeleuchtung geht an und wirft einen milchigen Lichtschein auf den Bürgersteig. Als alle ausgestiegen sind, blickt sich der ehemalige Polizist um: »Ist schon unheimlich: Wien in Dunkelheit und keiner ist auf der Straße. Hoffentlich findet das bald ein Ende.«

Er dreht sich um und schaut Silvio Penedale ernst an: »Deswegen sind wir hier.«

Die nächsten Minuten verlaufen hektisch, wie er es von Einsätzen dieser Art kennt. Dann sind sie unterwegs. Ein Beamter öffnet den Zugang zur Unterwelt von Wien. Dieser ist in einer Säule mit Plakatwerbung verborgen. Der Beamte öffnet die Tür und eine eiserne Wendeltreppe kommt zum Vorschein. Silvio Penedale nickt zwei seiner Männer zu und diese gehen mit schnellen Schritten voraus die Wendeltreppe hinunter. Wenig später wird über Funk gemeldet, dass die Luft rein ist. Mit einem entschuldigenden Lächeln hält er Halina Smekolek zurück und befiehlt: »Sorry, aber bei diesem Einsatz heißt es zur Abwechslung einmal: Ladys last.«

Sie nickt verstehend und ist gleich einverstanden: »Soll mir recht sein.«

Die Wendeltreppe führt viel tiefer hinunter, als der ehemalige Polizist es erwartet hat. Schließlich sind sie am Ende der Treppe angekommen. Es ist dunkel. Sie stehen in einem großen Gang mit gebogener Decke. Das Geräusch von tropfendem Wasser ist zu hören, wenn gerade einmal keines der Funkgeräte quäkende Laute von sich gibt.

Silvio Penedale hält seinen linken Arm hoch, an dem er sein Tablet befestigt hat. Er ruft eine Landkarte auf und orientiert sich dann an den Schildern, die sie im Schein ihrer Stableuchten an den Wänden entdecken können.

»Dort entlang. Ungefähr fünfhundert Meter, dann kommt eine Abzweigung auf der rechten Seite.«

Mit der rechten Hand zeigt er zwei Finger und macht dann eine schwingende Bewegung in die von ihm genannte Richtung. Zwei Beamte gehen im Laufschritt voraus. Der Rest folgt ihnen. Sigurd Nyquist blickt zu Halina Smekolek, die sich mit unsicherem Blick umschaut. »Keine Sorge. Bleiben Sie einfach bei mir. Hier unten passiert ihnen nichts. Es ist nur dunkel und schmutzig.«

Sie rümpft die Nase und atmet aus: »Und es stinkt.«

Er lacht auf: »Na, was haben Sie denn erwartet? Wir sind in den Katakomben von Wien.«

Sie zuckt die Schultern und so gehen sie weiter. Beim Gehen leuchtet sie mit ihrer Stablampe die Wände ab. Schließlich hat sie etwas entdeckt und bleibt stehen. Sie leuchtet auf einen grauen Metallkasten, der an der Wand des Ganges befestigt ist.

»Einen Moment. Das müsste ein Verteiler für das Glasfasernetz sein. Da möchte ich mich kurz einklinken.«

Sigurd Nyquist nickt und gibt Silvio Penedale per Funk Bescheid. In der Zwischenzeit hat sie den Kasten geöffnet. Im Kasten ist eine flache Box mit blinkenden LED-Anzeigen zu sehen, auf allen Seiten sind Kabel angeschlossen.

»Das ist ein Zwischenverteiler. Das Kabel oben ist die Verbindung zur nächsten Vermittlungsstelle. Die anderen sind angeschlossene Endpunkte.«

Sie kramt in ihrem Rucksack und fördert eine kleine Kabeltrommel hervor. Das freie Ende rollt sie ein Stück ab und schiebt den schlanken Stecker durch eine der freien Kabelverschraubungen außen an dem grauen Kasten. Dann befestigt sie das Kabel innen und schraubt den Stecker mit flinken Bewegungen in einen freien Steckplatz des Zwischenverteilers fest. Sigurd Nyquist steht neben ihr und schaut ihr neugierig dabei zu. Sie reicht ihm die Kabeltrommel mit dem Befehl: »Halten Sie das mal.«

Dann kramt sie wieder in ihrem Rucksack und holt ihren Laptop heraus. Mit einem Griff löst sie das andere Ende des Kabels aus der Kabeltrommelinnenseite und stöpselt es in ihren Laptop. Nach einigen Sekunden nickt sie zufrieden. Sigurd Nyquist kann jetzt sehen, wie die grüne LED über dem Anschluss des neu eingesteckten Kabels zu blinken begonnen hat.

»Ich habe Verbindung.«

Dann trennt sie das Kabel wieder von ihrem Laptop und verstaut ihn sofort wieder im Rucksack, den sie sich eilends aufsetzt. Auf seinen fragenden Blick hin nickt sie ihm zu und er verschließt den grauen Kasten, dabei hält er die Kabeltrommel unter dem linken Arm.

»Rollen Sie einfach das Kabel ab. Das ist ein Glasfaserkabel mit besonders guter Mantelhülle zum Schutz. Feuchtigkeit und Schmutz machen ihm nichts aus, aber bitte nicht knicken.«

Er nickt. Als sie weitergehen, rollt er neben sich das Kabel ab. Schließlich haben sie die anderen erreicht. Silvio Penedale steht an einem Durchgang, der rechts abzweigt. Dort wird es niedriger. An der Decke des gebogenen Ganges ist ein Metallrohr angebracht. Sigurd Nyquist hat das Rohr von dem grauen Kasten bis hierher verfolgt. Gebückt geht es weiter, bis sie schließlich eine Nische erreichen. Dort steht ein großer, schwarzer Block. Das

Metallrohr an der Decke wurde offensichtlich abmontiert und das darin verlaufende Glasfaserkabel wurde in den schwarzen Kasten umgeleitet. Auf der anderen Seite des Kastens kommen zwei weitere Kabel heraus, beide führen nach oben.

Silvio Penedale kniet und kontrolliert die Anzeige auf seinem Tablet.

»Wir sind genau unter der Schrödinger-Bank.«

Alle blicken nach oben. Dort ist ein verschlossener Kabelschacht zu erkennen, in dem die beiden Kabel verschwinden. Halina Smekolek schiebt sich an ihnen vorbei und mustert den schwarzen Kasten. Dann nickt sie: »Das Ding sollte nicht hier sein.«

Sie folgt den Kabeln zur Decke und sagt: »Ich wette, das dicke Kabel ist eine Stromversorgung und das dünne der Glasfaseranschluss der Schrödinger-Bank.«

Sie untersucht den schwarzen Kasten und findet an der Vorderseite einen vertieft angebrachten Griff. Als sie diesen bedienen will, hält sie Sigurd Nyquist zurück. Sie schaut ihn irritiert an.

»Wenn das ihre schwarze Zauberkiste wäre, wollten Sie, dass man die einfach so öffnen und hineinsehen kann?«

Sie holt scharf Luft, wird blass und stottert: »N...n...nein. Natürlich nicht. Wie dumm von mir.«

Er schiebt sie nach hinten. Sie gehen gemeinsam rückwärts gebückt zurück in den großen Stollen. Dort halten sie Kriegsrat.

»Silvio, hast du einen Bombenspezialisten dabei?« Der Leiter der Einsatzkräfte von Interpol Wien grinst triumphierend: »Was denkst du denn? Natürlich.«

Dann spricht er etwas in sein Funkgerät und wenig später kommt ein Mann mit Schutzkleidung zu ihnen. Sie erklären ihm die Lage des Kastens. Er nickt und macht sich auf den Weg in den niedrigen Querstollen. Angespannt warten alle, schließlich kommt er zurück und nimmt seinen Schutzhelm ab.

»Zwei Zünder, Kontakte an der Türe vorn. Jeweils zwei kleinere C4-Ladungen. Eine ist wohl dafür gedacht, den Inhalt des Kastens zu pulverisieren und die andere sollte wohl das Gleiche mit demjenigen machen, der so dumm ist und die Türe an dem Ding einfach öffnet. Türkontakte überbrückt, Zünder entschärft und das C4 habe ich mitgenommen.«

Er hält triumphierend zwei Päckchen hoch. Halina Smekolek wird noch weißer im Gesicht. Silvio Penedale klopft dem Bombenspezialisten lobend auf die Schulter: »Hervorragend. Bringen Sie das sofort ins Labor. Ihre Body-Cam Aufnahmen bitte ebenfalls. Vielleicht können die etwas finden, was uns weiterhilft.«

»Wird gemacht, Boss.«

Schon ist der Bombenspezialist im Stollen verschwunden. Sigurd Nyquist schaut Halina Smekolek an: »Jetzt sind Sie dran.«

Sie schluckt, dann macht sie sich gebückt auf den Weg in den Querstollen. Sigurd Nyquist folgt ihr und leuchtet den niederen Stollen für sie mit seiner Stablampe aus.

Wie der Bombenspezialist gesagt hat, steht die Türe des schwarzen Kastens offen. Halina Smekolek kniet sich hin und nimmt ihren Rucksack zur Hand. Zuerst packt sie einige LED-Strahler aus, die sie auf den Boden stellt und einschaltet. So wird das Innere des Kastens sichtbar.

»Für mich sieht das wie einer dieser Serverschränke aus.«

Halina Smekolek nickt, als sie antwortet: »Genau das ist es im Grunde auch. Zwar eine Ausführung für besondere Umgebung, feuchtigkeitsdicht und so. Aber das ist eigentlich ein Standardsystem. Schauen Sie, es ist sogar eine bekannte Marke.«

Sie zeigt auf die linke Seite eines der Geräte, das in dem

schwarzen Kasten montiert ist. Insgesamt sind mehrere Geräte übereinander in ein Rack eingeschraubt. Halina Smekolek holt ein weiteres Gerät aus ihrem Rucksack. Sie bückt sich und nach einem zufriedenen Ausruf steckt sie ein Kabel weiter hinten ein: »So, Stromversorgung gesichert. Dann muss das da nicht mit seinem eingebauten Akku laufen. Das hilft.«

Er schaut sich verwundert das Gerät an. Die obligatorische, grüne Leuchtdiode glimmt sanft.

»Was ist das?«

Sie beginnt ihren Laptop auszupacken und verbindet diesen dann mit dem Gerät und erklärt ihm dabei: »Das ist ein spezielles Zwischenrelais. Zwei Kanäle.«
Sie ruft am Laptop ein Diagnoseprogramm auf, nickt zufrieden und holt zwei weitere Kabel aus ihrem Rucksack und verbindet sie mit ihrem Gerät. Sie wendet sich zu ihm um und fordert ihn auf: »Die Kabeltrommel bitte.«

Er reicht sie ihr. Sie rollt diese noch etwas ab, sodass sie die Kabeltrommel auf den schwarzen Kasten legen kann. Das freie Kabelende schiebt sie neben dem Glasfaserkabel aus dem Stollen in den Kasten hinein und verbindet es dann mit ihrem Gerät.

Jetzt beabsichtigt sie diese an eines der Geräte im Rack des schwarzen Kastens anzuschließen, zögert aber. Sigurd Nyquist errät den Grund für ihr Zögern und spornt sie an: »Keine Sorge. Wenn Bombenspezialisten so entspannt sind wie der vorhin, ist sicher nichts Gefährliches mehr drin.«

Er erinnert sich an ihr Gespräch von vorhin und ergänzt seine Aussage: »Also nichts, was uns im Moment gefährlich werden könnte.«

Sie holt kurz Luft. Dann hat sie mit sehr flinken Bewegungen zwei Kabel von den Geräten im schwarzen Kasten getrennt und in ihr Gerät eingesteckt. Anschließend verbindet sie die beiden vorbereiteten Kabel, die bereits in ihrem Gerät eingesteckt waren, mit den Geräten im schwarzen Kasten. Das Ganze hat nicht einmal fünf Sekunden gebraucht.

»Sie sind flink, das muss man Ihnen lassen.«

Ihre Konzentration ist auf das Diagnoseprogramm gerichtet, als sie ihm antwortet: »Das musste so schnell gehen. Unterbrechungen in den Leitungen gibt es immer wieder, wenn sie aber zu lange dauern, dann wird meist eine Fehlermeldung ausgegeben.«

Er versucht das zu verstehen, deshalb fragt er nach: »Aber wenn das Glasfaserleitungen sind, dann ist auch diese kurze Unterbrechung ein Problem. Eigentlich ist jede Unterbrechung ein Problem.«

Sie nickt und hantiert dabei weiter an ihrem Laptop: »Deshalb hat mein Wunderkästchen den Systemen dort vorgegaukelt, dass es sich um einen Neustart der Ver-bindung handelt, der von der Vermittlungsstelle verlangt wurde.«

Er beobachtet sie weiter: »Und, hat das geklappt?«

Sie dreht den Kopf zu ihm: »Was?«

»Na, das Vorgaukeln.«

Sie nickt andächtig: »Hat es. Ich bin drin. Es ist exakt so, wie ich vermutet habe.«

Fragend hebt er die Augenbrauen.

Sie grinst ihn fröhlich an und erklärt ihm, was sie meint: »Na ja. Wir haben uns dazwischengeschoben. Jetzt kom-men sämtliche Überweisungsdaten, die mit dem 'Dank an Phaeton' adressiert sind, nicht mehr an. Dieses Ding hat jetzt gar nichts mehr zu tun. Über unser Kabel gehen alle Überweisungen in unsere Zentrale. Genauso wie alle Diagnosedaten, die diese Dinger da senden und offenbar von empfangen.«

Sie weist mit dem Kopf auf die Geräte im Rack des schwarzen Kastens. Sigurd Nyquist blickt sie begeistert an und lobt sie: »Wow. Ich bin fasziniert. Sie sind wirklich eine Frau mit besonderen Fähigkeiten.«

Mit neutralem Gesichtsausdruck antwortet sie ihm: »Und ich kann kochen. Klasse, nicht wahr?«

43 Zielanflug

Fiona Köhler wirft mit hochgeschobenen Nachtsichtvisier einen letzten Blick nach hinten. Alle haben sich die speziellen Schwimmwesten übergezogen, die Sergeant Major Friend ausgegeben hat. Auch sie und der Leutnant tragen jetzt eine Schwimmweste. In kurzen, prägnanten Worten hat ihnen der Sergeant Master die Verwendung erklärt. Dabei ist der Pilotin aufgefallen, dass dieser knurrige Mann über hervorragende, didaktische Fähigkeiten verfügt. Eine Eigenschaft, die sie bei einem Soldaten eigentlich nicht vermutet hätte. Sie tauscht einen letzten Blick mit François Beauford aus. Sie lächeln sich aufmunternd zu. Er hält den wasserdichten Rucksack mit seiner technischen Ausrüstung auf den Knien fest. Ihr Rucksack ist hinter ihrem Sitz verstaut und enthält neben Notrationen und Wasser die restliche Ausrüstungsteile des Franzosen. Sie spürt, wie die Twin Otter in eine Rechtskurve geht und wendet sich wieder nach vorn. Das Nachtsichtvisier schiebt sie sich wieder über die Augen. Nach dem üblichen Blick auf Instrumente und hinaus durch das Cockpitfenster ist sie beruhigt. Wieder einmal ist sie fasziniert von der perfekten Bildleistung, die diese Nachtsichtvisiere liefern. Sie prüft Kurs und Geschwindigkeit erneut und vergleicht sie mit ihren Aufzeichnungen und der Karte auf ihrem Schoß.

»Leutnant, wir sind auf Kurs. ETA Landezone in ungefähr zwölf Minuten.«

Sie haben sich für einen Anflug über das östliche Tal entschieden. Vor ihnen werden Lichter auf der südlichen Bergflanke sichtbar.

»Das muss Libertad Campasina sein.«

Dann wirft ihr der Leutnant einen Blick über die Schulter zu und konfiguriert sein Headset anschließend so, dass nur er und Fiona Köhler einander sprechen hören: »Konfigurieren Sie ihren Monitor neu. Hauptmenü, Special Survey,

Mill Tools«

Sie schaut zuerst erstaunt zu ihm hinüber, dann greift sie nach vorn und hantiert am Bildschirm. Dann hält sie inne und fragt nach: »Es wird ein Passwort verlangt.«

»Eins Sieben Fünf Neun Alpha Tango Drei Zulu.«

Fast automatisch übernimmt sie seine Ansage und tippt die Zeichen ein. Der Bildschirm konfiguriert sich neu. Über einer Flugkarte werden in Form von Symbolen weitere Anzeigen eingeblendet. Die Flugkarte ist eingefärbt, derzeit herrschen Grüntöne vor.

»Das ist das vereinfachte Tactical Display dieses Vogels. Wir haben zwar keinerlei Bewaffnung oder Gegenmaßnahmen. Aber der Dom unten am Rumpf ist ihnen sicher aufgefallen.«

Sie nickt schweigend und studiert die Anzeige. Die farbliche Hinterlegung ändert sich ständig, aber nach wie vor bleibt der Grundton grün.

»Da sind die Sensoren untergebracht. Die Anzeige, die sie sehen wird rot, wenn jemand so etwas wie ein Feuerleitradar aktiviert. So sollte man auch gut erkennen können, woher die Radarstrahlung kommt, dort ist der Rotton dann dunkel.«

Sie schaut zu ihm und stellt fest: »Damit das klar ist. Ich bin Linienpilotin. Die DeHavilland habe ich zwar schon einige Male geflogen. Aber ich bin weder in der Lage, Luftkämpfe zu fliegen geschweige denn Situationen mit Angriffsszenarien auch nur zu erkennen. Ich weiß auch nichts über Feuerleitradar.«

Der Leutnant blickt nach wie vor angestrengt nach vorn, während er bestätigt: »Verstanden. Wir machen Folgendes. Sie halten die GPS-Navigation, die Karte auf ihrem Display im Blick. Ich fliege den Vogel. Wenn etwas rot wird, dann melden Sie mir, woher das kommt. Wenn Sie dann noch bisweilen einen Blick nach draußen werfen würden, wäre ich Ihnen sehr verbunden.«

Fiona Köhler atmet tief ein und aus und fragt schockiert: »Rechnen wir denn mit einem Angriff.«

Kurz schaut er sie an, dann blickt er wieder nach vorn: »Natürlich. Sie haben die Bandits doch auch gesehen!«

Kurz stutzt sie, dann fällt ihr ein, dass 'Bandit' im Militärfliegerjargon für feindliches Objekt ist.

»Legen wir los.«

Er ändert die Einstellung der Schubregler und drückt die Nase nach unten. Ihr Sinkflug beginnt. Wieder konfiguriert er sein Headset um. Dann beginnt er zu sprechen: »Ladies and Gentleman. Wir haben mit unserem Landeanflug begonnen. Bitte prüfen Sie den festen Sitz Ihrer Gurte, stellen Sie die Rückenlehnen in eine senkrechte Position und klappen Sie die Tischchen vor Ihnen hoch.«

Nach einer kurzen Pause fährt er fort, dieses Mal in ernsterem Ton: »Leute, das könnte etwas holprig werden. Wenn wir gewassert sind und ich euch Bescheid gebe, verlasst Ihr den Vogel so schnell wie möglich. Sergeant Major, Sie haben dafür die Verantwortung.«

»Aye, Leutnant.«

Fiona Köhler schluckt. Bisher war ihr zwar klar gewesen, dass sie einen riskanten Flug bei Dunkelheit über den Golf von Mexiko und dann in den Bergen der Provinz Chiapas planen. Dass sie mit einer zivilen DHC-6 eventuell in einen bewaffneten Konflikt geraten, war nicht ihr Plan. Kurz schaut sie zum Piloten nach links. Dieser Mann weiß augenscheinlich genau, was er tut. Sie gibt sich einen Ruck und beschließt, ihn dabei nach Kräften zu unterstützen.

»Ich gehe flach rein. Sinkrate anfangs fünfhundert Fuß pro Minute.«

Sie blickt auf die Instrumente und vermeldet: »Erwarten Bergspitzen bei ungefähr viertaußendfünfzig Fuß Höhe, Talsohle bei ungefähr vierhundert Metern, also eintausendzweihundert Fuß.«

Die Anzeige vor ihr zeigt weiterhin die Flugkarte mit ihrer Position in Grüntönen: »Keine Radaraufklärung erkennbar.«

Jetzt kommen einige Turbulenzen auf. Sie schaut kurz zum Leutnant. Dieser grinst fröhlich unter seinem Nachtsichtvisier hervor: »Na denn: Showtime.«

Sie konzentriert sich auf die Instrumente. Sie verlieren jetzt knapp siebenhundert Fuß pro Minute an Höhe. Für ihren Geschmack ist das zu schnell, aber der Leutnant will auch 'flach hereinkommen'. Also wird er kurz vor dem Ziel die Sinkrate reduzieren. Der Bildschirm vor ihr zeigt weiches Grün. Sie blickt nach vorn durchs Cockpitfenster und berichtet: »Bergflanken beidseitig. Wir sind im Tal.«

Der Pilot muss eine weitere Turbulenz ausgleichen. Obwohl das ein breites Tal ist, kommen ihr die Bergflanken viel zu nahe vor. Ganz vorn kann sie jetzt wieder Lichter erkennen. Sie kontrolliert ihre Karte: »Die Lichter voraus müsste die Ansiedlung Loma Bonita sein. Danach beginnt der Stausee.«

»Ich sehe es. Ich versuche, ab dort bei eintausendvierhundertvierzig Fuß Höhe zu sein. Und dann sinken zur Seeoberfläche.«

Das bedeutet, dass sie dann ungefähr achtzig Meter über dem Wasser sind. Sie kommentiert das mit ruhiger Stimme: »Wenig Höhe für Manöver.«

»Dann wäre es gut, wenn wir keine Manöver bräuchten.«

Ihr sind diese Art Antworten bekannt. Die besonders coolen Typen versuchen damit, Punkte zu gewinnen. Aber dieser Leutnant ist nicht so, da ist sie sich sicher. Wieder kontrolliert sie die Instrumente und antwortet dabei: »Sehe ich genauso.«

Jetzt sind sie in knapp zweitausendvierhundert Fuß Höhe über die Lichter geflogen und sie können voraus die dunkle Seefläche ungefähr drei- bis vierhundert Meter unter ihnen erkennen. Steuerbord, also auf der rechten

Seite, ist eine Bergflanke. Als würde er ihre Gedanken lesen, kommentiert der Leutnant das.

»So, jetzt noch um den Berg da vorne Steuerbord herum, dann sind wir auch schon da.«

Sie blickt auf den Höhenmesser. Genau, als sie mit einer leichten Rechtskurve die Bergflanke umrunden, erreichen sie eintausendvierhundert Fuß über Meereshöhe und damit etwas mehr als sechzig Meter über dem Wasserspiegel des Stausees. Sie wirft einen Blick aus dem Cockpitfenster. Weit vorn ist ein dunkler Schatten auf der Seeoberfläche zu erkennen. Das ist wahrscheinlich ihr Ziel, die Isla Maria. Gerade will sie das dem Piloten melden, da wird der Bildschirm vor ihr dunkelrot. Sie warnt den Piloten knapp: »Radar!«

Ihre Meldung ist unvollständig, das wird ihr sofort bewusst. Sie drängt ihre Angst in den Hintergrund und sucht den Bildschirm ab.

»Quelle vermutlich auf der Landzunge Steuerbordseite in Richtung der Insel.«

Sie schaut hoch, gerade noch rechtzeitig, um einen grellen Blitz im Dunklen zu sehen, dann rast ein feurig gelber Punkt auf sie zu. Jetzt geht alles rasant. Der Leutnant schiebt die Schubregler auf Vollast, zieht die Maschine hoch und beginnt eine Fassrolle. Schon ist die Rakete da und verfehlt nur knapp die zweimotorige DeHavilland. Alle hängen in ihren Gurten, der Leutnant nimmt die Schubregler etwas zurück. Er gibt den anderen schnell die notwendigen Anweisungen: »Das wird eine interessante Landung. Sergeant Major, bereit für Notevakuierung.«

Fiona Köhler klopft das Herz bis zum Hals. Sie blickt nach hinten, kann aber nichts mehr von der Rakete sehen, zu Tode erschrocken fragt sie: »Was war das?«

»MANPAD, Schulterwaffe. Ungelenkt zum Glück, sonst wären wir schon Fischfutter.«

Jetzt ist die Fassrolle durch und die DHC-6 rast wieder

horizontal auf die Insel zu, die vor ihnen schnell größer wird. Jetzt versteht Fiona Köhler, was der Leutnant mit seinem Manöver bezweckt hat. Er will für die Landung die Insel zwischen sich und die Landzunge bringen, wo diese Rakete herkam. Sie atmet kurz durch. Dann konzentriert sie sich wieder und macht Meldung: »Radarerkennung konstant. Flughöhe eins drei zwo null Fuß fallend.«

Der Leutnant drückt die Maschine immer tiefer hinunter. Fiona Köhler kann sehen, dass die Schwimmer nur noch wenige Meter über der Wasserfläche sind.

»Achtung. Ich wassere jetzt und versuche, euch möglichst nahe an diese Insel heranzubringen.«

Dann blickt er kurz zu ihr und weist sie direkt an: »Sie steigen mit aus. Ich komme nach.«

Sie will widersprechen. Aber der Ton des Firs Leutnants war kalt und befehlend. Jetzt sind sie fast bei der Isla Maria angekommen. Die DeHavilland hat Wasserkontakt. Sofort zieht der Pilot die Nase der Maschine hoch und den Schubregler zurück, so dass die Schwimmer nur mit dem hinteren Teil durch das Wasser pflügen. Langsam senkt der Leutnant die Nase der DHC6. Dann sind die Schwimmer ganz eingetaucht und jetzt drückt der Leutnant die Maschine mit dem Höhenruder tiefer ins Wasser. Sie werden alle in die Gurte geworfen.

»Sergeant Major. Jetzt!«

Hinter ihr wird es laut. Als sie sich umwendet, ist die Kabinentüre bereits geöffnet und der First Sergeant wirft schon das zweite Schlauchboot durch die Luke. Draußen blasen diese sich selbstständig auf. Sie schnappt sich ihren Rucksack und geht nach hinten. François Beauford springt als Erster, danach schiebt der Sergeant Master sie hinaus. Einen Moment schwebt sie in der Luft, dann umgibt sie eiskaltes Wasser. Prustend kommt sie an die Oberfläche. Die Auftriebskörper an ihrem Rucksack haben sich aktiviert und so hüpft dieser einige Meter neben ihr

an die Oberfläche. Sie schaut sich vorsichtig um. Vor ihr
ist die dunkle Masse der Insel zu sehen, davor liegen die
Schlauchboote im Wasser. Sie bemerkt erst jetzt, dass
sie das Nachtsichtvisier immer noch auf dem Kopf hat.
Militärgerät scheint unempfindlich gegen Wasser zu sein.
Als ihr dieser gänzlich nebensächliche Gedanke bewusst
wird, schüttelt sie energisch den Kopf, um sich wieder
auf das Hier und Jetzt konzentrieren zu können. Als sie
sich erneut umdreht, sieht sie die DeHavilland, die einen
Bogen gezogen hat und nun wieder in ihre Richtung
kommt. Dann dröhnt das zweimotorige Flugzeug an ihnen
vorbei. Wieder wendet sie sich um und beginnt auf ihren
Rucksack zu zu schwimmen. Nachdem sie diesen erreicht
hat, macht sie sich mit einarmigen Schwimmbewegungen
auf den Weg in Richtung Schlauchboote. Drei Gestalten
klettern gerade in die Boote. Das beruhigt sie etwas, bis
ihr plötzlich klar wird, dass der Leutnant noch an Bord der
DHC-6 sein muss. Beim Schwimmen versucht sie über
die Schulter zu blicken und entdeckt das Flugzeug endlich. Dann bleibt ihr fast das Herz stehen, als ein weiterer
Feuerpunkt sich der DHC-6 nähert. Dieses Mal weicht
keiner aus. Sekunden später schlägt die Rakete ein und
explodiert als heller Feuerball. Der ohrenbetäubende Knall
der Explosion folgt sofort anschließend. Dann verglimmt
der Ball und es fallen einige brennende Wrackteile ins
Wasser.

»Köhler, hierher!«

Sie wendet sich um und sieht jemanden im Schlauchboot,
das näher bei ihr ist, winken. Ohne weiter nachzudenken,
schwimmt sie darauf zu. Helfende Hände greifen nach
ihr und dann liegt sie auf dem Rücken im Schlauchboot.
Gleich darauf wird ihr Rucksack aus dem Wasser gefischt.
Sie setzt sich und blickt an sich herab. Sie ist komplett
durchnässt. Die Feuchtigkeit in ihrem Gesicht kommt
jedoch nicht nur vom Seewasser. Das Nachtsichtvisier hat
sie nach oben auf die Stirn geschoben. Sie weint.

Vor ihr kniet der Sergeant Major und schaut sie ernst an. An seiner Jacke leuchtet eine Taschenlampe, deren Reflektor vorn eine rote Filterglasscheibe hat und so das Schlauchboot in trauriges, diffuses Rotlicht taucht. Er redet beruhigend auf sie ein: »Das war schlimm, aber wir müssen jetzt weitermachen. Das sind wir ihm schuldig.«

Mit Tränen verschleierten Augen blickt sie zu ihm hoch. Nach endlos langen Sekunden nickt sie und reibt sich schniefend das Gesicht mit den Händen trocken, als sie noch mit von Tränen erstickter Stimme antwortet: »In Ordnung.« Er nickt ihr zu, dabei war sein Blick warm und verständnisvoll.

Sie schaut sich ratlos um und fragt hilflos: »Was machen wir jetzt?«
Er greift hinter sich und reicht ihr einen kurzstieligen Riemen: »Wir paddeln.«

44   Die Insel

Der Sergeant Major hat seine Taschenlampe mit dem Rotlicht ausgeschaltet. Schweigend paddeln Fiona Köhler und er auf die dunkle Landmasse zu, die vor ihnen aufragt. Es ist still auf dem See. Nur das klatschende Geräusch ihrer Paddel ist zu hören. Sporadisch blickt Fiona nach hinten. Die kleinen, brennenden Wrackteile der DeHavilland sind verschwunden. Nichts deutet mehr darauf hin, dass dort vor wenigen Minuten noch ein modernes, zweimotoriges Flugzeug gewesen ist, mit einem jungen First Leutnant an Bord, der sie alle sicher hierher gebracht hat. Jetzt ist er nicht mehr da.

»Nicht darüber nachdenken. Das hat später noch Zeit. Ich verspreche Ihnen, wir reden darüber. Das mache ich immer. Jetzt ist Zeit für klare Gedanken, Entscheidungen und Handlungen und nicht für Trauer. Alles hat seine Zeit.«

Obwohl der Sergeant Major die Worte leise gesprochen hat, spürt sie, wie sie etwas in ihr berühren. Über die Schulter hin antwortet sie ihm: »In Ordnung: später. Wehe, Sie sind dann nicht verfügbar.«

Jetzt hört sie den knorrigen Soldaten zum ersten Mal leise lachen: »Wenn Sie jemanden finden, der mich als Lügner oder unpünktlich beschreibt, zahle ich eine Runde. Versprochen.«

Er meint genau, was er sagt, das wird ihr jetzt klar. Paddelschlag um Paddelschlag gleiten sie in der Stille des Stausees auf die Insel zu. Kurz blickt sie auf ihre Uhr. Es ist drei Uhr sechsundzwanzig. Früh am Morgen. Plötzlich zerreißt das Geräusch eines Außenbordmotors die Stille. Erschrocken richtet sie sich auf. Dann erinnert sich Fiona an das Nachtsichtvisier und schiebt es sich vor ihre Augen. Die Szene wird sofort heller. Es wirkt so, als ob der See in der Dämmerung vor ihr liegt.

Links an der Insel vorbei kann sie die Landzunge sehen,

woher der Angriff erfolgt ist. Jetzt kommt ein kleines, schnelles Boot in Sicht. Es hält Kurs auf die Landzunge. Während sie weiter paddelt, versucht sie die Entwicklung im Auge zu behalten. Plötzlich wird es hell, eine weitere Rakete wurde gestartet. Nach einem Moment hat sich das Nachtsichtvisier neu eingestellt und sie kann erkennen, wie die Rakete auf das Boot zu rast. Sie hält die Luft an und rechnet jeden Moment mit einer weiteren Explosion. Die erfolgt auch, jedoch ist das kleine Boot kurz vorher flink ausgewichen, sodass die Rakete weitab ins Wasser fiel und dort lediglich eine riesige Gischtfontaine aufgewirbelt hat. Das kleine Boot hält weiter Kurs auf die Landzunge. Jetzt sind kleine Rauchwolken auf dem Boot zu erkennen und kurz darauf explodiert etwas auf der Landzunge. Das kleine Boot passiert die Landzunge. Doch dort an Land bricht schlagartig die Hölle aus.

»Da hat jemand doch tatsächlich einen Mörser auf ein Boot montiert. Verrückt ist das!«

Sie wendet sich zum Sergeant Major um. Dieser beobachtet die Landzunge durch eine Art dickes Fernglas. Dann wird ihr klar, dass er sein Nachtsichtgerät verwendet.

»Können Sie mehr erkennen als ich? Ich sehe nur Explosionen.«

Er verstellt etwas an seinem Nachtsichtgerät und verharrt einen Moment. Dann beginnt er zufrieden zu berichten: »Wer auch immer das ist, die machen denen da auf der Landzunge richtig Feuer unterm Hintern.«

Dann setzt er sein Nachtsichtgerät ab und greift wieder zu seinem Paddel und erteilt ihr die Anweisung: »Vorwärts jetzt, wir müssen zu dieser Insel.«

Folgsam paddelt Fiona Köhler weiter. Schließlich haben sie die Insel erreicht. Ein steiniges Ufer mit einer überhängenden Küstenlinie macht es, im ersten Moment unmöglich anzulanden. Dann erscheint ein Kopf über ihr und eine bekannte Stimme ist zu hören, die charmant fragt: »Darf ich der Dame aus dem Schlauchboot helfen?«

François Beauford grinst sie an. Durch seine Hilfe und mit der Unterstützung durch First Sergeant Milley haben sie schließlich die Schlauchboote sicher vertäut und ihr Gepäck auf der Insel gesammelt.

Misstrauisch überblickt der Sergeant Major ihre Ausrüstung im roten Licht seiner Taschenlampe.

»Ok, wir haben das schwere MG verloren und einen Teil der Munition. Aber wir haben unsere Handfeuerwaffen und ein M249 LMG.«

Dann geht sein Blick zu François Beauford, um herauszufinden: »Ist die technische Ausrüstung vollständig?«

François Beauford bestätigt nickend: »Ja. Mit dem Inhalt von Fionas Rucksack habe ich sogar mehr als ich benötige.«

Hinter ihnen raschelt es. Der Major Sergeant reagiert als Erster und wirft sich zu Boden, die Waffe im Anschlag. Synchron dazu hat sich der First Sergeant flink zur Seite bewegt und sich hingekniet. François Beauford und Fiona Köhler stehen wie auf dem Präsentierteller vollkommen starr vor Schreck da.

»Wenn ich einer der Bösen wäre, dann wärt ihr zwei jetzt tot.«

Ein großer Mann tritt aus der Dunkelheit und schaltet ebenfalls seine Taschenlampe ein. Auch er hat eine rote Filterscheibe vor dem Reflektor, sodass das Gesicht eines älteren Mannes mit spanischen Gesichtszügen zu sehen ist. Fiona Köhler ist dabei aufgefallen, dass er leicht humpelt.

Aus der Dunkelheit kommt die leise Stimme von Sergeant Major Friend: »Parole«

Der Mann verdreht die Augen und wendet sich dem Sergeant Major zu: »Pollito.«

Fiona Köhler versteht jetzt gar nichts mehr. Der Mann scheint das zu kennen und geht langsam auf sie zu: »Sie müssen die Pilotin sein, richtig?«

Dann wendet er sich François Beauford zu: »Und sie sind der Journalist.«

»Investigativjournalist.«

Der Mann schüttelt ablehnend den Kopf: »Pah. Ist das ein Unterschied? Am Ende lügt ihr doch alle.«

Bevor der Franzose die Diskussion fortsetzen kann, fragt Fiona Köhler mit reservierter Stimme: »Wer sind Sie?«

Der Mann wendet sich wieder ihr zu und stellt sich förmlich vor: »Álvaro Maria Cortez. General McMurphy schickt mich. Wir sind die Unterstützung.«

Aus dem Dunklen kommen immer mehr Männer auf sie zu. Alle mit Schnellfeuergewehren bewaffnet und in Tarnkleidung. Aber für Fiona Köhler sehen sie nicht aus, wie eine militärische Einheit.

Jetzt gesellt sich auch Sergeant Major Friend hinzu. Die beiden Männer mustern sich kurz abschätzend. Dann scheint eine Einigung auf gegenseitigen Respekt erfolgt zu sein und der Sergeant begrüßt die neu Hinzugekommenen: »Schön, dass Sie uns unterstützen, Cortez. Wir hatten etwas Ärger bei der Ankunft.«

Ein kehliges Lachen ist als Antwort von dem Mann zu hören: »Haben wir bemerkt. Ach ja, wir haben etwas gefunden, das ihr möglicherweise verloren habt.«

Er macht mit der rechten Hand eine winkende Bewegung nach hinten in die Dunkelheit. Ein weiterer Mann kommt zu ihnen, auf seine Schulter stützend humpelt jemand neben ihm her.

»Sorry, für die harte Landung. Ging nicht anders.«

Fiona Köhler kann es nicht fassen: »Leutnant! Ich dachte, Sie wären tot!«

Er versucht, sie anzulächeln, aber es gelingt ihm nur fast, als er unter Schmerzen zu reden beginnt: »Das war auch meine Vermutung. Ich habe mir wohl nur den Knöchel verstaucht beim Sprung aus der DeHavilland. Diese netten Hombres hier haben mich dann eingesammelt. Zum Glück kann die De Havilland solche Manöver wie eine Fassrolle ab, obwohl sie eigentlich nicht für Kunstflug zugelassen ist!«

Der Sergeant Major ergreift grimmig das Wort: »Hervorragend, aber wir sind nicht hergekommen, um einen netten Plausch im Dunkeln zu halten.«

Álvaro Cortez stimmt ihm ernst zu und erläutert, was sie herausgefunden haben: »Wir haben den Eingang der Anlage bereits gefunden. Und so etwas wie eine Kuppel. Fünfhundert Meter hinter uns.«

Dann pfeift er kurz durch die Zähne und die Männer, die das Ganze bisher schweigsam beobachtet haben, greifen sich die Ausrüstungsgegenstände.

Álvaro Cortez blickt in die Ru0nde und gibt den Befehl: »Gehen wir. Es wird Zeit.«

45 Zerbrechen

»XENIA!«

Geraldo Gonzales kocht vor Zorn. Der große Arbeitsraum ist angefüllt mit dem Hologramm, das den Zustand von Phaeton als Ganzes zeigt. Lediglich die Bereiche im Hologramm, die den Status der verbleibenden vierzehnhundert Sonden beschreibt, schimmern in sanftem Grün. Alle anderen Bereiche sind dunkelgelb oder leuchtend rot gefärbt.

Die Türe öffnet sich und die Assistentin eilt herbei. Ihr Gesichtsausdruck bemüht sich um Neutralität, aber die Angst in ihren Augen ist unübersehbar. Wenn Geraldo Gonzales in Wut gerät, gibt es Opfer. Immer.

Er fährt zu ihr herum und funkelt sie brüllend an: »Was zum Teufel soll das da sein, hä?«

Anklagend weist er mit dem Zeigefinger der rechten Hand auf das Hologramm. Xenia schluckt und sucht nach einer Formulierung, die es möglich machen könnte, dass die Wut dieses Mannes sie nicht als Opfer findet: »Sir, die Finanzströme sind versiegt.«

Jetzt blitzen seine Augen sie an. Er beginnt ganz leise zu reden: »Ach so, die Finanzströme sind versiegt. Dann ist ja alles gut.«

Er macht zwei schnelle Schritte auf die inzwischen fahl weiß gewordene Assistentin zu. Der große, kräftige und vor allem sehr zornige Mann steht genau vor ihr und funkelt sie mit vor Zorn blitzenden, dunklen Augen an. Jetzt steigert sich seine Stimme zu einem fulminanten Brüllen: »UND DAS HAT VON EUCH IDIOTEN KEINEN DAZU VERANLASST, DIESES PROBLEM SOFORT ZU BEHEBEN?«

Xenia ist völlig eingeschüchtert. Zweimal setzt sie zum Sprechen an, ihre Stimme aber versagt. Schließlich bekommt sie ein Flüstern heraus: »Sir, die Arbeitsgruppe für

Finanzen hat bestätigt, dass weiterhin viele, sogar extrem
viele, Menschen ihren 'Dank an Phaeton' mit Geldspenden
zum Ausdruck bringen.«

Er tritt noch näher an die ängstliche Assistentin: »Ah.
Dann ist alles ja in Ordnung, nicht wahr?«

Er wendet sich von ihr ab und geht einen halben Schritt
in den Raum hinein. Xenia atmet auf. Mit einer blitz-
artigen Drehung zu ihr hebt er die Hand und verpasst der
vollkommen unvorbereiteten Assistentin eine schallende
Ohrfeige. Dann brüllt er sie wieder an: »WARUM WIRD
MIR DENNOCH ANGEZEIGT, DAS NICHTS, NADA
DIESER GELDER BEI UNS ANKOMMT?«

Die Assistentin ist völlig eingeschüchtert. Zuerst will sie
die Hand zur Wange heben, die sich bereits sichtbar rötet.
Der Schlag hat sie fast von den Beinen gerissen. Sofort
hat sie sich wieder gerade hingestellt in der Hoffnung, den
wütenden Mexikaner nicht noch mehr zu reizen. In ihren
Augen stehen Tränen, der Schmerz an der Wange und vor
allem die Erniedrigung ist für sie unerträglich. Mit von
Tränen erstickter Stimme antwortet sie: »Ich habe die
Finanzgruppe bereits angewiesen, das zu untersuchen.«

Er wendet sich von ihr mit einem verächtlichen Gesichtsausdruck ab: »SPRICH LAUTER, DU DUMMES
STÜCK.«

Xenia versucht sich zu räuspern und wiederholt ihre
Antwort: »Die Finanzgruppe ist bereits mit der Untersuchung beauftragt.«

»ICH WILL KEINE UNTERSUCHUNG, ICH WILL,
DASS DAS WIEDER FUNKTIONIERT. AHORA MIS-
MO!"

»Sehr wohl, Mr. Gonzales.« Zitternd wendet sie sich der
Türe zu, um die Anweisung sofort umzusetzen.

»DETENER!«

Xenia erstarrt und wendet sich dann wieder dem zornigen

Mann zu, der mit bösem Blick das Hologramm fixiert.

»Die Technik-Gruppe soll sich das anschauen.«

»Jawohl, Mr. Gonzales.«

Er macht eine kurze Gedankenpause. Dann spricht er leise weiter: »Die Pilotin und dieser Journalist?«

Sie schließt kurz die Augen, dann ergibt sie sich verzweifelt in ihr Schicksal: »Sie wurden lokalisiert.«

Er wendet sich ihr wieder zu. Sein Gesichtsausdruck wandelt sich von zornig zu gänzlich neutral. Xenia läuft es eiskalt den Rücken hinunter, weiß sie doch, dass dieser Blick zeigt, dass der große Mann kurz davor steht, einen Mord zu begehen. Buchstäblich. Sie antwortet flüsternd: »In Mexiko.«

Er schaut sie einfach weiter an. Sie fährt fort.

»Am Stausee des Manuel-M.-Torres-Staudamm. Ich habe bereits Einsatzgruppen dorthin geschickt. Sobald diese Störung korrigiert ist, bekomme ich umgehend Meldung. Es kann nicht mehr lange dauern.«

Lange Sekunden hält er den Blick aufrecht, dann wendet er sich wieder ab und droht ihr: »Dann hoffe am besten, dass das schnell geschieht. Denn sonst werde ich dir sehr aufmerksam zeigen, was ich von Versagen halte.«

Xenia bekommt weiche Knie. Mit allerletzter Anstrengung wendet sie sich um und verlässt kommentarlos den Raum.

Geraldo Gonzales mustert weiter das Hologramm. Wenn das so weitergeht, zerbricht sein Plan. Das darf nicht geschehen.

46 Hades wird erweckt

François Beauford blickt sich in dem engen Gang um. Hinter ihm ist eine einfache Treppe, die diesen Gang mit der Oberfläche verbindet. Am oberen Ende gibt es eine einfache Metallklappe, die außen mit Holz verkleidet ist, mit der der Abgang verschlossen werden kann. Die Mannschaft von Álvaro Cortez hat wahrlich ganze Arbeit geleistet. Er bezweifelt, ob ihre kleine Gruppe bestehend aus Fiona Köhler, ihm und den beiden Soldaten in der Lage gewesen wäre, den mit Erde und Geröll getarnten Abgang zu finden. Trotzdem sieht es für ihn nicht so aus, als ob er sich in einer Hightech-Anlage befindet. Der Gang ist ein einfacher, mit Holzbalken abgestützter Gang. Die Wände zeigen das Gestein der Isla Maria. Es ist feucht hier unten, feucht und dunkel. Er seufzt. Es ist zurzeit überall dunkel auf dem Planeten. Genau deshalb sind sie ja an diesem verlassenen Ort.

»He, Franzose. hierher.«

Álvaro Cortez hat sich für die Nationalität als Ansprache entschieden. François Beauford nimmt das einfach hin. Er wurde schon ganz anders betitelt. Er geht weiter den nur durch ihre Taschenlampen erleuchteten Gang hinab, dort steht Álvaro Cortez mit Fiona Köhler und dem First Sergeant. Der Sergeant Major ist an der Oberfläche geblieben, um, wie er sagte, das Gelände zu sichern. Auf eine Kopfbewegung von Álvaro Cortez hin habe sich alle bis auf drei seiner Männer dem Sergeant Major angeschlossen. François Beauford ist das ganz recht. Diese schweigsamen Mexikaner wirken auf ihn unheilvoll. Hinter sich hört François Beauford ein schabendes Geräusch. Als er sich umwendet, sieht er den Leutnant auf einer improvisierten Gehhilfe in seine Richtung humpeln. Der Investigativjournalist wartet kurz, bis ihn der Pilot erreicht hat: »Kann ich Ihnen helfen?«

Er schüttelt mit leicht schmerzverzerrtem Gesicht den

Kopf und presst zwischen den Zähnen hervor: »Nein, ignorieren Sie mich. Ich habe Euch hergebracht, jetzt sind Sie dran. Knacken Sie einfach das Ding. Ich schaue nur zu und will dabei sein.«

François Beauford mustert den jungen Leutnant noch ein paar Sekunden. Dann klopft er ihm auf die Schulter und wendet sich nach vorn zu Álvaro Cortez. Als er ihn erreicht hat, macht dieser einen humpelnden Schritt zur Seite. Jetzt ist seine Beinprothese, die er als rechtes Bein trägt, sichtbar. Kalter Stahl und Karbonstrukturen schimmern im Licht der Taschenlampen. Kurz resümiert der Investigativjournalist, dass ihre Truppe ein sehr seltsam zusammengewürfelter Haufen ist. Schweigsame Mexikaner, ein ehemaliger Soldat der US Marine mit Beinprothese, zwei Marines, ein Leutnant der Air Force mit verstauchtem Knöchel wollen zusammen mit ihm, einem Journalisten und Fiona Köhler, einer Linienpilotin die Welt retten. Álvaro Cortez scheint seine Gedanken erraten zu haben und antwortet poetisch darauf: »Nicht der Körper bestimmt, was wir zu tun in der Lage sind. Es ist unser Geist, unser Wille, der Dinge möglich macht. Das dürfen Sie nie vergessen, Franzose.«

François Beauford nickt einfach. Jetzt entdeckt er auch Fiona Köhler hinter dem großen Mexikaner. Sie kniet vor einer Metallwand. Er geht zu ihr und leuchtet mit seiner Taschenlampe auf die Stelle der Metallwand, die sie untersucht: »Da ist eine Klappe. Aber ich sehe keinerlei Hebel oder Riegel, mit denen man die öffnen könnte.«

Aus einem Impuls heraus drückt er gegen die Klappe. Sie lässt sich etwas eindrücken, dann springt sie auf, als er die Hand wegnimmt. Dahinter ist eine Tastatur zu erkennen. Über der Tastatur glimmt eine rote Leuchtdiode. Die Tasten sind nicht beschriftet. Es sind vier Reihen untereinander mit jeweils drei Tasten nebeneinander.

Sie blickt ihn an und fragt hoffnungsvoll: »Hast du eine Idee?«

Er antwortet nicht, sondern schließt kurz die Augen. In den Unterlagen des USB-Sticks aus der roten Kali-Statue hat er etwas gelesen, das jetzt wichtig ist. Er muss sich nur daran erinnern. Schlagartig fällt es ihm ein und er stößt erleichtert hervor: »Das ist ein Zahlenfeld, wie bei einem Telefon. Oben 1 - 2 - 3, darunter 4 - 5 - 6 und dann 7 - 8 - 9. Die unterere Reihe ist der Stern, die Null und die Raute.«

Sie nickt verstehend und drückt es aus: »Ok, also benötigen wir einen Code.«

Er lächelt und meint verschmitzt: »442333777«

Sie blickt ihn verblüfft an. Álvaro Cortez kommentiert das mit seiner rauen Stimme: »Text on nine keys, Text mit neun Tasten. HADES. Wie früher, wenn man mit dem Telefon eine Textnachricht eintippen wollte. Ausgezeichnet, Franzose. Funky Iris hat nicht zu viel versprochen.«

François Beauford schaut ihn misstrauisch an und fragt irritiert: »Funky Iris?«

Jetzt lächelt der große Mexikaner mit der Beinprothese zum ersten Mal, als er antwortet: »Major General Iris McMurphy. Funky Iris.«

Der Investigativjournalist hält den Kopf schief, schließlich rollt der Mexikaner mit den Augen und erklärt es dann ausführlicher: »Eine Reparatur an der Schiffselektrik. Die hat uns nach Hause gebracht. Aber ständig sind überall Funken aus der Verkabelung geschlagen. Das hat ihr den Spitznamen eingebracht: Funky Iris.«

Der Investigativjournalist nickt, als ob er solche Geschichten jeden Tag hören würde. Dann greift er nach vorn und tippt den Code ein. Es passiert nichts. Dann tippt er auf die rechte, untere Taste. Sofort ist das Knallen von zurückfahrenden Entriegelungsbolzen zu hören und dann schnarrt ein elektrischer Türöffner. Geistesgegenwärtig drückt Fiona Köhler, die immer noch vor dem Tastenfeld auf dem Boden kniet, die Türe auf. Mit einem leichten

Schaben schwingt die Türe nach innen.

Fiona Köhler erhebt sich und will durch die Türe gehen. Der Mexikaner hält sie zurück und schüttelt den Kopf. Mit einer Kopfbewegung gibt er dem First Sergeant ein Zeichen. Dieser zieht seine Pistole aus dem Halfter und betritt dann sorgfältig sichernd den Bereich hinter der Türe. Der Mexikaner folgt ihm, auch er hat seine Waffe gezogen und hält sie mit beiden Händen vor sich, den Lauf nach oben gerichtet. Einige Sekunden vergehen, dann ist von innen die Stimme von First Sergeant Milley zu hören, die Entwarnung gibt: »Gesichert.«

Fiona Köhler lässt die Luft aus ihren Lungen weichen, die sie die letzten Sekunden über angehalten hat. Sie blickt zu François Beauford und beide gehen dann vorsichtig durch die Türe. hier erwarten sie hell erleuchtete Räumlichkeiten. Zuerst eine Art Vorraum, dann geht es weiter nach innen. Sie folgen einem langen Gang, in dem auf der linken Seite viele technische Geräte aufgebaut sind. Fiona Köhler bleibt kurz stehen. Dann schaut sie zufrieden zu François Beauford: »Bingo. Das sind Hochleistungslasersysteme. Schau her, siehst du das Typenschild?«

Er bückt sich und schaut auf die Stelle, auf die sie mit ihrem Zeigefinger weist und staunt: »Wenn ich das richtig lese, sind das 50 Kilowatt Laser. Auf mich wirkt das etwas wenig.«

Sie antwortet lachend: »Ah, Männer. Nein, François, das ist extrem viel für ein Kommunikationssystem. Damit kommt man definitiv zu einem im Weltraum schwebenden Empfänger durch.«
Dann runzelt sie die Stirn, bevor sie fortfährt: »Natürlich nur, wenn man die richtige Optik dafür hat.«
Er versteht, was sie meint und ergänzt mit leiser Stimme: »Und wenn man die Laser kontrolliert und noch die richtigen Signale senden kann.«

Sie klopft ihm aufmunternd auf den Unterarm: »Na, dafür

hast du ja deinen Laptop.«

Ihre Augen funkeln, als sie das sagt und sie lässt ihre Hand auf seinem Arm liegen. Vorübergehend gibt es für den Franzosen und die Pilotin nichts außer ihnen. Der magische Moment wird rüde unterbrochen: »He, Franzose. hierher.«

Er rollt mit den Augen, aber Fiona Köhler lächelt ihn weiter an und weist dabei mit dem Kopf in Richtung des Mexikaners, der gerade nach ihm gerufen hat. Leise ergänzt sie diese Bewegung mit einer Bemerkung: »Später, du Franzose. Jetzt erledigen wir das erst einmal. Einverstanden?«

Er nickt ihr grinsend zu und macht sich auf den Weg nach hinten. Dort ist eine Art Büroraum. Auf einer Seite ist ein großer Schaltkasten angebracht, in dessen Mitte als einziges Bedienelement ein riesiger Hebel herausragt. Jetzt steht der Hebel nach links auf einer neun Uhr Position. Auf der anderen Seite ist ein Schreibtisch, auf dem lediglich eine normale Steckdosenleiste und ein grünes Netzwerk-kabel liegen,

Der Mexikaner blickt sich enttäuscht um und meint ernüchtert: »Da haben wir wohl eine Niete gezogen.«

François Beauford dagegen packt bereits seinen Laptop aus und steckt ihn an der Steckdosenleiste an. Dann startet er den Computer. Als der Bootprozess nach der Eingabe seiner speziellen Zugangscodes fertig ist und die normale Arbeitsoberfläche angezeigt wird, öffnet er ein Fenster und tippt dann einige Befehle ein. Suchend blickt er sich um, greift sich einen Bürostuhl und setzt sich. Nach einigen weiteren Angaben, dreht er sich auf dem Stuhl zu seinen Kameraden um, die hinter ihm stehen und sein Treiben aufmerksam verfolgt haben: »Würde bitte jemand den Hauptschalter dort umlegen?«

Der Mexikaner hebt die Hand zum Kinn und blickt zu First Sergeant Milley: »Vielleicht ist das Ding gesichert, dann müssten wir ...«

Ein lautes Einrastgeräusch ist zu hören und in der Anlage laufen hörbar Maschinen an. Fiona Köhler dreht sich um und nickt zufrieden: »Hauptschalter ein.«

Der Mexikaner schüttelt den Kopf und holt dabei tief Luft, aber enthält sich jedes weiteren Kommentars.

François Beauford hat sich schon wieder seinem Laptop zugewandt und startet weitere Programme. Er nickt zufrieden. Dann startet er ein weiteres Programm und klickt mit dem Mousepad auf eine Schaltfläche. Ein Fortschrittsbalken wird angezeigt. Die Geräusche der Maschinerie werden lauter und nachdrücklicher. Schließlich erscheint ein Fenster und es werden eine Reihe von Rechtecken angezeigt. Allmählich werden alle grün. Er nickt zufrieden und dreht sich wieder zu ihnen um und verkündet: »Laser sind betriebsbereit.«

Der Mexikaner blickt misstrauisch und kommentiert das mit seiner rauen Stimme: »Das ging einfach. Fast zu einfach.«

François Beauford überlegt, dann wendet er sich wieder dem Laptop zu. Nach einigen Befehlseingaben ist das Surren einer Hydraulik zu hören, dass er kommentiert: »Die Laseroptik fährt aus und die Zielführung hat die vierzehnhundert Sonden von Intersol Systems gefunden und eingeloggt.«

Zweifelnd schüttelt der Mexikaner den Kopf. Dann fragt er den Franzosen: »Was machen wir jetzt mit diesem Laser?«

François Beauford schaut zu Fiona Köhler und erklärt das Vorgehen: »Ich habe die Software für die Nanomaschinen. Am sichersten wäre es, wenn wir diesen befehlen, ihre Aktivität zu beenden.«

Fiona Köhler denkt kurz nach, dann fragt sie leise: »Haben die Dinger so etwas wie einen Notaus?«

François Beauford wendet sich erneut seinem Laptop zu und ruft ein weiteres Programm auf. Fiona Köhler erkennt es, das hat sie schon einmal gesehen. Zur Sicherheit fragt sie: »Ist das die Kontrollsoftware, die du auf dem USB-Stick aus der Kali-Statue gefunden hast?«

Er bestätigt nickend: »Genau. Von Nanostructure for Future, die das Betriebssystem für die Nanobots entwickelt haben. Und wahrscheinlich die Nanomaschinen selbst auch.«

Er klickt sich durch die Menüs und nach einem zufriedenen Ausruf schließlich auf eine gelb-schwarz schraffierte Schaltfläche. Es erscheint ein Eingabefenster. Der Benutzer wird aufgefordert, den gültigen Autorisierungscode einzugeben. Darunter wird die Warnung eingeblendet, dass nur ein einziger Versuch zulässig ist und bei Eingabe eines ungültigen Codes vierundzwanzig Stunden Wartezeit notwendig sind, bevor ein neuer Versuch gestartet werden kann. Fiona Köhler schüttelt den Kopf und meint hoffnungslos: »Da ist aber jemand pingelig.«

François Beauford blickt missmutig auf das Eingabefenster: »Ich habe keinen Code. Ehrlich, in der ganzen Doku, die ich von NanoIT habe, wird nirgends auch nur die Notwendigkeit für einen Autorisierungscode erwähnt. Keine Ahnung.«

Er wirkt verzweifelt. Schließlich meldet sich der Mexikaner mit der Frage zu Wort: »Kann man erkennen, wie viele Stellen der Code hat.«

François Beauford blickt auf den Laptopbildschirm und meint: »Neun Zeichen.«

Der Mexikaner nickt: »442333777 - das sind neun Zeichen.«

François Beauford schüttelt den Kopf: »So einfach ist es sicher nicht.«

Alle schweigen nachdenklich. Schließlich meldet sich Fiona Köhler zu Wort: »Also, fassen wir einmal zusammen. Wir haben Zugang zu einem aktiven Lasersystem, das offenbar diese Sonden erreichen kann. Wir haben die Software von Nanostructure und wir beabsichtigen diese Nanomaschinen abzuschalten. Dafür gibt es die Funktion, die François aufgerufen hat. Wir benötigen aber einen Code. Wenn es der falsche Code ist, müssen wir einen ganzen Tag warten, bevor wir den nächsten Versuch machen können.«

François Beauford nickt. Fiona Köhler schaut in die Runde und redet weiter: »Einen möglichen Code haben wir, aber es ist eher unwahrscheinlich, dass dieser funktioniert.«

François Beauford stimmt ihr zu: »Genau. Nochmals, in allen Daten und Dokumenten, die ich gesehen habe, wurde keinerlei Code oder Zugangspasswort oder sonst etwas in der Art erwähnt. Nichts.«

Sie blickt ihn ernst an: »Na dann verwenden wir den Code, den wir haben. Funktioniert der nicht, haben wir einen Tag Zeit, den richtigen Code zu suchen. François, bekommt dieser Geraldo Gonzales mit, wenn wir hier etwas tun?«

Der Franzose schüttelt den Kopf: »Nein. Die Systeme haben keinerlei Verbindung nach außen. Lediglich der Laser kann einen Befehl zu den Sonden senden, aber empfangen können wir nichts und es gibt auch keinerlei Internetverbindung oder Ähnliches.«

Der Mexikaner fixiert die Pilotin. und fragt misstrauisch: »Was genau machen Sie beruflich?«

Sie lächelt ihn zuckersüß an: »Ich bin Luftkutscherin. Linienpilotin.«

Der Mexikaner fixiert sie weiterhin: »Sie haben einen wachen Verstand, Señorita.«

Dann wendet er sich an François Beauford und fordert ihn auf: »Also, versuchen wir es mit 442333777. Dann sehen wir weiter.«

Der Franzose will zuerst widersprechen, dann gibt er sich geschlagen und wendet sich wieder seinem Laptop zu. Sorgfältig tippt er die Zahlenfolge ein. Mit dem Mousepad bewegt er den Mauszeiger auf das OK-Feld unter der Codeeingabe. Wieder geht sein Blick zurück zu seinen Kameraden und schließlich zu Fiona Köhler und versichert sich: »Also, jetzt gilt es. Soll ich auf 'OK' klicken?«

Sie nickt sanft. Er wendet sich um und holt tief Luft. Dann tippt er auf das Mousepad. Einen Moment passiert nichts. Dann erscheint ein Warnfenster mit einem Countdown.

»Mist. Falscher Code.«

Enttäuschung und Verzweiflung machen sich breit. Der Mexikaner schaut plötzlich alarmiert und teilt den anderen mit: »Wir bekommen Besuch. Ich habe gerade Gewehrfeuer gehört.«

Sein Blick geht zu First Sergeant Milley. Der schüttelt fatalistisch den Kopf: »Diese Position können wir gegen eine größere Zahl an Angreifern nicht halten. Eine Handgranate und bei uns ist der Ofen aus.«

Fiona Köhler beugt sich zu François Beauford und bittet ihn: »Zeig mir noch einmal den Inhalt des USB-Sticks.«

Er beginnt am Laptop zu hantieren und kommentiert das mit lamentierendem Ton: »Fiona, das bringt nichts. Ich habe das alles hundertmal durchsucht. Da ist nichts. Nur die Software von Nanostructure und etwas Doku über diese Nanomaschinen.«

Sie resümiert nachdenklich: »Du hast uns doch am Anfang diese Simulation gezeigt.«

Er seufzt: »Klar, das war aber nichts zu den Nanomaschinen. Das waren nur die technischen Daten der Sonden und die Steuersoftware für die Ionentriebwerke. Mehr nicht.«

Sie richtet sich auf und schaut ihn neugierig an: »Können die Triebwerke auch über diese Laseranlage gesteuert werden?«

Er zuckt die Schultern und beginnt dann wieder am Laptop Befehle einzutippen. Wieder erscheint ein Menü. Ärgerlich schnalzt der Franzose mit der Zunge: »Ah, zuerst mit dem Lasersystem verbinden. Moment.«

Nach einigen Sekunden nickt er zufrieden und schaut sie an. Am Bildschirm wird ein weiteres Diagnosemenü angezeigt. Wieder sind verschiedene Optionen grün hinterlegt. Er erklärt, was zu sehen ist: »Ja, die Triebwerke können direkt mit dem Laser angesteuert werden, aber wir können keine Kurssteuerung aktivieren, das machen das Steuersystem an Bord der Sonden. Dafür habe ich keine Software.«

Sie nickt langsam und lässt ihren Gedanken freien Lauf: »Ok, und was kannst du mit den Triebwerken machen?«

Etwas genervt holt er Luft, und weist auf den Bildschirm: »Ich habe keine Ahnung von Ionentriebwerken. Da steht etwas von HF-Konfiguration, Aktivierungslevel, Puls-schub.«

Sie ignoriert seine Frustration und blickt auf den Bild-schirm. Dann beginnt sie zu grinsen. Sie deutet auf eines der Felder, als sie gefunden hat, was sie suchte: »Das da. Xenon emergency drain.«

Alle blicken sie irritiert an. Sie rollt mit den Augen und schaut dann wieder zu François Beauford, als sie genervt erklärt: »Du weißt doch. Nerdiges Mädchen, will Astro-nautin werden und so.«

Er zuckt mit den Schultern: »Wie hilft das weiter?«

Sie lächelt ihn zuckersüß an: »Nerdige Mädchen wissen manchmal Sachen, die sonst niemanden oder fast nieman-den interessieren. Und dieses nerdige Mädchen hier ...«, sie zeigt demonstrativ mit dem Zeigefinger auf sich, bevor sie fortfährt, »... weiß zum Beispiel, dass die Europäer für ihre großen Ionentriebwerke als Betriebsgas Xenon verwenden.«

Alle schauen sie verblüfft an. Der Mexikaner versteht es als Erster: »Ah, das ist gut. Xenon!«

Sie blickt dem Franzosen weiter in die Augen, aber er versteht es offenbar weiterhin nicht, deshalb spricht sie unvermittelt weiter: »François, Xenon emergency drain bedeutet den Notablass des Xenongases. Ohne das funktionieren die Triebwerke nicht mehr und gehen aus.«

Er zuckt erneut mit den Schultern: »Ich verstehe nicht, was das bringen soll? Die Nanomaschinen haben dann immer noch den Schirm aufgespannt, der die Sonnenstrahlen blockiert.«

Wieder lächelt sie ihn liebevoll an: »Du erinnerst dich, Lagrange-Punkte und so? Ohne Triebwerke driften die Sonden aus der Sichtlinie zwischen Erde und Sonne. Dann ist der Schirm zwar aufgespannt, aber an der falschen Stelle.«

Jetzt beginnen seine Augen zu leuchten. Er flüstert verstehend: »Genial. Fiona Köhler, du bist ein böses Mädchen, weißt du das?«

Sie ändert ihre Miene zu der eines unschuldig blickenden Schulmädchens: »Aber ich bin doch nur ein kleines, nerdiges Mädchen, das Sachen weiß, die sonst keinen interessieren!«

Er lacht. Dann wendet er sich spontan dem Laptop zu und klickt auf das Feld für den Notablass des Xenongases. Ein weiteres Fenster erscheint und alle halten die Luft an. Aber dieses Mal ist es nur eine neue Bestätigungsabfrage. Ohne zu zögern, klickt er auf 'JA'. Wieder wird ein Fortschrittsbalken eingeblendet. Langsam bewegt er sich von null auf hundert Prozent. Die Maschinerie um sie herum ändert wieder ihre Arbeitsgeräusche. Als der Balken die Hundert-Prozent-Marke erreicht, sind vierzehn Sekunden lang ungefähr hundert kurz aufeinanderfolgende, wummernde

Geräusche zu hören. Es klingt wie ein lautes Brummen. Dann sind die eintausendvierhundert Signale abgesandt und es wird wieder leiser.

Ein weiteres Meldungsfenster erscheint. François liest vor, was da steht: »Xenon Notablass aktiviert. Triebwerksstopp in ca. 513 Sekunden zu erwarten.«

Die Schrift blinkt rot. Wieder entlässt Fiona Köhler die angehaltene Luft aus ihren Lungen. Dann lächelt sie François Köhler zufrieden an und triumphiert: »So, das müsste diesem Phaeton den Garaus machen.«

Zufriedenheit breitet sich in dem kleinen Raum unter der Erde aus. François Beauford schließt die Augen. Jetzt erst spürt er die Anspannung, die gerade mit einem Schlag von ihm abgefallen ist. Langsam beginnt auch er zu lächeln. Er wendet sich zu dem Mexikaner und dem First Sergeant um. Sie erwidern sein Grinsen. Der Mexikaner geht auf François Beauford zu und streckt ihm die Hand hin. Noch bevor der einschlagen konnte, stürmt ein verschwitzter Sergeant Major herein und brüllt: »Los jetzt. Ihr müsst raus hier. Da draußen ist die Kacke am Dampfen.«

Dann erschüttert eine Explosion die Anlage und Staub rieselt von der Decke. Der First Sergeant fasst sich als Erster und drängt zum Ausgang. Dann greift sich der Mexikaner den Arm von Fiona Köhler und zieht sie mit sich: »Los jetzt. Raus hier. Wenn wir hier bleiben, sind wir tot.«

47 Auf der Flucht

In aller Eile packt François Beauford seinen Laptop wieder in seinen wasserdichten Rucksack. Dann verlassen alle rasant die Anlage. Der Sergeant Major bildet die Spitze des kleinen Trupps, ganz am Ende folgen François Beauford, Fiona Köhler und der First Sergeant. Dieser legt im Hinausgehen noch den Hauptschalter der Anlage um, sodass die unterirdischen Räume wieder im Dunkel liegen, nur von den flackernden Lichtpunkten der Taschenlampen erhellt. Als sie die Stahltüre passieren, knallt er auch diese mit einem Fußtritt zurück ins Schloss. Fiona Köhler kann hören, wie die Verriegelungsbolzen einrasten. Endlich haben alle die Leiter erreicht. Der Sergeant Major gibt ihnen ein Handzeichen und erklimmt als erster die Sprossen. Als er oben angekommen ist, schaut er sich vorsichtig um. Dann klettert er zwei, drei Stufen zurück und greift in eine Tasche an seinem Hosenbein. Er holt ein Funkgerät hervor, um Kontakt mit den Mexikanern zu bekommen. Es folgt ein schwer verständliches Funkgespräch, dann packt er das Funkgerät wieder zurück und wendet sich den unter ihm Wartenden mit folgender Statusmeldung zu: »Es gab einen zweiten Angriff auf die Insel. Dieses Mal kamen sie in einem größeren Boot von Osumacinat her. Das ist die Ansiedlung am Staudamm. Das Boot konnte ausgeschaltet werden, aber wir wissen nicht, ob noch Schlauchboote unterwegs sind. Wir werden die Zivilisten nach Süd-Ost evakuieren. Offenbar haben deine Leute, Cortez, ein flaches Metallboot mit starkem Außenbordmotor auf der Südseite dieser Insel in Bereitschaft. Dahin müssen wir uns durchschlagen.«

Fiona Köhler blickt François Beauford ängstlich an und fragt verzweifelt: »Wir sind keine Soldaten, wie soll das denn gehen?«

Er versucht, sie aufmunternd anzulächeln, was allerdings misslingt. Deshalb klopft er zuerst sich dann ihr auf den

Bauch: »Denk daran, wir haben unsere Schutzwesten.«

Von hinten ist die raue Stimme des Mexikaners zu ihrer Beruhigung zu hören: »Wir passen auf euch auf. Alles klar!«

Das Letzte war an den Sergeant Major gerichtet. Der schaut grimmig nach unten, dann gibt der dem First Sergeant einen Befehl: »First Sergeant, Sie bleiben bei der Zivilistin! Wenn sie Hilfe braucht, helfen Sie ihr, haben Sie verstanden?«

»Aye, Sergeant Major!«

Er wendet sich dem First Leutnant zu. Kurz pfeift er durch die Zähne. Aus der Dunkelheit kommen zwei Mexikaner auf sie zu.

»Also schön, ihr bringt den Gringo zu den Schlauchbooten auf der Westseite! Der Weg ist kürzer.«

Mit schmerzverzerrtem Gesichtsausdruck nickt der First Leutnant ihnen zu, dann humpelt er mithilfe der beiden Mexikaner hinauf und verschwindet ins Dunkel.

Der Sergeant Major schaut sie alle ernst an. Nach einem letzten, Blick und einem als Aufmunterung gemeinten, knappen Nicken, wendet er sich wieder nach vorn und kriecht vorsichtig auf die Oberfläche. Die anderen folgen ihm. Oben ist es laut, in einiger Entfernung wird geschossen und laute, unverständliche Rufe sind zu hören. Dann explodiert etwas, sodass die Welt kurz hell wird. François Beauford und Fiona Köhler versuchen die von den Soldaten verwendete, kriechende Fortbewegungsweise zu imitieren. Aber sie müssen feststellen, dass diese Art der Fortbewegung extrem anstrengend ist. Als die Pilotin nach einigen Metern aufsteht und halb gebückt weitergeht, kommt von hinten der energische Aufruf von Álvaro Cortez: »Unten bleiben, junge Dame. Wir haben dicke Luft!«

Fiona Köhler lässt sich sofort wieder auf den Bauch fallen, der First Sergeant zieht sie dabei zu sich heran. Er nimmt seine Aufgabe sehr ernst und blickt sich hektisch in der Dunkelheit um. Tatsächlich ist die Luft stickig geworden. Es riecht nach verbranntem Schwarzpulver. Fiona Köhler erinnert sich an ihr Nachtsichtvisier und setzt es auf. Sofort wird die Szenerie heller. Weit hinter ihnen kann sie einzelne Blitze sehen, von dort kommen auch die Schussgeräusche. Noch weiter hinten kann sie ein brennendes Objekt auf dem Wasser sehen. Das muss das Schiff sein, dass die Mexikaner zerstört haben. Um das brennende Wrack herum ist das Wasser dunkel.

»Weiter geht's, hier entlang. Wir haben noch ungefähr achthundert Meter!«

Fiona Köhler hebt den Kopf und späht nach vorn. Tatsächlich meint sie dort eine Gruppe Männer zu erkennen. Wieder sind Schüsse zu hören, dieses Mal viel näher als vorher. Der Mexikaner ruft nach vorn: »Sergeant Master, wir werden eingeholt. So sind wir zu langsam.«

Dann robbt er zum First Sergeant und macht ihm einen Vorschlag: »Ich habe noch genügend Munition und ein paar kleine Überraschungen für die da hinter uns. Ihr macht jetzt, dass ihr zu dem Boot kommt. Für uns sind auf der Westseite noch Schlauchboote.«

Der First Sergeant nickt verstehend und meldet das seinem Vorgesetzten: »Sergeant Major, der Mexikaner gibt uns Rückendeckung, wir sollen uns beeilen.«

Nach einem Moment kommt die Bestätigung: »Ich gehe voraus, Köhler als Zweite, dann Beauford und schließlich Sie, Sergeant.«

Der Soldat neben Fiona Köhler nickt. Dann greift er an sein Gürtelhalfter und zieht seine Waffe hervor. Scharf blickt er der Pilotin im Schein der mit Rotfilter abgedunkelten Taschenlampe in die Augen und fragt eindringlich: »Können sie so etwas bedienen?«

Sie greift die Waffe, schaut sie kurz an und inspiziert sie. Dann zieht sie routiniert den Schlitten zurück und deutet auf den Sicherungshebel und erklärt routiniert: »Entsichern, Zielen, Schießen, Sichern. Australischer Outback.«

Er lächelt sie an und klopft ihr aufmunternd im Liegen auf die Schultern. Dann ruft er seinem Vorgesetzten zu: »Bereit.«

»Dann los!«

Sofort beginnt Álvaro Cortez nach hinten, Sperrfeuer in die Dunkelheit abzugeben. Dabei verwendet er nur Einzelfeuer, um Munition zu sparen.

»Los jetzt, Köhler, Sie zuerst.«

Sie rappelt sich hoch und versucht möglichst tief geduckt, dem vorauseilenden Sergeant Major nachzukommen. Hinter sich hört sie Schritte. Sie wendet sich um und erkennt François Beauford hinter ihr, der Sergeant Major hat etwas Abstand gelassen und sichert sie nach hinten. So legen sie gut einen halben Kilometer des Weges zurück. Sie müssten nach Fiona Köhlers Schätzung fast an der Anlegestelle des Bootes sein. Wieder blickt sie nach hinten, dort scheint alles unverändert. Das Sperrfeuer von Álvaro Cortez wird immer wieder unterbrochen, wenn er seine Stellung aufgibt, um ihnen zu folgen. Inzwischen sind die Schussgeräusche weit zurückgefallen. Sie kann nur ihren eigenen lauten Atem hören und den des Franzosen, der direkt hinter ihr läuft. Immer wieder blickt sie sich um. Schließlich kann sie vorn die Männer sehen, die sie am Metallboot erwarten. Aus einem Gefühl der Unruhe heraus, blickt sie noch einmal schnell nach hinten. Alles scheint, wie bisher zu sein, sogar Álvaro Cortez hat dichter aufgeschlossen. Dann hört sie Schrittgeräusche auf dem kiesigen Boden mit der dürren Vegetation. Sie blickt nach links hinten und kann schemenhaft eine Gestalt erkennen. Der First Sergeant scheint diese nicht zu bemerken und Álvaro Cortez hat sich wieder niedergekniet, um sie zu sichern. Fiona Köhler wird es vor Schreck eiskalt, als sie erkennt, dass die Gestalt den Arm hebt und plötzlich ein heller Lichtblitz die Dunkelheit gleichzeitig mit dem ohrenbetäubenden Knall eines Schusses aus nächster Nähe zerreißt. Sie hält an, nimmt die Waffe in Anschlag und schießt auf den Angreifer. Die ersten beiden Schüsse gehen daneben, aber der dritte Schuss fällt ihn wie einen Baum. Fiona Köhler zittert am ganzen Körper. Dann spürt sie, wie jemand ihren Arm vorsichtig herunterdrückt und ihr ins Ohr brüllt. Aufgrund ihrer Schüsse ist ihr Gehör in Mitleidenschaft genommen worden: »Das haben Sie gut gemacht. Nun senken Sie die Waffe, hervorragend. Geben Sie sie mir. Gut. Jetzt gehen wir weiter. Da vorn ist das Boot! Schnell beeilen Sie sich.«

Fiona Köhler blickt mit leerem Gesicht den Sergeant Major an, dann geht ihr Blick nach hinten. Der First Sergeant eilt zu dem Mann, den sie gerade erschossen hat. Von hinten kommt Álvaro Cortez mit großen Schritten auf sie zu. Sie kann sein erschrockenes Gesicht sehen. Dann wird ihr klar, dass er nicht zu ihr blickt, sondern zu einer Stelle auf dem Boden hinter ihr. Dort liegt ein Mensch. Regungslos. Der schwarze Rucksack wirkt wie ein Schildkrötenpanzer. Fiona Köhler wird sich absurderweise in diesem Moment klar, dass nur sie mit ihrem Nachtsichtvisier als Einzige die Szenerie im Ganzen überblicken kann. Zuerst langsam, dann immer schneller, schließlich rennend, eilt sie auf die Gestalt zu. Sie erreicht sie zeitgleich mit Álvaro Cortez. Dieser dreht die Gestalt zur Seite. François Beauford hat die Augen geschlossen, aus einer klaffenden Wunde über seinem linken Ohr läuft Blut pulsierend hervor. All das erlebt Fiona Köhler wie in Zeitlupe. Dann holt sie der Schock ein und ihre Wahrnehmung beschleunigt wieder auf normale Geschwindigkeit. Sie schreit tonlos: »François!«

Sie lässt sich neben ihm auf den Boden fallen. Die Kopfwunde blutet extrem. Er ist nicht bei Bewusstsein, dennoch versucht sie ihn anzusprechen: »François, hörst du mich, François, so sag doch was! François, BITTE!«

Der First Sergeant hat sie inzwischen erreicht. Er blickt

kurz zum Mexikaner, der bereits ein Verbandspäckchen
aus der Schenkeltasche seiner Hose hervorgeholt hat und
versucht, die Blutung zu stillen. Kurz schaut der Mexikaner auf und schüttelt fast unmerklich den Kopf. Der
First Sergeant schluckt, dann packt er Fiona Köhler am
Arm und herrscht sie rüde an: »Kommen Sie, wir müssen
weiter, zum Boot, gleich da vorn. Der Mexikaner kümmert
sich um ihn. Wir müssen jetzt weiter. Los!«

Zuerst lässt sie sich einen Meter mitziehen, dann entreißt
sie sich energisch aus seinem Griff. Das Nachtsichtvisier
schiebt sich dabei auf ihre Stirn. Sie funkelt ihn bitterböse
an, sodass der First Sergeant erschrocken einen halben
Schritt von ihr wegmacht.

»ICH GEHE NIRGENDWO HIN. HELFEN SIE MIR!«

Vollkommen perplex von der unglaublichen Energie
und Wut in ihrer Stimme hält der First Sergeant inne. Sie
ignoriert diesen Mann und wendet sich François Beauford
zu. Sie versucht, ihn hochzuziehen, ist aber zu schwach.
Ihr Blick geht zurück zum First Sergeant und brüllt ihn
an: »NA LOS, HELFEN SIE MIR VERDAMMT NOCH
MAL! DIESER MANN MUSS ZU DIESEM GOTTVER-
DAMMTEN BOOT UND ALLEINE SCHAFFE ICH
DAS NICHT! WIRD`S BALD?«

Der Mexikaner hat inzwischen die Kopfwunde provi-
sorisch verbunden, noch immer sickert viel Blut darunter
hervor. Der First Sergeant erwacht aus seiner Starre
und eilt zu ihr. Gemeinsam mit Álvaro Cortez heben sie
François Beauford hoch. Fiona nimmt ihm den Rucksack
ab und setzt ihn sich vorn auf. So schleifen sie den schwer
verletzten Franzosen weiter.

Schließlich als sie das Boot fast erreicht haben, stolpert
Álvaro Cortez und auch der First Sergeant strauchelt. Er
fällt zusammen mit dem bewusstlosen Franzosen hart zu
Boden. Fiona Köhler zögert keine Millisekunde. Sofort
zerrt sie François Beauford wieder hoch und brüllt dabei

den First Sergeant an: »NA LOS, HOCH MIT IHM,
NOCH FÜNFZEHN METER, LOS!«

Zusammen mit dem First Sergeant schleppt sie den
Verwundeten mit aller Kraft weiter. Schritt für Schritt.
Mehrfach hat sie das Gefühl, dass sie nicht mehr weiter
kann. Aber jedes Mal entfährt ihr ein urtümlicher Brüller
und sie macht den nächsten Schritt und den nächsten
und noch einen und noch einen. Ihre Sicht verschwimmt.
Sie kann nur noch unscharf sehen. Dann strauchelt sie
ein letztes Mal. Noch im Fallen bricht sie in Tränen aus.
Ihre Verzweiflung ist bodenlos. Als sie auf dem Boden
aufschlägt, möchte sie sich sofort wieder aufrichten. Aber
ihre Muskeln haben die Arbeit eingestellt. Zornig über
ihre Unfähigkeit, sich zu bewegen, heult und flucht Fiona
Köhler.

Da fassen sie starke Hände an. Noch mehr Hände kommen
hinzu und zerren sie hoch. Sie will nicht weiter. Sie muss
doch zurück zu François und versucht sich umzuwenden.
Dann hört sie die beruhigende Stimme des Sergeant Major:
»Der Franzose ist bereits im Boot. Sie fehlen noch.«

Das löst ihre Erstarrung, willenlos lässt sie sich mit-
schleifen. Aufgrund ihrer völligen Verausgabung sieht
sie alles unscharf, wie in Trance. Der Boden beginnt zu
schaukeln. Ihr wird dann klar, dass sie an Bord des flachen
Bootes ist. Die Schritte der Männer machen helle Geräu-
sche, wenn sie auf den Metallrumpf treffen. Jetzt wird ein
Motor gestartet und nur Sekunden später röhrt dieser in der
Dunkelheit auf. Sie tastet nach ihrem Nachtvisier, das hat
sie aber verloren. Das Boot wird schneller, Wasser spritzt
am Rumpf vorbei. Jemand macht seine Taschenlampe an.
Mit rotem Licht sieht man doch fast nichts, denkt sie sich.
Der Mann neben ihr hustet und fängt dann an zu reden.
Sie kann ihn sogar verstehen, zum Glück haben sich ihre
Ohren wieder etwas erholt: »Glauben Sie mir, Köhler, ich
habe schon so einiges gesehen. Aber solch einen Stunt, wie
Sie ihn gerade abgezogen haben, ganz sicher bisher nicht.«

Es ist die Stimme von Sergeant Major Friend. Erst jetzt erkennt sie ihn. Dann beginnt sie wieder hemmungslos zu weinen: »Aber umsonst. Alles war umsonst. Ich habe versagt.«

Jetzt legt ihr der Sergeant Major die Hand auf den Unterarm. Mit der anderen Hand hält er die Taschenlampe und leuchtet ins Boot. Nahe bei ihr auf dem Boden liegt François Beauford. Der Kopfverband ist völlig durch geblutet. Aber sie sieht kein Blut mehr am Verband vorbei heraus sickern. Im ersten Schreck vermutet sie deshalb, dass er tot ist. Aber dann bemerkt sie, wie sich sein Brustkorb gleichmäßig hebt und senkt. Der Sergeant Major lässt den Schein der Lampe weiter gleiten. Da sitzt der First Sergeant, der ihr andächtig zunickt. Der sollte doch woanders sein. Fiona Köhler nimmt seine Anwesenheit einfach hin. Als der Sergeant Major die Lampe links neben sie richtet, erkennt sie dort Álvaro Cortez. Dieser grinst sie schmerzverzerrt an: »Lady, wenn ich jemals eine Frau kennenlernen würde, die Himmel, Hölle und was sonst noch verfügbar ist, so lange anbrüllt, bis die mich retten, dann würde ich diese Frau sofort und ohne Zögern bei der nächsten sich bietenden Gelegenheit heiraten.« Immer noch weint Fiona Köhler. Aber sie erkennt langsam, dass dieses Weinen dem Terror des Erlebten geschuldet ist. Nach einigen Versuchen schafft sie es, sich etwas zu beruhigen. Unter leichtem Schluchzen fängt sie an zu sprechen, »Aber was machen wir denn jetzt mit ihm?« Mit dem Kinn weist sie auf François Beauford, der in der Bootsmitte auf dem Rücken liegt. Zu mehr Bewegung fühlt sie sich nicht in der Lage. Álvaro Cortez hält den Kopf schief.

»Nun, in die Stadt können wir nicht.«

Er sieht, wie wieder die Verzweiflung nach der Pilotin greift. Deshalb fährt er mit ruhiger Stimme und einem kleinen Lächeln fort: »Deshalb werden wir diesen Franzosen zur Italienerin bringen.«

Fiona Köhler versucht das zu verstehen, während das Metallboot durch die Dunkelheit über das Wasser rast, getrieben vom kernigen brüllenden Motor am Heck. Ihr Blick geht zurück zu François Beauford. Seine Brust hebt und senkt sich immer noch regelmäßig. Jetzt erfasst sie die absolute Erschöpfung unbarmherzig. Ihr letzter Gedanke, bevor sie einschläft ist, dass sie sich so sehr wünscht, diese Dunkelheit hinter sich lassen zu können und zurück zum Licht zu finden. Dann wird ihr schwarz vor Augen.

48 Eskapismus im Polareis

Geraldo Gonzales steht erneut vor dem großen Panoramafenster an der Oberfläche. Wenn er ehrlich zu sich selbst wäre, müsste er sich eingestehen, dass er nicht wüsste, wohin er sonst gehen sollte. Die Basis, seine Basis, wird gerade von der Mannschaft geräumt. Draußen ist es noch Nacht. Eine eiskalte, sternenklare Nacht. Eiskalt, wie sein Inneres sich anfühlt. Die starken Scheinwerfer erleuchten das ewige Eis um die Station herum. Wie zum Hohn herrscht gerade wunderbares Wetter. Kaum Wind, kein Schneefall. Arktische Klarheit leuchtet durch das dicke Thermofenster herein. Big GG steht aufrecht, mit geradem Rücken da. Die Hände hat er hinter dem Rücken gefaltet. Jetzt weiß er, warum er hier steht. Er möchte sehen, wer von seinen teuer bezahlten Mitarbeitern nicht an seine Vision glaubt.

Die Ersten kommen jetzt in sein Blickfeld. Er weiß, die Menschen ohne Vision sind in den leuchtend rot lackierten Eisfahrzeugen, die mit ihren Kettenantrieben kleine Eiswirbel entstehen lassen, als sie sich mit langsamer Marschgeschwindigkeit auf den Weg zur Küste machen. Abschätzig schüttelt er den Kopf. Menschen ohne Visionen sind ihm zuwider. Jetzt öffnet sich die Türe hinter ihm. Er hat genug von dem Trauerspiel dieser unnötigen Flucht zu einer vermeintlich rettenden Küste, also wendet er sich um.

Xenia steht da vor ihm. Sie trägt heute nicht ihr übliches Businesskostüm, sondern die warme Thermokleidung, die unter den Schneeanzügen getragen wird. In der Antarktis kann es nachts sehr kalt werden, oft beträgt die gefühlte Temperatur weniger als fünfzig Grad Minus. Er nickt ihr wohlwollend zu.

»Xenia, ausgezeichnet. Jemand muss die Wartungsarbeiten an den Außensensoren übernehmen.«

Automatisch nickt sie. In ihrem Gesicht arbeitet es, ihre Kiefer mahlen. Sie ist bleich und ausgezehrt. Der Sturm der widersprüchlichen Gefühle, der in ihr tobt, ist in ihren Augen zu erkennen. Dann geht ihr Blick zu Boden. Etwas ist in ihr zerbrochen. Eine der Demütigungen, die ihr Geraldo Gonzales mit desinteressierter Bosheit zugefügt hat, war zu viel. Das feste, sichere Fundament ihrer Konditionierung hat Sprünge bekommen. Die inneren Qualen, die sie seither zu ertragen hatte, sind unbeschreiblich. Sie fühlt sich, als ob sie aus zwei Wesen bestehen würde, die mit aller Kraft ihren Wesenskern in gegensätzliche Richtungen auseinanderzerren wollten. Dann hebt sie den Kopf. Geraldo Gonzales wundert sich über den waidwunden Blick, den sie ihm zuwirft. Er denkt sich, dass dies nicht die richtige, innere Einstellung für seine Assistentin ist. Schließlich sollte allein der Umstand, ihm dienen zu dürfen, sämtliche Unsicherheit aus ihrem Geiste vertreiben.

Xenia versucht zu sprechen. Ihre Stimme will ihr nicht gehorchen. Sie holt tief Luft und versucht erneut zu reden. Dieses Mal gelingt es. Ihre Stimme klingt gebrochen und voller Scham: »Mr. Gonzales. Ich fahre mit dem letzten Eisfahrzeug.«

Irritiert schüttelt er den Kopf. Ihm ist nicht klar, wie sie so die Außensensoren kontrollieren will. Ihr Blick wird klarer. Sie erkennt, dass dieser Mann, dem sie sich wortwörtlich mit Leib und Seele verschrieben hat, die Realität nicht wahrnehmen kann. Diese Erkenntnis macht sie unendlich traurig. Aber seltsamerweise gibt ihr das die Kraft, die Entscheidung, die sie getroffen hat, laut auszusprechen: »Ich verlasse Sie heute. Es geht nicht mehr, ich habe nicht mehr die Kraft dafür, Ihre Assistentin zu sein. Ich bin zerstört.«

Ihre Stimme wurde zuerst lauter und nachdrücklicher. Die letzten Worte aber waren nur noch ein Flüstern. Noch einen Moment schaut sie ihm in die Augen. Dann wendet

sie sich um und geht zur Türe. Dort tritt ein Mann vor, der
ihr einen Schneeanzug entgegenhält. Es ist der Leiter seines Sicherheitsteams. Geraldo Gonzales empfindet Ärger
darüber, dass dieser Mann seine offensichtlich verwirrte
Assistentin unterstützt.

Er spricht sie harsch an: »Xenia! Was soll der Unsinn?
Wir müssen den Plan wieder in Ordnung bringen. Es
gibt genügend zu tun. Also zieh dich um, etwas für dich
Adäquates.«

Sie schüttelt lediglich den Kopf und geht durch die Türe.
Ein letztes Mal schaut sie ihn an. Für einen winzigen
Moment ist ihr Blick wieder der seiner Assistentin, die ihm
hingebungsvoll dient. Dann bricht der Blick. Die Augen
einer gebrochenen Frau sind das Letzte, was Geraldo
Gonzales sieht, bevor die Türe geschlossen wird.

Das ist ärgerlich. Offensichtlich muss er in Zukunft noch
mehr Sorgfalt für die Auswahl seines Personals aufwen-
den. Zeit und Geld, die besser in die Umsetzung seines
Planes investiert sind. Ärgerlich geht er zu einem in die
Wand eingebauten Bedienelement. Dort aktiviert er das
Hologramm, das den Status seines Planes zeigt. Es baut
sich zügig auf und taucht den Raum in einen unwirklich
roten Schimmer. Aus sämtlichen Teilen wird gemeldet,
dass die Dinge nicht einmal ansatzweise so laufen, wie
er es geplant hat. Aber das ficht ihn nicht an. Schließlich
weiß er, dass sein Plan perfekt ist. Deshalb muss er lediglich herausfinden, wo es hakt. Dafür studiert er das Hologramm. Schließlich entdeckt er einen kleinen, ja winzigen
Bereich im Hologramm, der grün leuchtet. Er goutiert das
mit einem zufriedenen Nicken. Eine Bewegung vor dem
Fenster lenkt seine Aufmerksamkeit nach draußen. Das
letzte Eisfahrzeug macht sich auf den Weg. Er nickt selbst-
bewusst. Sollen sie doch gehen. Er wird dem Plan wieder
zu alter Größe verhelfen. Das ist ihm bisher schließlich
noch jedes Mal gelungen. Problemstellungen waren für
ihn seit jeher ein Ansporn. Das Eisfahrzeug verlässt den

von den starken Außenscheinwerfern erhellten Bereich der
Station. Nur noch ein feiner Nebel an Eiskristallen, aufgewirbelt von den Ketten des Eisfahrzeuges, ist zu sehen,
aber auch dieser fällt langsam zu Boden. Ärgerlich darüber, dass ihn diese Beobachtung von seinem Plan ablenkt,
wendet er sich wieder energisch dem Hologramm zu. Mit
dem Bedienelement an der Wand vergrößert er den grünen
Bereich. Dort wird seine Arbeit ansetzen. Dann erkennt
er, dass der grün dargestellte Bereich den Status dieser
Station im ewigen Eis der Antarktis anzeigt. Zufrieden
nickt er. Damit kann er arbeiten. Draußen wird es dunkel,
die starken Scheinwerfer werden einer nach dem anderen
abgeschaltet. Der grüne Bereich im Hologramm wird
am Rand zuerst gelb, dann rot. Dieser Farbwechsel setzt
sich immer weiter fort. Nun ist auch eine Veränderung im
ständigen Geräusch der Basis zu hören. Das bisher immer
vorhandene Grundgeräusch wird leiser. Die Maschinerie,
die dieses Grundgeräusch erzeugt hat, schaltet sich ab.
Der Farbwechsel im Hologramm beschleunigt sich. Immer
mehr Bereiche wechseln von grün zu gelb und schließlich zu rot. Dann erlischt das Hologramm übergangslos.
Nur noch die Deckenbeleuchtung erhellt den Raum mit
dem riesigen Panoramafenster. Schließlich geht auch die
Deckenbeleuchtung aus. Das letzte Licht, das Geraldo
Gonzales zu sehen bekommt, ist das fahle Licht der Sterne.
Schließlich herrscht draußen eine sternenklare Nacht und
arktische Kälte.

49 Die Italienerin

Das Schaben des Bootsrumpfes auf einem Kiesstrand hört Fiona Köhler nicht. Aber den Ruck, mit dem das flache Metallboot zum Stillstand kommt, spürt sie. Sofort schreckt sie auf. Ihr Körper quittiert diese hastige Bewegung mit Muskelschmerzen. Sie ist desorientiert. Ist sie noch in New York? Es ist dunkel. Lediglich einzelne, rötliche Lichtkegel erhellen die Umgebung. Sie blickt an sich hinunter und schüttelt verwundert den Kopf. Sie trägt eine vor Schmutz starrende, gefleckte Uniformhose und eine seltsam steife Weste. Kurz schließt sie wieder die Augen, in der Hoffnung, dass sie erneut einschlafen kann. Dann kommen ihr die Erinnerungen an die letzten Stunden schlagartig zu Bewusstsein. Ihr Puls rast, hektisch blickt sie sich um. Männer verlassen das Metallboot, das dabei leicht schwankt. Sie heben einen menschlichen Körper aus dem Boot.

Sie ruft ihm nach: »François!«

Unter großen Schmerzen stemmt sie sich hoch. Sofort kommt ein Mann zu ihr. Im roten Schein seiner Taschenlampe kann sie den First Sergeant erkennen. Er versucht sie zu beruhigen: »Gut, dass Sie wach sind. Der Franzose wird gerade auf einen Laster geladen. Kommen Sie, ich helfe ihnen.«

Der Soldat hilft ihr aus dem Boot und auf die Ladefläche eines uralten Lkw. Dort liegt bereits François Beauford, sorgfältig zwischen zwei zusammengerollten Decken stabilisiert. Einer der Männer deckt ihn mit einer weiteren Decke zu. Er blickt dann zu ihr hoch und nickt ihr aufmunternd zu. Der Mann trägt zivile Kleider. Sie wird vom First Sergeant nach vorn zur Ladekante am Führerhaus bugsiert. Er spricht beruhigend auf sie ein: »So, hier setzten wir uns hin.«

Sie hat nicht die Kraft zu protestieren. Dann wird der

Motor des Lkws gestartet und die Fahrt beginnt. Zuerst schaukelt das uralte Fahrzeug heftig hin und her. Dann haben sie eine Art Straße erreicht und die Fahrt wird ruhiger. Sie nickt kurz ein, dann ruckt ihr Kopf wieder hoch und sie blickt sich um. Der Himmel hat aufgeklart, die Wolken sind verschwunden. Seltsam, denkt sie sich, wie hell die Sterne leuchten können. Auf ihrem ersten Transatlantikflug ist ihr das zum ersten Mal aufgefallen. Die dichte Wolkendecke unter ihnen wurde damals vom Licht der Sterne hell erleuchtet. Sie erinnert sich noch genau daran, wie magisch dies für sie ausgesehen hat. Jetzt erkennt sie, dass links neben ihr Álvaro Cortez sitzt. Sie spricht ihn laut an, damit sie den Lärm des Motors und des Getriebes übertönt: »Wohin fahren wir?«
Sein Blick geht zu ihr und sie kann erkennen, dass er starke Schmerzen hat. Beim Sturz vorhin muss er sich stärker verletzt haben, als ihr das bisher klar war. Mit zusammen gebissenen Zähnen antwortet er knapp: »Zur Italienerin.«

Der Brustkorb von François Beauford hebt und senkt sich nach wie vor gleichmäßig. Sie hofft, dass das ein gutes Zeichen ist. Noch ist er nicht zu Bewusstsein gekommen. Das macht Fiona Köhler die größten Sorgen.

Die Fahrt wird unruhiger, es geht die steilen Kurven einer Serpentinenstraße die Berge hinauf. Fiona Köhler friert. Ihr analytischer Verstand sagt ihr, dass dies der Erschöpfung geschuldet ist. Das gleichmäßige Brummen des Motors und das Schaukeln, wenn sich der uralte Lkw wieder in eine Kurve legt, lässt sie immer wieder einschlafen. Dann quietschen die Bremsen des uralten Fahrzeugs und Fiona Köhler schreckt erneut auf. Musik ist zu hören. Sie benötigt einen Moment, dann erkennt sie, dass die Sängerin Italienisch singt. Die Ladeklappe wird lautstark heruntergeklappt und plötzlich sind viele Männer und auch Frauen da, die dabei helfen, François Beauford vorsichtig von der Ladefläche zu heben. Die anderen haben die Ladefläche bereits verlassen. Fiona Köhler versucht sich aufzurappeln, aber sie ist immer noch völlig entkräftet. Eine schlanke Frau mit schwarzen langen Haaren sieht das und weist mit schnellem, klarem Italienisch einen jungen Mann an, ihr zu helfen. Fiona Köhler kann sie recht gut verstehen. Kurz treffen sich die Blicke von Fiona Köhler und der schlanken Frau mit den schwarzen Haaren. Sie hat ein schönes, schmales Gesicht. Ihr Blick mustert die Pilotin kurz, aber sehr intensiv. Dann wendet sie sich ab. Der junge Mann kommt zu ihr auf die Ladefläche und hilft ihr vorsichtig hoch: »Stai molto attento, ti aiuterò!«

Verwundert schaut sie dem jungen Mann ins Gesicht: »Parli italiano?«

Er lacht auf und hilft dabei, von der Ladefläche zu klettern: »La mamma insiste.« Dabei rollt er mit den Augen. Sie empfindet diese Situation als vollkommen absurd. Trotzdem antwortet sie ihm, nachdem sie endlich festen Boden unter den Füßen hat: »Lo capisco. L'italiano è una lingua meravigliosa.«

Wieder lacht der junge Mann. Dann wechselt er ins Englische, das er offenbar einwandfrei beherrscht.

»Kommen Sie mit. Ich helfe Ihnen. Der Verletzte ist da drin. Mama kümmert sich gerade um ihn.«
Sie humpelt auf seine Schulter gestützt zum Gebäude. Farbige Lichterketten beleuchten eine schöne Holzveranda. Hier stehen kleine Tischchen. Es sind einfache Holztische, aber auf jedem Tisch steht eine brennende Kerze. Es ist ein warmer, gastlicher Ort. Der Kontrast zu ihren Erlebnissen in den vergangenen Tagen könnte nicht größer sein. Das ist eine andere Welt. Einige Männer sitzen an den Tischen und beobachten das Treiben neugierig. Sie haben Getränke vor sich stehen, Fiona Köhler kann braune Flaschen erkennen. Vermutlich Bier. Sie schüttelt ärgerlich den Kopf.

»Ist etwas nicht in Ordnung?«

»Nein, ich wundere mich nur über mich selbst. Wo müssen wir eigentlich hin?«

Er weist mit dem Kinn nach vorn: »Da hinein.«

Durch eine offene Tür kommen sie in das Innere der
Bodega. François Beauford wurde auf einen Tisch gelegt.
Die schlanke Frau beugt sich über ihn und tastet vorsichtig
seine Glieder ab. Fiona Köhler humpelt zu ihm hin und
fasst seine Hand. Sie fühlt sich warm an. Die schlanke
Frau blickt auf und richtet den Blick auf Fiona Köhler, die
die Hand des Franzosen hält. Ihr Blick ist zuerst nüchtern,
dann wird er warm und verständnisvoll. Nun konzentriert
sie sich wieder auf die Untersuchung des Patienten. Fiona
Köhler wird klar, dass diese Frau nicht nur eine Bodega
betreibt. Sie hat ihrer Einschätzung nach eine fundierte,
medizinische Ausbildung. Ärztin oder Krankenschwester
vermutet sie. Dann, mit einem unbewussten Nicken,
entscheidet sie sich für Krankenschwester. Nach einigen in
ruhigem Italienisch gegebenen Anweisungen werden ihr
eine Schale mit Wasser, Handtüchern sowie Verbandsma-
terial und Desinfektionsmittel gebracht. Vorsichtig löst die
Frau den Verband vom Kopf von François Beauford. Fiona
Köhler hält die Luft an. Über dem rechten Ohr ist eine einzige, blutige Masse. Ihr fällt das Herz in die Hose. François ist viel stärker verletzt, als sie es wahrhaben wollte.
Die schlanke Frau schnalzt mit der Zunge und beginnt, die
Wunde zu reinigen. Vorsichtig, Stück für Stück, wischt sie
das Blut beiseite. Langsam sind Haare zu erkennen, dann
die Kopfhaut und schließlich die eigentliche Wunde. Es
ist nur ein schmaler Kratzer, eigentlich nicht tief. Die Frau
schaut zu ihr auf und spricht Fiona Köhler auf Englisch
an: »Das sieht schlimmer aus, als es in Wirklichkeit ist. Ich
reinige die Wunde und nähe das.«

Fiona Köhler schluckt und nickt tapfer. Die Frau schaut
sie ernst an: »Sie können mir helfen. Wollen Sie das?«
Eifrig nickt Fiona Köhler. Sie kann nichts dagegen tun,
ihr steigen Tränen in die Augen. Die Frau nickt ihr zu:
»Dann gehen Sie jetzt mit Adriano hinaus auf die Terrasse.
Er bringt ihnen etwas zu essen und etwas zu trinken. Sie

essen und trinken. Ich kümmere mich um ihren Freund. Könnten Sie das für mich tun?«

Fiona Köhler schluchzt. Dann nickt sie zaghaft. Sie möchte etwas sagen, aber ihre Stimme gehorcht ihr nicht. Die Frau lächelt sie an: »Wunderbar.«

Sie wendet sich zu dem jungen Mann um, der hinter ihr bereitsteht und weist mit dem Kinn auf Fiona Köhler. Dieser geht um den Tisch herum und führt dann die Pilotin vorsichtig hinaus. Noch einmal schaut Fiona Köhler über die Schulter zurück. Die schlanke Frau hat sich bereits wieder ihrem Patienten zugewandt.

Fiona Köhler wird hinaus und zu einem Tisch an der Hauswand geführt. Dort steht eine Bank, der gebrauchte Holztisch steht davor. Der junge Mann, Adriano, korrigiert sie sich im Geiste, führt sie zur Bank und sie setzt sich hin. Bei den letzten Schritten hat sie gespürt, wie ihre Knie anfingen zu zittern. Kurz schließt sie die Augen und sorgt sich um François Beaufort. Das Klappern von Besteck und Teller holt sie in die Wirklichkeit zurück. Ein unglaublich leckerer Duft steigt ihr in die Nase. Noch vor Sekunden hätte sie den Gedanken an, etwas zu essen, kategorisch abgelehnt. Aber nun öffnet sie die Augen und erkennt einen Teller mit dampfenden Tagliatelle, auf denen ein Berg an Bolognesesauce glänzt. Der Duft ist unbeschreiblich. Erinnerungen an ihre Kindheit werden wach. Nonna Sophias Küche kommt ihr in den Sinn und all die wunderbaren Erinnerungen an diese Zeit durchfluten ihren Geist, ohne dass sie etwas dagegen tun kann.

»Bitte essen Sie. Bitte. Sie brauchen das!«

Der junge Mann, Adriano, steht mit sorgenvollem Blick vor ihr. Obwohl sie sich eigentlich nicht dazu in der Lage sieht, will sie diesem Jungen den Gefallen tun. Langsam greift sie zur Gabel, den angebotenen Löffel weist sie kopfschüttelnd ab. Sie sticht in die Spaghetti, gerade am Rand der Bolognese, und dreht die Gabel mit geschickten

Fingerbewegungen langsam. Anerkennend nickt Adriano ihr zu: »Sehr gut. Haben Sie das schon einmal gemacht?«

Langsam öffnet sie den Mund und schiebt sich die auf der Gabel aufgewickelten Spaghetti hinein. Erst kaut sie vorsichtig, dann immer schneller. Schließlich hat sie den ganzen Teller geleert.

»Das wird Mama freuen. Jetzt ruhen Sie sich aus.«

Mit diesen Worten reicht er ihr ein Glas Wasser, das sie dankbar annimmt. Als sie es geleert hat, lehnt sie sich erschöpft an die Hauswand. Nur kurz die Augen schließen, ist ihr Plan.

Eine vorsichtige Berührung auf ihrem Unterarm lässt sie aufwachen. Sie blinzelt. Die schlanke Frau kniet vor ihr und mustert sie aufmerksam. Dann nickt sie zufrieden. Jetzt lächelt die Frau sie an und teilt ihr mit: »Da will jemand mit Ihnen reden.«

Sie macht einen Schritt zur Seite. In einem museumsreifen, verrosteten Rollstuhl sitzt jemand und lächelt sie froh an. Sie versucht die Situation zu verstehen und schüttelt ungläubig den Kopf. Dann bricht es jubelnd aus ihr heraus: »François! François!«

Sie springt auf und fällt dem Franzosen um den Hals. Wieder muss sie weinen, aber das ist ihr in diesem Moment egal. Schließlich löst sie sich von ihm und schaut ihn mit einem glücklichen Lächeln an. Immer noch laufen ihr die Tränen über die Wangen. Sein Kopf ist bandagiert, aber sein Blick ist klar. Er bringt sogar ein feines Lächeln zustande und er flüstert ihr zu: »Fiona. Ich bin so froh, dass es dir gut geht!«

Seine Stimme ist etwas krächzend. Aber sie liebt diesen« französischen Zungenschlag. Wieder will sie ihn umarmen, als sie plötzlich geblendet wird. Sie hat überhaupt nicht bemerkt, wie hell es um sie herum geworden ist. Irritiert blickt sie an François Beauford vorbei. Über dem Bergkamm schiebt sich eine gleißende Scheibe, die warmes

Licht auf ihr Gesicht wirft. François Beauford blickt sich um. Fiona Köhler nickt langsam. Die aufgehende Sonne taucht ihr tränennasses Gesicht in orangefarbenes Licht. Dann dreht er sich wieder zu ihr. Sein Blick wird ernst. Sie kniet vor ihm hin, damit sie sich direkt in die Augen schauen können. Er findet als erstes Worte: »Phaeton ist geschlagen. Dank dir, Fiona.«

Sie schüttelt den Kopf: »Nein. Das waren wir alle zusammen. Alle haben das ermöglicht. Jeder einzelne von uns hat das beigetragen, was gebraucht wurde und er konnte.«

Er antwortet und versucht dabei einen ernsten Gesichtsausdruck zu machen: »Sogar das nerdige Mädchen hat geholfen. «

Für einen Moment will die Wut hochkochen und sie funkelt ihn an, dann aber geht ihr Blick wieder zur aufgehenden Sonne: »Ich weiß nicht, was ich sagen soll, François.«
Er zieht sie zu sich her und schaut ihr tief in die Augen: »Ich schon: Je t'aime, Fiona.«

Sie atmet tief ein und antwortet ihm leise, mit fester Stimme: »Je t'aime aussi, François, j t'aime aussi .«

Dann nähern sich ihre Lippen und sie teilen ihren ersten Kuss im Licht der aufgehenden Sonne.

50 Epilog

Es ist ein wunderbarer Tag. Der See liegt in der Abendsonne spiegelglatt da. Die kleine Band hat bereits zu spielen begonnen. Die drei Männer haben sich am Bug des ehemaligen Lastkahns, der LS Adler, aufgebaut. Früher wurden mit diesem Schiff schwere Lasten transportiert. Heute dient es als Ort des fröhlichen Beisamenseins. Die Band besteht aus drei Musikern, zwei sitzen und spielen Akkordeon, der dritte steht hinter ihnen und zupft an seinem riesigen Akustikbass.

»Los jetzt, François, wir legen doch gleich ab!«

Lachend eilt Fiona Köhler an Bord und bewundert die schönen Tische, die an Deck aufgebaut sind. Die Abendsonne beleuchtet die Gläser und Teller und lässt diese wunderbar funkeln. François Beauford kommt hinter ihr her und blickt sich erstaunt um: »Das ist einfach herrlich festlich hier!«

Ein Ober kommt zu ihnen und bietet Sektgläser auf einem Tablett an. Sie nehmen sich jeder ein Glas und prosten sich zu. Fiona Köhler grinst ihn warnend an: »Wehe, du verlierst auch nur ein schlechtes Wort über das Essen oder die Getränke! Denn in diesem Fall werde ich dich ohne zu zögern in den See schubsen!«

Ihr ausgestreckter Zeigefinger deutet in Richtung der Reling hinter ihm. Er lacht und schüttelt den Kopf. Dann stoßen sie an und er nimmt den ersten Schluck. Mit einem anerkennenden Nicken kommentiert er diesen: »Chapeau! Das ist ein ganz hervorragender Champagner.«

Fiona Köhler stimmt ihm zu. Die Abendsonne beleuchtet seine linke Gesichtshälfte. Von der Narbe ist fast nichts mehr zu sehen. Die Italienerin hat perfekte Arbeit geleistet. Er bemerkt, dass sie an diese furchtbare Nacht zurückdenkt und fasst sie an der Hand: »Fiona. Nicht heute Abend. Wir wollen doch das Gute feiern! Davon habe ich geträumt, in

New York. Jetzt ist es Wirklichkeit.«

Als ob dies das Stichwort gewesen wäre, kommen jetzt weitere Gäste an Bord. Fiona grinst den blonden Hünen an, der mit einem breiten Lächeln auf sie zugeht und begrüßt ihn herzlich: »Sigurd! Geht es dir gut?«

»Fiona, François! Natürlich geht es mir gut. Schaut euch um!«

Alle blicken nachdenklich und andächtig in die untergehende Sonne. Sie nähert sich langsam den Bergrücken, die den Vierwaldstädter See nach Westen hin einschließen.

»Es ist unglaublich, aber ich freue mich sehr über jeden Sonnenaufgang. Früher war das banal und selbstverständlich.«

François Beauford bestätigt ihn zustimmend: »Ja. Das ist vielleicht das Gute, das aus dieser Phaeton-Sache herausgekommen ist.«

Jetzt räuspert sich Sigurd Nyqist und tritt einen Schritt zur Seite. Eine kleine, drahtige Frau ist zu ihrer Gruppe dazu gekommen und blickt sie neugierig an: »Darf ich vorstellen? Halina Smekolek.«

François Beauford schüttelt ihr erfreut die Hand: »Die sagenhafte Halina. Sigurd hat uns alles über dich erzählt! Du hast diesem Spuk ein Ende bereitet!«

Sie antwortet grinsend: »Nur dem Teil mit den Finanzen. Für das andere wart ihr zuständig.«

Eine raue Stimme hinter ihr stimmt ihr lautstark zu: »Tatsächlich hat sie das ganz unglaublich gut gemeistert. Glauben Sie mir, Sie wollen es nicht mit dieser jungen Frau aufnehmen, wenn sie sich einmal etwas in den Kopf gesetzt hat. Dann setzt sie alle Hebel in Bewegung, um es auch umzusetzen.«

Fiona Köhler schiebt sich an Sigurd Nyquist vorbei und schüttelt dem nächsten Ankommenden formal die Hand und begrüßt auch ihn herzlich: »Sergeant Master Friend.

Es ist wunderbar, dass sie Zeit hatten zu kommen!«

Er zuckt mit den Schultern und grinst sie verschwörerisch an. Dann dreht er seinen Kopf und deutet nach hinten: »Tja, höhere Mächte haben meinen Reiseantrag unterstützt und dann läuft so etwas auch wie am Schnürchen.«

Fiona Köhler blickt in die Richtung, die er meint. Gerade kommt General McMurphy in Ausgehuniform, die Mütze unter dem Arm an Bord. Nach einem Blick in die Runde kommt sie mit einem Lächeln auf die kleine Gruppe zu: »Ah, wie schön, da sind sie ja.«

Sie nickt dem Sergeant Major und stimmt ihm zu: »Sergeant Major, ich muss Ihnen recht geben. Diese Schweizer Seen sind eine Reise wert.«

Allmählich treffen weitere Gäste ein. Jeder, der in irgendeiner Weise am Lösen der Phaeton-Krise beteiligt war, ist eingeladen.

Fiona Köhler nimmt General McMurphy beiseite und flüstert ihr zu: »General, vielen Dank dafür, dass Sie uns bei der Organisation dieser Feier geholfen haben.«

Der Blick von Iris McMurphy wird nahezu feierlich, als sie erwidert: »Das war mir eine Ehre. Dieser Sieg über diesen furchtbaren Gonzales war nur möglich, weil die unterschiedlichsten Menschen zusammengearbeitet haben. Nur so führt solch ein Unterfangen zum Sieg.«

Fiona Köhler stimmt ihr zu: »Stimmt. Aber das Glück hat uns auch etwas in die Karten gespielt!«

Hinter ihr tönt eine laute Stimme: »Glück und ein glückliches Händchen am Knüppel würde ich sagen!«

Fiona Köhler dreht sich um. First Leutnant John Stimmer prostet ihr mit seinem Glas zu.

»Da bin ich ganz Ihrer Meinung, First Leutnant.«

Dieser schnalzt ermahnend mit der Zunge: »Tsts. Im Gegensatz zu euch Luftkutschern werden wir bei der Air Force befördert. 'Captain' wenn ich bitten darf.«

Entschuldigend verbeugt sich Fiona Köhler in seine Richtung und antwortet lachend: »Oh, natürlich. Captain, verzeihen Sie die unbeabsichtigte Degradierung!«

Dann blickt sie sich suchend um. François Beauford bemerkt ihren Blick, tritt zu ihr heran und rät ihr: »Ich glaube nicht, dass er noch kommt. Lass uns ablegen.«

Sie nickt etwas betrübt: »In Ordnung. Ich gebe Bescheid.«

Sie geht zum Bug, dort steht der Kapitän der LS Adler zusammen mit dem Direktor des Hotels, in dem sie alle für dieses Fest abgestiegen sind.: »Ich glaube, wir können ablegen.«

Der Kapitän nickt, aber der Direktor hält ihn lächelnd am Arm zurück: »Frau Köhler, ich könnte mir denken, dass Sie ein wenig zu ungeduldig sind.«
Er weist mit dem Finger hinter sie. Gerade kommt ein großer, schlanker Mann an Bord. Er trägt einen weißen, dreiteiligen Leinenanzug und einen weißen Hut. Als er sicher an Bord ist, blickt er sich suchend um. Dann hat er François Beauford entdeckt, der sofort auf ihn zueilt. Auch Fiona Köhler geht mit schnellen Schritten auf ihn zu. François Beauford begrüßt den Mann überschwänglich: »Albus, wie wunderbar. Ich habe schon befürchtet, dass Sie nicht kommen.«

Der alte Mann lächelt, dann blickt er zu Fiona Köhler und meint verschwörerisch: »Sie müssen diese fabelhafte Frau Köhler sein, die die Welt gerettet hat.«

Die Angesprochene schluckt und schüttelt abwehrend den Kopf: »Nicht ich habe die Welt gerettet. Wir alle hier. Jeder, der heute Abend an Bord ist, war nötig dafür, dass es uns gemeinsam gelungen ist.«

Der alte Mann stimmt ihr mit feierlicher Stimme zu: »Sicher wissen alle Anwesenden, dass es genauso ist. Für die Welt da draußen wird eine andere Geschichte erzählt werden.«

Dann richtet er sich auf und klatscht fröhlich in die Hände: »So, aber nun schlage ich vor, dass wir das wir feiern an diesem wunderbaren Tag, an diesem traumhaften Ort und im Schein der untergehenden Sonne.«

Fröhlich führt Fiona Köhler Albus John Francis Smythe-Jorgenson zu seinem Sitzplatz. Das Schiff legt ab und fährt in den von der Sonne orange-rot beschienenen See hinein.

Es wird ein wunderbarer Abend. Musik, hervorragendes Essen und, wenn man den einhelligen Bekundungen von Albus, John Francis Smythe-Jorgenson und François glauben darf, auch hervorragende Weine tragen mit zur gelösten Stimmung an Bord bei. Fiona Köhler lehnt an der Reling, die Sonne ist gerade erst untergegangen. Hinter ihr ist die Musik zu hören, die Menschen unterhalten sich fröhlich. Immer wieder ist ein herzliches Lachen zu hören.

»So nachdenklich, junge Dame?« Sie blickt auf und schaut Albus in die Augen. Ihre Antwort ist ein wenig melancholisch: »Leider sind nicht alle hier.«

Er nickt ihr verstehend zu: »Sie sind es aber doch, denn wir denken an sie.«

Tief holt Fiona Köhler Luft. Der alte Mann blickt ihr nachdenklich ins Gesicht. Dann lächelt er sie an: »Keine Sorge, alles ist vorbereitet. Übermorgen können Sie von Zürich direkt abfliegen.«

Fiona Köhler nickt ihm dankbar zu und drückt das auch aus: »Danke. Es bedeutet mir sehr viel. Sie ist es wert.«

Der alte Mann nickt und beruhigt sie: »Ich weiß. Ich habe allerdings noch eine Bitte an Sie.«

Sie schaut ihn neugierig an und hebt fragend die Augenbrauen: »Eine Bitte?«

»Ja, tatsächlich. Ich möchte Sie im Namen einer Dame, die mir unendlich viel bedeutet, darum bitten, dass Sie gut auf diesen Franzosen aufpassen. Es ist dieser Dame wirklich wichtig.«

Mit feierlichem Nicken antwortet Fiona Köhler: »Das verspreche ich mit ganzem Herzen.«

Albus mustert sie nachdenklich, dann aber wird sein Gesichtsausdruck verschmitzt: »Und ich hoffe doch, ich werde zur Hochzeit eingeladen.«

Jetzt lacht Fiona Köhler fröhlich und umarmt den alten Mann spontan: »Albus, ohne Sie fangen wir nicht an zu feiern, versprochen.«

»Hervorragend. Lassen Sie uns zurück zu den anderen gehen. Der Abend ist so wunderbar, finden Sie nicht?«

Sie nickt und schaut über das Deck: »Ja, das ist er: Wunderbar.«

51 Persönliche Lieferung

Die Lkw-Kolonne quält sich die Serpentinen hinauf. Obwohl die Zugmaschinen ganz neue Modelle sind, haben sie mit der schweren Last, die sie befördern, doch zu kämpfen. Endlich haben sie die letzte Kurve erreicht. Die Sonne geht bereits unter, die Hochebene liegt im orangen Schein der Abendsonne. Noch einen halben Kilometer, dann haben sie die Gebäude erreicht, die vor ihnen auf dem Hochplateau zu sehen sind. Die Lkws halten an und schalten ihre Motoren aus. Stille breitet sich aus. Da ist leise, italienische Musik zu hören.

Die Gäste der Bodega sind aufgestanden und haben neugierig die Karawane an modernen Zugmaschinen beobachtet, wie sie die letzten Meter bis zurückgelegt haben. Fiona Köhler öffnet die Beifahrertür des vorderen Lastwagens und springt heraus. Sie blickt sich um, dann geht ihr Blick zur Veranda der Bodega. Dort steht eine schlanke Frau mit langen, schwarzen Haaren, die sie als Pferdeschwanz trägt. Als sie Fiona Köhler erkennt, wird ihr sorgenvoller Blick weicher. Die Pilotin eilt auf die Frau zu. Beide Frauen umarmen sich herzlich: »Fiona, wie schön, dich zu sehen.«

Die Frau schaut nachdenklich auf die Lkw-Karawane, die vor ihrer Bodega angekommen ist: »Wen und was um alles in der Welt bringst du denn mit.«

Fiona Köhler fasst Silvia Santagatos bei den Händen und blickt ihr tief in die Augen: »Das ist ein Montagetrupp. Der stellt ein Gebäude aus Fertigelementen auf. Es ist eine kleine Klinik.«

Sie dreht sich zur Seite und weist dann auf die hinteren Lastwagen: »Dort ganz hinten ist die Ausstattung. Alles, was man halt für eine Klinik benötigt.«

Silvia Santagatos mustert mit überraschtem Gesicht die Szene. Dann fragt sie hauchend: »Und wer bezahlt das?«

»Jemand, der dir unendlich dafür dankbar ist, dass du

einem Franzosen geholfen hast.«

Silvia Santagatos schüttelt den Kopf und meint beschwichtigend: »Aber ich habe doch nur eine Wunde versorgt.«
Fiona Köhler nickt und spricht aus, was sie denkt: »Ich weiß, dass du so denkst. Sieh es einfach einmal so: mit all dem da kannst du das in Zukunft noch besser.«
Silvia Santagatos schüttelt den Kopf. Sie hat Tränen in den Augen und ihre Stimme will ihr fast nicht gehorchen: »Fiona, das ist unglaublich, aber ich darf das offiziell gar nicht machen.«

Die Pilotin setzt einen gespielt erstaunten Gesichtsausdruck auf und meint in leicht ironischem Unterton: »Ach, wie ärgerlich. Du meinst, weil du einem von der Mafia bestochenen Chefarzt nachgewiesen hat, dass er das Krankenhaus betrügt und der dann dafür gesorgt hat, dass du deine Lizenz als Krankenschwester verloren hast und du deshalb aus deinem geliebten Italien hierher in die Provinz von Mexiko ausgewandert bist, um den Anfeindungen der Mafia zu entgehen?«

Der Kopf der Italienerin dreht sich erstaunt zu Fiona Köhler herum. Leise flüstert sie. »Du weißt das?«

Die Pilotin nickt und antwortet lächelnd: »Ich weiß auch, dass dieser Chefarzt nun angeklagt wird.«

Dann fasst sie in ihre Jacke und fördert einen Umschlag hervor. Den drückt sie Silvia Santagatos in die Hand und fordert sie auf: »Öffne das, bitte.«

Einen Moment blickt die Italienerin sie noch sprachlos an, dann öffnet sie den Umschlag vorsichtig. Sie zieht das erste Dokument heraus und liest es sorgfältig. Dann liest sie es erneut. Dann beginnt sie zu schluchzen.

Inzwischen sind ihre Söhne zu ihr gekommen und halten ihre Mutter im Arm. Silvia Santagatos holt tief Luft und schaut der Pilotin in die Augen. Leise flüstert sie: »Danke. Mille Grazie. Tausend Dank.«

Sie zeigt die Urkunde ihren Söhnen: »Mama, du bist wieder Krankenschwester! Wie geil ist das denn?«

Der fröhliche Ausruf ihres jüngsten Sohnes löst die Anspannung. Sie beginnt zu lachen: »Silvio, du sollst das nicht sagen.«

Ihr dankbarer Blick geht wieder zur Pilotin. Fiona hebt das Kinn und weist auf den Umschlag: »Da ist noch etwas drin.«

Vorsichtig schaut die Italienerin in den Umschlag und fördert zwei weitere Dokumente hervor. Sie liest diese und schaut Fiona Köhler ungläubig an.

»Genau. Das eine ist die Anerkennung des mexikanischen Staates, die es dir offiziell erlaubt, deine Tätigkeit als Krankenschwester in deiner eigenen Klinik auszuüben.«

Dann tippt Fiona Köhler auf das zweite Dokument: »Und das ist die Anmeldung einer gewissen Silvia Santagatos bei der medizinischen Fakultät Mexiko Stadt für ein Fernstudium der Humanmedizin. Sämtliche Studiengebühren sind bereits bezahlt.«

Die Italienerin keucht. Immer wieder wechselt ihr Blick zwischen den Dokumenten, Fiona Köhler und den Lastwagen hin und her. Dann strafft sie sich. Ihre dunklen Augen blitzen fröhlich, während ihr immer noch die Freudentränen über die Wangen laufen: »Dann wollen wir zuerst einmal schauen, wie wir diese Mannschaft mit etwas zu essen und zu trinken versorgen können.«

Sie macht eine Kopfbewegung zu ihren Söhnen, die sich sofort an die Arbeit machen.

Silvia Santagatos und Fiona Köhler stehen wieder alleine da: »Ich bin völlig überwältigt und keine Worte dieser Welt können meinen Dank ausdrücken.«

Fiona nickt: »Das glaube ich. Aber sei versichert, du hast das mehr als verdient.«

Sie blickt sich dann suchend um: »Was meinst du, gibt es

hier wohl irgendwo einen Teller Ragú alle bolognese?«

Silvia Santagatos lacht glücklich, hakt sich bei Fiona unter und gemeinsam gehen sie an einen der Tische.

Die Pilotin spürt, dass es nun gut ist. Freundschaft, Frohsinn und die Aussicht auf ein leckeres Essen geben ihr das Gefühl, dass ihre Welt zu einem besseren Ort geworden ist.

55   Buchvorschläge

Ich hoffe sehr, Sie hatten beim Lesen dieses Buches genauso viel Spaß wie ich beim Schreiben und haben mit François Beauford und Fiona Köhler die spannenden Zeiten miterlebt und gespürt, wie es sich anfühlt, wenn ein Morgen keinen Tag hat.

Vielleicht haben Sie ja Lust bekommen weitere Bücher von mir zu lesen. Deshalb stelle ich Ihnen auf den folgenden Seiten meine Bücher kurz vor und ich mache Sie hoffentlich neugierig auf ein weiteres Buchabenteuer von mir.

Einfach den QR-Code scannen, Buch bestellen und los geht es mit weiterer Spannung und Unterhaltung.

Viel Spaß beim Lesen.

Human-KI-Welten

Menschen und KI im Zusammenspiel - kann das gut gehen?

In einer spannenden Erzählung, die sich über mehrere Bände erstreckt, arbeiten KI, die künstliche Intelligenz, und menschliche Intelligenz zusammen, um einer gefährlichen Verschwörung auf die Schliche zu kommen.

Wir schreiben das Jahr 2443. Seit drei Jahrhunderten leben Menschen und KI friedlich zusammen. Das war nicht immer so. Fast hätten sich Menschen und KI in einem vernichtenden Krieg gegenseitig ausgelöscht. Im letzten Moment wurde ein Friedensschluss möglich durch den Vorschlag einer mutigen Frau und einer weitsichtigen KI. Die gemeinsame Zukunft beider Intelligenzen sollte durch die unverbrüchliche Verbindung von jeweils einem Menschen mit einer KI besiegelt werden - der Korrelation. Diese bestimmt und regelt fortan den gemeinsamen Weg von Menschheit und KI.

Nachdem der furchtbare Schrecken des KI-Krieges über die Jahrhunderte hinweg langsam in Vergessenheit geraten war, gibt es im ersten Band immer wieder aufkeimende Skepsis gegenüber der Korrelation. Lillith, die Hauptperson des ersten Bandes, hat anfangs auch ein Problem damit, eine KI in ihrem Kopf zu haben, und ständig mit dieser verbunden zu sein.

Niccola, die Hauptperson im zweiten Band, steht im Zusammenspiel mit KIs vor ganz anderen Problemen. Durch eine Katastrophe im Weltraum hätte sie beinahe ihr Leben verloren, aber in Zusammenarbeit von Menschen und KIs stellen sie sich gegen die finsteren Machenschaften, um die Bedrohung der Menschheit abzuwehren.

Im dritten Band arbeiten Mutter und Tochter, Lillith und Niccola, dann Seite und Seite daran, die noch immer schwelenden Konflikte hoffentlich endgültig lösen zu können, damit das friedliche Miteinander wieder möglich wird.

Für diesen Tag war nur die von Lillith ungeliebte Korrelation mit einer KI geplant.

Doch plötzlich gerät die junge Frau in ein Netz von Hinterhalten und Verschwörungen, das die gesamte Menschheit gefährdet. Gemeinsam mit neuen Freunden stellt sich Lillith den dunklen Machenschaften entgegen. Es entwickelt sich eine atemberaubende Jagd über den Planeten Erde und darüber hinaus.

Ein Roman mit interaktiven Elementen.

Der Weltraum. Unendliche Weiten und unendliche Möglichkeiten, ein Komplott im Verborgenen zu schmieden.

Eine junge Frau und außergewöhnliche Raumschiffpilotin mit besonderen Fähigkeiten gerät in den Hinterhalt der reinen KIs mit Bewusstsein. Sie trachten ihr überall nach dem Leben. Ihre Eltern gelten als verschwunden. Kann sich Niccola aus ihrer Trauer befreien und mithilfe ihrer Freunde dem finsteren Treiben Einhalt gebieten?

Menschen und KIs kämpfen Seite an Seite, aber wird es dem Grüppchen gelingen, die Gefahr zu bannen oder ist es das Ende der Menschheit? Nehmen Sie Platz, schnallen Sie sich an und jagen Sie mit Niccola durch die Tiefen des Weltraums, den dunklen Mächten entgegen.

Ein Roman mit interaktiven Elementen.

379

Im dritten Teil der Buchreihe des Human-Ki-Zyklus kommt es zum finalen Showdown der Kräfte.

Lillith und Niccola, Mutter und Tochter, bestreiten mit ihren Freunden und Verbündeten sowohl aus den Reihen der Menschen, als auch aus den Reihen der KIs den finalen Kampf gegen die dunklen Mächte. Wird es ihnen gelingen, diese dunklen Mächte zu besiegen oder werden sie alles Leben im Weltraum und auf der Erde in Zukunft bestimmen? Lassen Sie sich mitnehmen auf die geheimnisvolle Reise durch das Weltall und über die Erde. Wer wird am Ende das Sagen haben?

Ein fulminanter Showdown der ersten Staffel

dieser Buchreihe.

Geplanter Erscheinungstermin: Februar 2025

Der junge Architekt Franz von Brrand erbt überraschend das Häuschen seiner Tante. Dies liegt in einer verträumten Kleinstadt, so macht es jedenfalls zuerst den Anschein.

Völlig unvermittelt findet er sich plötzlich in eben jenem Städtchen als freier Architekt mit eigenem Büro wieder, das er vom ebenfalls verstorbenen, ehemaligen Lebensgefährten der Tante übernommen hat.

Er freut sich auf eine geruhsame und friedliche Zukunft, aber die Niederungen der Architektentätigkeiten und der kleinstädtischen Bürokratien warten hinter jeder Ecke auf ihn.

Ein Roman mit Augenzwinkern.

Harryetta

Geschichten zum Vorlesen und Selberlesen

Harryetta ist ein neugieriges, mutiges und
besonderes Mädchen.
Mit ihrer offenen und hilfsbereiten Art gerät sie
immer wieder in spannende Abenteuer hinein.

Sie geht mit offenen Augen durch die Welt, meistens
begleitet von Igor Igel.
Sie hilft, wo es nötig ist, auch wenn das manchmal Über-
windung kostet und gegen vorherrschende Regeln verstößt.
In dieser Buchreihe werden Werte groß geschrieben und auf
politische Einflussnahme wird verzichtet.

Machen Sie sich mit Ihrem Kind auf in
Harryetta's nächstes Abenteuer.

Die Bücher sind in allen Shops erhältlich!
Denn kleine Geschenke kann man
immer gebrauchen.

François Beauford
>*17.06.1994
>Investigativjournalist

Jonba Kraszninsky
>*1998
>Redaktionsleiter des Ressorts Technologie bei La Tribune

Geraldo Gonzales
>Technologieunternehmer
>Gründer von Intersol Technologies
>plötzlich verschwunden
>Spitzname GG

Seraphine Solier
>*1985
>Rechtsanwältin und enge Freundin von François Beauford

Intersol Technologies
>Weltweit größter Technologiekonzern mit Schwerpunkt auf Raumfahrttechnologie und Werkstoffforschung

Nanstructure For Future

Unternehmen von GG, entwickelt Nanomaschinen

NanoIT
Unternehmen von GG, entwickelt Steuersoftware für Nanomaschinen

X-FlyHigh
Größte europäische Fluggesellschaft mit
Schwerpunkt auf Linienflüge für Geschäfts-
reisende

Fiona Köhler
*1991
Chefpilotin auf Flug XDF2241

Albus John Francis Smythe-Jorgenson
*1937
Analyst und Privatier

Nikolay Denisov
*1988
Projektleiter Kursplanung SOHO bei der
gemeinsamen NASA/ESA Mission für das
Sonnenobservatorium

Chi Cleo Shang
*1992
Ehemalige Fluglehrerin, mit Fiona Köhler
befreundet

Rajhes Sumutraij
    *2009
    IT-Administrator des SOHO Projektes der
    NASA/ESA Mission des Sonnenobservato-
    riums

Major General Iris McMurphy
    *1983
    Kommandantin der geheimen Aktivgruppe
    der US Space Force.
    Anmerkung:
    Obwohl sie in der Marine gedient hat und
    die Space Force aus der Navy heraus ge-
    bildet wurde, ist ihr Rang der eines Gene-
    rals, einem Rang von Heer oder Luftwaffe.
    Hintergrund ist, dass sich die Aktivgruppe
    als kämpfende Truppe im Sinne der motori-
    sierten Infanterie versteht.
    Formal handelt es sich um den Rang eines
    Major General, also eines zwei Sterne Ge-
    nerals. Im deutschen Heer würde das einem
    Generalmajor entsprechen, bei der Marine
    wäre es der Konteradmiral. hierbei ist her-
    vorzuheben, dass Major General McMurphy
    entgegen der üblichen Einsatzgebiete dieser
    Rangstufe sehr wohl zur kämpfenden Truppe
    zu zählen ist.

First Leutnant John Stimmer
    *2001
    Pilot der US Air Force

Sigurd Nyquist
> *1996
> Ehemaliges Mitglied bei der Nationella
> insatsstyrkan
> (NI, dt. ‚Nationale Einsatzkräfte‘) der schwe-
> dischen Polizei, heute freischaffender "Be-
> rater".

Cameron Fortuna
> *2003
> Chefin vom Dienst beim Fernsehsender
> AMCTS

Berni Morales
> *1985
> Chefsprecher von AMCTS News

Frank Sterfield
> *1972
> Legendärer Sendeleiter und das Mastermind
> hinter Berni Morales

Lukasz Wójcik
> *1999
> Ermittler für Finanzbetrug bei Interpol in
> Wien

Silvio Penedale   *1983
> Leiter der bewaffneten Zugriffseinheit von
> Interpol, ehemaliger Kommandeur der italie-
> nischen Terrorbekämpfung

Álvaro Maria Cortez
        *1994
        Hat mit General McMurphy zusammen
        seinen Abschluss an der Marine-Akademie
        gemacht. Dort war er teil der 'Fabulous Five',
        einer Gruppe von einer Kadettin und vier
        Kadetten, die sowohl bei ihren Kameraden
        als auch bei ihren Vorgesetzten einen berüch-
        tigten Ruf hatten. Egal worum es ging, die
        fünf Mitglieder der 'Fabulous Five' standen
        sich gegenseitig bei, ohne Rücksicht auf
        eventuelle Konsequenzen für sich selbst. Es
        leben nur noch drei Mitglieder der 'Fabulous
        Five', davon ist nur noch Iris McMurphy im
        aktiven Dienst. Álvaro Cortez war der Jüngs-
        te unter ihnen, er wurde scherzhaft immer
        'Pollito' gerufen, was soviel bedeutet wie
        Kind oder Hühnchen. Nach einem schlim-
        men Unfall mit einer Winsch an Bord seines
        Schiffes, bei dem er durch heldenhaften
        Einsatz das Leben dreier Kameraden geret-
        tet hatte, aber auch sein linkes Bein verlor,
        wurde er mit Auszeichnung unter allen Ehren
        aus dem aktiven Dienst entlassen. Er hat
        sich dann auf der Farm seines Großonkels in
        Mexiko niedergelassen.

Halina Smekolek
        *2006
        Leiterin des Archivs bei Interpol Wien. Hat
        einen Doktorgrad in angewandter Informatik
        und arbeitet neben ihrer Tätigkeit für Interpol

an ihrer Habilitation mit dem Thema "Analytische Prozesse zur Datenanlayse als Alternative für heuristische Interpretation durch lernfähige Strukturen."

Sergeant Major Thomas Friend
*1990
USNC Marine Korps
Kampfaufklärer.

First Sergeant Frank Milley
*1997
USNC Marine-Korps
Spezialist für Feldaufklärung und Kommunikation

Silvia Santagatos
*1973
Betreibt eine Bodega in San Antonio Zaragoza, einer kleinen Ansiedlungen auf den Hügeln westlich des Stausees am Manuel-M.-Torres-Staudamm in Mexiko.
Sie ist eine in Italien ausgebildete Krankenschwester und in der Region bei den Menschen, die sich keinen Arzt leisten können oder wollen bekannt als 'die Italienerin mit den heilenden Händen'.

53 Zeitleiste

24.03.2025 (Montag)
    Intersol Technologies ist insolvent
    gleichzeitig verschwindet Geraldo Gonzales

29.03.2025 (Samstag)
    Phaeton erwacht

31.03.2025 (Montag)
    Drei Tage der Einkehr beginnen

Glaubhafte Abstreitbarkeit
>
> Begriff der Kryptographie, vermutlich in den 1960er Jahren von der CIA geprägt.
> Es können z.B. die Daten, die auf einem Datenträger (z.B. Festplatte oder USB-Stick) gespeichert sind, so verschlüsselt werden, dass sie im verschlüsselten Zustand kein erkennbares Muster haben. Der Besitzer dieses Datenträgers kann somit behaupten, dass keine Daten auf diesem Datenträger sind. Aufgrund der nicht erkennbaren Muster ist diese Behauptung glaubhaft. Nur mit speziellen Programmen (Software) kann die Datenmenge entschlüsselt werden. Das Programm TrueCrypt (heute VeraCrypt) zum Beispiel gibt an, genau diese Aufgabe zu lösen. Allerdings wurden inzwischen Zweifel laut, ob die Verschlüsselung wirklich sicher ist. Misstrauische Quellen vermuten, dass es eine Methode gibt, einen Art Hauptschlüssel, mit dem man die mit TrueCrypt verschlüsselten Daten immer entschlüsseln kann. Diese Vermutung ist jedoch nicht bewiesen.

Steganographie
>
> Begriff der Kryptographie.
> Mit Steganographie werden die Daten eines Bildes so verändert, dass dies optisch nicht auffällt. Auch gängige Analyseprogramme bemerken die Änderung wahrscheinlich

nicht. Durch diese Veränderungen werden beliebige Daten im Bild versteckt. Mittels spezieller Entschlüsselungssoftware können die Daten dann wieder aus der Bilddatei heraus gezogen werden. Der große Vorteil dieser Verschlüsselungsmethode ist, dass bei einer Suche nach versteckten Daten z.B. auf einem Datenspeicher zwar die Bilddatei gefunden wird, diese jedoch als unverdächtig eingestuft ist und so die darin enthaltenen Daten vor der Durchsuchung verborgen bleiben.

Drei-Körper-Problem

Sehr bekannte physikalische Problemstellung. Es geht darum, dass sich drei Objekte mit ihrer Schwerkraft gegenseitig beeinflussen. Je nach Größe und Geschwindigkeit der Objekte ist das Drei-Körper-Problem nicht analytisch - also mit Formeln - eindeutig lösbar. Mit Hilfe von Computersimulationen können jedoch Annahmen getroffen werden. Die Ergebnisse der Berechnungen auf Basis dieser Annahmen werden überprüft und ggf. werden die Annahmen verändert. Wird das oft getan (Iteration), dann kann eine Lösung für ein Drei-Körper-Problem näherungsweise erarbeitet werden. Tatsächlich sind besondere Verhältnisse denkbar, die eine eindeutige Berechnung ermöglichen. Zum Beispiel geht man davon aus, dass zwei Objekte sehr massereich sind, also Planeten oder Sonnen, und das dritte Objekt dagegen eine sehr geringe Masse hat, zum Beispiel eine Raumsonde.

Für diese Sonderfälle haben die Mathematiker Leonard Euler und Jospeph-Luis La Grange Näherungslösungen erarbeitet. So kennen wir fünf ausgezeichnete Punkte in einem Drei-Körper-System, diese werden auch Librationspunkte (Wagenpunkte) oder Lagrange-Punkte genannt. Diese fünf Punkte, kurz L1 - L5 bezeichnet, liegen alle in der Bahnebene der beiden großen, massereichen Körper. Raumsonden können einen "Orbit" um diese Punkte einschlagen. So kreist z.B. das Sonnenobservatorium SOHO von ESA und NASA um L1 in einem Abstand von ca. 1,5 Millionen Kilometer zur Erde.

Active Group Space Force

Unabhängige Einsatzgruppe für Operationen der Space Force (Kampfgruppe).
Da Kämpfe bei der Space Force jedoch nicht im klassischen Sinne geführt werden, wird für diese Einheit der Bezeichner Aktivgruppe (Active Group) verwendet. Die Active Group ist nur logistisch der Space Force unterstellt. Operativ ist sie als eigene, unabhängige Einheit organisiert. Um ihren Aufgaben gerecht zu werden, kann die Active Group auf Ressourcen (Material und Menschen) aus allen Teilstreitkräften zurückgreifen. Ihre Aufgaben werden vom obersten Befehlshaber der USA (Commander in Chief) zugeteilt und meist mit absoluten Privilegien ausgestattet. Bis zum Phaeton-Ereignis hat die Active

Group meist im Verborgenen gewirkt. Sie ist daher den allermeisten Militärangehörigen und Mitgliedern der Administration (Regierung) der USA unbekannt.

Auszeichnungen der Air Force (Auszug)

Combat Action Ribbon
Wikipedia:
"Das Combat Action Ribbon (CAR) ist eine militärische Auszeichnung der United States Navy, der United States Coast Guard und des United States Marine Corps, die an Angehörige dieser Teilstreitkräfte der Vereinigten Staaten verliehen wird, die aktiv an Kämpfen zu Lande oder zur See teilgenommen haben. Das Band wird an Angehörige der Marine und des Marine Corps verliehen, deren Dienstgrad nicht höher als Captain (Hauptmann) ist. "

Distinguished Flying Cross
Wikipedia:
"Das Distinguished Flying Cross (deutsch etwa: „Kreuz für hervorragendes Fliegen") ist eine US-amerikanische Auszeichnung, die wegen heldenhafter und außergewöhnlicher Leistungen während eines Fluges vergeben wird. «

Manuel-M.-Torres-Staudamm
Mexiko, auch Presa Chicoasén genannt.
Staut den Fluss Rio Grijalva

Nanomaschinen
Auch Nanoroboter oder Nanobots genannt.
Es handelt sich um kleinste Maschinen,
deren Größe deutlich kleiner als ein Millimeter sind, vielleicht sogar im Bereich von
hundertstel oder tausendstel Millimeter liegt.
Nanomaschinen sind derzeit in der Entwicklung, über reale Anwendungen wird derzeit
noch nicht berichtet.
Nanomaschinen können einzeln operieren
oder im Verbund, wobei die Verbund- oder
Schwarmoperation nahezu fantastisch anmu-
tende Möglichkeiten denkbar werden lässt.
Oft werden Nanomaschinen so erdacht, dass
sie über eine grundlegende Programmierung
verfügen, die ihnen die Zusammenarbeit mit
anderen Nanomaschinen ermöglichen. Meist
wird auch eine Art grundlegende Beweglich-
keit angenommen. So ist zum Beispiel denkbar, dass sich einzelne Nanomaschinen zu
längeren Ketten zusammenfinden und so z.B.
als Antennen für Funksignale dienen können
oder sie können sich zu einem ebenen Verbund anordnen. Das Ergebnis wäre dann eine
ultradünne Folie, wie sie in dieser fiktionalen
Erzählung Verwendung findet. In der Welt
des Science Fictions wird schon lange über
diese Technologie nachgedacht, so hat z.B.
der Autor Philip K. Dick 1955 eine Ge-

schichte geschrieben ('Autofab', in deutsch: Krieg der Automaten) in denen er sehr wohl auch auf die Gefahren dieser Technologie eingeht.

Trajektorie

Bahn eines Körpers im Raum. Eine Trajektorie gibt an, wo und mit welcher Geschwindigkeit ein Körper (z.B. eine Raumsonde) zu welchem Zeitpunkt unterwegs ist.

Projekt Dark Star

Aufklärungs- und Angriffssystem der Active Group der US Space Force. Dieses fiktive System besteht aus zwei Hauptelementen.

Oculus Noctuta (dt. etwa Eulenauge) soll im Endausbau als Schwarm von Aufklärungssonden ein potenziell gegnerisches Objekt im Weltall mittels optischer Mittel untersuchen können. Da geplant ist, dass diese als Aufklärung im militärischen benannte Aufgabe möglichst unerkannt erfolgen soll, verfügt Oculus Noctuta lediglich über passive Sensorik. Auf Radar oder Lidar (vereinfacht Laserradar) wird komplett verzichtet.

Quirinus

Benannt nach einem Kriegsgott der alten Sabiner. Es ist das Angriffselement des Dark Star Systems. Es handelt sich um Sondensysteme, die mit extrem leistungsstarken Triebwerken ausgestattet sind und sich so schnell einem gegnerischen Objekt im Weltall nähern können. Ist die gewünschte Entfernung erreicht, wird eine Wasserstoffbombe in der Sonde zur Explosion gebracht. Diese Wasserstoffbombe ist so konstruiert, dass neben der eigentlichen Sprengwirkung, die im Weltraum aufgrund fehlender Atmosphäre gering ausfällt ein extrem starker, elektromagnetischer Impuls (EMP) erzeugt wird. Mit diesem EMP sollen die elektronischen Elemente des gegnerischen Objektes ausgeschaltet werden. Um diesen Effekt zu optimieren ist geplant, Quirinus-Sonden als Schwarm einzusetzen.

HALO

High Altitude Low Opening
Große Höhe - niedrige Öffnung
Wird auch als Military Freefall bezeichnet. Soldaten, meist Aufklärer, Kommandoeinheiten oder Kampfschwimmer, springen aus einem in sehr großer Höhe fliegenden Flugzeug (z.T. bis zu 30.000 Fuß oder ca. 10.000 m) und gleiten in freiem Fall. Ihren Fallschirm öffnen sie möglichst spät, so dass sie bei ihrer Landung möglichst unbeobachtet bleiben.